Olivier Bal a été journaliste pendant une quinzaine d'années, a animé des Masterclass à la Cité des sciences et de l'industrie de Paris, et se consacre aujourd'hui pleinement à l'écriture.
Après un diptyque salué par la critique – *Les Limbes* (Prix Méditerranée Polar 2018 du premier roman et Prix Découverte 2018 des Géants du Polar) et *Le Maître des Limbes* (Prix des Géants du Polar) –, il a publié chez XO Éditions *L'Affaire Clara Miller* (2020), *La Forêt des disparus* (2021) et *Méfiez-vous des anges* (2022). Ces romans sont tous repris chez Pocket.

OLIVIER BAL

LA FORÊT DES DISPARUS

ÉGALEMENT CHEZ POCKET

Les Limbes

Le Maître des Limbes

L'Affaire Clara Miller

La Forêt des disparus

OLIVIER BAL

LA FORÊT
DES DISPARUS

ROMAN

L'éditeur de cet ouvrage s'engage dans une démarche de certification FSC® qui contribue à la préservation des forêts pour les générations futures.

Pour en savoir plus :
www.editis.com/engagement-rse/

Le Code de la propriété intellectuelle n'autorisant, aux termes de l'article L. 122-5, 2° et 3° a, d'une part, que les « copies ou reproductions strictement réservées à l'usage privé du copiste et non destinées à une utilisation collective » et, d'autre part, que les analyses et les courtes citations dans un but d'exemple et d'illustration, « toute représentation ou reproduction intégrale ou partielle faite sans le consentement de l'auteur ou de ses ayants droit ou ayants cause est illicite » (art. L. 122-4).
Cette représentation ou reproduction, par quelque procédé que ce soit, constituerait donc une contrefaçon, sanctionnée par les articles L. 335-2 et suivants du Code de la propriété intellectuelle.

© XO Éditions, 2021
ISBN : 978-2-266-32294-2
Dépôt légal : avril 2022

À mes amis,
sœurs et frères de cœur,
ma communauté…

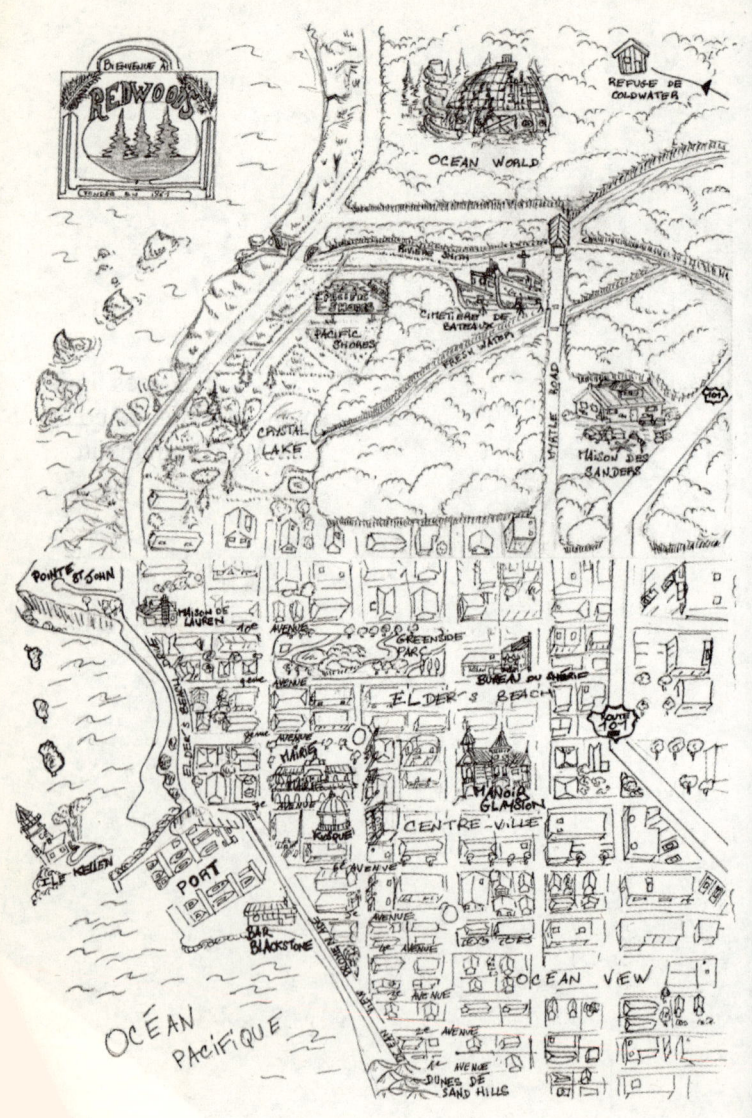

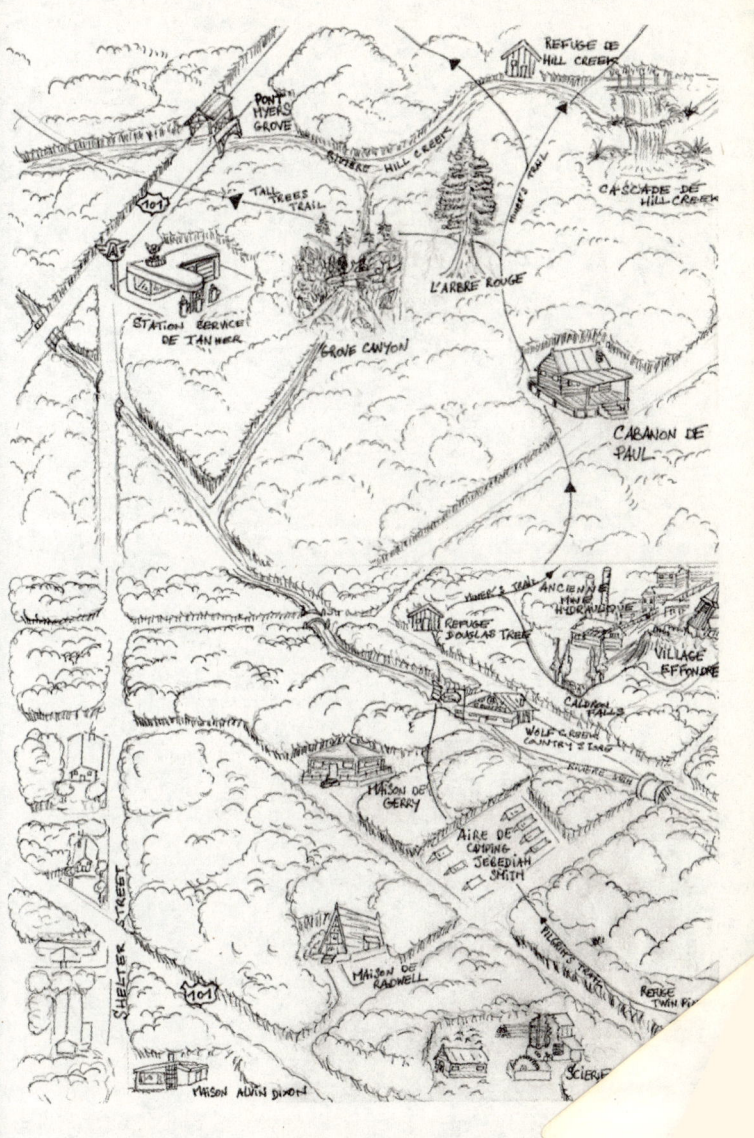

Prologue

Paul
11 mai 2011

Ce soir, le monde a sombré dans le chaos. Des dizaines de personnes m'encerclent. Certaines portent des cagoules, d'autres des masques avec des gueules d'animaux… Il y en a partout.

Redwoods a changé de visage. La petite bourgade, habituellement si paisible, n'existe plus. Elle a revêtu une parure de ténèbres. C'est le carnaval des ombres, la Nuit des Crânes. Comme si tout ce qui avait été retenu durant toutes ces années finissait enfin par jaillir.

En progressant vers le centre, le long de la promenade d'Elders Beach Drive, je croise un long défilé de voitures. Ça klaxonne dans tous les sens. Des jeunes grimpent sur les capots, se suspendent aux portières. D'autres, torse nu, se sont peint au charbon d'étranges symboles sur le corps. Tous hurlent, imitant des cris d'animaux, bouteilles d'alcool à la main. Ici et là, quelques types plus âgés brandissent leurs fusils de chasse et tirent en l'air, parfois même tout en conduisant.

Les rares policiers présents, dépassés, n'osent pas intervenir. Collés les uns aux autres, ils restent dans un coin, un peu en retrait. Ils le sentent, il y a eu trop d'alcool versé. Ça risquerait de déraper.

À l'inverse, d'autres ne se privent pas d'attiser le feu et de se ruer aux premières loges. Les équipes de télévision slaloment ainsi entre les passants, courent d'un groupe à l'autre, brandissant leurs micros. Les journalistes, accompagnés de leur cameraman, tentent d'immortaliser la frénésie. Ils se préparent pour le direct : juste le temps de passer la langue sur leurs dents éclatantes, de lisser leur chevelure gominée, et ça tourne.

Je sais ce qu'ils doivent avoir en tête. J'étais comme eux, dans une autre vie. « Un village en quête de vengeance », « Un meurtrier en cavale »... J'imagine déjà les gros titres. Tout est réuni pour qu'ils fassent le reportage de leur carrière. Ils attendent, espèrent secrètement que ça va dégénérer. Ça se hâte, ça passe le micro d'un jeune à l'autre pour leur poser la même question : « Vous comptez aller chercher le tueur cette nuit ? » Je saisis au vol quelques réponses avinées : « On va l'avoir, ce salopard... Il va payer. Il ne passera pas la soirée... On est chez nous, ici. Il ne connaît pas la forêt comme nous autres. »

Tout autour de moi, dans la foule compacte, il n'y a que ces masques effrayants. Des cagoules rapiécées, mais aussi des déguisements bricolés à partir de branches, de cordages, de feuillages... Enfin, il y a ceux qui ont acheté, à l'entrée de la ville, sur des étals de fortune installés à la va-vite, des crânes d'animaux pour dissimuler leur visage. Je crois reconnaître ici une tête de cerf, plus loin, d'ours...

Moi-même, je n'ai eu d'autre choix que de trouver de quoi me fondre dans la masse. Plus tôt, après être parvenu à m'extirper de cette maudite forêt, en arrivant aux premières habitations de Redwoods, je suis tombé sur ce garçon qui jouait devant chez lui avec un crâne de coyote que lui avait sans doute offert son père. Lorsque je le lui ai pris, il s'est mis à hurler, mais j'étais déjà loin. Je l'ai passé sur mon visage, j'ai serré le cordage autour de ma tête. Manque de chance, le crâne est trop petit, ne couvre pas totalement ma face, mais ça fait l'affaire.

Je sais ce que je risque à être là, en cet instant. J'aurais dû m'enfuir, bien entendu, quand j'en avais l'occasion. Je tiens plus du dernier des crétins que du Bon Samaritain, mais on ne se refait pas. Et elle a besoin de moi...

Je passe devant un réverbère sur lequel a été placardée une affiche, comme il y en a tant d'autres aux quatre coins de la ville. Sur celle-ci ma photo s'étale, avec en dessous ces quelques mots :

RECHERCHÉ : PAUL GREEN. FORTE RÉCOMPENSE.

Je suis leur trophée, celui qu'ils espèrent enfin trouver au terme de cette nuit d'hystérie. Un dernier sacrifié. Le sang aura coulé. La forêt sera rassasiée. Tout le monde pourra alors reprendre sa vie bien tranquille.

Ça grouille, ça boit et ça s'esclaffe... Ça se prépare, ça se met en jambes. Car la fête n'est qu'un avant-goût. Tous ces types n'attendent qu'une chose : qu'enfin commence la traque. Ils comptent les minutes avant de rouler à tombeau ouvert jusqu'à la forêt, armer leurs fusils, lâcher les chiens et partir à ma recherche.

Car ce soir, le gibier, c'est moi.

PREMIÈRE PARTIE

Dans la forêt sans fin

Si tu quittes Redwoods,
Tu erreras, perdu,
Pour toujours, disparu,
Dans la forêt sans fin.

« Comptine de Redwoods »,
premier couplet, vers 1940.

1

Emily Bennett
14 avril 2011

Où suis-je ? Pourquoi n'y vois-je rien ? C'est le noir le plus total. Je cligne des yeux. Ai-je eu un accident ? Comment me suis-je retrouvée ici ?

J'ai si froid. Je me touche le corps. C'est bien ce que je pensais : je suis totalement nue. Reste calme, Emily. Il doit y avoir une explication. Je laisse courir ma main droite autour de moi. Le sol rocheux est glacé… Il y a une odeur d'humidité, de terre, et une autre, un peu plus acide, comme du soufre. Suis-je dans une cave, une grotte ? Une mine peut-être, mais laquelle ? Des milliers de souterrains ont été creusés à travers l'Oregon au cours de la ruée vers l'or, à partir de 1850. La plupart ont été condamnés. Je le sais, car en commençant ma randonnée il y a trois jours, j'ai été surprise de voir autant de panneaux de mise en garde en bordure de forêt :

NE TENTEZ JAMAIS D'ENTRER DANS UNE MINE
ABANDONNÉE. DANGER DE MORT.

Je me redresse péniblement. Alors que mon corps est encore engourdi, je m'aperçois que quelque chose est attaché à ma main gauche. Je vérifie, à tâtons. On a accroché un objet à ma main, serré avec du ruban adhésif. C'est du plastique, de forme rectangulaire. Là, au bout de mes doigts, il y a un bouton. À cet instant, un crissement aigu retentit. Il vient du fond de l'endroit où je me trouve.

Mais putain, je n'y vois rien.

Et ce silence… Mon cœur martèle ma poitrine. Je tente de retrouver ma respiration… Comment suis-je arrivée là ? Mes derniers souvenirs sont confus… Remettre tout ça dans l'ordre…

J'ai quitté le refuge de Douglas Tree assez tôt ce matin. La météo annonçait que le temps allait s'arranger aujourd'hui. Après deux jours de marche sous la pluie, c'était une bonne nouvelle. Je comptais en profiter pour avaler un maximum de kilomètres. J'avais passé la nuit seule. Normal, en cette saison, les randonneurs ne sont pas légion.

La veille, tandis que le poêle rouillé du refuge crépitait, j'avais hésité à appeler ma mère de mon téléphone portable. Pour une fois que j'avais un peu de réseau, au cœur de cette forêt… Mais je ne l'ai pas fait. Qu'est-ce que ça aurait changé ? Elle s'en foutait, elle comme tous les autres, de ce que je faisais. C'était d'ailleurs la raison pour laquelle je m'étais décidée à mettre les voiles un an plus tôt. D'un État à l'autre, d'un petit boulot à l'autre. Deux semaines ici, un mois là. Toujours plus loin… Et mes randonnées, pour faire le vide.

À 7 heures du matin, j'ai donc quitté le refuge, puis emprunté le sentier de Miner's Trail, qui remonte plein nord. Le chemin grimpait doucement au milieu de jeunes séquoias. Une brume légère transformait les premiers rayons du soleil en lames d'or. Mes narines étaient chargées de l'odeur de la forêt qui s'éveillait. Je me sentais bien, en forme. Ma foulée était rythmée. C'est là que j'ai vu le type. En contrebas, à une vingtaine de mètres. Il était accoudé à une passerelle qui franchissait un ruisseau. Il m'a expliqué qu'il faisait sa balade matinale, qu'il était du coin. Il était à la fois avenant et un peu bizarre. J'ai suivi son conseil, pris l'embranchement qu'il m'avait indiqué sur la carte. Après tout, si j'avais décidé de traverser la Forêt des disparus, c'était bien pour m'offrir quelques frissons. D'après lui, ce détour ne me retarderait pas trop. J'ai progressé encore une bonne demi-heure, jusqu'à entendre le bruit d'une cascade, pas loin. J'ai fait une petite pause... Et c'est là que c'est arrivé. La piqûre dans mon cou, la douleur, et puis mon corps qui me lâchait, et le noir...

Merde. On m'aurait endormie ? Et si c'était vrai ? Et si toutes ces histoires, ces légendes disaient la vérité ?

— Il y a quelqu'un ? À quoi vous jouez ? dis-je.

Si seulement j'avais mes affaires, mon couteau... Je sens une présence, là, à quelques mètres. Un souffle lourd. Alors que je tente de reculer, un cri terrible me pétrifie. Un hurlement de rage et de désespoir.

Je devrais me lever, tenter de fuir, courir malgré les ténèbres, mais je m'effondre. Mes jambes ne me portent plus. Car je le sais. Je vais mourir ici. Seule, dans le froid et la nuit. Les histoires étaient donc vraies. Je vais mourir ici, comme tous les autres disparus.

2

Lauren
15 avril 2011

« Ça a toujours été comme ça. La forêt prend et ne rend pas. » Gerry a certainement raison. Lui comme tous les autres. Je suis la seule, finalement, à m'entêter encore. Et ça m'a menée où ?

Voilà six ans maintenant que Gerry Mackenzie, le shérif de Redwoods, m'a confié, à moi, sa première adjointe, le dossier des disparus. Six ans passés à explorer la forêt sans relâche, à organiser des battues, à chercher ces jeunes, parfois sans aide, pendant des jours ; à emprunter le moindre sentier, à hurler leurs noms, jusqu'à ne plus avoir de voix. Mais la forêt est trop dense, trop vorace.

Il est déjà 17 heures. J'ai promis à John, mon mari, de prendre quelques jours de repos, pour souffler un peu. J'ai bien besoin de lever le pied. Gerry m'a assuré qu'il gérerait l'affaire en mon absence.

Dans un des cartons consacrés aux disparitions, je dépose le dossier de Larry Dewes, disparu en 2008.

Il vient se superposer à tous les autres. Tous ces noms que j'ai tellement lus et relus, toutes ces fiches, ces photos que j'ai tant compulsées. Helen Ramos, Ken Wong, Jerry Steiner... et les autres, avalés par la Forêt des disparus. Dans quelque temps, on descendra ce carton aux archives et ils rejoindront les dizaines d'autres qui prennent la poussière depuis si longtemps.

« Redwoods, la Forêt des disparus. » Je lève les yeux vers la carte encadrée sur le mur de mon bureau.

Redwoods, ma ville, ma vie. Son école élémentaire et son collège. Ses trois hôtels, le Beachfront, le Wild Rivers, le Bear's Den. Ses deux restaurants, le Lou's Deli et le Steambot. Son phare Kellen, nommé en hommage au fondateur de la ville. Son musée des Pionniers, retraçant l'histoire des premiers colons. Son port de plaisance et ses bateaux aux mâts rouillés. Son centre-ville et ses vingt-deux bâtisses victoriennes, bijoux architecturaux de la ville. Son bureau du shérif composé de trois agents : notre shérif bien-aimé, Gerry Mackenzie, Owen, notre jeune recrue, et moi-même. Ses 1 204 habitants, autant d'âmes sur lesquelles nous veillons. La plupart sont là depuis plusieurs générations, descendants des premiers pionniers. Ici, tout le monde se connaît, s'entraide. Gerry le répète souvent : « Notre ville, c'est une famille. Même si le reste du monde continue de devenir fou, on sera toujours là les uns pour les autres. »

Redwoods est une des bourgades les plus isolées de tout l'Oregon. En empruntant la route 101 qui longe la côte, on ne trouve pas d'autre commune à dix kilomètres à la ronde. Il y a bien Carpenterville au nord et Brookings au sud. Mais elles sont comme deux planètes distantes, que l'on côtoie à peine. « Le bout du monde », c'est ainsi que les premiers habitants ont appelé notre région quand ils l'ont découverte. Malgré une nature inhospitalière, des conditions météorologiques terribles, ils ont décidé de s'installer ici, entre l'océan Pacifique, à l'ouest, et cette forêt millénaire qui s'étend sur plus de sept mille kilomètres, tout autour. Forêt à laquelle notre ville doit son nom, son histoire. Tout, en réalité…

En d'autres lieux, sous d'autres latitudes, Redwoods aurait pu être un patelin anonyme, sans histoire. Le genre d'endroit qu'on aurait traversé sans s'arrêter en voiture, en oubliant aussi vite le nom lu sur le panneau… Mais pas ici.

La ville doit sa renommée à un triste record, celui du plus grand nombre de disparitions aux États-Unis. Chaque année, ce sont plus d'une vingtaine de personnes qui s'évaporent dans la forêt. C'est toujours la même rengaine, malgré nos mises en garde, la myriade de panneaux placardés le long de la route, nos laïus répétés aux touristes… Les randonneurs, souvent mal préparés, continuent à se perdre ou à se blesser en explorant la forêt. Le plus souvent, on les retrouve au bout de vingt-quatre heures, tentant de se repérer avec leur carte déchirée, des ampoules aux pieds, complètement déshydratés, le regard hébété… Mais il arrive aussi que certains d'entre eux se volatilisent, purement et simplement, sans laisser aucune trace. La piste s'arrête net, puis le néant.

Chaque année, entre deux et quatre touristes disparaissent définitivement. Il s'agit toujours de randonneurs venus vivre ici l'aventure d'une vie : traverser la Forêt des disparus, chercher le grand frisson. Comme un serpent qui se mord la queue, notre sinistre record est devenu, année après année, notre principal atout touristique. Mes concitoyens ont, depuis longtemps, flairé le filon juteux. Le long du port et dans le centre, les boutiques de souvenirs se sont multipliées. En plus des traditionnelles miniatures de séquoias, des reproductions du phare Kellen, des mobiles en bois flotté, elles ont commencé à vendre des produits à l'effigie de la Forêt des disparus. Notre maire, Howard Hale, en a même fait déposer le nom. C'est désormais une marque qui se décline sur tous les supports possibles : tasses, casquettes, assiettes décoratives, sets de table, porte-clés…

Cette forêt, j'y passe le plus clair de mon temps, aux côtés de Gerry, d'Owen et, parfois, des deux gardes forestiers en charge de la zone, William et ce vieux Jared.

John, mon mari, m'a dit l'autre jour, avec ce ton professoral qu'il prend quand il veut qu'on l'écoute : « Lauren, chaque année, plus de six cent mille personnes disparaissent dans notre pays. La plupart ne seront jamais retrouvées. C'est un fait. Peut-être que c'est pareil ici, que les randonneurs font exprès de venir à Redwoods pour faire croire à une disparition et recommencer leur vie ailleurs. On ne sait pas… »

Il a raison sur au moins un point : on ne sait pas. On ne sait rien.

Je jette un dernier coup d'œil au dossier. Cette affaire m'a déjà tant coûté. Si je n'avais pas été encore fouiller cette foutue forêt à la recherche de Larry Dewes, peut-être que notre fils, Alex, serait toujours ici, à Redwoods, à nos côtés. Peut-être qu'il ne serait pas parti sans rien laisser derrière lui. Tout aurait pu être différent... Dans ma tête, le moindre instant, le moindre geste de cette nuit se rejouent en boucle. Depuis, c'est encore pire pour moi. Je me suis enfoncée, laissé dévorer par cette enquête. Mais ça a assez duré. Je dois écouter John et lâcher prise. Je referme le dossier.

Mon téléphone portable vibre sur mon bureau. C'est Jared, le garde forestier.

— Lauren, je crois qu'on a une nouvelle disparue. Une dénommée Emily Bennett.

3
Paul
15 avril 2011

CI-GÎT PAUL GREEN
16 JANVIER 1961 – 16 JANVIER 2011
MORT DE N'AVOIR JAMAIS SU VIVRE

Je donne un petit coup de pied contre la fausse pierre tombale de bois. Je l'ai gravée, il y a quelques mois, le soir de mon cinquantième anniversaire. J'avais un peu forcé sur la bouteille, cette nuit-là. J'ai titubé jusqu'au fond de mon terrain et l'ai plantée là, un peu de travers. Mon chien a pris l'habitude de venir uriner dessus. Il ne respecte rien… Je le siffle et reviens vers ma cabane. Le soleil commence à s'effacer derrière la cime des arbres. Il est temps de rentrer.

Ça fait cinq ans que j'ai posé mes valises à Redwoods. Les années passent et se ressemblent, ici, au bout du monde… Comment me suis-je retrouvé dans ce trou perdu ?

C'est trouble. J'ai l'impression que cette période de ma vie, ces quelques mois sont nimbés d'un voile, comme le brouillard qui s'attarde dans cette forêt séculaire.

Je me souviens avoir roulé sans but, d'autoroute en autoroute, d'État en État, pendant des semaines. Puis, enfin, l'océan Pacifique m'a forcé à longer la côte vers le nord... J'aurais pu continuer comme ça longtemps, à errer sur les routes américaines, en écoutant ma vieille musique. J'avais l'impression que c'était le seul moyen de me vider la tête. Fuir, toujours plus loin, les cicatrices du passé, mes erreurs, ma culpabilité, la folie des hommes... Et, surtout, cette absence de tout, de but, de sens.

Depuis que l'affaire Mike Stilth est terminée, je me rends bien compte, avec le recul, qu'il ne me reste plus rien. Pourtant, j'ai révélé la vérité sur les agissements de la plus grande star du monde et sur les mensonges de son entourage, en première ligne duquel figurait son attachée de presse Joan Harlow. Au départ, il y avait eu ces cadavres de jeunes femmes qu'on avait découverts à la surface d'un lac, non loin du manoir du chanteur. Parmi ces derniers, celui de Clara Miller, une femme que j'avais connue, que j'avais aimée. Me prenant alors pour un chevalier blanc, je m'étais fait la promesse de tirer cette affaire au clair. Je ne savais pas, évidemment, que cette enquête allait bouffer onze ans de ma vie. Onze ans à tenter d'accumuler un maximum de preuves tout en protégeant les deux enfants de Mike Stilth, Eva et Noah. En 2006, on me portait aux nues, j'étais le journaliste de l'année. Eva et Noah, eux, semblaient convaincus que j'étais un type bien, leur ange gardien.

En réalité, je n'avais fait que laisser un beau chaos derrière moi… Mon meilleur ami, Phil Humpsley, était mort par ma faute, et la vie des deux jeunes adultes était en vrac…

Un peu candide, je pensais prendre un nouveau départ, plein de promesses, de rencontres et d'espoir… Tout était possible. Mais pendant que j'avalais les kilomètres, j'avais pris conscience d'autre chose. J'avais passé le plus clair de mon existence, tout au long de ma carrière de journaliste pour un magazine crasseux, à scruter la vie des autres, à les espionner par le trou de la serrure. Tout ça pour ne pas avoir à me regarder dans un miroir. À 45 ans, je n'étais qu'une ombre, un voleur de vies…. J'avais là, au fond des tripes, un grand vide qu'il allait bien falloir combler.

J'ai traversé tout l'État de Californie, puis l'Oregon. Les villages se faisaient de plus en plus rares, et la trace de l'homme, kilomètre après kilomètre, s'effaçait. La nature, elle, était toujours plus omniprésente, toujours plus sauvage. Ces dunes battues par les vents, ces arbres penchés, torturés par les bourrasques, puis les falaises, les îlets rocheux, comme des lames aiguisées qui surgissent de l'océan. Et, bien entendu, la forêt. En roulant, je pouvais distinguer les premiers séquoias à la lisière du parc national de Redwoods. Les branches des conifères retenaient encore la brume matinale. Leurs silhouettes se dressaient, tels de gigantesques totems. Je ne le savais pas encore, mais la région avait déjà commencé à m'ensorceler… Tout en elle racontait l'âpreté, la rudesse de la vie. Et il y régnait une sorte de mélancolie, voire d'amertume, qui semblait s'accrocher aux écorces, aux feuillages et aux âmes.

À cette époque, il y a cinq ans, je ne pensais qu'à rouler. Mais il y a eu cette panne. Alors que je traversais la forêt de Redwoods, ma vieille Ford Country Squire a lâché. De nous deux, c'est elle qui a jeté l'éponge la première. Un hoquet du moteur, une fumée jaunâtre qui s'est échappée de la calandre, et puis plus rien. J'ai calé, en rade, sous une pluie drue, au milieu de nulle part. Mon lecteur CD diffusait du Gene Vincent, *I'm Going Home*. Tandis que la caisse claire donnait le rythme, Gene chantait :

Well I'm going home
To see my babe

C'est à ce moment-là que j'ai vu, de l'autre côté de la route détrempée, un panneau « À VENDRE », cloué sur un vieux portail en bois vermoulu. Sous la pluie, je suis sorti de la voiture et j'ai découvert le chalet fatigué.

J'ai marché ensuite, trempé jusqu'aux os, jusqu'à la station-service à deux kilomètres de là, contacté l'agent immobilier, une dénommée Tara Treatson. « Le chalet dans la forêt, le long de la 101, il est à combien ? » La femme m'a répondu : « 35 000 dollars... Mais laissez-moi vous présenter ce bien unique... » Je ne l'ai pas laissée finir sa phrase, ni demandé de visite, ni même tenté de négocier. Je lui ai simplement dit : « J'achète. »

Cinq ans ont passé. Paul Green s'est effacé. Ici, je suis devenu l'Étranger. C'est ainsi qu'on m'appelle dans le coin. Je suis devenu une sorte de Père Fouettard local. Parce que je ne suis pas d'ici... Il ne leur en faut pas plus. Les gamins du coin s'amusent à se faire peur en débarquant chez moi. Du coup, je joue aussi le jeu et ça m'amuse, je dois l'avouer. Ouvrir la porte en faisant les gros yeux quand ils approchent du chalet, ou faire semblant de les courser avec ma batte de base-ball... S'ils savaient que, toute ma vie, j'ai reçu plus de coups dans la tronche que j'en ai mis...

Il n'y a que cette adolescente qui ne semble pas avoir vraiment peur de moi. Elle est marrante, cette môme. Je ne sais pas trop pourquoi elle continue à venir traîner par ici. Tant qu'elle reste à sa place, elle ne me dérange pas. Et puis Flash, mon chien, l'aime bien. Dès qu'elle se cache près du cabanon, derrière les buissons, il s'avance vers elle de son pas traînant et vient lui lécher la tronche. Elle essaie bien de le repousser, de lui chuchoter de partir, pensant ne pas être repérée, mais il s'acharne. Et moi, je me marre dans ma barbe.

Alors que je m'apprête à fermer la porte, j'entends des sirènes dehors, et quelques secondes plus tard, je vois, à travers les troncs des pins, les gyrophares de la voiture du shérif passer en trombe. L'ancien Paul, curieux à en crever, serait certainement sorti sur la route pour essayer de comprendre où se rendait la police ; il aurait peut-être même pris sa voiture pour essayer d'en savoir plus. À l'époque, je me prenais un peu pour un justicier. Plus maintenant. Les années ont filé, il ne reste plus grand-chose de celui que j'étais. Le journaliste qui ne lâche jamais, le bouledogue qui encaisse les coups, j'ai laissé tout ça derrière moi. Mon ancienne vie se rappelle parfois encore à moi. J'ai appris que le magazine pour lequel je travaillais, le *Globe*, avait fermé. Que mon rédacteur en chef, Kelton, était mort « des suites d'une longue maladie ». J'ai eu de la peine pour ce vieil acariâtre que j'aimais tant détester. Sa mort, c'était la fin d'une époque...

En réalité, je suis devenu comme tout le monde. Maintenant, moi aussi, je ferme les yeux, je détourne le regard. J'arrête de creuser, de tenter de comprendre. Car je sais bien qu'en essayant de changer les choses on met souvent plus de bordel qu'au départ. Les trois cicatrices sur mon torse, trois impacts de balles reçus dans une contre-allée de Washington pour avoir essayé de dévoiler la vérité, me le rappellent bien assez. La vérité, tout le monde s'en fout. J'en ai fini de jouer les héros. Je me laisse glisser. Les sirènes s'éloignent. Je referme la porte.

4

Lauren
15 avril 2011

La voiture file à travers la forêt. Je suis toujours au téléphone avec John. J'ai du mal à entendre ce qu'il me dit, avec le bruit des sirènes. Et je n'en ai pas vraiment envie…

— Gerry m'a prévenu. Il faut que tu arrêtes ça, Lauren. Tu vas craquer.

— C'est mon boulot, John…

— Il faut qu'on parle d'Alex.

— Pas maintenant, plus tard.

— Le Dr Burgman m'a appelé, Lauren…

Je raccroche.

Owen conduit en silence. Il sent bien qu'il vaut mieux ne pas m'adresser la parole… Il y a quelques mois, Gerry m'a demandé de le prendre sous mon aile. Il pensait que ça me ferait du bien. Gamin du coin et filleul du shérif, Owen est encore un bleu. Il doit valider quelques mois sur le terrain avant de recevoir son badge et devenir officiellement le second adjoint du shérif.

Le jeune homme est un grand dadais, sympathique, mais un peu lent. Des taches de rousseur constellent son visage. Il a les cheveux roux et un épi qu'il peine à maîtriser. Pour m'impressionner, il en fait trop, beaucoup trop. Les premières semaines, il me posait mille questions, tentait de meubler le silence en permanence. Maintenant, il commence enfin à me connaître et sait quand il vaut mieux qu'il se taise.

Nous roulons au cœur de la forêt. Ça me fait toujours quelque chose de me retrouver ici, à la tombée du jour… La forêt me semble encore plus immense, majestueuse, sauvage. Dissimulant partiellement les derniers rayons du soleil, les séquoias à feuilles d'if s'élèvent à plusieurs dizaines de mètres. Ce sont les plus grands arbres au monde. Ici, certains dépassent les cent mètres de hauteur et sont parfois âgés de plus de 1 000 ans. Ils sont les gardiens de notre ville, la fierté de notre région.

Il n'y a plus que cette route, cette saillie qui traverse la forêt primaire, comme une cicatrice. Quand on s'y enfonce, les arbres nous défient de leur démesure. Sous la lueur des phares, d'énormes fougères explosent, chargées d'humidité ; les oxalis se répandent en un réseau de feuillage qui s'étend à perte de vue. Le vert recouvre tout, les arbres déracinés, les troncs tombés au sol… Le vert s'accroche même sur les parois rocheuses les plus abruptes ; le vert se faufile entre les crevasses du bitume de la route. Il gagne sans cesse du terrain, prêt à reprendre ses droits… Je me demande souvent combien de temps il faudrait à la forêt pour reconquérir le paysage jusqu'à la côte. Quelques années, peut-être moins…

J'ai toujours vécu ici, à Redwoods, comme mes parents et mes grands-parents, et pourtant je n'ai jamais vraiment aimé la forêt, malgré tout ce qu'elle représente pour nous.

— Lauren, tu veux bien m'expliquer où on va ? demande Owen, considérant certainement qu'il a fait preuve d'assez de patience pour rompre le silence.

— On a peut-être une nouvelle disparition. Jared, le garde forestier, m'a appelée. Dans l'après-midi, il a fait un contrôle de routine des registres du refuge de Douglas Tree. Avant-hier soir, une dénommée Emily Bennett y a dormi, mais pas de trace d'elle depuis. Elle n'a pas pointé au refuge de Hill Creek ni à celui de Coldwater.

Ces registres, c'est une idée à moi pour essayer de contrôler les allées et venues dans la forêt… Mais ça n'a pas changé grand-chose.

— Peut-être qu'elle a décidé de camper ? Les randonneurs font souvent n'importe quoi, malgré nos mises en garde, dit Owen.

— Non, je ne pense pas. Jared a croisé la gamine au départ de sa randonnée, elle n'était pas équipée pour.

— Mais il est près de 18 heures… On risque de ne rien y voir.

Je réponds d'un ton sec :

— Il n'y a pas de temps à perdre, Owen. Je me fous de l'heure et du temps qu'on devra passer là-bas. Chaque minute compte. On a encore une chance. Il n'a pas plu depuis deux jours. Et il n'y a quasiment aucun randonneur en ce moment. Ses empreintes seront peut-être encore visibles. J'ai demandé à Jared de partir du refuge de Hill Creek et de descendre vers le sud. Nous ferons le chemin inverse. On fera le point ensemble quand nos routes se croiseront.

J'ai laissé un message à Gerry aussi, évidemment. Mais il m'avait prévenue qu'il avait encore une réunion avec le conseil municipal ce soir. Avec le même ordre du jour que depuis des semaines : organiser le cent cinquantenaire de Redwoods, qui aura lieu dans moins d'un mois. Notre maire, Howard Hale, prend cet événement très à cœur. La ville attend un flux massif de touristes le 11 mai. Il y aura une foire, un marché, des concerts… C'est le branle-bas de combat dans Redwoods pour préparer au mieux les célébrations. « L'événement le plus important qu'ait connu la ville depuis des lustres », selon Howard. C'est aussi le sujet qui anime toutes les discussions en ce moment. Les commerçants, les habitants, les services municipaux n'ont que ce mot à la bouche. Cent cinquantenaire par-ci, cent cinquantenaire par-là… Les disparus semblent bien loin.

Mon jeune adjoint gare le 4 × 4 au bout du chemin qui mène au refuge de Douglas Tree. Je prends quelques minutes pour préparer notre parcours, de manière un peu mécanique. Ces gestes, je les ai répétés tant de fois… Déplier la carte sur le capot encore chaud du véhicule, tracer avec des feutres de couleur les différents sentiers qu'aurait pu emprunter la randonneuse et calculer, de tête, en fonction d'une allure moyenne de marche, le périmètre où elle pourrait se trouver. Entourer la zone. Commencer déjà à anticiper les battues qui seront organisées par la suite avec les bénévoles de la ville. Demander – comme chaque fois parce que c'est la procédure – au comté de Curry qu'il nous envoie des renforts. Pas un hélicoptère : il ne servirait à rien, la canopée n'étant, depuis le ciel, qu'un océan de végétation impénétrable ; des hommes, voilà ce qu'il nous faudrait ! Et savoir pertinemment que personne ne viendra… Penser, enfin, à prévenir la famille de la disparue. Fermer les yeux et attendre sa réaction à l'annonce. Y aura-t-il cette fois un long silence, des cris ou des pleurs ? Tout cela est si habituel, et pourtant toujours aussi intolérable.

Nous marchons depuis plus d'une heure maintenant le long de Miner's Trail, guidés par les faisceaux lumineux de nos lampes. À intervalles réguliers, j'indique à Owen les empreintes de pas laissées au sol. La plupart ont déjà été effacées, recouvertes par les feuilles, la terre et l'humidité. Mais ici et là, on parvient encore à distinguer quelques marques de semelles. Du 37 ou du 38. Des chaussures de randonnée. Ça doit être elle. Je suis les empreintes, le corps un peu courbé en avant. Nous traversons des passerelles qui serpentent entre les troncs des séquoias. Sur quelques lattes détrempées, il y a des petits dépôts de terre, sans doute détachés des crampons de chaussures de marche. Elle est passée par là.

Owen, lui, n'a pas encore l'œil. Il manque de concentration. De mon côté, il m'a fallu du temps pour apprendre à reconnaître les signes. Évaluer le poids d'un individu en fonction de l'empâtement d'une semelle dans la boue en analysant sa forme et l'espacement entre les pas, savoir si la personne marchait lentement ou courait… Malgré moi, je suis devenue une vraie pisteuse.

À une intersection, juste après une longue passerelle surplombant un cours d'eau, je remarque quelques marques de piétinements, comme si elle avait hésité, puis finalement ses empreintes semblent partir vers le sentier de droite, celui descendant vers la cuvette de Caldron Falls. Pourquoi diable prendre ce chemin ? En partant dans cette direction, Emily Bennett s'est complètement éloignée de la côte et du circuit de randonnée recommandé, et s'est enfoncée dans la forêt. Il n'y a rien par là... Et pourtant, ça ne fait aucun doute, c'est bien la route qu'elle a prise.

Nous marchons encore une vingtaine de minutes. Je sais qu'on devrait faire demi-tour, qu'il est trop tard pour poursuivre les recherches, surtout quand on est aussi mal équipés. Owen ne dit rien, mais il frissonne. La température a chuté. Le jeune homme a remonté la fermeture Éclair de sa veste et garde sa main libre plantée dans sa poche.

À un endroit où le sentier fait un coude, sous la lumière de ma lampe torche, le sol est étonnamment propre, débarrassé sur quelques mètres des habituelles aiguilles de pin, feuilles, branchages... Cette zone me semble trop lisse. J'ai déjà remarqué ça sur d'autres disparitions. Comme si on avait cherché à effacer des traces. Est-ce que je déraille ? Est-ce que je m'imagine des choses ?

— Il y a un souci, Owen. La piste s'arrête. Il n'y a plus de trace.

— Peut-être que Bennett a quitté le sentier, qu'elle a décidé de continuer en passant par la forêt ?

— Peu probable. La forêt est trop dense par ici. Progresser au milieu de ces buissons serait compliqué, elle aurait pris un temps fou...

— Et une attaque de prédateur qui lui aurait fait peur ? Un lynx ou un ours ?

— Je n'y crois pas. Les mammifères vivant dans les bois sont, pour la plupart, très méfiants vis-à-vis des humains. Et les rares attaques d'ours qui sont survenues ces dernières années étaient liées à la nourriture. Ils sont attirés par les vivres et les poubelles que certains randonneurs inconscients laissent au pied de leurs tentes. Ici, il n'y a aucune empreinte de griffes au sol, pas de sac déchiqueté. Rien.

— On fait quoi, Lauren, on continue ?

— Je sais qu'il se fait tard, mais cherchons encore un peu dans cette zone. Fais attention où tu mets les pieds, Owen. La moindre trace pourrait nous offrir une explication.

Pendant de longues minutes, j'analyse chaque carré de verdure. À un moment, le faisceau de ma lampe s'attarde sur un énorme tronc de séquoia gisant au sol, certainement arraché lors de l'une des dernières tempêtes. Là, je remarque un léger reflet argenté. Je m'approche. Tout au fond, parmi la terre et les éclats de bois, quelque chose a glissé. J'enfile mes gants, glisse ma main dans le bois fissuré, me griffe un peu le poignet en tentant d'extirper l'objet. C'est un petit carnet noir avec un fermoir en métal. Je l'ouvre et j'en éclaire la première page. Quelques mots : « Emily Bennett, mon journal ».

Je fais défiler les pages. Des textes courts, quelques croquis de plantes, d'arbres… J'arrive aux dernières notes inscrites. Les pages ont été jaunies par l'humidité à l'intérieur de l'arbre, l'encre a un peu coulé, mais reste heureusement lisible. Je lis le dernier paragraphe :

Ce matin, j'ai croisé un gars du coin, à proximité d'une petite épicerie où je m'étais arrêtée faire quelques courses. Un type étrange, mais plutôt sympa. Il m'a parlé de l'histoire de la forêt, et d'un endroit qu'il fallait absolument que je visite, l'ancienne colonie de Redwoods. Un village abandonné, génial d'après lui pour des photos souvenirs. Il m'en a indiqué l'emplacement sur ma carte. J'ai décidé de changer mon itinéraire pour y jeter un coup d'œil.

Comment son carnet s'est-il retrouvé ici ? Plus étrange encore... Le village effondré ? Pourquoi diable irait-elle là-bas ? Quel habitant du coin serait assez fou pour l'y envoyer ?

Je me redresse et me retourne vers mon adjoint :

— Owen, on a une piste.

5

Charlie
15 avril 2011

L'Étranger… c'est mon seul espoir. Je cours à perdre haleine à travers la forêt. Son chalet n'est plus très loin. J'ai la tête qui tourne. À un moment, je glisse dans une flaque de boue, mais me relève aussitôt. Un craquement, derrière moi. Est-ce que c'est lui ? Est-il encore à ma recherche ?

Je m'arrête un peu pour souffler, retire mon sac à dos et le fouille pour trouver ma gourde. Je tombe sur l'un des polaroïds que j'ai pris plus tôt, l'observe quelques secondes, malgré l'obscurité. On voit distinctement sa silhouette près du grand séquoia… L'Homme-rouge…

J'ai si mal au bras. Mon bandage est taché de sang, la blessure ne s'est pas encore refermée. Mon corps tremble comme une feuille. Je voudrais juste oublier tout ça. Le monstre… et tout ce qui s'est passé ensuite. C'est comme un tourbillon dans mon esprit. Tout se mélange : les questions, la rage, la peur et la colère…

Est-ce que je dois continuer ? Est-ce que je peux seulement lui faire confiance ?

On raconte tant d'histoires sur lui… Certains affirment que l'Étranger est venu se cacher à Redwoods parce qu'il était recherché dans les États voisins. D'autres disent qu'il ferait rôtir des gens dans sa cave.

Tous les autres enfants de la ville sont terrorisés par ce type. Pourtant, c'est vers lui que je cours. Vers sa cabane où, d'habitude, on vient jouer à se faire peur.

C'est comme ça que, moi aussi, je l'ai rencontré, la première fois. Un groupe de garçons de l'école sont venus me voir après la fin des cours, il y a deux mois. Des grands de la bande à Tim. Ils ont 14 ans, un an de plus que moi. Ils m'ont proposé de venir avec eux jusqu'au chalet. « Il paraît que la forêt, c'est ton domaine. Que rien ne te fait peur, à toi, la Boueuse. C'est ta chance de le prouver », m'ont-ils dit. En les accompagnant, j'espérais les impressionner. Je m'imaginais déjà leur montrer les endroits que j'avais découverts en explorant la forêt depuis toutes ces années : le Grove Canyon, la cascade de Hill Creek, le cimetière abandonné des premiers colons… On aurait pu faire tant de choses… Et puis nous sommes arrivés à la baraque de l'Étranger. Une fois qu'on a franchi la petite barrière en bois, le groupe s'est immobilisé. Il y avait un chien, un drôle de bâtard avec des oreilles tombantes, des pattes trop grandes et des touffes de poils marron plus longues par endroits. L'animal avançait d'un pas lent à travers le terrain. On ne bougeait plus. De vraies statues. Derrière moi, j'ai entendu un des garçons dire : « Venez les gars, on se tire. » Le chien a fini par s'écrouler sur le sol, comme si ces trois foulées l'avaient épuisé. C'était mon moment. Je me suis retournée et j'ai répondu : « Moi, j'y vais. » Tim et sa bande n'ont pas eu d'autre choix que de me suivre. J'avais beau n'être pour eux que Charlie la Boueuse, ils ne pouvaient pas montrer devant une fille qu'ils avaient les foies. On a progressé, recourbés sur nous-mêmes, jusqu'à la lisière du bois. Ensuite, il a fallu traverser une clairière et passer en terrain découvert pour accéder aux quelques marches du perron, puis à la porte du chalet. Sur le côté, j'ai remarqué la vieille Ford déglinguée de l'Étranger, une caisse pourrie qu'on entend toujours pétarader à des kilomètres à la ronde quand il débarque dans le centre-ville.

Je me suis retournée une nouvelle fois et j'ai dit : « Alors, qui se lance ? » Même si je savais bien que personne, à part moi, n'oserait y aller. Ils ont tous baissé les yeux. J'ai replacé ma casquette à l'effigie des Volcanoes de Salem et je me suis mise à avancer d'un pas que j'espérais décidé vers l'entrée du chalet. J'ai grimpé les quelques marches qui ont grincé sous mes pieds et, après une hésitation, j'ai frappé à la porte. Mon cœur battait à cent à l'heure. Et si ce qu'on racontait dans la cour du collège était vrai ? Et si la porte s'ouvrait brusquement et que des doigts griffus m'attiraient à l'intérieur et me balançaient dans une cave sombre ? Du bruit à l'intérieur. Je n'avais qu'une envie, foutre le camp, mais je me disais que les autres devaient m'observer. Ils n'attendaient que ça, que je craque… C'était ma chance. Alors, je suis restée là.

J'ai failli basculer en arrière. Le type était là, devant moi. Il est resté quelques secondes silencieux, à m'observer. J'étais paralysée. Mes yeux détaillaient sa chemise à carreaux élimée, sa barbe brune, ses cheveux mal peignés, parcourus de mèches blanches emmêlées, et sa cicatrice sur le sourcil. Au bout d'un moment, l'Étranger a levé ses deux mains vers moi en faisant un grand : « Bouh ! » J'ai pris mes jambes à mon cou et j'ai filé me planquer dans la forêt. Les gamins étaient déjà partis. J'entendais leurs rires au loin, et une phrase est parvenue jusqu'à moi : « Cette débile, elle s'est bien fait avoir. »

Ils voulaient se payer ma tronche. Ils y étaient arrivés. Depuis, je ne parle quasiment plus à personne à l'école. J'ai retenu la leçon. De toute manière, les autres gamins font tout pour m'éviter. Pour eux, je suis bizarre, trop différente. Ils m'appellent la Boueuse parce que je vis dans une maison au cœur de la forêt. Ils me donnent d'autres surnoms aussi, qui font plus mal encore, parce qu'ils trouvent que je ressemble trop à un garçon. Mais moi, je les emmerde tous.

Par contre, j'ai pris l'habitude de revenir espionner l'Étranger. Il s'est passé quelque chose, ce jour-là, quand il a ouvert la porte. Son petit sourire en coin peut-être, ou cette lueur tout au fond de ses yeux marron – je ne saurais l'expliquer. Visite après visite, il m'effraie de moins en moins.

Ses journées semblent dictées par les mêmes rituels. Il s'installe sur son perron dès qu'un rayon de soleil perce la canopée, il allume son vieux tourne-disque, oriente les enceintes vers l'extérieur. Il s'installe dans son siège en bois, écoute de la musique surgie d'une autre époque, souvent des morceaux de rock un peu mélancoliques. Avec des gestes lents, il boit son café, se balance d'avant en arrière. Son clébard, Flash, vient souvent s'allonger à ses pieds. Des fois, l'Étranger lui cause. Quelques mots, pas plus. Il se marre un peu. Puis, il se met à sculpter ses petites figurines dans des morceaux de bois. Un jour qu'il n'était pas là, j'ai regardé par la fenêtre de son chalet et j'ai vu les étagères où il entrepose ses statuettes. Il en a déjà sculpté plein. Mais je ne vois pas trop ce qu'elles représentent.

Sauf l'autre soir, il y a une semaine... Après avoir terminé sa figurine et balayé les copeaux de bois au sol, il est rentré chez lui et l'a laissée dehors, derrière lui, sur la table basse. Je n'ai pas pu me retenir et suis allée voir. Quand j'ai attrapé la sculpture, j'ai compris. Elle représentait un personnage allongé, les mains sous le menton, une casquette vissée sur la tête, un peu de travers. C'était moi, évidemment... Je l'ai mise dans ma poche et j'ai filé. Le soir, avant de me coucher, j'aime bien la regarder, puis je la planque sous mon oreiller au cas où mon paternel tomberait dessus.

L'Étranger ne me fait plus peur, bien au contraire. Je ne sais pas pourquoi, mais il y a un truc qui me rassure chez lui. Un truc qui attise ma curiosité, aussi. Je me demande à quoi il pense, d'où il vient, ce qu'il a fait avant. Pourquoi est-ce qu'il a cette démarche un peu lourde, fatiguée ? Pourquoi se masse-t-il souvent, au niveau du torse, comme si quelque chose le démangeait ou lui faisait mal ? En fait, je crois que si je cours vers lui aujourd'hui, c'est justement pour ça. Parce qu'il n'est pas d'ici, parce qu'il n'appartient pas à Redwoods.

Sans m'en rendre compte, j'ai sorti la statuette à mon effigie et je la serre dans ma main. Je dois repartir. J'arriverai bientôt chez lui...

Il faut qu'il accepte de m'aider. Sinon, l'Hommerouge me retrouvera.

6

Paul
15 avril 2011

Il fait nuit noire. J'ouvre une grosse conserve de *meatballs*, la vide dans une casserole et la fais chauffer sur la plaque à gaz dans le minuscule coin cuisine du chalet. Quand ça commence à fumer, j'en verse la moitié dans la gamelle de Flash et je mange le reste, à même le plat.

— Bon appétit, vieille carne, dis-je, tandis que mon chien bâfre sans un regard pour moi.

En cinq ans, je suis devenu une sorte de parodie du parfait *redneck*. Mes chemises à carreaux, la barbe que je me suis laissé pousser... Je me suis même mis à pêcher deux ou trois fois par semaine, au bord de la rivière Smith, sans jamais faire de grosse prise, mais ça me vide la tête. Flash, lui, aime bien passer des heures à donner des coups de griffe dans l'eau. Je n'ose pas lui dire que c'est son reflet qu'il chasse dans la rivière : pas envie de le contrarier.

Une fois par semaine, le jeudi soir, je vais boire un coup au Blackstone. Je ne cause pas des masses, et les habitants de Redwoods, eux aussi, gardent leurs distances. Ça me va. Il y a bien cette fille, la barmaid, Kaitlyn, *alias* Kait, qui, derrière sa voix cassée, ses airs un peu durs, ses gestes secs, cache quelque chose de touchant. Elle est toujours gentille avec moi, prend de mes nouvelles. Elle m'appelle « Paul le trappeur ». Je sens bien qu'elle se fout gentiment de moi. Pour elle, je coche toutes les cases, réponds à tous les clichés du citadin qui vient se mettre au vert. En même temps, elle n'a pas complètement tort. Je pourrais peut-être tenter d'aller plus loin avec elle, l'inviter un jour à dîner quelque part, mais je ne sais pas... Rester en marge, ça me convient très bien. C'est pour ça que je ne suis pas si mal ici, à Redwoods. On me fout la paix.

Je finis mon assiette, dépose la casserole dans l'évier, rempli à ras bord de vaisselle sale. Je nettoierai plus tard. Par terre, Flash étire ses longues pattes et lâche un pet. Je lui hurle dessus :

— Tu pourrais te tenir, quand même ! On sort à peine de table.

Il me jauge de son œil éteint, se retourne, l'air de rien. Je n'ai décidément aucune autorité sur ce chien.

Lui non plus, je ne l'avais pas prévu. Un matin, quelques mois après avoir emménagé, j'ai remarqué du mouvement dans les buissons. Au départ, j'étais un peu terrorisé. Je savais qu'il y avait pas mal de bestioles sauvages dans les bois. J'ai attrapé une batte de base-ball et me suis approché. Les fourrés remuaient. Et là, alors que je m'apprêtais à frapper, je l'ai vu sortir. Il était couvert de boue, et, sans même s'arrêter devant moi, il est monté sur le perron et s'est allongé au soleil. Depuis, je n'ai jamais osé le mettre dehors.

Ce clébard passe son temps à me rendre furax, mais, au fond, je l'aime bien. Il me tient compagnie. Il se fout de tout, tout le temps, et je l'admire un peu pour ça. Les premiers temps, j'ai bien essayé de le dresser, de lui apprendre à aller chercher la balle, à se coucher, à s'asseoir, ou ne serait-ce que de donner la patte. Mais rien à faire. Aujourd'hui, si je réussis à lui faire lever le museau, c'est déjà une victoire.

J'attrape un magazine au titre évocateur : *La Pêche en eaux vives en toute simplicité*. Je ne désespère pas. Je finirai bien par ramener autre chose que des branches ou des poissons microscopiques. Ce n'est certainement pas avec ce que je pêche que je pourrais me refaire… Un de ces jours, il faudra bien que je me trouve une vraie occupation, que je fasse rentrer un peu d'argent. Les économies que j'ai pu faire grâce aux articles sur l'affaire Mike Stilth sont quasiment épuisées. Et ensuite ? On verra bien. Je me sers un fond de whiskey et m'allonge sur mon lit. Une journée de plus, Paul…

Du bruit sur le perron. On frappe à la porte. Je me lève d'un bond. Encore des gamins, à cette heure-ci ? En général, ils ne viennent pas m'emmerder après la tombée de la nuit. Ça frappe de nouveau, plus fort cette fois. Flash lève un œil morne vers moi. Oui, c'est bon, j'y vais… Au pire, la batte est là, dans l'entrée.

— Qui est là ?
— Ouvrez-moi, s'il vous plaît, répond une voix fragile, étranglée par la peur.

J'entrouvre la porte. Devant moi, recroquevillée sur elle-même, la môme avec sa casquette. Celle qui passe son temps à m'espionner. Sa veste en jean est déchirée. Son pantalon est couvert de boue et de feuilles. Elle s'est griffé la joue, et ses mains sont en sang.

— Qu'est-ce que tu veux ?
— J'ai besoin d'aide. Je vous en prie. Je peux entrer ?

Elle avance sa basket usée sur les grosses lattes du parquet.

J'hésite. Son pied, qui a déjà franchi le seuil, me fait l'effet d'une menace. Personne ne doit passer cette barrière invisible. Personne n'entre dans ma vie. Flash s'est levé et renifle la môme. Elle jette des regards apeurés vers l'extérieur. Dans un grognement, je me pousse et la laisse pénétrer dans le chalet.

— Raconte-moi ce qui t'est arrivé. Tu as eu un accident ?
— Non... je ne peux rien vous dire. J'ai juste besoin de me cacher un peu chez vous. Le temps de réfléchir.
— Écoute, petite, je suis désolé, mais tu vois comme je vis, je n'ai pas de place. Et puis je ne te connais même pas. Tes parents vont certainement s'inquiéter pour toi. Je peux les appeler, si tu veux. Donne-moi leur numéro.
— Non, surtout pas. On ne peut pas prévenir mon père. Personne ne doit savoir que je suis ici.

Je pointe du doigt sa veste déchirée.

— C'est ton père qui t'a fait ça ?

Elle hoche la tête de gauche à droite.

— Il va falloir que tu me parles, la môme, si tu comptes rester chez moi.

Elle se passe les mains sur son visage, luisant de larmes.

— Je… je ne peux pas. Je vous jure. C'est pour vous que je fais ça. Vous ne pouvez rien savoir, ça vous mettrait en danger. Je voudrais juste me reposer un peu. J'ai eu si peur.

Elle m'attrape le poignet et serre fort.

— Vous voulez bien fermer la porte, s'il vous plaît… Il va me chercher.

Je m'exécute et ferme les verrous.

— Mais de qui parles-tu ?

— Laissez-moi juste quelques heures et je vous fiche la paix. Vous n'entendrez plus jamais parler de moi. Je vous le jure.

— On peut au moins prévenir la police, non ? Le shérif te protégera mieux que moi…

— Non, surtout pas. Pitié, ne décrochez pas le téléphone.

Elle tend vers moi ses mains tremblantes.

— Bon… Je te laisse mon lit pour la nuit.

— Dites, monsieur… Vous ne me ferez rien, hein ?

— J'ai déjà mangé un gamin au dîner, j'ai plus très faim…

Elle a un mouvement de recul. Pour l'humour, faudra repasser, Paul. Je me sens si rouillé, comme si je ne savais plus comment m'y prendre, parler, communiquer.

— Je blaguais. Tu es en sécurité ici. Je vais m'installer là-bas, sur le canapé, près du poêle. Et puis, comme tu peux le voir, j'ai un sacré chien de garde.

Flash tourne autour de la môme. Elle le caresse avec un sourire éteint.

— C'est quoi ton prénom ?

— Charlie.

— Moi, c'est Paul. Paul Green. Repose-toi maintenant.

Je la laisse s'allonger sur mon lit, remonte la couverture sur ses épaules. Elle frissonne. En fouillant dans mes affaires, je mets la main sur ma trousse de soins et trouve de quoi désinfecter la plaie sur sa joue. Elle a un bandage rudimentaire imbibé de sang, serré autour du bras. Je l'enlève lentement, et regarde la blessure. La peau est sacrément entaillée. Une balafre de cinq ou six centimètres.

— Comment tu t'es fait ça ?
— Rien. Une branche ou des ronces…

Jamais une branche ne laisserait une telle entaille. Il s'agit plus probablement de la lame d'un couteau. Mais elle n'est pas en état de répondre à une question de plus. Par chance, un pansement de suture adhésive se trouve au fond de la boîte. Je l'applique précautionneusement sur la plaie. J'attrape sa veste, son jean que je nettoie avec un tissu humide et que je fais sécher sur le poêle. À un moment, elle me regarde et me dit, d'une voix faible :

— Je l'ai toujours su, moi…
— Su quoi ?
— Que vous n'étiez pas un monstre.

Elle se retourne dans le lit.

J'attends quelques instants, m'approche du téléphone. Je devrais prévenir les autorités. Il manquerait plus qu'on m'accuse du kidnapping d'une mineure. Mais elle m'a prévenu. Je repose le combiné et observe la môme. Ce n'est pas une simple fugue. Charlie a vu quelque chose. Quelque chose qui l'a terrifiée.

7

Lauren
15 avril 2011

Il est près de 23 heures. Chaque minute qui passe est une minute de trop. Je le sais, j'ai vécu ça tant de fois. Il faut faire vite. Emily Bennett est là, quelque part. Et elle a besoin d'aide.

Une fois qu'Owen et moi sommes retournés au refuge, j'ai décidé de me rendre seule dans l'ancien Redwoods, le village effondré, en suivant le message laissé par Emily. Le sentier qu'elle empruntait menait droit à la colline abritant les ruines. Peut-être a-t-elle voulu les visiter et s'est-elle blessée là-haut en faisant une mauvaise chute…

J'ai récupéré mon véhicule et pris la route. À pied, en pleine nuit, il m'aurait fallu trop de temps. Owen, quant à lui, doit retrouver Gerry pour commencer à organiser les recherches.

Le shérif, justement, vient de m'appeler. Gerry est sur le pied de guerre. Malgré l'heure tardive, il a déjà alerté les bénévoles qui ont l'habitude de nous donner un coup de main, et les autorités de l'État. Dès l'aube, il pense pouvoir déployer les premières équipes pour commencer les battues en forêt.

— On a eu un coup de bol, cette fois-ci, Gerry. J'ai retrouvé le carnet de la randonneuse. Elle a dû le perdre ou le laisser tomber. Ça fait longtemps qu'on n'a pas eu une piste comme ça. Normalement, ils ne laissent jamais rien derrière eux. Dans les dernières notes qu'elle a écrites, Bennett disait vouloir se rendre au village effondré.

— Mais personne ne va jamais là-bas, Lauren. C'est bien trop dangereux.

— Apparemment un type lui a parlé de l'endroit. Je dois aller jeter un œil, pas le choix.

— Tu ne veux pas que je t'accompagne ? Tu sais bien que c'est risqué de s'y aventurer seule. Tu ne connais pas bien le coin.

— On n'a pas le choix, tu as trop de choses à préparer de ton côté. Je ne veux pas qu'on mette toute notre énergie là-dessus si ça ne mène à rien.

— Bon… Je ne te demande pas d'attendre le lever du soleil, je te connais. Tu es déjà en route, n'est-ce pas ?

— Oui, chef.

— Je déteste quand tu m'appelles comme ça.

— Je sais…

— Lauren, fais gaffe à toi. Le terrain est toujours très dangereux, dans ce coin-là. Et on dit que l'ancien village est maudit.

— Je ne crois pas aux superstitions, Gerry, tu le sais bien.

Il marque un temps.

Je sais pertinemment de quoi il veut me parler. Je lis en lui comme dans un livre ouvert, après vingt-deux ans passés à bosser ensemble.

— Lauren, n'oublie pas, surtout, ce que je t'ai déjà dit un milliard de fois…

— Oui, je sais. Il faut que je garde un peu de recul, que ça ne me bouffe pas. Pas besoin de ton sermon, Gerry. Je le connais par cœur.

— Tu connais mon credo. On fait ce qu'on peut…

Je ne le laisse pas finir :

— … et c'est déjà beaucoup. Tu radotes.

— Je prends soin de mes adjoints, c'est tout. Appelle-moi s'il y a le moindre souci. Je garde mon téléphone. Tu veux que je prévienne John que tu vas rentrer tard ?

— Oui, je veux bien. Merci.

Gerry, bien entendu, est au courant que c'est compliqué en ce moment entre John et moi. Il m'a avoué que mon mari lui avait demandé de me retirer le dossier des disparus il y a quelques semaines. Mais pour le moment, le shérif continue à me soutenir.

J'arrive rapidement au sommet de la colline. Sur la gauche, un haut grillage de sécurité a été installé il y a une trentaine d'années pour éviter que les touristes et les habitants ne s'aventurent dans la zone. Dans le halo des phares, les contours anarchiques des ruines commencent à se dessiner. Une parcelle de 10 hectares a ainsi été sécurisée, totalement interdite d'accès. Elle englobe la majeure partie de la colline, les vestiges du village abandonné et, plus loin, l'ancienne mine hydraulique.

Je quitte ma voiture et m'approche du grillage rouillé. Tous les trente mètres, des panneaux jaunes sont agrafés le long de la grille :

ZONE INTERDITE – RISQUE D'EFFONDREMENT –
DANGER DE MORT

Je passe ma lampe à travers la clôture. Au cœur des ombres, je distingue le clocher penché de l'ancienne église, ainsi que la façade d'un bâtiment en partie écroulé. Ici et là, j'aperçois des gouffres et des failles qui s'enfoncent dans la terre. Le village effondré... une histoire qu'on connaît tous, à Redwoods, mais qu'on préfère oublier.

Pas de commémoration, pas de visite des lieux ni de monument. Et ça se comprend. On ne peut pas se construire sur un tel drame. Ce qui s'est passé ici est tellement sinistre. Une nuit de novembre, en 1881, le village a été anéanti à la suite d'un terrible affaissement. La colline s'est fissurée, de nombreux gouffres sont apparus, provoquant l'effondrement des habitations. La roche en dessous avait été trop fragilisée par les kilomètres de galeries creusées pour trouver de l'or. Il y a eu une soixantaine de morts, cette nuit-là. Pas d'autre choix ensuite que de condamner l'accès aux ruines et de reconstruire un autre village, plus bas, près de la côte. Celui qui deviendrait notre actuelle cité. Avec les années, on a oublié ces vestiges, et les morts qui la hantent encore. Pour les habitants de la nouvelle Redwoods, il fallait aller de l'avant. Il en a toujours été ainsi dans la région. Entre les tempêtes, les tremblements de terre, les incendies, les maladies, les attaques de bêtes sauvages… Nous sommes habitués au drame, malgré nous.

Le grand portail en fer est fermé par un solide cadenas en acier. Je tire le battant, mais impossible de passer par ici. Quelque chose m'interpelle cependant. Il y a des traces le long de la serrure, le métal semble un peu moins oxydé au niveau du barillet. Comme si on l'ouvrait encore fréquemment. Pourtant, à ma connaissance, personne ne vient jamais ici. Peut-être que l'équipe du musée continue à y faire quelques recherches. Il faudrait que je me renseigne à l'occasion, que j'aille en discuter avec Meredith, la conservatrice. Mais pour le moment, il y a plus urgent : retrouver Emily Bennett.

Je fais le tour de l'enceinte de l'ancienne Redwoods. Dans cette nuit sans lune, on n'y voit qu'à quelques mètres. Je tente de trouver mon chemin jusqu'au sentier de randonnée, endroit par lequel la jeune femme aurait pu arriver ici. J'appelle Emily, j'appelle encore. Mais ma voix semble étouffée, comme aspirée par la nature environnante. Ici, la végétation est différente de celle du reste de la forêt. On trouve moins de séquoias, uniquement des pins au feuillage dénudé, quelques arbres faméliques dont les branches sont couvertes de mousse tombante, comme si on les avait recouverts de linceuls. La forêt elle-même semble imprégnée de la sombre histoire de ces lieux.

J'arrive, justement, à l'ancien cimetière. Là où furent enterrées les nombreuses victimes de l'effondrement. Avec le temps, le lieu est devenu presque introuvable pour quiconque ne connaîtrait pas le coin. Les tombes ont été dévorées par la mousse, explosées par les racines. Je manque de trébucher sur une pierre tombale ébréchée et réprime un frisson. Je n'aime décidément pas cet endroit. Pour le moment, le grillage semble en bon état, pas de trace d'effraction. Ça me rassure un peu. Je n'avais aucune envie de m'aventurer dans les environs.

Je progresse encore. Et merde… Là, devant moi, un arbre déraciné a entraîné, sans doute dans sa chute, tout un pan du grillage. Il a comme été plié en arrière. En grimpant un peu, il semble aisé de passer de l'autre côté. Pourtant, il ne présente aucune trace du passage d'Emily : pas même un morceau d'étoffe, ou de sac qui aurait pu s'accrocher au passage… rien. Mais il faut que j'en aie le cœur net. Je dois aller voir.

Ma lampe est braquée au sol. Pas de fosses dans le coin. J'avance prudemment vers le haut de la colline, où les principaux bâtiments du village ont été bâtis, me guidant grâce à la silhouette lugubre du clocher penché de la chapelle. Plus je progresse, plus des crevasses commencent à apparaître. Je me faufile précautionneusement entre les trous béants, oriente ma torche à l'intérieur. Les fosses ont été en partie bouchées par l'érosion et les années. C'est un chaos de roches, de ronces, de bois… Mais pas de trace de Bennett…

J'arrive au cœur de l'ancien village. Devant moi, quatre bâtiments se maintiennent encore péniblement debout. Autour, ce ne sont plus que des gravats, vestiges de murets et amoncellements de poutres. Moi qui n'étais jamais venue, je prends la mesure de l'horreur qui s'est jouée ici. C'est comme si la colline avait dévoré la ville, comme si la nature l'avait broyée. Je m'approche de la première bâtisse, dont le toit semble affaissé. Au milieu de sa façade en bois sombre, la porte a été arrachée.

J'entre. Le parquet craque sous mes pas. Sur la gauche, il reste encore un poêle à bois, dont le conduit tordu grince. Devant moi, un énorme buisson de ronces. J'ai du mal à voir à travers. J'essaie d'écarter quelques branches, mais les planches sur lesquelles je me tiens commencent à basculer vers l'avant... *In extremis*, je m'agrippe tant bien que mal à ce que je trouve. Sous mes pieds, quatre mètres de vide, puis un énorme tas de planches, de poutres et de tuiles.

La maison a été coupée en deux. Il ne reste que cette façade, comme un trompe-l'œil, un décor. De dehors, impossible de s'en rendre compte. Bon sang, c'était moins une...

Direction la deuxième ruine. Rien d'intéressant ici, il s'agit d'un ancien grenier à grain qui semble avoir été aspiré de l'intérieur. Les façades ont basculé dans le vide. Je m'efforce de sonder les tréfonds. Avec, comme chaque fois, l'appréhension de découvrir la silhouette sans vie de Bennett. Mais il n'y a rien. Tout en criant le prénom de la disparue, je continue parmi les décombres jusqu'à l'église.

L'édifice s'est affaissé de tout son long dans un gouffre. Son clocher, brinquebalant, tient encore debout, on ne sait comment. Vigilante, je passe ma tête par l'ouverture. Ce que je découvre à l'intérieur est surréaliste. L'église a été comme tordue, écrasée par une main titanesque. Si le perron est toujours en place, le reste du bâtiment s'est complètement effondré sur le côté. Du lierre a pénétré par les anciens vitraux et envahi l'intérieur. Au niveau de la charpente, des poutres ont explosé et leurs éclats acérés apparaissent comme autant de griffes pointées sur moi. Contre le pan gauche, des reliquats de bancs s'amoncellent sur une estrade. Au fond, dans la sacristie, une énorme croix gît, broyée.

On pourrait y voir un signe… Après ce drame, la religion n'a jamais véritablement retrouvé sa place dans nos terres. Rares sont les habitants de Redwoods à être aujourd'hui pratiquants. La petite chapelle dans le centre-ville est le plus souvent fermée. Elle n'ouvre ses portes qu'une fois par mois, quand un pasteur de Brookings vient y dire son office. Et on n'y croise pas foule. Pourquoi cela ? Peut-être parce que lorsqu'on vit ici, on sait qu'on ne peut pas croire en un être magnanime et clément qui veillerait sur nos existences. La vie est dure, par chez nous. On ne peut compter que sur nous-mêmes et sur nos frères et sœurs de la communauté. Il n'y a pas de place pour Dieu. On ne se prosterne pas. On fait face. On encaisse.

Plus qu'un bâtiment à explorer. J'ai envie de ficher le camp d'ici et au plus vite. Si Emily était dans une de ces fosses, je l'aurais déjà retrouvée. J'ai quasiment regardé partout. Mais je dois aller au bout, jusqu'à la dernière bâtisse, mieux conservée que les autres. C'est une construction rectangulaire à la peinture blanche écaillée. Il s'agit certainement de l'ancienne école. Les vitres sont presque opaques, noircies par le temps. Sous un petit porche, une porte. J'en tourne la poignée et entre. Il y a du mouvement à l'intérieur. Je sursaute et fais un bond en arrière. Des dizaines de branches pendent du plafond, attachées à des cordages jaunis. Le vent, s'engouffrant par l'une des fenêtres brisées, les fait se heurter les unes aux autres. Il y en a partout. C'est dément… J'en saisis une. Aucun doute, il s'agit d'une branche de séquoia. Elle est complètement desséchée, certainement accrochée là depuis une éternité. À quoi ça rime ? Quel esprit malade a pu ainsi décorer cette pièce ?

J'explore la salle en poussant les branchages de ma main libre. Le feuillage rêche se mêle à mes cheveux. Au fond, sur un grand tableau d'ardoise, un étrange gribouillage. De longs traits verticaux blancs ont été tracés à la craie. Ils débordent même sur le mur et s'étendent au plafond et au sol, jusqu'à mes pieds. Les lignes se croisent, se chevauchent comme si quelqu'un avait fait crisser encore et encore un bout de craie sur les murs.

J'en prends quelques photos. Le flash vient projeter les ombres démentielles des branches sur le plafond de l'école abandonnée. Qui a pu faire une chose pareille ? Un des nombreux illuminés qui vivent dans la région ? Un groupe de gamins qui voulait se faire peur ? Il se dégage de cette salle quelque chose de malsain.

En courant à travers le terrain, je retourne à ma voiture. Je claque la portière et reste là, quelques instants, dans le silence, à reprendre ma respiration. Comme si j'avais retenu mon souffle durant tout ce temps. Il me presse de mettre un maximum de distance entre ce lieu et moi. Gerry avait peut-être raison, le village effondré est maudit. Pourtant, il n'y a rien dans ces satanées ruines. Emily Bennett n'est pas ici. Je dois rejoindre les autres et les aider pour les recherches. La nuit est loin d'être finie.

8

Charlie
16 avril 2011

Je n'ai pas fermé l'œil de la nuit. Par la fenêtre au-dessus du lit, à travers un filet de poussière, un rai de lumière apparaît. Le jour se lève. L'Étranger ronfle sur son canapé. Moi, je reste allongée, en boule, la couverture râpeuse remontée sur mes épaules. Dehors, un oiseau chante. Une mésange à tête noire, à coup sûr. De ses piaillements mélodieux, elle sonne le réveil de la forêt.

Je repense encore à ce que j'ai vu hier. Comment est-ce possible qu'un endroit si magique abrite une telle horreur ?

« La lumière attire toujours les ombres… »

Malgré moi, je retourne là-bas…

Il était un peu plus de 18 heures, et je savais bien qu'il était temps de rentrer à la maison. Si mon père débarquait et que je n'avais rien préparé pour le dîner, il allait être furax. Pourtant, je le sentais. Cette fois, c'était la bonne.

C'était son heure… Ça faisait plusieurs fois que j'essayais de le choper, mais il s'envolait toujours trop tôt. Il aimait bien venir ici, à Grove Canyon. J'avais reconnu son chant dix jours auparavant, puis, en scrutant les branches, j'avais fini par l'apercevoir. Une grive à collier. Un oiseau très rare. Si je réussissais à le prendre en photo, il aurait une place de choix dans ma collection.

Grove Canyon, c'était mon domaine, mon territoire. Ici, on était bien loin des circuits touristiques. Seuls les locaux connaissent cet endroit. Et encore, personne ne s'y aventure jamais. Quand ma mère m'y avait emmenée pour la première fois, je m'étais dit que le canyon avait quelque chose de féerique. Maman disait que c'était son jardin d'Éden. C'était devenu le mien. Si seulement j'avais su…

Autour de moi, grimpant à plus de dix mètres de hauteur, les gorges se dressaient. Un amas compact de fougères, de lierre et de mousse formait un véritable mur végétal. Chaque fois que je m'y enfonçais, j'avais l'impression de remonter le temps, jusqu'à l'ère préhistorique. Ici, tout semblait si vieux, si mystique qu'on se serait presque attendu à tomber nez à nez avec un stégosaure. Tout en cherchant l'oiseau du regard, je m'amusais à grimper sur les arbres arrachés qui, avec les années, avaient perdu leur écorce, jusqu'à devenir blancs. Certains créaient des passerelles naturelles. J'adorais les parcourir en tentant de garder l'équilibre.

En cet instant, je m'étais dit, une fois de plus, que ç'aurait été sympa, un jour, d'emmener des amis ici.

Puis j'ai repensé à ce qu'on m'avait fait, aux surnoms horribles qu'on me donnait, et j'ai craché par terre.

J'ai repositionné ma casquette, légèrement sur le côté, et me suis mise à sauter de galet en galet, entre les petits rus, en évitant que mes vieilles baskets ne touchent l'eau. C'était si calme. J'avais les yeux rivés sur les troncs, quand j'ai entendu un chant que j'ai reconnu immédiatement. Un « tchooook » qui s'étire, un cri si différent des autres oiseaux, plus triste. Je l'ai repérée, en hauteur, sur une branche qui passait au-dessus du canyon : la grive à collier était là. Sa gorge d'un orange éclatant, la large bande noire qui séparait sa tête de sa poitrine et qui lui valait son nom. Et surtout, ce qui faisait sa beauté, ce long sourcil orange au-dessus des yeux... J'ai attrapé mon sac à dos, lentement, sans quitter le passereau des yeux. Mais en un éclair, l'oiseau s'est envolé et a disparu au-dessus du canyon, vers la droite. Je savais comment le rejoindre. Plus loin, il y avait un tronc, le long de la gorge. Si on s'y accrochait bien, il pouvait servir d'échelle naturelle. J'y ai grimpé pour arriver au-dessus du canyon. Je portais mon Polaroid en bandoulière et cherchais la grive à travers le sous-bois. Mais il commençait à faire nuit, et on y voyait de moins en moins bien. Soudain, un autre bruit a brisé le silence. Là-bas, vers cet immense séquoia. Un des plus majestueux des environs. Son écorce rouge jurait avec le vert tout autour. Le bruit semblait provenir de l'autre côté de l'arbre. Comme si on grattait la terre... Qu'est-ce que ça pouvait être ? Un cerf, un ours ? Plus je m'approchais, plus le bruit se faisait lourd, profond. Accroupie, planquée derrière des fougères, j'ai fait le tour de l'arbre centenaire. Au pied de ses racines, il y avait un homme de dos. Il était courbé en avant, il soufflait fort et il murmurait quelque chose. Une sorte de prière, qu'il répétait, sans cesse. Je ne parvenais qu'à distinguer que la deuxième partie de sa phrase : « ... protège-nous du mal. »

Qu'est-ce qu'il faisait là ?

J'ai eu un picotement dans la nuque, mes mains se sont mises à trembler. La peur, telle une vague, est montée en moi. « Quelque chose cloche, Charlie... quelque chose cloche », ai-je pensé.

L'homme avait le corps à moitié enfoncé dans la terre. Il tenait quelque chose dans ses mains. Un bout de bois ? Non, une pelle. Il creusait un trou !

Je me souviens m'être demandé : mais pourquoi ici ? Pourquoi à cette heure-ci ? Je me suis encore avancée, mais une branche a craqué sous mes pas. Alerté, l'homme a regardé autour de lui. Il portait une sorte de cagoule qui dissimulait son visage. Il avait l'air sur le qui-vive, de craindre d'être repéré. Au bout d'un moment, il s'est hissé hors du trou, a saisi un énorme sac empaqueté puis l'a laissé tomber à l'intérieur. Par réflexe, j'ai empoigné mon Polaroid et l'ai photographié.

Il eût clairement mieux valu que je déguerpisse, mais je restais là, à l'observer. La forme du sac, sa taille, les taches noires sur le tissu gris... Deux mots se sont inscrits dans ma tête : LES DISPARUS. Le premier polaroïd n'avait même pas fini de se développer que je reprenais une autre photo. Parce que je sentais qu'il était important que je garde quelque chose, que je fige l'horreur. La deuxième fois, l'homme a entendu le déclencheur, il s'est retourné, a fouillé la végétation du regard. D'un bond, il a jailli de sa fosse et a fait quelques pas dans ma direction. J'étais terrorisée. Il n'était plus qu'à une dizaine de mètres. J'entendais sa respiration et ses grosses chaussures qui écrasaient les fougères. Puis il s'est arrêté net. Il était là, à me fixer d'un œil noir. C'est à ce moment que j'ai vu son masque, parcouru de lignes de sang.

Sans un mot, il a porté la main à sa ceinture et en a extrait un long couteau à lame recourbée qu'il a pointé vers moi. Il ne parlait pas, ne bougeait plus. Son silence me terrifiait. J'ai enfourné mon appareil photo et les deux polaroïds dans mon sac et me suis enfuie. Il ne fallait pas qu'il m'attrape. Sinon, je finirais moi aussi au fond d'un trou. Je devais me cacher, me mettre vite à l'abri. Mais ce n'était que le début.

Stop... je n'en peux plus. Je me redresse sur le lit.

Quand maman était malade, vers la fin, mon père avait pris l'habitude de me dire : « La lumière attire les ombres. » Et il avait raison... Je ne retournerai plus jamais à Grove Canyon. J'ai l'impression que j'ai laissé quelque chose là-bas, que ce monstre m'a volé une partie de moi-même. Mais bordel de merde, pourquoi est-ce tombé sur moi ? J'en ai assez bavé, ces dernières années, non ?

Je ne veux plus revivre ça. Je me tape sur le crâne. Je voudrais que ça sorte de ma tête, ne jamais avoir fichu les pieds dans ce canyon. Ne jamais avoir croisé sa route...

9

Paul
16 avril 2011

J'ouvre un œil. J'ai le dos en compote après avoir dormi sur mon canapé aux ressorts défoncés. Des effluves de café flottent dans la cabane. La môme est déjà debout. Elle est à l'autre bout de la pièce, devant les plaques à gaz. Je me lève, jette une bûche dans le poêle, attise les braises.

Ce matin, Charlie ne porte pas sa casquette. Ses cheveux châtains, en bataille, m'apparaissent pour la première fois. Elle a des mèches plus longues que d'autres, comme si c'était elle, tant bien que mal, qui se coupait les cheveux. Flash est collé à ses basques. Elle vient d'allumer son téléphone portable et consulte ses messages. Avant qu'elle n'ait le temps de ranger son appareil, je jette un œil par-dessus son épaule. L'écran affiche une dizaine d'appels en absence de son père.

— Bonjour, Paul. J'ai préparé du café, dit-elle en se retournant.

— Qui t'a donné la permission de toucher à mes affaires ?

Elle me regarde, un peu gênée, et baisse ses grands yeux verts au sol.

— Tu sais te servir d'une cafetière moka, au moins ? Si tu m'en mets partout, tu vas m'entendre...

— Ne vous en faites pas, on a la même chez nous. Ma mère aimait bien faire des cafés comme ça. Elle disait que ça lui rappelait l'Italie. C'était une blague entre nous, parce que je savais bien qu'elle n'avait jamais quitté Redwoods.

— Tu as bien dormi ? Et ta blessure au bras ?

— Ça va. Je me sens un peu mieux. Il est sympa, votre chien.

Comme s'il la comprenait, le clébard tend le museau vers elle. Charlie passe la main entre ses oreilles.

— Flash... Pourquoi lui avez-vous donné ce nom ?

— Parce que c'est le chien le plus rapide de l'univers...

Elle lâche un petit rire timide en portant la main à sa bouche, comme si elle n'avait pas l'habitude de rire librement, à gorge déployée. Elle ajoute :

— C'est vrai que c'est une flèche. Il lui a fallu trois minutes ce matin pour traverser la cabane quand il a vu que j'étais réveillée.

— Et encore, le matin, il est en forme. Si tu veux tout savoir, j'ai aussi choisi ce nom parce que ce con de chien a débarqué chez moi alors que j'écoutais mon groupe préféré, les Rolling Stones, un morceau qui s'appelle *Jumpin' Jack Flash*.

Elle montre du doigt les étagères qui couvrent tout un pan du cabanon, remplies des vinyles chinés chez des disquaires et antiquaires de la région.

— Avant de venir vous enterrer à Redwoods, vous faisiez quoi ? Vous étiez musicien ?

— Non, pas exactement... Et toi, d'ailleurs ? Je ne connais même pas ton âge.

— J'ai 13 ans. Et vous ?

— Un poil plus !

Tandis que la cafetière finit de bouillir, je sors deux mugs à peu près propres pour servir le café et mets une conserve d'haricots à chauffer.

— Assieds-toi. Faut qu'on cause.

Elle s'exécute. Flash, sentant certainement que la discussion va s'éterniser, s'allonge à mes pieds. J'observe la môme. Ça me fait tout drôle d'avoir quelqu'un ici, assis à ma table. Chez moi.

— Je ne peux rien vous dire. Ça vous mettrait en danger.

— Tu as vu quelque chose, c'est ça ?

Elle hésite, boit une gorgée et opine.

— Pourquoi n'es-tu pas allée chercher de l'aide auprès de tes parents ?

Son visage se crispe :

— Avec mon père, c'est compliqué.

— Et ta mère ?

— Elle est morte il y a deux ans, d'un cancer.

Pauvre môme.

— Je suis désolé... Mais qu'est-ce que tu veux faire, alors ? Tu ne comptes pas rester planquée chez moi pendant des siècles ?

— Non, bien sûr. Je voudrais juste comprendre ce qui s'est vraiment passé, que je sache en qui je peux avoir confiance.

— Tu peux me faire confiance. Je ne connais personne dans cette foutue ville.

Elle attrape sa casquette et commence à en triturer la visière.

Une fois notre repas prêt, je sers une grosse lampée de *beans* pour la môme, une autre pour moi. L'air dégoûté, elle me regarde en donner aussi au chien, qui se jette sur les haricots en sauce.

— Il est pas censé manger des croquettes ? Et plutôt le soir ?

— J'en sais fichtre rien. Il n'a pas été livré avec la notice. Du coup, il mange comme moi. Au pire, je te laisse lui expliquer qu'il est privé de petit déjeuner.

Un sourire éclaire le visage de la môme, puis son regard se perd par la fenêtre, vers les arbres au-dehors.

— Vous voulez bien m'aider, Paul ?

— Pourquoi je ferais ça ?

— Parce que j'ai l'impression que derrière vos airs de vieux grincheux, vous êtes un type bien. Je vous ai souvent observé.

— Je m'en étais à peine rendu compte... Mais je ne suis pas un type bien, Charlie. Ne te méprends pas. Les types bien, ça n'existe pas. Chacun sert ses propres intérêts. Certains sont moins mauvais que d'autres. Point barre.

— Alors, c'est oui ?

— Si tu m'en dis un peu plus, oui. Sinon, je te fous dehors.

— Vous avez déjà entendu parler des disparus de Redwoods ?

— Vaguement... Il y a pas mal de randonneurs qui disparaissent chaque année dans la forêt, à ce qu'il paraît.

— C'est plus compliqué que ça. Redwoods est la ville qui a le plus haut taux de disparitions du pays. Plusieurs fois par an, des gens se volatilisent et on ne les retrouve jamais. Ce ne sont jamais des personnes du coin, toujours des randonneurs, des touristes en virée. Du coup, pour les habitants, c'est moins grave. Depuis que je suis gamine, j'en ai toujours entendu parler. Dans la cour de l'école, on a même une comptine qui parle de ça…

— Ah bon, et ça donne quoi ?
— Je chante mal.
— Ne t'en fais… Je suis déjà à moitié sourd.

Charlie prend une profonde inspiration, puis se lance. Malgré ses dires, elle a plutôt une jolie voix. Elle fredonne la mélodie, les lèvres pincées. Les paroles sont étranges, voire inquiétantes.

Si tu quittes Redwoods,
Tu erreras, perdu,
À jamais, disparu,
Dans la forêt sans fin.

— Même si on n'en parle jamais vraiment, on a tous cette peur au fond de nous, reprend-elle. C'est un peu comme une malédiction. On a tellement entendu ça, on nous l'a tellement rabâché, que personne ne quitte jamais la ville. Quand j'étais petite et que je faisais des bêtises, mon père me répétait que si je n'arrêtais pas, la forêt me prendrait, comme les disparus…

— Une véritable superstition locale, quoi. Mais quel rapport avec ce que tu as vu ?

— Je crois que ces disparitions ne sont pas accidentelles. J'ai peur qu'un nouveau randonneur ait disparu récemment. Il faudrait en apprendre plus là-dessus. Ensuite, je vous raconterai. Promis. Vous connaissez l'*Union Gazette* ?

— C'est le journal du coin. Une feuille de chou.

— Un de leurs journalistes, un jeune, couvre l'actualité toute l'année à Redwoods. Un type sympa, il était venu présenter son métier à l'école l'année dernière. Il s'appelle Alvin quelque chose. Vous pourriez aller le voir, peut-être ?

— Tu sais, moi, les journalistes…

10

Lauren
16 avril 2011

Emily Bennett, ce n'est plus un simple nom, c'est désormais une photo, un visage, que je tiens entre les mains. Cette nuit, nous avons pu récupérer un cliché de la jeune femme sur les réseaux sociaux, l'avons agrandi et avons lancé une centaine d'impressions. Ses cheveux coupés au carré, les tempes rasées très court. Ses trois boucles d'oreilles. Ses yeux marron clair. Son tatouage dans le cou. Son sourire, un peu brisé. Tandis que je termine de distribuer les affiches aux habitants devant le bureau du shérif, je regarde son portrait, et ça me fend le cœur de penser à cette gamine.

Les battues pour la chercher vont bientôt commencer. Gerry a décidé d'attendre encore un peu avant de prévenir la famille. Pour lui, il reste de l'espoir. Il y croit, jusqu'au bout. C'est ce qui lui permet de tenir le coup, malgré les années et les affaires qui s'accumulent. Y croire à fond et puis, ensuite, tout aussi sec, savoir tourner la page. Gerry a toujours été comme ça. Une force de la nature, un homme aussi optimiste que solaire. C'est comme si tout en lui transpirait cette détermination hors norme. Ses yeux bleu acier qui vous transpercent, sa mâchoire carrée, ses joues rigolardes, sa barbe blanche qui conserve quelques rares reflets blonds. Même sa bedaine, sur laquelle je le charrie souvent, lui donne un côté rassurant. Et ce sourire, cette bonhomie qui ne le quitte jamais. Entendre Gerry éclater de rire, c'est se dire que le monde ne tourne pas si mal. Le shérif a toujours été bien plus que mon supérieur. Avec les années, il est devenu un ami, un père. Toujours là quand j'ai besoin de lui. Le plus étonnant, avec lui, c'est qu'il est comme ça avec tous les habitants de Redwoods. Une générosité sans bornes. C'est un roc, pour nous tous.

Autour de moi, ça s'agite... Une scène vécue tant de fois. Il y a toujours les mêmes Thermos de café, les mêmes gilets de couleur, les bâtons de marche, les grosses chaussures de randonnée, encore couvertes de la boue séchée des dernières battues. Bientôt, ils monteront dans leurs véhicules et rouleront vers la forêt en suivant les indications millimétrées du shérif. En attendant, ça papote, ça échange des nouvelles, ça va même jusqu'à rire. Comment leur en vouloir ? Ils font ça parce qu'ils l'ont toujours fait. Même s'ils ont cessé d'y croire depuis longtemps. Année après année, il y a de moins en moins de volontaires.

Ce matin, je reconnais quelques anciens qui sont toujours au rendez-vous, car ces battues rendent leurs journées moins interminables. Des camarades de chasse de Gerry aussi, fidèles parmi les fidèles. Quelques femmes au foyer de Redwoods enfin, pour qui les battues sont une occasion de faire un peu d'exercice tout en se donnant bonne conscience. Une quinzaine de personnes, tout au plus, prêtes à affronter la pluie, la boue, les pentes glissantes, les branches qui fouettent le visage.

Je rejoins Gerry et lui explique que, plutôt que de participer à la battue, je préfère continuer à creuser la piste du type qu'aurait croisé Emily avant de disparaître. « Tu fais comme tu veux, Lauren. Mais je pense que tu perds ton temps », me répond-il avant de retourner à ses préparatifs.

Il n'insiste pas, il me connaît, et sait que je cherche surtout une bonne excuse pour ne pas les accompagner. Car ils ne trouveront rien, j'en suis persuadée. Et si je me joins à eux, ça me rendra dingue...

Dans son carnet, Bennett faisait mention d'une épicerie où elle se serait réapprovisionnée avant de rencontrer l'homme qui l'a orientée vers le village effondré. J'ai vérifié sur la carte. Dans la zone du refuge, il n'y a que la supérette Doyle's Market à la sortie de Redwoods, sur la 101, et le Wolf Creek Country Store. Je pencherais plutôt pour ce dernier, plus excentré, qui est sur la route de plusieurs sentiers de randonnée. C'est cette boutique que je compte aller visiter en premier.

Il fait frais aujourd'hui. Des nuages bas, cotonneux, s'accrochent aux reliefs de la forêt. Tandis que j'observe dans le rétroviseur la trouée vers la ville disparaître entre les troncs d'arbres, mon attention est attirée par l'image qui se reflète sur le bord gauche du miroir. Ce visage que je connais si bien et qui, pourtant, m'est devenu étranger. J'ai de plus en plus fréquemment cette sensation. Tomber sur mon reflet et ne pas me reconnaître tout de suite. L'impression d'être face à une autre. Cette femme n'est pas celle que je suis. Celle que je crois être.

Des cheveux blancs commencent à consteller mes tempes et, bientôt, joueront à armes égales avec mes dernières mèches brunes. Je tente d'ordonner le tout en ramenant ma tignasse en un chignon hasardeux. Mon visage s'est endurci. Des pattes-d'oie strient le coin de mes yeux. Avant, je n'avais pas non plus ces rides sur les joues, cicatrices horizontales barrant mon visage, comme si je gardais la mâchoire serrée tout le temps. Parfois, sans même m'en rendre compte, je grince des dents. Alex avait l'habitude de me répéter, quand il me surprenait en train de détailler dans un miroir les dégradations du temps sur mon visage : « Tu ne changeras jamais pour moi, ma petite maman. » Comme j'aurais aimé pouvoir le croire…

Je me gare sur le parking du Wolf Creek Country Store. Curiosité locale, ce commerce atypique est prisé des photographes et des touristes. Il a un goût d'authentique, une note de suranné. À ma droite est abandonnée là, depuis des lustres, semble-t-il, une vieille charrette aux roues dévorées par l'humidité, au cerclage en fer rouillé, tenant péniblement par deux ou trois rayons ; sa bâche de toile jaunie est éventrée. Je m'avance vers le commerce. C'est un bâtiment en bois, dont la partie supérieure a été peinte en blanc. Sur la devanture, des publicités pour des cigarettes Montclair et Seneca affichent des prix depuis longtemps obsolètes.

Au-dessus de la porte d'entrée, tout autour du large panneau WOLF CREEK COUNTRY STORE peint en lettrines Far West, un étrange bric-à-brac d'objets a été cloué sur la façade. Un fusil, une scie, des pinces en métal, une poêle rouillée, une lanterne… On voit à peine à travers les vitres du bâtiment, couvertes de suie. Je gravis les quelques marches menant à l'entrée du magasin. Sur la porte, un écriteau annonce la couleur :

PAS DE TEE-SHIRT, PAS DE CHAUSSURES,
PAS DE LIQUIDE = PAS DE SERVICE

Une clochette lâche un ding-dong anémique. À l'intérieur, ça sent le renfermé et la sueur acide. Dans les quarante mètres carrés de l'échoppe, quelques rayonnages pour la plupart couverts de boîtes de conserve. Au fond, des étagères remplies de bouteilles d'alcool. Sur la droite, un long comptoir encadré par deux présentoirs chargés de cartes postales jaunies. Au-dessus, posés sur une planche de bois, deux animaux empaillés : un renard et un coyote, en partie bouffés par les mites. Sur le comptoir en lino blanc, des cafards disparaissent à mon approche dans une vitrine de donuts desséchés.

Il n'y a personne. Une télé grésille au-dessus du comptoir, laissant tourner en sourdine un match de football américain. J'appelle.

— Une minute ! J'arrive, me répond une voix masculine provenant de l'arrière-boutique.

C'est Wyatt, le gérant, âgé d'une quarantaine d'années. Le crâne rasé, suintant, étrangement anguleux sur le haut. Il est vêtu d'un marcel blanc et d'un jean retenu par d'épaisses bretelles marron. Son tee-shirt est moucheté de taches de graisse. Dès qu'il me reconnaît, ses traits se tendent. Les gars qui vivent dans la forêt sont souvent les plus durs à interroger. Même s'ils n'ont rien à se reprocher, ils restent toujours sur leurs gardes. Ils préfèrent ne rien dire plutôt qu'en dire trop. Car il y a toujours des petites magouilles en cours quelque part – pièces de véhicules volées, braconnage, alambics planqués, quelques plants d'herbe dissimulés au cœur de la forêt… Ça a toujours été comme ça. Voir un flic entrer dans son échoppe, ça n'est pas très bon signe pour lui. Et à sa façon de me regarder, il ne s'en cache pas non plus. Wyatt s'essuie les avant-bras le long de son pantalon et me lâche dans un sourire forcé :

— Salut, Lauren, qu'est-ce que je peux faire pour toi ? Je suis un peu pressé, là. J'ai du boulot à l'arrière. Une glacière vient de me planter.

L'homme a une voix un peu aiguë, stridente, en désaccord avec son corps massif.

— La glacière attendra, Wyatt. Dis-moi, est-ce que tu as vu passer une randonneuse, il y a deux ou trois jours ?

— Je ne sais plus trop. C'est calme en ce moment.

— Une jeune femme. Dans la vingtaine. Elle venait du refuge. Elle a peut-être fait quelques courses chez toi.

— Ouaip, maintenant que tu le dis, ça me revient. Mignonne, en plus. Elle m'a acheté quelques conserves et une bouteille d'eau. Pas de quoi me payer une piscine, non plus.

— Est-ce que tu l'as vue parler à un homme, avant ou après ta rencontre ?

— Je ne crois pas. Elle était seule. Comme souvent... Pourquoi ? Elle a disparu, la gamine ?

— Oui, c'est possible.

— Putain, ça ne s'arrêtera jamais. La forêt prend...

— Je connais le refrain, Wyatt... Alors, tu l'as vue avec quelqu'un ?

— Non, personne.

— Et tu as eu d'autres clients aux mêmes heures ? Avant ou après sa visite ?

— *Nope.*

Ses ongles grattent le rebord du comptoir. Il sait quelque chose.

— Fais un effort, Wyatt. Tu n'as pas envie, j'imagine, que je demande aux services d'hygiène de venir faire un contrôle dans tes stocks.

Wyatt jette un œil gêné vers la réserve.

— Laisse-moi réfléchir un peu. Il y a deux jours, tu dis. Quelqu'un est bien venu papoter avec moi, mais bon...

— Qui ?

— William Sanders.

— Le garde forestier ?

— Ouaip. Il vient souvent me saluer quand il effectue ses rondes. Il me demande si j'ai vu des randonneurs, dans quelle direction ils allaient. Ce jour-là, il est passé pas longtemps après la fille, je crois. Je lui ai parlé d'elle. Basta.

William... Il va falloir qu'on ait une discussion tous les deux.

11

Paul
16 avril 2011

La môme a insisté et, évidemment, j'ai cédé. J'ai trouvé l'adresse des bureaux de l'*Union Gazette* sur Internet, je l'ai notée sur un papier. Discrètement, j'en ai relevé une autre aussi : celle du domicile de la gamine. J'ai fait promettre à Charlie de rester planquée dans la cabane, de ne pas mettre le nez dehors. Pendant ce temps, je me suis rendu dans le centre de Redwoods. Mais ce que je ne lui ai pas dit, c'est qu'après ma visite au journaliste je compte bien faire un tour chez son père, pour le prévenir. Je ne vais pas garder cette môme chez moi éternellement. Elle ne m'attirerait que des ennuis… Et qui sait ? Peut-être qu'elle est mythomane. Peut-être qu'elle s'est tout inventé pour foutre le camp de chez elle. Chacun ses problèmes.

Je me gare sur le parking en front de mer. Ce matin, l'océan déchaîné envoie des déferlantes s'exploser sur la grève, le long de la promenade d'Ocean View. Les embruns créent une bruine fine qui trempe mon pare-brise en quelques secondes. En marchant jusqu'au centre-ville, je passe devant la place où se trouve un petit kiosque peint en rouge, entouré de bosquets de fleurs desséchées. Je m'attarde un peu devant un panneau décrivant le passé historique de Redwoods. Le centre-ville compte deux rues parallèles qui longent l'océan. C'est ici que la bourgade a pris son essor au début du XXe siècle. L'ancien port de pêche est devenu un comptoir commercial vendant du bois dans toute la région, parfois même jusqu'à San Francisco. Il reste encore, sur la promenade, de longs quais et des digues aménagées pour les immenses navires qui venaient alors se charger de troncs. On peut ressentir la richesse perdue de la ville à travers une vingtaine de bâtisses aux façades victoriennes, fraîchement restaurées. De charmantes échoppes avec des tourelles décoratives, des galeries à l'étage, des ornementations partout, sur les balcons, les corniches…

Les motifs utilisés pour la décoration des façades sont toujours les mêmes : des feuilles, des branches, mais aussi des gravures de coquillages et de vagues. Ici, c'est un porche en fer forgé qui reproduit un tronc d'arbre et un feuillage complexe. Là, un vitrail qui figure l'ondulation des vagues. L'océan et la forêt s'invitent partout, jusque dans le moindre détail.

Certains de ces bâtiments ont des airs de gâteaux dégoulinant tant ils sont chargés. On passe d'une façade bleu ciel à une autre rose pastel.

À la haute saison, c'est un passage obligé pour les touristes visitant l'Oregon. On s'arrête, on boit un café en terrasse, on fait quelques photos devant le kiosque et on reprend sa route. Mais en ce jour gris et terne, il se dégage de ce paysage une drôle de sensation. Peut-être est-ce dû à la rénovation récente, mais on se croirait un peu devant des décors, des trompe-l'œil. Cette rue, ces commerces, ces passants même, qui se saluent de la main – tout sonne faux. Je jette un coup d'œil à l'une des boutiques, Elks Souvenirs. En vitrine sont exposés des reproductions du phare de la ville, des posters, quelques peintures, et sur le côté, un pan entier est dédié aux disparus de Redwoods. Des porte-clés, des mugs, des casquettes... Les commerçants vendent même des tee-shirts et des sweats portant des inscriptions racoleuses ou d'un humour douteux : « J'AI SURVÉCU À REDWOODS, LA FORÊT DES DISPARUS », « J'AI ENVOYÉ MA BELLE-MÈRE DANS LA FORÊT DES DISPARUS »... Plus qu'une simple superstition, c'est un véritable business.

J'arrive devant le 42. C'est ici que se trouve l'antenne locale de l'*Union Gazette*. Je monte à l'étage. La porte est ouverte. À l'intérieur, c'est un capharnaüm de cartons, de dossiers, de piles de journaux en équilibre précaire... Il n'y a qu'un bureau, avec un ordinateur antédiluvien. Une tête se hisse de derrière l'écran. Un jeune gars apparaît. Il a un drôle de visage, tout en longueur, comme s'il avait été déformé par un étau, avec une mâchoire étirée, un front interminable. D'épais sourcils couvrent de petits yeux bleus, pétillants. Pour compléter le tableau, ses oreilles décollées et ses cheveux noirs ébouriffés en un amas d'épis désordonné laissent imaginer que le jeune homme ne doit pas être le plus grand tombeur de Redwoods. Il porte une chemisette blanche un peu jaunie au col, et le traditionnel gilet kaki du photographe, couvert de poches toutes plus inutiles les unes que les autres. Une parodie… On dirait moi dans mes jeunes années.

— Si c'est pour déposer une annonce, c'est le mercredi et le jeudi, pas les autres jours. Je suis occupé, là !

— Non, c'est pour autre chose. Je me présente, je m'appelle Paul Green. J'habite dans le coin et je voudrais en apprendre un peu plus sur les disparus de Redwoods.

Le jeune homme replace une mèche folle et s'avance vers moi, un stylo mordillé dans la bouche.

— Ce n'est pas une bibliothèque, ici.

Le gars s'apprête à me mettre dehors quand quelque chose change. Il me dévisage.

— Paul Green, vous dites ? *Le* Paul Green ? Je reconnais votre visage maintenant !

— Pardon ?

— Vous êtes le journaliste qui a révélé l'affaire Mike Stilth ?

— Euh, oui, c'est moi, mais c'était il y a longtemps. Dans une autre vie.

— Mais bon sang, entrez, je vous en prie ! Moi, c'est Alvin. Alvin Dixon. Je suis si honoré. Vous êtes une putain de légende, Green. Onze ans d'enquête. Vous avez failli en crever, non ? Vous vous êtes pris quatre balles dans le bide, c'est ça ?

— Non, trois…

— Vous étiez notre idole sur les bancs de la fac de journalisme. C'est vrai que vous avez refusé de recevoir le prix Pulitzer ?

— Oui, c'est vrai.

Le gamin a bonne mémoire. Comme si ce monde n'était pas déjà assez cynique, fin 2006, j'avais reçu un coup de fil du comité du prix Pulitzer. Ils voulaient me remettre le prix du journalisme d'investigation pour mon travail sur l'enquête Mike Stilth. S'ils savaient… Me remettre un prix, à moi, alors qu'on m'avait plus souvent traité de fouille-merde que de grand reporter ! Je n'ai jamais été un saint. Au contraire, tout ce que j'ai fait pour les gamins Stilth, à l'époque, c'était surtout pour me racheter. Crevure un jour, crevure toujours. Et on voulait me décerner le Pulitzer… Je n'ai jamais été récupérer ce foutu prix, évidemment. Des types, deux à trois fois, sont aussi venus chez moi pour que je réponde à une interview. Je ne sais pas comment ils m'avaient retrouvé. J'ai toujours refusé. Tout ça, c'est derrière moi. C'est pourquoi je me refuse à regarder la télévision ou à aller sur Internet pour savoir ce que deviennent Noah et Eva Stilth. Même si parfois ça me tiraille, je ne craque pas. Tant que je ne sais pas, ça veut peut-être dire que rien de grave ne leur arrive. Fermer les yeux, toujours. Mon nouveau mantra.

Dixon, en transe, reprend :

— Non, mais quelle classe, vous avez bien raison. Qu'ils aillent se faire foutre, tous ces journalistes des grandes villes… C'est ici que le vrai boulot se passe, pas vrai ? C'est pour ça que je suis là. J'aurais pu aller dans un grand canard régional, à Portland, ou même à Salem. Mais j'ai préféré rester dans ma ville natale. Je finirai bien par dégotter un super scoop.

— Un scoop… Voilà longtemps que je n'avais pas entendu ça.

J'observe le gamin qui continue à fanfaronner en me montrant certains de ses articles. Je les connais par cœur, les types comme toi, Alvin. Je suis sorti du même moule. On se convainc comme on peut qu'on n'a pas foiré sa vie, qu'on a encore le contrôle. En plissant bien les yeux, on parvient même à y croire.

— Bon, vous voulez bien m'aider, Alvin ?

— Ouais, bien sûr. Dites, vous êtes sur un nouveau coup ? On pourrait bosser en tandem ? Je vois déjà le titre en une : « Le vieux loup et le jeune prodige ».

— Non, j'ai pris ma retraite, c'est juste par curiosité. Vous voulez bien me parler des disparus de Redwoods ?

— Holà ! Vous vous lancez dans un drôle de truc, là. Qu'est-ce que vous voulez savoir ?

— Tout.

S'ensuit un long monologue où le journaliste revient sur les différents cas de disparitions des dernières années. Je comprends, en creux, que l'affaire des disparus, avec le temps, ne passionne plus grand monde. C'est dans l'ordre des choses. « Ça fait bien longtemps que l'*Union Gazette* n'a pas consacré sa couverture à une disparition », précise Alvin. J'ai beau tenter de lui expliquer que chaque fois on parle d'une vie qui s'évapore, de familles qui ne pourront jamais faire leur deuil, le gamin me répond d'un laconique : « Ça reste du réchauffé. Je ne vais pas raconter la même histoire tous les six mois… Tout le monde s'en fout. En plus, ce ne sont pas des gens du coin. » Des gens du coin…

Alors qu'il termine son exposé, je demande au jeune journaliste s'il peut me prêter quelques exemplaires contenant des articles traitant des disparus. Il s'absente quelques minutes et revient avec un carton débordant de journaux.

— Et encore, je n'ai que les vingt dernières années archivées ici… Si vous voulez le reste, il faudra vous rendre à la rédaction de Brookings. Ici, je suis seul à gérer l'antenne locale.

— Merci, Alvin. Au fait, il n'y a pas eu une nouvelle disparition, récemment ?

— Comment êtes-vous au courant ? Ça vient à peine de tomber.

Il ne faudrait pas éveiller les soupçons. Je botte en touche.

— Ça doit être l'instinct du vieux loup…

— Ah ! Ouais, sûr… En effet, je terminais un article et m'apprêtais à me rendre au bureau du shérif, justement. Ils lancent les recherches. Il s'agirait d'une randonneuse de 24 ans, une dénommée… Attendez une seconde… Emily Bennett…

Je note le nom sur mon vieux calepin corné que j'ai retrouvé. Ce geste anodin fait remonter tout un pan de mon passé. Interroger les gens, prendre des notes, observer, fouiller toujours plus profond… Et dire que je pensais que tout cela était derrière moi.

— Il n'y a pas eu d'autres disparitions ces dernières quarante-huit heures ?

— Non, pourquoi ?

— Juste comme ça.

Je remercie le jeune journaliste, lui promets de lui rendre rapidement ses archives et quitte le bureau.

Direction le nord de la ville, sur Myrtle Road, où habitent Charlie et son père. Un quartier pauvre, en bordure de forêt. Je ralentis, me gare à une trentaine de mètres de la maison. J'attrape mon appareil photo, le dépoussière un peu, règle le téléobjectif… Des réflexes d'un autre temps qui me reviennent.

Une baraque brinquebalante. Sur le côté, deux pick-up ont été complètement désossés. Autour des carcasses, le sol est jonché de morceaux de carrosserie, de pneus... L'accès au garage de la maison est obstrué par un amoncellement de palettes, de plaques de tôle, de tapis usés.

William Sanders, le père de Charlie, apparaît sur le perron. Il tient un pack de bières à la main. De l'autre, il a un téléphone collé à l'oreille. Il semble énervé, il fait de grands gestes. Il raccroche son téléphone, le jette au sol et donne un coup de poing dans la façade de sa maison. Il chancelle un peu, s'appuie sur la rambarde et se laisse choir dans un canapé rapiécé. Je l'observe. Le type est assez maigre. Le visage sec, buriné. Il s'ouvre une canette, la vide d'un trait, la broie d'une seule main, s'essuie les lèvres avec sa manche. J'ai l'impression qu'il se parle à lui-même. Il est complètement ivre... C'est incompréhensible.

Sa fille s'est volatilisée et le bonhomme reste là, à se saouler la gueule. En plus, il est l'un des gardes forestiers de la ville, il connaît la forêt comme sa poche. Il devrait être là-bas, à l'arpenter à la recherche de sa gamine. Il aurait dû prévenir la police, car il sait bien ce qui se passe parfois dans ces bois. Mais non, il reste là, à enchaîner les bières.

En faisant démarrer la voiture, j'aperçois un véhicule du shérif qui approche. C'est l'une des adjointes, Lauren. Lorsque nos regards se croisent, je baisse les yeux. Je vois dans le rétroviseur qu'elle se gare devant la maison de Sanders... Mais qu'est-ce qu'il se passe ici ? Sanders cache quelque chose, c'est certain.

12

Lauren
16 avril 2011

Tout en me dirigeant vers le domicile de Sanders, je réfléchis à ce que m'a dit Wyatt. Le garde forestier, avec qui j'ai l'habitude de bosser depuis des années, pourrait donc être l'homme qui a parlé à Emily ? William est un type taiseux, mais je le vois difficilement faire du mal à une gamine. C'est un gars de la région. Pas de conclusions hâtives...

En arrivant chez Sanders, je croise l'Étranger dans sa vieille guimbarde. Que fabrique-t-il par ici ? Gerry me répète souvent que je suis trop paranoïaque. Et il a raison. L'Étranger a encore le droit de rouler dans Redwoods, que je sache.

Sanders est sur le perron, avachi sur un canapé. Les yeux mi-clos, une cigarette au bec, il marmonne des paroles confuses et ne s'est pas encore rendu compte de ma présence. Son visage est émacié, serti dans une barbe de trois jours. Il a le teint cireux. Ses cheveux, trop gras, sont rassemblés derrière les oreilles. Il n'est plus que l'ombre de lui-même. Comme si ce type, pourtant à peine âgé de 40 ans, avait vieilli prématurément.

William ne s'est jamais remis du décès de sa femme, Abigail, il y a deux ans. Depuis, il navigue à vue. Tout le monde sait qu'il abuse de la bouteille et qu'il ne s'occupe pas de sa fille. Mais ici, on évite de trop se mêler de la vie des autres.

— Je ne sais plus… putain… Qu'est-ce que je dois faire ? Et si elle ne revenait pas ? De ma faute…, balbutie-t-il.

Je remarque deux entailles sur son cou, des griffures. À ses pieds, des canettes de bière broyées. Le type est fin saoul alors qu'il est à peine 11 heures du matin. Pour l'extirper de sa torpeur, je donne un coup de pied sur le canapé.

— William, qu'est-ce que tu fabriques ? T'es dans un sale état.

Il ne me répond pas et s'allume une cigarette avec des gestes lents. Il faut que je le fasse dessaouler. J'entre chez lui. Dans la cuisine, je trouve une casserole, la remplis d'eau froide. J'attrape des glaçons dans le congélateur et les plonge dans l'eau. Avant de ressortir, je remarque, sur une desserte, quelques photos de William avec sa femme et leur fille. Sur les clichés, des sourires, des étreintes, un bonheur passé, révolu. Je reviens dehors, tends la casserole et lui demande de plonger la tête dedans. Il refuse.

Pas le choix, je la lui vide sur le crâne.

— Mais ça ne va pas, Lauren ? hurle-t-il d'une voix caverneuse, après s'être levé en sursaut.

— J'ai besoin de te parler. Ça ne peut pas attendre. Il y a deux jours, as-tu croisé la randonneuse qui a disparu, Emily Bennett ?

Il se redresse, s'essuie le visage avec un pan de sa chemise.

— Non, je ne crois pas.

— Joue pas au con, William. La jeune femme a noté dans son carnet qu'elle avait causé avec un gars du coin. Et Wyatt de l'épicerie vient de me confirmer que tu es passé dans sa boutique, juste après la fille.

— Ouais, bon, d'accord, concède-t-il après s'être administré quelques petites claques pour se réveiller. Je lui ai causé. C'est mon putain de boulot, non ? Je suis garde forestier ! Je dois me charger de la sécurité des randonneurs. Je lui ai juste demandé où elle allait.

— Je sais que tu lui as parlé du village effondré. Pourquoi ?

Il prend sa tête entre ses mains.

— Pourquoi, William ?

— Je ne sais plus… Elle voulait savoir s'il y avait des lieux un peu effrayants dans le coin, pour faire des photos. J'ai voulu être sympa. Je lui ai juste donné le chemin à suivre.

— Mais tu sais que cet endroit est interdit, que c'est dangereux d'aller là-bas… Et pourquoi n'as-tu rien dit quand tu as appris qu'elle avait disparu ? Tu aurais dû nous en parler.

— J'ai eu peur. Voilà, j'ai fait une bourde. C'est moi qui lui ai parlé de cet endroit. Et en apprenant qu'elle avait disparu, je me suis dit qu'elle avait peut-être eu un accident. J'ai pensé que si ça remontait jusqu'à moi, je serais dans la merde.

— Et c'est le cas. Tu as déjà parlé avec d'autres disparus avant qu'ils ne se volatilisent, William ?

— Non, c'était la première fois. C'est un hasard, Lauren, je le jure, assène-t-il, le regard un peu fuyant.

— Je vais être obligée de t'arrêter, William. Gerry et moi allons devoir t'interroger. Si tu as quelque chose à dire, fais-le maintenant. On peut peut-être encore sauver la gamine.

— Je n'ai rien fait, Lauren. Je ne sais pas où est cette fille. Et j'ai eu d'autres trucs à régler, des choses importantes.

— De quoi tu parles ? Où est Charlie, d'ailleurs ? On est samedi, elle devrait être ici, non ?

Il reste silencieux.

— Qu'est-ce qu'il se passe, William ? Tu peux me parler.

— Non, je ne peux pas, marmonne-t-il en ouvrant une autre canette. C'est compliqué. Putain... Tout s'embrouille. Je n'en peux plus, je te jure... C'est Charlie. Elle a disparu, elle aussi, depuis hier. Je ne sais pas où elle est.

— Charlie a l'habitude de la forêt, non ? Elle y passe sa vie. Tu ne penses pas qu'elle a simplement fugué ? Elle en a bavé, ces derniers temps, comme toi.

— Elle n'a pas fugué, je le sais. Cette fois-ci, c'est différent. J'ai besoin de ton aide, Lauren. Il faut que tu me promettes que tu vas la retrouver.

— Je vais tout faire pour. Mais pourquoi n'en as-tu pas parlé plus tôt ?

— J'ai mes raisons. Mais je ne tiens plus. Je ne réussis pas à me dire que ma môme est là, dehors, en danger.

Bon sang, une deuxième disparue. Et une fille de la région, cette fois. Une gamine, en plus. On s'enfonce d'heure en heure.

DEUXIÈME PARTIE

L'arbre rouge

> *Si tu quittes Redwoods,*
> *De ses branches, ses bras,*
> *L'arbre rouge, là-bas,*
> *À lui t'attirera.*

« Comptine de Redwoods »,
deuxième couplet, vers 1940.

13

Nicholas Kellen
11 juillet 1889

Depuis deux jours, il pleut sans discontinuer et il vente la peau du diable. Ces signes me sont familiers. L'été sera humide et l'automne arrivera tôt. C'est de bien mauvais augure, je crains que nos quelques acres de terre ne donnent guère. Le maïs, déjà, a l'air trop sec. J'ai beau diriger cette communauté et jouir de certains privilèges, le cellier de notre maisonnée semble déjà désespérément vide. Il ne nous reste que dix-huit pauvres boisseaux de pommes de terre et quelques sacs de farine de blé dur. Chaque jour qui passe, la situation devient de plus en plus préoccupante. Certains colons, parmi les derniers à nous avoir rejoints, parlent de quitter Redwoods. Un vent de fronde se lève. La terre ne donnerait plus, selon eux. Billevesées. Nous savons, mes camarades et moi-même, comment y remédier. Nous l'avons toujours fait. Nous le ferons de nouveau.

Dans un coin de la pièce, des gouttes d'eau viennent cliqueter dans une jarre. L'averse a traversé le toit malgré la consolidation faite aux premiers jours du printemps. Des branchages griffent la vitre de ma fenêtre. La lune est haute. Le moment est venu : c'est ce soir qu'il me faut l'initier.

J'ouvre la porte de mon bureau et le cherche du regard. Il demeure là-bas, un peu à l'écart de ses frères, comme toujours. Ceux-ci jouent aux osselets dans un coin de la pièce qui nous sert à la fois de salon et de cuisine. Mes filles et ma femme, quant à elles, découpent quelques légumes faméliques sur la table à manger.

— Henrik, viens ici.

Mon plus jeune fils dépose ses jouets en bois dans un coin, lève un œil inquiet vers moi. Il n'a pas l'habitude que je l'invite dans mon bureau. Aucun de mes enfants, normalement, n'en a l'autorisation.

À leur tour, ses frères nous jettent des regards intrigués. Ils se demandent ce qui se trame. Car eux ne savent pas. Je ne leur en ai jamais parlé. Ils n'ont point été choisis, ils n'en avaient pas la carrure. À l'inverse, je discerne en Henrik de la force, de la détermination, une forme de rage, même. Je tourne à peine la tête vers eux : qu'ils retournent à leurs activités. Ils connaissent et respectent les règles. Ne jamais me fixer du regard ni me contredire. Se contenter d'écouter et d'apprendre.

Henrik époussette son pantalon, puis s'avance vers moi, les mains dans le dos, le menton haut. C'est ainsi que je leur ai appris à se tenir. Toujours dignes et fiers. Car ici, sur nos terres, on ne courbe pas l'échine.

— Oui, père ?

— Entre, installe-toi dans ce fauteuil. Je dois te parler.

Il s'exécute. Je replace une bûche dans la cheminée. Et m'installe face à lui. L'enfant triture la broderie de son gilet, mal à l'aise.

— C'est au sujet de la leçon avec la maîtresse ? Mère vous a raconté que j'avais eu une mauvaise note ? Mais j'ai déjà été puni pour ça…

— Non, absolument pas. Tu aimes les histoires, Henrik ?

— Les histoires ?

— Les contes, les fables…

— Oui, bien entendu. Mère nous en raconte parfois, avant de nous endormir.

— Eh bien, à mon tour de te conter une histoire. La plus belle, et la plus tragique à la fois. Cette histoire, c'est la nôtre, celle de la forêt de Redwoods.

Il se penche en avant, intrigué, ses petits poings serrés sur ses genoux.

— Henrik, sais-tu que notre forêt est vivante ?

14

Charlie
16 avril 2011

Je sais bien que c'est un cauchemar, que je suis en train de dormir dans la cabane de Paul. Mon esprit est simplement en train de rejouer tout ce que j'ai vu. J'aimerais pouvoir me réveiller. Je n'ai pas envie de revivre ça. Pas encore…

Je suis de retour dans la forêt, cachée, non loin du grand séquoia. L'arbre immense se dresse au-dessus de moi, j'ai presque l'impression qu'il m'écrase. Son tronc est encore plus rouge que dans mes souvenirs. Est-ce du sang ou de la sève qui coule entre les fissures de l'écorce ?

Je suis allongée dans les hautes herbes. Il n'y a plus de bruit. Il est là, pourtant. Je le cherche à travers le feuillage. Il m'apparaît enfin, juste à quelques mètres. Il ne bouge pas, aussi immobile qu'une statue, son arme pointée sur moi, et ce masque horrible qui me dévisage.

Tandis que je tente de m'enfuir, il se lance à ma poursuite, la respiration haletante, juste derrière moi.

Il y a de la rage en lui, et autre chose, aussi. Une forme d'excitation... Je cours, saute par-dessus les énormes racines du séquoia, qui se tordent comme des boyaux. J'ai le souffle court et hurle à m'en arracher la gorge pour que quelqu'un vienne à mon secours. Mais il n'y a personne d'autre ici. Nous sommes seuls, lui et moi, dans cette forêt infinie. J'ai tellement peur de me retourner, de tomber... Au bord du canyon, je m'arrête net. Des gravillons dévalent une pente raide de dix mètres et plongent dans le ruisseau.

Je suis piégée mais cherche une issue en longeant le ravin. Je repense à ces images que j'ai vues à la télévision avec mon père, celles d'une biche acculée par des chasseurs. Ses grands yeux effrayés, ses naseaux qui soufflaient ; elle savait qu'elle vivait ses derniers instants. Cet animal à l'agonie, c'est moi. J'implore :

— Pitié, pitié !

Je ne sais même pas pourquoi ce sont ces mots-là qui sortent de ma bouche.

J'entends un coup qui fend l'air et ressens aussitôt une douleur terrible dans le bras droit. Il m'a attaquée. Comme si le temps s'arrêtait, je regarde le tissu de ma veste en jean déchiré et trébuche. Sa silhouette démente s'étire au-dessus de moi et semble absorber toute la lumière. Son horrible masque m'apparaît. Il porte une cagoule marron, rapiécée. Elle est parcourue de grands traits rouges verticaux qui se rejoignent et se séparent. On dirait des coulées de sang brodées. L'Homme-rouge soulève de nouveau son arme. Les traits de son masque se déforment, comme si sa bouche pourpre s'ouvrait grande pour m'avaler, moi, et le monde entier avec. Je n'ai d'autre choix que de me laisser rouler sur le côté et de chuter dans le ravin.

Ma tête, mes bras, mes jambes encaissent des chocs, mais je m'en sors. Me voilà tout en bas. Il est au-dessus, me fixe en silence. Puis, lentement, il écarte les bras, balance sa tête en arrière et lâche un cri grave et profond, un cri de bête. Sa plainte s'étire et emplit tout le canyon. Il veut me faire peur, il aime ça. La traque…

Alors qu'il commence à descendre, je comprends que j'ai une chance, une infime chance, de m'en sortir. Je connais ce canyon comme ma poche, c'est un avantage… Je suis ici chez moi…. Il ne m'aura pas, il faut y croire. Je cours, ma main gauche serrée contre ma blessure. Mes baskets pleines de terre s'enfoncent dans les filets d'eau qui constellent le canyon. Je grimpe sur des troncs ou me faufile dessous. Je me retourne, l'Homme-rouge est là, à une quinzaine de mètres derrière moi. Un nouveau cri déchire mes tympans. Je tombe, tête la première, dans l'eau glacée. Je me relève. Il n'est plus très loin. À un coude du canyon, je dois me décider. Il court trop vite pour moi, il finira par me rattraper. Un souvenir me revient. Nous jouions ici à cache-cache, maman et moi.

En passant mes mains le long des falaises, à travers la végétation, je cherche un renfoncement. Et lui, en attendant, il se rapproche de moi. J'entends sa respiration lourde, ses pas qui écrasent les graviers…

Ici ! Entre les longues lianes de lierre et les frondes de fougères, il y a un coin, sous le mur végétal, où je peux me dissimuler. Dos contre la roche humide, je fais corps avec la falaise.

L'Homme-rouge arrive à mon niveau. Je le vois à travers le feuillage. Il s'arrête quelques instants, hume l'air comme s'il cherchait mon odeur. Sa longue lame est teintée de mon sang. Tandis qu'il se tient prêt à me piéger, un insecte se glisse le long de ma nuque, se faufile dans mon col. Ne pas bouger, ne pas bouger... Mais je ne peux réprimer un frisson. L'Homme-rouge tourne la tête dans ma direction. Il s'approche de la falaise. Il est à trois mètres à peine, sur la gauche. Il passe sa main gantée, doucement, avec une étrange délicatesse, le long du tapis de fougères, puis, d'un mouvement sec, enfonce sa lame à l'intérieur. J'entends le bruit de l'acier qui traverse les plantes et qui heurte la roche. Il la retire, avance d'un pas, recommence. Ne plus respirer. La lame perce le feuillage, à moins de deux mètres de moi.

Puis-je encore tenter de m'extraire de ma cachette et m'enfuir ? Non, il m'attraperait. À travers le feuillage, je distingue son bras qui frappe les parois rocheuses, pensant m'atteindre, et son masque monstrueux, les coutures rouges, telles d'énormes cicatrices...

Schlack ! Le couteau entre en contact avec la pierre. Il le laisse glisser le long de la roche. Le crissement du métal est insupportable. La lame est à moins d'un mètre de mon épaule. Il la retire, avance prudemment. Sa main caresse le tapis de lierre.

Le prochain coup, il est pour moi... Mais un craquement de bois, plus bas, dans le canyon, l'interrompt. Il se retourne brusquement, cherche l'origine du bruit.

Un nouveau craquement. Il hurle et se met à courir, jusqu'à disparaître dans les méandres du canyon. N'y tenant plus, je m'effondre au sol. Mon corps n'est que tremblements. J'aurais envie de rester là, de ne plus bouger, mais je dois continuer. Je me relève péniblement et m'enfuis dans l'autre sens. Courir à en perdre haleine, courir à en oublier la douleur... sans savoir que ce qui m'attend est pire encore.

J'ouvre les yeux. C'est la nuit. Je suis dans la cabane de Paul, en sueur. Flash dort à mes pieds, étalé de tout son long, la langue pendante. Paul, assis à la table près du coin cuisine, a levé le nez du tas de journaux amoncelé devant lui.

— Ça va, la môme ?

— Juste un cauchemar…

Paul se retient de me poser des questions et replonge dans sa lecture. Il est toujours en train de compulser les archives de l'*Union Gazette*. Il y a passé une bonne partie de la soirée.

Une couverture sur les épaules, je me lève et vais m'asseoir à côté de lui.

— Alors, vos recherches sur les disparus, ça donne quoi ?

— Pour l'instant, rien de bien concret… J'ai remonté les archives sur les cinq dernières années. Il y a quand même deux, trois choses qui m'intriguent.

— Lesquelles ?

— Étonnamment, les disparitions ont toujours lieu hors saison… C'est bizarre, quand on y pense. On pourrait croire qu'il y aurait plus de disparus au moment de la forte affluence des touristes et des randonneurs en été, mais pas du tout. Certes, il y a une recrudescence d'accidents à cette période, des marcheurs qui se perdent, se blessent, mais pas de véritable disparition. Autre chose : les victimes sont toutes des randonneurs qui voyagent seuls. Quand on se penche sur la question, les disparus ont quelques points communs. Ils sont souvent jeunes, un peu désocialisés, des routards, sans attache. Comme s'ils avaient été choisis. Enfin, dernier détail, et le plus étrange : on ne retrouve jamais rien d'eux. Ni sac ni vêtement déchiré. Rien. Ils se volatilisent purement et simplement.

— D'après vous, ce ne sont pas des accidents ? C'est peut-être quelqu'un qui s'en prend à eux ?

— Je ne sais pas. Il faut que je continue à chercher.

Je repense à ce que j'ai vu là-bas, au cœur de la forêt. Ce que faisait l'homme... Le corps qu'il jetait dans la fosse. Car j'en suis persuadée, c'était bel et bien un corps.

— Comment s'appelle la dernière disparue, Paul ?

— Emily Bennett.

Je ferme les yeux. Je ne me sens pas bien.

La forêt qui se referme sur moi, l'Homme-rouge à mes trousses. Son cri. Puis, plus tard, mon père... ce qu'il m'a fait...

— J'ai des images en moi, des images que je préférerais oublier.

— Je crois que je sais comment te changer les idées, répond-il. Attends un instant.

Paul sort sur le perron, revient avec deux morceaux de bois. Il m'en tend un, et va me chercher un couteau à la lame affûtée, ainsi qu'un gant abîmé.

— Qu'est-ce que vous voulez que je fasse de ça ?

— Sculpte quelque chose, ce que tu veux...

— Mais je ne sais pas sculpter, moi...

— Il faut bien se lancer, non ? Et je te garantis que ça te videra la tête.

Je soupire et tente de m'y mettre. Malgré le gant, je me prends des échardes dans le bout des doigts. Mon couteau ripe sur le bois, je manque de me couper.

— Essaie de sculpter vers l'extérieur... Là, comme ça... Observe les nervures du bois. Et pour creuser, utilise plutôt ce couteau croche...

Facile à dire... Pendant que je me bats avec mon morceau de bois, Paul met de la musique sur son vieux tourne-disque. Du folk. Une mélodie qui pourrait avoir toujours existé, qui semble hors du temps. Flash, quant à lui, lève une oreille, puis se rendort.

— Neil Young. Son plus bel album, *Harvest*. Ce morceau s'appelle *Old Man*. Il me parle pas mal... et, surtout, il m'apaise quand ça ne va pas.

On écoute le morceau en silence.

— Paul, j'ai une question au sujet de vos statuettes... C'est quoi cette collection au juste ?

— Tu parles de mes instantanés ? Eh bien, quand je vais en ville, que je me promène, ou que je vais boire un coup au Blackstone, j'aime bien observer les gens. Parfois, certaines personnes me touchent. Une démarche, un dos voûté... ou la manie qu'a cette môme de toujours triturer le rebord de sa casquette.

Je le regarde et soupire.

— En fait, je trouve que nos corps en disent parfois beaucoup plus sur nous que nos paroles.

Parmi les drôles de personnages qui trônent sur l'étagère au-dessus de son lit, il y a un vieux monsieur sur un banc, le dos arrondi, comme une tortue. Une femme qui semble batailler contre son parapluie pris dans une bourrasque, et plein d'autres encore... Paul continue de parler, tout en creusant son bout de bois.

— Chacune de ces statuettes représente un moment que j'ai saisi et enregistré dans ma tête, poursuit-il tout en faisant jouer la lame de son couteau. Un jour, j'ai commencé à les sculpter et je ne me suis plus jamais arrêté. Ce sont mes compagnons, ces petits bonshommes... Et puis, quand je travaille le bois, je ne pense à rien d'autre. Ça me fait du bien…. Car en général, ça tourne toujours dans mon vieux crâne.

— Moi aussi, ça tourne beaucoup…

Les morceaux de musique s'enchaînent. La nuit s'étire. Paul a raison, ça fait du bien. J'essaie de modeler un oiseau, mais à trop creuser, je finis par lui briser les pattes, et laisse échapper un juron.

— Ce n'est pas grave, c'est déjà pas mal, Charlie. On voit bien que c'est un dauphin.

— Ne me charriez pas…

— On s'entraînera une autre fois. Allez, il se fait tard, tu devrais retourner te coucher.

Je n'ai pas envie d'aller dormir. J'aimerais que ce moment dure encore un peu. Je repense à la photo accrochée près des étagères avec les vinyles. La seule, dans tout le cabanon. Je l'ai regardée ce matin quand Paul n'était pas là. On le voit, lui, plus jeune, avec un autre type, un grand maigre qui porte un énorme appareil photo autour du cou. Ils sont tous les deux rigolards, comme s'ils fêtaient quelque chose.

— Paul, c'est qui l'autre type sur la photo ?

— Il s'appelait Phil. C'était un ami, mon seul ami, en vérité. Un sacré photographe. Phil, tu vois, je l'ai un peu entraîné avec moi sur une mauvaise pente. Et j'en paie encore le prix.

— Vous avez fait des sales trucs par le passé, Paul ?

— Je n'ai jamais tué personne, si c'est ce à quoi tu penses. Mais j'ai fait pas mal d'erreurs. Je crois que le monde s'en sort mieux sans moi.

— C'est pour ça que vous restez tout seul ici ? Que vous n'avez pas de petite amie ?

— Oui, mais aussi parce que je ne suis pas exactement ce qu'on appelle un canon de beauté.

— Moi, je pense que c'est surtout à cause de vos immondes chemises à carreaux.

— Comment ça ? Elles sont très bien, mes chemises !

— Je peux être franche ? On dirait qu'elles sont teintes avec de la chiure de mouettes. Ce n'est pas possible de porter ça en 2011, Paul...

Il se marre. J'aime bien quand il rigole, il balance sa tête en arrière.

— Charlie, il faut que je te dise... J'ai écouté la radio locale plus tôt, pendant que tu dormais. Ils ont lancé un avis de recherche sur toi. Ils passent des messages en boucle. Toute la ville est en train de s'agiter... Un paquet de bénévoles va sillonner la forêt pour te retrouver. Ça va devenir compliqué de rester ici. Il serait peut-être temps que je te ramène à ton père ou que je te rende aux autorités.

— Non, Paul. Je vous en supplie. Je ne sais pas ce qu'ils feront de moi quand ils me retrouveront. Et je suis bien, ici, avec vous.

— Alors, il faut que tu me parles, Charlie. Je peux t'aider. Raconte-moi.

Je fais non de la tête.

— Je suis impliqué depuis le moment où tu as franchi le seuil de ma maison, insiste-t-il. C'est trop tard.

Il a raison. Il faut que ça sorte. Ou alors je vais devenir folle.

Je vais chercher mon sac à dos que j'avais planqué en arrivant tout au fond du lit. J'en sors les polaroïds et les lui montre...

15
Paul
17 avril 2011

Alors que Charlie finit de me raconter ce qui s'est passé la nuit du 15 avril, j'essaie d'imaginer ce qu'elle a vécu à Grove Canyon. L'oiseau qu'elle a suivi pour le prendre en photo. Puis cette silhouette, un homme au visage dissimulé qui creusait un trou pour y déposer un sac. Et cette course folle pour lui échapper…

Étrangement, je l'ai sentie plus hésitante sur la fin de son récit. Ses mots s'embrouillaient, ses phrases ne se terminaient pas, ce qui me fait supposer qu'elle me cache encore des choses. Mais je ne veux pas trop insister… C'est déjà assez dur pour elle de revivre tout ça.

Je suis perdu. La môme a-t-elle tout inventé ? Ça semble impossible. Il y a ces deux polaroïds, d'abord. Je les observe de nouveau. Aucun doute, on y voit distinctement une silhouette, massive, près d'un séquoia géant. Son histoire semble avérée. Il y a trop de détails, trop de sensations. Pourtant, c'est si fou…

Je dois en avoir le cœur net. Demain, dès l'aube, j'irai vérifier. Dans l'attente, je dois m'assurer de sa sécurité.

— Il faut que je te montre quelque chose, Charlie.

Ma main droite s'aventure à tâtons sous mon lit, puis en extrait un vieux pistolet.

— C'est en cas d'extrême nécessité. Si tu es en danger, sache qu'il est caché ici. C'est une antiquité, mais il fonctionne. Six coups, pas un de plus.

— Vous savez vous servir d'une arme ? C'est marrant, je ne vous imaginais pas trop avec un flingue.

— Non, je tire terriblement mal. Je ne suis même pas foutu de toucher une boîte de conserve à cinq mètres de distance. Mais je préfère avoir cette arme chez moi. Une sorte d'assurance-vie. J'ai appris à être méfiant. Sous le lit, tu t'en souviendras ? dis-je en remettant le pistolet à sa place.

Elle hoche la tête.

Je me plaque ensuite contre la grosse armoire qui contient mes vêtements et me mets à la pousser. Le meuble glisse dans un lourd grincement et révèle une petite cache, pas très profonde, juste assez grande pour y entrer assis.

— J'ai découvert ça quand j'ai emménagé. Je pense que l'ancien propriétaire faisait de la contrebande. Si jamais la police ou quiconque vient ici, tu te réfugieras là-dedans.

— Parce que vous pensez qu'ils vont venir ?

— Si je pense qu'ils vont venir fouiller la baraque de celui que tout le monde appelle l'Étranger et qui terrorise les gamins du coin ? Un peu, oui !

Au petit matin, je prends la route de Grove Canyon et me gare en bordure de forêt, pelle à la main et appareil photo à l'épaule. Les panneaux couverts de mousse indiquent le chemin. Une part de moi est terrifiée. Et si, en arrivant là-bas, je tombais, nez à nez, avec ce mystérieux Homme-rouge ?

Après avoir marché une vingtaine de minutes, le canyon végétal apparaît. Flash me précède en reniflant à droite, à gauche. Je suis déjà venu ici, mais jamais aussi tôt. La lumière matinale, encore douce, n'éclaire pas l'intérieur du gouffre. Je réprime un frisson et me lance dans les ténèbres.

En descendant, je n'y vois pas grand-chose et mes chaussures sont rapidement trempées. Tant bien que mal, je tente d'éviter les filets d'eau qui serpentent au sol, les troncs qui obstruent le passage… Le chemin est long et pénible.

Tout en progressant parmi les ombres, je cherche le séquoia géant qui devrait se trouver sur le côté droit du canyon. Au bout de dix minutes, tandis que je m'enfonce toujours plus profondément dans la gorge silencieuse, je l'aperçois enfin, dépassant de la canopée. Un sentier boueux remonte vers le haut. Il doit être emprunté par les animaux du coin. Je grimpe péniblement en m'accrochant aux tiges et aux racines, manque de glisser dans la terre humide, mais ne lâche pas. Arrivé avant moi, Flash m'observe ramper et pester avec son indifférence coutumière.

Le séquoia à feuilles d'if se dresse, tel un immense monolithe, devant mes yeux. Le tronc s'étire à plus de cinquante mètres de hauteur, et son diamètre doit avoisiner les quatre mètres. Ses racines, ancrées profondément dans la terre, s'étalent, voraces. L'arbre siège ainsi, fier et imperturbable, seigneur séculaire de la forêt.

En approchant, je comprends mieux ce que voulait dire Charlie. L'écorce est crevassée et teintée d'un rouge orangé. Non loin de l'arbre, je remarque un long monticule de terre, partiellement couvert de feuilles et de branchages. La terre a l'air d'avoir été récemment retournée.

Un bruissement de vent dans les feuilles du séquoia… Puis, le silence. Je suis seul. En tout cas, je l'espère. Je retire les branches au sol et commence à creuser. Flash s'allonge à mes côtés. Il n'a pas l'air inquiet le moins du monde. Ça me rassure un peu de le savoir là, avec moi.

Je sue à grosses gouttes, mais continue à pelleter. La terre est meuble, heureusement. Je m'efforce de chasser mes pensées, de me focaliser sur cette pelle qui s'enfonce, toujours plus profondément. Sinon, je détalerais d'ici en quatrième vitesse. Au bout d'une longue heure, alors que je suis enseveli dans la terre jusqu'à la taille, que des odeurs d'humus me bouffent les narines, ma pelle bute contre quelque chose.

Plus précautionneusement, je retire les dernières pelletées de terre. Un buste apparaît. Une femme nue, à la peau grise. De la pointe de la pelle, je pousse la terre vers le haut de la tombe. Un visage livide se dessine. Ses cheveux sont entremêlés sur le front, ses globes oculaires étrangement écarquillés, comme si la mort l'avait saisie dans un instant de terreur intense. Sa bouche est pleine de terre. Et il y a cette odeur de putréfaction qui me saisit.

Je ferme les yeux quelques secondes. Tu dois regarder, Paul. Faire face. Je détaille mieux le corps. C'est une jeune femme, dans la vingtaine. Certainement la dernière disparue, Emily Bennett. Elle a une plaie le long du cou. Tandis que je l'effleure avec la pelle, des petits asticots blancs s'échappent de sa gorge. J'ai un haut-le-cœur. Une énorme entaille traverse sa glotte. Elle a été égorgée. Je suis dégoûté. C'en est trop… Il faut que je sorte de cette tombe.

Je me hisse en haut du trou. C'est là que je les repère. Il y a d'autres tumulus à côté du premier. Ils ont beau être recouverts par la végétation, la lumière matinale permet de nettement distinguer les boursouflures du sol. J'en compte quatre autres. C'est un charnier. Un putain de charnier…

Je plaque mes mains contre le tronc et tente de reprendre mon souffle. Quelque chose attire mon attention. Sur un morceau d'écorce, un étrange motif a été gravé. On dirait un arbre avec quatre branches qui s'étirent vers le haut. Ses ramifications ressemblent à des mains, et ses quatre racines sont tordues. Il y a aussi quelques symboles étranges, une écriture que je ne reconnais pas. J'attrape mon appareil photo et prends une salve de clichés. Les symboles, les tertres et le corps d'Emily, dans son trou froid et humide. Le visage de la jeune femme s'imprime sur ma rétine. Quelles horreurs ont été commises dans cette forêt ?

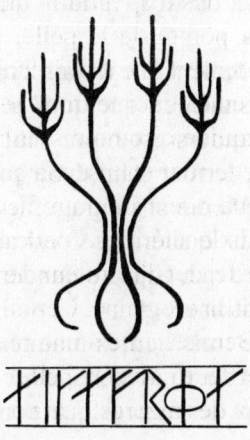

16

Lauren
17 avril 2011

Gerry a refusé que j'interroge William Sanders et l'a relâché. Ça me rend dingue. « Sa fille vient de disparaître, Lauren, m'a-t-il rétorqué. William est sous le choc. Une fois qu'on l'aura retrouvée, on verra pour l'interroger. Pour l'instant, mettre la main sur Charlie est notre priorité. Et toi, il faut que tu te reposes. Tu es trop à cran. »

À cran ? Évidemment que je suis à cran, Gerry ! Deux personnes ont disparu en quelques jours à peine. Bon sang, William Sanders est notre seul lien avec Emily Bennett. C'est le dernier à lui avoir parlé avant qu'elle ne se volatilise. Même si j'enrage, le pire, c'est qu'au fond je comprends le shérif… C'est absolument insupportable de se dire que Charlie Sanders, une gamine de 13 ans, s'est volatilisée.

Depuis plus de trois heures maintenant, je supervise une battue à l'est de Redwoods, avec une trentaine de bénévoles. Ça fait des années que nous n'avons pas eu autant de monde. À peine avons-nous annoncé qu'une fille de la région manquait à l'appel que des dizaines d'habitants ont afflué au bureau du shérif. Plus d'une centaine se sont portés volontaires. C'est comme si toute la ville, en quelques heures, s'était mobilisée.

Ce matin, en prenant le volant, j'ai croisé un véritable ballet de voitures qui partaient dans tous les sens. Certains se mettent même à chercher, de leur propre chef, et en dépit de nos préconisations, dans certains coins reculés de la forêt. « On ne touche pas aux habitants de Redwoods », a-t-on l'habitude d'entendre par ici.

Moi la première, je veux retrouver Charlie. Je connais bien cette gamine. Je la croise souvent, seule, en bordure de forêt, revenant à pied de l'école. Il y a quelque chose en elle – une certaine mélancolie, une sensibilité à fleur de peau – qui me touche particulièrement.

Charlie est une jeune fille un peu brisée, qui s'accroche comme elle peut à la vie. Sa mère, décédée des suites d'un long cancer. Son père, qui l'élève à la dure. Mais tout de même… En voyant tous ces bénévoles, je ne peux m'empêcher de repenser, avec amertume, à tous les autres disparus qui, eux, n'ont jamais eu cette chance. Celles et ceux que j'ai cherchés, sans relâche, parfois seule, à travers les bois, jour après jour. Si seulement j'avais eu autant de monde, autant de mains tendues… Mais eux n'étaient pas du coin, et ça a suffi pour que l'on détourne le regard.

La forêt s'obscurcit, minute après minute. Une volée d'oiseaux rase la cime des arbres et dessine des lignes noires sur le ciel charbonneux. Le vent se met à souffler. Un orage se prépare. Je donne un coup de sifflet. Il faut retourner au parking. Pas question de faire courir un risque à qui que ce soit de mon équipe. Une mauvaise drache peut rapidement rendre les sentiers impraticables et dangereux…

Les bénévoles m'obéissent sans broncher, pressent le pas et me laissent fermer la marche. Mais tandis que je les suis, je me sens prise de vertiges, et ferme les yeux quelques instants. Des images me reviennent. Ce soir de 2008… Ce moment où je suis arrivée devant son appartement, au son des sirènes et gyrophares allumés. J'essayais de me frayer un chemin parmi la foule de curieux. Gerry et John se sont précipités à ma rencontre. Ils m'ont attrapée par la taille et m'ont empêchée d'avancer vers l'entrée de l'immeuble.

Non… Je chasse cette pensée de ma tête.

Ça doit être la fatigue. Depuis combien de temps n'ai-je pas eu une bonne nuit de sommeil ? Je reprends péniblement ma marche jusqu'au parking. Les bénévoles me saluent tandis que je rejoins mon véhicule, ils ont l'air désolés. Ça ne les empêchera pas de reprendre le cours de leurs vies. Moi, je ne peux pas faire ça. Mon échec me suit, partout. Où que j'aille.

J'ai encore quelque chose à vérifier. Avant qu'il ne se mette à trop pleuvoir et que les traces récentes ne s'effacent. Et même si Gerry n'est pas d'accord. Je m'en moque.

On frappe à la vitre de ma voiture. Je sursaute.

C'est Jacob, le clochard du coin. Il ne manquait plus que lui… Un ermite qui vit en plein cœur de la forêt dans son cabanon minuscule et passe le plus clair de son temps, une bouteille d'alcool à la main, à faire la manche devant la supérette Safeway, en marmonnant dans sa barbe. Un brave gars, paumé, mais pas bien dangereux. On ne sait pas vraiment d'où il vient. C'est un vagabond qui, il y a des années, a posé ses valises ici et n'est jamais reparti. La forêt a toujours attiré les illuminés…

L'homme cogne de nouveau et me regarde avec ses yeux écarquillés.

— Lauren. Je l'ai vu. Je l'ai vu, moi. Je l'ai bien vu. Si, si. Bien entendu.

— De quoi parles-tu, Jacob ?

— L'Homme-arbre. C'est lui qui l'a prise. L'Homme-arbre. C'est lui. Il avait des cornes sur la tête. Des cornes noires qui s'enroulaient. Et il riait, il riait…

Le pauvre est en plein délire. L'agitation du moment a dû le mettre dans cet état.

— Tout va bien, Jacob. Nous nous occupons de tout. Il n'y a pas d'Homme-arbre. Tu ne cours aucun danger. Rentre chez toi maintenant.

— Il m'a déjà dit ça, mais il se trompait. Ils se trompent tous. Tous…

Jacob s'éloigne en soliloquant.

Une vingtaine de minutes plus tard, je me gare non loin de la maison de William Sanders. Il n'est pas là, il participe à une battue dans le nord-ouest de la forêt, vers Crystal Lake, avec Gerry, John, Howard et bien d'autres.

Les premières gouttes de pluie, épaisses, commencent à tomber. Déjà les feuilles des arbustes ploient sous l'averse qui s'annonce abondante. Il faut faire vite.

Le jardin de William Sanders, laissé à l'abandon, est délimité par une palissade blanche. Tout autour, un sous-bois. Sous la pluie qui s'intensifie, j'y pénètre à la recherche d'indices.

Mon téléphone sonne. C'est Gerry qui vient certainement aux nouvelles, mais je ne réponds pas. Le long de la clôture, sur une planche de bois blanc, il y a un résidu de boue. Quelqu'un a sauté par-dessus en laissant une trace. Je fais attention où je mets les pieds et reviens en arrière, vers la forêt. Les marques de pas commencent déjà à s'estomper, mais aucun doute, ce sont bien des empreintes de chaussures. Du 36 ou du 37, à vue d'œil. Des baskets d'ado. Charlie est passée par là. Je sors mon téléphone et prends des photos. En quelques secondes, mon écran est trempé, mais qu'importe. Un élément m'intrigue. Les empreintes ne vont pas dans la direction de la maison, mais semblent, au contraire, s'en éloigner.

La foulée est longue : Charlie courait. Ici, des marques plus profondes dans la terre, comme un arc de cercle. La gamine a dû trébucher sur cette racine et tomber. Pourquoi une telle hâte ? Elle s'est effondrée, semble-t-il, dans ce bosquet de symphorines, dont les feuilles sont constellées de taches noires.

C'est sec en surface et un peu poisseux. Du sang… Charlie était-elle blessée ? Mon ciré est lourd de pluie. L'eau dégouline le long de mon front, des mèches de cheveux se collent à mes joues. Je tente de m'essuyer le visage. La piste rejoint le petit ruisseau de Freshwater, mais avec la pluie qui tombe sans discontinuer, elle est de plus en plus difficile à repérer.

Je crie, à tout hasard, le prénom de la gamine. Le martèlement de l'eau couvre ma voix. Les questions se bousculent dans mon esprit. Pourquoi Charlie a-t-elle fugué ? Et pourquoi Sanders ne nous en a pas parlé ?

Je reviens vers la bâtisse à la peinture écaillée, me faufile entre les détritus et débris qui jonchent le jardin. Je détaille le perron, jette un coup d'œil par les fenêtres. La maison des Sanders a la même configuration que toutes celles du coin : les pièces de vie au rez-de-chaussée, les chambres à l'étage.

Une lucarne, en hauteur, est encore ouverte, malgré la fraîcheur de ces derniers jours. J'essaie de lever les yeux, la main en visière, mais la pluie me gêne. Des posters de groupes de musique apparaissent par intermittence entre le jeu des rideaux roses. C'est la chambre de Charlie. Sur le toit, des marques de semelles sur les tuiles grises résistent au passage de l'eau. L'ado se serait-elle enfuie en sortant par la fenêtre, puis en se laissant glisser le long du toit, pour ensuite sauter à terre ? Je fouille le sol du regard. Deux empreintes de semelles profondes et des marques de mains confirment mon pressentiment. Mais pourquoi fuir alors qu'elle était, *a priori*, blessée ? William Sanders nous a menti.

Je reviens jusqu'à ma voiture et rejoins aussi vite que possible l'équipe de Gerry. De retour de leur battue, ils sont en train d'arriver sur le parking. Certains se mettent déjà à l'abri dans leurs véhicules. William Sanders est là, assis sur le hayon de sa voiture, protégé par le coffre ouvert. Une Thermos à la main, Howard est en train de lui servir un café fumant.

Hors de contrôle, je me rue sur Sanders et l'attrape par le col :

— William, pourquoi tu m'as menti ?

Tandis qu'il me regarde d'un air interloqué, Howard s'interpose, bientôt rejoint par le shérif.

— Lauren, calme-toi. Qu'est-ce qu'il se passe ?

— Je suis allée vérifier chez lui, Gerry. Et j'ai trouvé des traces. Charlie a pris la fuite en sautant du toit, et elle était blessée. William nous ment.

— Qu'est-ce que tu racontes ?

— Il y a des marques nettes. J'ai pris des photos.

— Mais pourquoi aurait-elle fait ça ?

— Écoute-moi, bon sang ! La petite est rentrée chez elle avant de prendre la fuite. Quelque chose lui faisait peur. Sanders sait pourquoi. J'en suis certaine.

— William est désespéré. Il ferait tout pour retrouver sa fille. Comme nous tous.

John, mon mari, s'approche à son tour.

— Calme-toi, Lauren…

Je les repousse et me retrouve sous la pluie. Je ne parle plus, je crie :

— Mais laissez-moi ! Je vous dis que William ment. On perd notre temps, là, à faire des battues dans le vide. Il sait des choses sur Emily. Il sait peut-être même où se trouve sa gamine.

Gerry m'attrape par les épaules. Il se retourne vers William, qui semble complètement perdu. Je sens le regard des autres habitants sur moi. « Lauren est en train de craquer. Il fallait bien que ça arrive », doivent-ils se dire à mon sujet.

— Mais qu'est-ce que vous regardez ? Est-ce que tout le monde est sourd dans cette putain de ville ? William, dis-leur ! Dis-leur que je ne me trompe pas !

Gerry m'éloigne et me force à m'asseoir à l'arrière de son pick-up. Puis il me prend par le menton, avec délicatesse, pour que je le regarde.

— Lauren, il faut que tu rentres chez toi et que tu te reposes. Tu es à bout, là. William est aussi désemparé que nous. Sa gamine a disparu, merde ! Tu te rends compte de ce que tu es en train de faire ? Qu'importe qu'elle ait fugué ou non. L'accuser comme ça, devant tout le monde, avec ce qu'il traverse ? On ne peut pas faire ça. Tu connais William comme nous tous. Tu sais bien qu'il ne ferait jamais de mal à sa fille. Tu dérailles, là…

— Il faut fouiller la chambre de la gamine, Gerry. Elle a peut-être laissé quelque chose derrière elle, un mot, un indice.

— Je te promets que je vais aller y faire un tour avec Owen. D'abord, on doit suivre une autre piste… De ton côté, il faut que tu rentres chez toi, tout de suite.

Le shérif se retourne et appelle mon mari.

— John, ramène-la à la maison.

John m'attrape par la taille et me force à m'éloigner. Je me laisse faire, je suis vidée.

On ne retrouvera ni Charlie ni Emily. Et tout ça à cause de vous. Parce que personne ne veut m'écouter dans cette ville.

On ne les retrouvera jamais.

17

Paul
18 avril 2011

Je ne sais pas quoi faire… je suis tiraillé. Dès que je me convaincs de remettre Charlie aux autorités, de leur parler de ce que j'ai trouvé à Grove Canyon, la seconde suivante, je pense aux conséquences que cela engendrerait. Les interrogatoires, leur suspicion et le risque qu'ils m'accusent, moi, d'avoir enterré ces corps.

Je suis paumé. Je n'ose même pas faire de recherches sur les symboles que j'ai vus sur le séquoia, de peur de m'exposer…

Charlie s'en rend bien compte. Elle m'a reproché, à l'instant, de ne pas avoir encore prévenu le shérif au sujet du charnier. Les yeux emplis de larmes, elle m'a répété qu'on ne pouvait pas laisser le corps d'Emily Bennett là-bas, et qu'il fallait agir, que c'était notre responsabilité. Je me suis énervé, lui ai dit qu'une môme de 13 ans n'avait pas de leçons à me donner et que nous n'en serions pas là si elle n'avait pas été aussi curieuse.

Que tout ça, c'était de sa faute. Au moment même où je prononçais ces paroles, je les regrettais déjà.

Sans un mot, Charlie est sortie en claquant la porte derrière elle. C'est ça ! Fiche le camp ! Parce que tu crois que c'est facile ? Et merde, c'est ma maison ! Ma vie !

Pour me changer les idées, j'essaie de sculpter une figurine, mais je n'y parviens pas, et balance le morceau de bois à travers la pièce. Je repense à Grove Canyon. Avant de quitter les lieux, la veille, j'ai pris le temps de recouvrir tant bien que mal la dépouille d'Emily Bennett de quelques pelletées de terre, de tiges de fougères. Mais rien qu'à l'idée que des charognards découvrent la jeune femme, qu'ils reniflent son tombeau et se mettent à creuser, leurs griffes grattant encore et encore... ça me rend malade. Je plante mon couteau dans la table et me redresse.

À l'arrière de la maison, Charlie lance des bâtons à Flash en espérant qu'il aille les chercher, mais celui-ci reste immobile, l'air circonspect, comme à l'accoutumée.

Un bruit de moteur qui s'arrête, non loin. Je me rue vers la fenêtre. Merde... Un véhicule de police vient de se garer devant le portail. Il n'y a aucune autre habitation à des centaines de mètres à la ronde. S'ils sont ici, c'est pour moi. J'appelle Charlie et me rue vers l'armoire, pousse le meuble qui grince.

— Que se passe-t-il ?
— La police, Charlie. Ils arrivent. Il faut que tu te caches.

La môme s'y glisse. Je lui tends son sac.

— Si jamais je me fais embarquer, il y a une poignée à l'intérieur, pour que tu puisses l'ouvrir de derrière.

Je ne la laisse pas répondre et repositionne l'armoire au bon endroit. Son visage, inquiet, disparaît. Le shérif Gerry Mackenzie et son jeune adjoint, Owen, sont déjà en train de progresser dans l'allée. Je fais un rapide tour de la cabane, vérifie que Charlie n'a pas laissé traîner ses affaires et planque tout en vitesse sous le lit.

Réfléchis, Paul. Reste-t-il encore quelque chose ? Ils frappent à la porte. Là, le carton contenant les articles sur les disparus. Je m'en saisis et le dissimule sous une pile de linge sale.

Je souffle un grand coup et ouvre la porte.

— Bonjour, monsieur Green. On a failli s'impatienter. On vous dérange, peut-être ?

— Bonjour, shérif. Vous savez, ma villa est grande. J'étais à l'autre bout, dans le pool house, le temps d'arriver…

Il ne sourit pas. Ça commence bien.

— On peut vous déranger quelques minutes, monsieur Green ?

Par réflexe, ils essuient leurs chaussures sur le paillasson et entrent.

— Vous êtes au courant qu'il y a eu deux disparitions ces derniers jours ? Une randonneuse et la petite Charlie Sanders, une gamine du coin, lance Mackenzie, après avoir inspecté l'intérieur du cabanon.

— Évidemment. J'espère que l'enquête avance bien, shérif.

— On fait le tour des habitants de la forêt pour recueillir des informations. Vous connaissez la gamine ?

— De vue. Elle a dû s'amuser à se faire peur avec d'autres gamins, en venant jusque chez moi, une ou deux fois.

— On raconte que vous aimez bien terroriser les gamins de Redwoods.

— Pour être honnête, ce sont plutôt eux qui aiment venir m'emmerder. Moi, je n'ai rien demandé à personne, shérif.

Il s'approche de moi.

— Et ils ont des raisons d'avoir peur de vous, Green ?

— Vous trouvez que j'ai l'air terrifiant ?

Le shérif me détaille.

— J'ai connu des monstres qui avaient des gueules d'anges. On ne sait jamais ce que cachent les gens. Ce dont ils sont capables... Vous savez comment on vous appelle dans la région ?

— L'Étranger, oui.

Il me dévisage en silence, ses yeux bleu acier se plissent.

— On est un pays libre, hein, reprend-il. Mais vous voyez, à Redwoods, on n'aime pas trop les gens qui débarquent, comme vous, en sortant de nulle part. Il faut nous comprendre, on ne sait rien de votre vie d'avant. Vous arrivez avec vos secrets, vos mensonges, vos problèmes. Alors que nous, les natifs, on peut se faire confiance. On se connaît depuis toujours.

— Je ne vais pas vous le cacher, shérif, j'ai eu une vie... un peu agitée. Et si je suis venu à Redwoods, c'est justement pour trouver un peu de calme et de sérénité.

— C'est ce qu'on préfère aussi dans la région.

Il semble, enfin, se détendre un peu.

— Si on est là, c'est qu'il paraît que vous avez été farfouiller chez Alvin, le journaliste de l'*Union Gazette*.

— Les nouvelles vont vite. Du coup, vous savez aussi ce que j'ai mangé ce matin ?

Putain, ça me reprend, malgré moi. Ce côté grande gueule qui m'a valu tant d'emmerdes…

— Jouez pas trop au malin avec moi, Green. Pourquoi vous intéressez-vous aux disparus ? En cinq ans, on ne vous a jamais vu causer, et soudain, vous faites le tour de la ville avec vos questions.

— Vous savez ce qu'on dit. Chassez le naturel… il vous revient en pleine gueule. J'étais journaliste, avant. J'ai toujours été curieux.

— Journaliste, voyez-vous ça… Mieux vaut ne pas me demander ce que je pense des journalistes.

Mackenzie fait claquer sa langue contre son palais.

— Puisque vous n'avez rien à cacher, on peut jeter un œil chez vous ?

J'opine.

Pendant qu'Owen inspecte l'autre côté du cabanon, Mackenzie part sur la gauche et passe en revue le contenu des étagères, mes vinyles. Il soulève les draps du lit, du bout des doigts, l'air dégoûté. Il longe l'armoire, l'ouvre. Je retiens ma respiration. Charlie est là, juste derrière.

Est-ce que je dois tout lui avouer maintenant ? Avant qu'il ne la trouve ? Lui expliquer que je voulais seulement aider la gamine ? Que je ne sais pas comment ce corps est arrivé là-bas, dans la forêt ? Je ne sais pas quoi faire. Le shérif repousse les cintres couverts de mes vêtements, sur les côtés, et passe sa main sur la paroi intérieure du meuble. Je joins mes mains et serre mes doigts à m'en faire mal. À cet instant, Flash se lève de son tapis et commence à renifler avec insistance l'entrejambe du shérif. Mackenzie referme l'armoire et repousse gentiment le chien. Intérieurement, je bénis l'animal et me promets de lui offrir une récompense.

— Il a une drôle de tronche, votre clébard, Green.

— Qui se ressemble s'assemble, shérif…

Après un claquement de langue, il reprend ses recherches.

— Chef, j'ai trouvé ça ! l'interpelle Owen.

Le jeune homme montre le carton sur les disparus. Il ne manquait plus que ça. Mackenzie le rejoint et en détaille le contenu.

— Ce ne sont pas juste des recherches, Green, c'est une vraie enquête que vous faites, là ! Vous ne comptez pas nous pondre un article sur cette histoire, j'espère ?

— Non, je suis à la retraite, ne vous en faites pas. Je m'occupe, c'est tout.

— Owen, tu m'embarques ça.

Le shérif se dirige vers la sortie quand il est attiré par ma collection de personnages en bois au-dessus du lit.

— Tiens, vous êtes artiste, en plus ?

Au même moment, je repère, du coin de l'œil, mon chien qui renifle le long de l'armoire. Il commence à gratter le bois avec ses griffes. Con de chien, il cherche la môme. Il va la faire repérer. Une idée, vite. Je demande au shérif :

— Ça vous dérange si je donne à manger à mon chien ?

— À cette heure-ci ? Allez-y. Après tout, vous êtes chez vous.

J'attrape son écuelle et la remplis d'une boîte de raviolis froids. Flash relève sa truffe et délaisse la cache. Dieu merci...

Mackenzie attrape une petite figurine.

— Dites-moi, Green, cette sculpture, ça ne serait pas moi ?

— Bien vu.

C'était il y a deux ou trois ans. Ce jour-là, il y avait eu un accrochage entre deux voitures alors que je revenais du pub. Rien de grave, aucun blessé, mais le shérif avait bloqué la circulation. J'avais été amusé par son attitude, à rouler des mécaniques, en faisant de grands gestes pour faire passer les voitures au pas. Je l'avais croqué, ensuite, avec ses cheveux plaqués en arrière, sa barbe épaisse, sa fameuse veste doublée, son bide qui débordait de la ceinture, en train de pointer quelque chose du doigt tout en parlant dans un talkie-walkie. C'est vrai que vu comme ça, avec sa posture conquérante, sa figurine lui donnait un air franchement ridicule.

— Elle ne vous plaît pas ? Elle n'est pas assez ressemblante ? Je sais, j'ai un peu raté le talkie-walkie...

— Vous trouvez que c'est drôle ? Vous aimez bien vous foutre de la gueule du monde ?

Mackenzie me plaque contre le mur. De sa main libre, il envoie un coup de poing dans l'étagère et fait valdinguer mes sculptures au sol. Deux ou trois se brisent. Avec sa main droite, le shérif me serre le col.

— Depuis que vous êtes arrivé chez nous, je ne vous sens pas, Green. Vous croyez que je plaisante ? Qu'on est des guignols ? Des ploucs ? C'est ça que vous pensez de nous ? Mais bordel, il y a une gamine dans la nature en ce moment... Si vous savez quelque chose sur la petite Sanders, c'est le moment de le dire, car la prochaine fois, je ne serai pas aussi calme.

J'ai du mal à déglutir… il serre encore plus fort.

— Excusez mon attitude, shérif. Je sais que tout le monde est tendu avec les disparitions. Je ne prends pas ça à la légère. Je vous le jure. Je vais essayer d'aider dans les recherches…

L'homme semble reprendre ses esprits et me relâche. Je desserre mon col. Bon sang, un peu plus et j'étouffais. Le shérif se passe la main dans la barbe. Il a l'air un peu déphasé. Il ramasse les quelques figurines qu'il a envoyées valser et me les tend.

— Je suis désolé de m'être emporté, Green. On est tous à cran, en ce moment. Moi comme toute la ville. Si on apprend que quelqu'un a fait du mal à la petite Sanders, ça ne sera pas beau à voir. Je ne pourrai pas retenir les habitants. Et je crois bien que je n'essaierai même pas. La colère monte dehors. Et ça finit toujours mal.

Les deux policiers quittent enfin ma cabane. Je m'adosse contre la porte après l'avoir fermée. Cette histoire va trop loin. J'ai eu beau faire le malin devant Mackenzie, je suis terrorisé. Je cache une gamine chez moi. Dans mon appareil photo, j'ai les clichés d'un cadavre. Et si les gens de Redwoods l'apprenaient ? Et si quelqu'un mettait la main dessus ? Il faudra que je recommence ma vie ailleurs. Que je reprenne tout à zéro, encore une fois.

Pas question de mettre mon existence en péril juste pour cette môme que je connais à peine. Je m'assure que la voiture de police a bien quitté les lieux, puis je vais pousser l'armoire pour libérer Charlie.

— Tu ne peux pas rester ici, Charlie, dis-je en l'aidant à se relever. Toute la ville te cherche. Le shérif et ses hommes reviendront. Je ne peux plus te protéger, je suis désolé. Demain, on te ramène aux autorités…

Elle ouvre la bouche, je ne la laisse pas parler.

— Il n'y a pas de « mais », pas de négociation. Ma décision est prise. C'est comme ça. Point final.

Je ne peux pas lui dire que j'étais à deux doigts de la balancer aux flics. Qu'en ce moment même je crève de peur. Parce que je me mets en danger, et, surtout, parce que je ne veux pas m'impliquer davantage. Je ne veux pas savoir ce qu'on a fait à Emily Bennett ni ce qu'il y a, au fond de la terre, sous ces autres monticules. Je ne veux pas savoir ce que cache cette maudite ville.

18

Charlie
18 avril 2011

C'est ma dernière soirée chez Paul. Demain après-midi, il m'accompagnera au bureau du shérif. Nous nous sommes mis d'accord sur ce qu'on allait raconter. Il va expliquer qu'à la suite de la visite de Mackenzie et Owen il est parti à ma recherche en forêt et m'a trouvée dans le bus abandonné, pas loin de chez moi. Paul ajoutera qu'il a pris le temps de soigner mes blessures, de me donner à manger, pour ensuite me remettre aux autorités. De mon côté, je dirai que j'ai fugué parce que des gamins s'étaient, une fois de trop, moqués de moi. C'est crédible, parce que ça m'arrive tout le temps. Je ne parlerai pas de ce que j'ai vu près du Grove Canyon. Paul m'a promis qu'au bout de quelques jours il passerait un appel anonyme au shérif pour révéler l'existence de la fosse et de ce qu'elle cache. Et moi, je ne dirai pas un mot sur ce qui s'est passé avec mon père. De toute manière, Paul n'est même pas au courant.

Depuis le début de cette horrible histoire, c'est précisément ce qui me pose problème... Que dois-je faire, sachant que papa est certainement impliqué ? Comment lui pardonner ? J'en ai mal à la tête, tant les questions se bousculent dans mon esprit.

Putain de saloperie de bordel de merde ! Comme j'aimerais pouvoir sortir et crier ça... Quand ma mère était malade, vers la fin, elle m'avait demandé de faire quelques pas dans le jardin avec elle. Il faisait frais et maman était juste vêtue de son pyjama et de sa robe de chambre. Elle m'avait alors dit de hurler toutes les insultes, les pires gros mots que je connaissais, me promettant que ça me ferait du bien. Voyant que je n'osais pas, elle s'était lancée. Un tunnel hallucinant de jurons, dont certains que je n'avais jamais entendus, étaient sortis de sa bouche. Sa voix avait empli l'air autour de nous, toute la forêt semblait résonner de ses injures. Elle s'était arrêtée au bout d'un moment, tout essoufflée. On s'était regardées et on s'était mises à rire. Et puis, ensemble, on avait hurlé, contre tout ça, contre Redwoods, contre la mort et cette saloperie qui la bouffait de l'intérieur. Depuis qu'elle est partie, je le refais parfois, dans ma tête, mais ce n'est plus pareil.

Ce plan, c'est certainement la meilleure chose à faire. Paul a raison. Je ne peux pas me cacher dans sa cabane pendant des plombes. C'est trop dangereux pour lui, pour moi. Je le comprends, évidemment, mais j'ai quand même l'impression qu'il me laisse tomber. Et il s'en rend compte, il culpabilise. Ce soir, il en fait un peu trop, il est aux petits soins. C'est à la fois touchant et un peu énervant. Il m'a préparé un véritable festin. Des spaghettis *meatballs* avec du pain grillé et des œufs au plat. Pour lui, un truc pareil, ça relève du repas de gourmets. Je ne voulais pas le vexer, mais je n'ai pas mangé grand-chose. Je laissais traîner ma fourchette dans la sauce rouge des pâtes. Durant tout le repas, Paul n'arrêtait pas de répéter que ça allait bien se passer, que tout allait s'arranger pour moi, mais j'ai eu l'impression qu'il essayait surtout de se convaincre lui-même.

Ensuite, on s'est installés dehors. Paul m'a préparé un thé trop infusé, a posé une couverture sur mes épaules, et m'a même laissée m'installer sur son rocking-chair. Il a mis un de ses vieux disques. Van Morrison, qu'il m'a dit.

Le ciel est dégagé, l'air est doux, et on regarde les étoiles. Ou plutôt, je fais semblant de m'y intéresser. À vrai dire, je ne vois que les crêtes des arbres au bout de la clairière qui ondulent de droite à gauche. Comme si la forêt m'attendait pour me reprendre...

Je gratte nerveusement la visière de ma casquette. Paul s'en rend compte, semble vouloir me dire quelque chose, mais se ravise et rentre dans le cabanon. Au bout de quelques instants, j'entends des notes de musique qui crépitent. Quelques accords de guitare, une basse qui monte, la batterie qui entre et fracasse tout. Puis une voix, étrange, haute, à la fois sensuelle et rageuse.

— C'est quoi ?

— Le morceau qui m'a donné l'idée du nom du chien. *Jumpin' Jack Flash*, des Rolling Stones. Le meilleur antidépresseur au monde.

— Ce n'est pas un peu fort ?

— Non... Les Stones, ce n'est jamais assez fort.

I was raised by a toothless, bearded hag
I was schooled with a strap right across my back
But it's all right now, in fact, it's a gas[1].

— Une personne qui en a bavé, qui est un peu paumée, différente... On dirait qu'elle parle de moi, cette chanson.

Paul se marre un peu.

— Vous vous moquez de moi ?

— Non, au contraire. Tu me fais penser à moi. J'essaie toujours de trouver un sens caché aux chansons... Comme si elles me parlaient, qu'elles racontaient des choses sur moi.

Je pourrais lui dire que je fais souvent ça aussi, sauf que moi, je n'écoute pas ces vieilleries. Moi, je suis plutôt Red Hot Chili Peppers, Pearl Jam, Radiohead... De la vraie, bonne musique. Et chaque morceau, c'est un pansement sur mes blessures, une main qui essuie mes larmes. Je pourrais lui dire tout ça, mais je n'en ai pas envie... Je bois une gorgée de thé.

Le silence se pose entre nous, comme un gros corbac invisible qui n'aurait aucune envie de bouger. Tout en scrutant les étoiles, Paul finit par prendre la parole.

— Il y a un truc que répétait souvent mon grand-père. Il disait : « Faut prendre ce qu'il y a de bon. Au pire, il y aura toujours les étoiles devant. » Avant je ne comprenais pas. Maintenant, oui.

— Et alors, ça veut dire quoi ?

---

1. « Je fus élevé par une mégère édentée et barbue,
   Je fus scolarisé à coups de fouet dans le dos,
   Mais tout va bien maintenant, en fait c'est le pied. »

— Ça veut dire que toi et moi, on a été un peu pétés par la vie, entre ce qu'elle nous promettait et ce qu'elle nous a donné. Et pourtant, on est là, à continuer d'avancer, malgré tout. Parce que même s'il ne nous reste plus rien, qu'ils nous prennent tout, il y aura toujours les étoiles devant.

Ces phrases toutes faites m'emmerdent.

— Moi, je ne vois pas d'étoiles. Je ne vois que cette putain de forêt à perte de vue. Ma famille habite ici depuis cinq générations. Vous vous rendez compte ? Cinq générations… C'est comme si la forêt nous retenait prisonniers. Mais moi, je ne suis pas faite pour cette vie. Je suis trop différente.

— Qu'est-ce que tu veux dire ?

Les larmes montent, mais je les retiens.

— Je ne suis pas comme les autres filles. Ça se voit, non ?

Paul me détaille pendant quelques secondes. J'enfonce ma casquette sur mon crâne.

— Ouais, bon… On va dire que t'es pas l'ado la plus coquette que je connaisse.

J'ai envie de me taire, d'aller me coucher, de lui tourner le dos et de ne plus rien lui dire, mais les mots sortent de ma bouche, comme un torrent que je ne peux plus contenir.

— J'ai toujours été comme ça… Pendant longtemps, je me suis convaincue que c'était la faute de mon père. Il m'a toujours fait comprendre qu'il aurait voulu un garçon. Nous, une des plus anciennes familles de Redwoods. Pour lui, il fallait que son sang, son nom survive. Il aurait rêvé, j'en suis certaine, de pouvoir m'emmener à ces parties de chasse réservées à quelques gars de la ville. Comme son père l'avait fait avec lui, quand il était jeune. J'ai toujours été une déception pour lui, même s'il ne me l'a jamais dit. Mais ça se lit dans ses yeux. Et c'est pire depuis la mort de ma mère. Quelque chose a changé, s'est cassé.

— Ton père a tort, Charlie. Tu es une gamine formidable.

— Pfff... Je ne suis pas formidable du tout... En réalité, mon paternel n'y est pour rien. Ce n'est pas vraiment de sa faute si je suis différente des autres filles. Je suis née comme ça. Point barre. Ma mère disait que j'étais unique, que je ne rentrais dans aucune case. Pour elle, c'est ce qui faisait ma force. Elle se trompait. Ici, ça fait tache.

— Mais tu sens que... tu penses..., bredouille-t-il nerveusement.

Son hésitation m'exaspère. Vas-y, pose-la ta question, Paul ! Pose-la !

— ... préférer les filles ?

— Ah ! Cette question... Je ne sais même pas, en vérité. Je ne me retrouve ni dans la poupée Barbie aux cheveux bien peignés, ni dans le beau Ken musclé, à la mâchoire carrée. Aucun costume ne me va, à moi. Parfois, je penche plus d'un côté, ou de l'autre. Et ça me rend dingue de ne pas savoir, de n'avoir personne à qui en parler.

— À part moi...

— À part vous, ouais...

Toi qui m'abandonnes. Comme tous les autres.

— Tu as quel âge, Paul ?

Je ne sais pas pourquoi, je suis brusquement plus familière avec lui, j'en ai marre de mettre les formes. Ça n'a pas l'air de le gêner.

— 50 ans et des poussières.
— Et à ton âge, tu sais qui tu es, peut-être ?
— Non... absolument pas.
— Tu vois. Tout ce que tu viens de me dire, c'est du vent... De belles paroles, rien de plus !
— Tu as certainement raison, Charlie, je ne suis pas le meilleur exemple de réussite.

Il soupire, puis reprend.

— Mais tu verras, à certains moments de ta vie, tu te retrouveras à la croisée des chemins, face à une décision importante. Tu sentiras alors que quelque chose se joue, quelque chose de capital. Moi, j'ai pris tous les mauvais embranchements. Chaque fois que la vie m'a laissé le choix, je me suis planté et j'ai foncé dans une impasse, pleine bourre. Mais toi, tu ne feras pas les mêmes erreurs, je le sens.

Ça explose en moi. Le besoin de crier, de rugir...

— Et qu'est-ce que tu en sais, hein ? Qu'est-ce que tu en as à faire, de toute manière ? Tu te débarrasses de moi, comme tous les autres.

Je me lève et vais me coucher, sans un mot de plus.

— Charlie, je suis désolé. Je ne te laisserai pas tomber...

Je ne lui réponds pas et me retourne, emmitouflée dans la couverture.

Après quelques minutes, il se couche à son tour. Il éteint la lumière. Flash vient au pied du lit, me renifle. Je le repousse. J'ai des larmes qui coulent sur les joues.

Pourquoi suis-je si énervée ? Après tout, je ne peux pas vraiment lui en vouloir. Il a fait ce qu'il pouvait. Seulement voilà, je me retrouve encore seule. Avec ces images qui tournent en boucle dans ma tête, qui ne veulent pas me lâcher. Ne pas fermer les yeux, ne pas dormir, pour ne pas retourner là-bas.

Dans l'obscurité, je songe à tout ce que je n'ai pas pu raconter. Ce qui est trop terrible, même pour moi…

Car, en réalité, je suis bien rentrée chez moi, ce jour-là. J'ai voulu prévenir mon père. Je pensais qu'il me protégerait… Je suis arrivée, épuisée, à la maison, j'ai poussé la porte et me suis effondrée dans ses bras. J'ai fondu en larmes, incapable pendant quelques minutes de prononcer le moindre mot. Il a remarqué mon bras blessé, m'a demandé ce qui m'était arrivé. Je lui ai tout raconté. Et, dans son visage, j'ai vu la stupeur, puis la colère, bientôt balayées par autre chose : de la peur. Sans même me laisser terminer mon récit, mon père m'a ordonné de m'arrêter net, de ne plus rien dire, qu'il fallait qu'il réfléchisse. Il s'est servi un verre, est resté de longs instants à regarder par la fenêtre. Puis il m'a fait promettre de n'en parler à personne, que ça serait dangereux pour moi, pour nous. Il m'a dit de m'enfermer dans ma chambre et de n'ouvrir à personne, à part lui. Il a pris sa voiture en me répétant qu'il allait essayer de régler ça, qu'il était peut-être encore temps.

Je suis restée seule à la maison, terrorisée. J'ai dû me faire un bandage au bras, comme je pouvais. Pourquoi m'avait-il laissée ainsi ? Après une longue heure, il est revenu et m'a appelée. Il était bizarre. Ses yeux étaient rouges, comme s'il avait pleuré. Il m'a assuré que tout allait s'arranger, mais son attitude criait le contraire. Il m'a tendu deux comprimés et a insisté pour que je les prenne, pour que je puisse dormir un peu. Puis il m'a dit que le lendemain matin, on irait prévenir le shérif Gerry.

Lorsqu'il m'a tendu un verre d'eau, j'ai placé les comprimés dans ma bouche, bu une gorgée... mais je les ai gardés sous ma langue. Il y avait quelque chose, dans sa voix trop douce, dans son sourire crispé, qui m'a mise en garde. Il m'a conseillé ensuite d'aller me reposer dans ma chambre. Je suis montée et j'ai craché les médicaments dans les toilettes.

Et puis, il y a eu ce moment... Ce moment que j'aimerais oublier. Plus que tout, plus encore que l'Homme-rouge. Ces quelques minutes où tout ce qui tenait encore fragilement debout dans ma vie s'est soudainement effondré pour me plonger dans ce terrible cauchemar.

Je suis en train de m'endormir. En bas, mon père fait les cent pas. Il se parle à lui-même. Au bout d'un moment, j'entends des pas dans l'escalier. Je me dis à cet instant qu'il va, lui aussi, se coucher. Puis, il s'arrête devant la porte de ma chambre, entrouverte. Son ombre s'étire sur le seuil. Il reste immobile, longtemps. Je me souviens m'être demandé ce qu'il faisait...

Il pousse la porte et s'approche de moi, lentement. Je fais semblant de dormir. Il reste au-dessus de moi. Il renifle, peut-être pleure-t-il, mais je garde les yeux fermés. Son haleine pue l'alcool. Il m'embrasse la joue, puis chuchote :

— Je suis désolé.

Et là, la terreur. Il plaque un coussin sur mon visage. Au début, je ne comprends pas, je ne veux pas y croire. Mon père appuie plus fort, mon corps refuse de réagir, car mon esprit ne peut accepter ce qui se passe. Comme si je ressentais une décharge, je me débats. J'essaie de crier, de lui demander d'arrêter, mais ma voix ne porte pas. Tandis qu'il maintient ses deux mains plaquées de chaque côté du coussin, je me mets à le taper de toutes mes forces. J'entends ses paroles, comme provenant de très loin :

— Je n'ai pas le choix, Charlie. Je suis désolé, j'ai essayé…

Mes poings se referment et frappent les côtes de mon père. Je m'asphyxie. Mes forces me quittent peu à peu. J'essaie de plaquer mes mains sur son visage, je sens des larmes. Je tente de le repousser avec ce qu'il me reste d'énergie. J'attrape son cou, le griffe. Je tente si désespérément de respirer que ma gorge produit un long râle. Plus une once d'air ne parvient jusqu'à ma bouche. Je ne sens plus mon corps, mais je ne peux pas abandonner. En me débattant, je fais tomber quelque chose au sol. Mon père retire brusquement le coussin avec lequel il a essayé de me tuer et s'éloigne, l'air épouvanté, comme s'il prenait seulement conscience de ce qu'il venait de faire. Je crache mes poumons et me redresse, les mains devant moi, prête à me protéger. Il lâche le coussin, tente de s'avancer vers moi. Son nez coule, ses yeux sont gonflés par les larmes.

— Charlie, pardonne-moi. Je ne sais pas ce qu'il m'a pris. J'ai fait une erreur. J'ai eu peur… Je pensais que c'était la seule solution. Mais je me suis trompé. Je ne te ferai plus de mal. Je suis désolé….

Il tente de prendre mon visage entre ses mains. Je le repousse.

— Sors de ma chambre ! Laisse-moi !

Il s'exécute. Je me rue sur la porte et ferme à double tour, avant de m'effondrer sur la moquette, en larmes. Le cadre qui était posé sur ma table basse gît au sol, brisé. À l'intérieur, une photo de ma mère, mon père et moi, en train de pique-niquer sur la plage d'Elders Beach. Peut-être a-t-il vu cette photo et s'est rendu compte de sa folie ? Qu'importe. Seule dans ma chambre, je me mets à frapper le sol de toutes mes forces, le souffle encore court. Frapper, car une gamine de mon âge ne devrait pas avoir à subir de telles choses. Frapper, parce que, pour moi, c'est cette ville qui nous rend fous. Du poison coule dans nos veines. Je tape à m'en blesser les mains, mais ce n'est pas grave.

Ma décision est prise. Je dois partir. Mon père ne m'aidera pas. Il est, d'une manière ou d'une autre, lié à l'Homme-rouge, lié à ce qui est caché sous le grand séquoia. Et ça, je ne peux en parler à personne. Car c'est mon père, bordel. Il faut que je déguerpisse. Que je me cache ailleurs. Dans un endroit où personne ne pensera à venir me chercher, le temps de réfléchir, de savoir quoi faire.

Et cet endroit, c'était chez toi, Paul. Je me retourne et regarde la silhouette de l'homme qui m'a accueillie, endormi sur le canapé. Je n'ai pas pu tout te raconter, Paul... car, même moi, j'ai du mal à comprendre ce qui s'est passé. Pourquoi mon père a-t-il réagi comme ça ? Pourquoi a-t-il tenté de me tuer, moi, sa propre fille ? Qu'est-ce qui a pu le terrifier à ce point ? Et pourquoi personne ne veut me protéger, bon sang ? Je suis seule. Et l'Homme-rouge est là, quelque part, à ma recherche.

19

Lauren
19 avril 2011

Voilà deux jours que je suis en congé, sans vraiment parvenir à trouver du repos. Je crève d'envie de retourner au poste, d'aider Gerry et les autres, même si on me l'a formellement interdit. Le soir, le shérif m'appelle pour me tenir au courant de l'avancée des recherches. Il brode comme il peut, mais je sens bien qu'ils font du surplace. Pourtant, le temps presse... Je ne pense qu'à ça. J'imagine les silhouettes de Charlie et d'Emily s'enfoncer dans la forêt, heure après heure. Et les arbres se refermer sur elles. Hier après-midi, j'ai même retiré l'horloge du salon, tant le tic-tac me rendait folle.

J'ai profité de ma première journée à la maison pour y mettre un peu d'ordre. Je n'en ai pas trop eu l'occasion ces dernières semaines. John a fait de son mieux pour me soulager, mais, malgré tout, c'est le bazar. J'ai essayé, aussi, de me vider la tête. Hier, j'ai fait une longue promenade sur la plage. Sentir le vent et les embruns me fouetter le visage, entendre des rires d'enfants au loin et repenser à ceux qui résonnaient chez nous, dans une autre vie...

Ce matin, j'ai eu envie de jardiner. C'est le début du printemps, j'aurais pu tailler quelques arbustes, peut-être acheter des plantes. Mais je me suis arrêtée sur le pas de la porte. Avant, c'était notre truc, à Alex et moi. On aimait bien passer du temps à s'occuper du jardin ensemble. Ce n'était pas habituel pour un garçon, mais il aimait ça, vraiment. Aujourd'hui, il ne reste presque rien du jardin qu'il aimait tant. Son parterre de tulipes, le long de la clôture, ne fleurit plus depuis longtemps. Ce ne sont plus que des tiges noires et desséchées que je n'ai jamais pris le temps d'arracher. Notre voisin, le vieux Devin Miller, m'a d'ailleurs fait une remarque à ce sujet : « C'est dommage que vous n'en preniez plus soin ! »

Miller, comme tous les autres habitants du voisinage, les Fallman, les Greenough ou les Wakefield, n'apprécient guère que je laisse notre jolie maison décrépir. Ça donne une mauvaise image, ça gâche un peu la vue sur Elders Beach Drive, l'avenue qui borde l'océan. Eux, avec leurs villas rutilantes, repeintes tous les deux ans à cause de l'air marin, leurs bosquets parfaitement taillés, leur pelouse immaculée, leur réplique du phare de Kellen, leur collection de bois flotté, leurs fauteuils adirondack tournés vers la mer... Il faut que tout soit parfait, toujours. Mais si un putain de tsunami revient, comme en 1964, ou qu'une tempête s'abat sur la ville, comme en 1986, il en restera quoi, de leurs jolies baraques, de leurs jardins proprets ? Rien de plus que des lattes de bois à la dérive, des morceaux de toit flottant comme d'improbables radeaux. Et l'océan, vorace, prendra tout et recrachera derrière lui ce qu'il n'a pas broyé...

C'est le début de soirée. John ne devrait plus tarder. Il avait encore quelques réunions à l'école, où il officie en tant que directeur. J'ai essayé de préparer un repas décent, qu'on passe une agréable soirée ensemble. Ça fait tellement longtemps... On s'est tant éloignés, lui et moi. Deux inconnus qui se croisent, qui se parlent à peine. Comment en sommes-nous arrivés là ? Comment combler ce vide, cet abîme entre nous ? Est-ce même encore possible ?

Dehors, un soleil presque blanc s'efface derrière la crête des arbres. J'entends un frottement dans la véranda, comme un petit bourdonnement. Là, en hauteur, je découvre un magnifique papillon de nuit. Il arbore de grandes ailes marron tachetées de points blancs. Paniqué, l'insecte cherche la sortie et se heurte contre la baie vitrée. Qu'est-ce que tu fais là, toi ? Viens là... Alors que j'approche mes mains, il s'échappe. Imbécile, je veux t'aider ! Le papillon a filé dans un autre coin de la véranda et bute maintenant contre une poutre en métal. J'attrape un bol en verre pour l'y emprisonner et monte sur une chaise. J'approche doucement le récipient de la vitre. Mais, *in extremis*, le papillon se dérobe de nouveau et prend de la hauteur jusqu'au faîte de la véranda, trop haut pour que je le secoure. Merde, à la fin ! Le bruissement de ses ailes me rend dingue. Tu le fais exprès ou quoi ? Vous le faites tous exprès ? Je jette le bol au sol qui explose en mille morceaux. En ramassant les éclats éparpillés, je me coupe la main. Le sang se met à ruisseler le long de ma paume. En cet instant, je ne sais pas pourquoi, c'est comme une vague qui me traverse, me submerge.

Les minutes filent. La lumière du soleil s'éteint. Et moi, je reste immobile, avec ma main en sang... John vient d'arriver, et lorsqu'il remarque ma blessure, il attrape un torchon qu'il enroule autour de ma main. La tête prise de vertiges, je lui répète :

— Le papillon, le papillon...

Mais il ne comprend pas.

Je reprends connaissance quelques minutes plus tard. Le visage de mon mari, empreint d'inquiétude, m'apparaît. Je lui montre le gros papillon et lui demande de le faire sortir.

— C'est quoi cette histoire, Lauren ? On s'en fout de ce papillon. Il faut que tu te reposes...

— Non, c'est important. Il faut qu'il sorte.

John ouvre grande la baie vitrée et un vent d'air frais pénètre dans la maison. Il se saisit d'un balai, et le soulève brosse vers le haut, à la verticale, pour tenter de guider le papillon vers l'extérieur. C'est à la fois touchant et un peu ridicule. Je ne peux m'empêcher de réprimer un petit rire. John me lance un regard noir.

— Ça va, je fais ça pour toi, alors je ne veux rien entendre...

Au bout d'une minute d'un ballet improbable, le papillon trouve le chemin de la liberté et disparaît dans un bruissement d'ailes.

Je souris encore quand John revient s'asseoir à mes côtés. Il va vouloir me parler, je le sais. Ça fait des jours qu'il me tourne autour, qu'il hésite.

— Lauren... Je sais que tu as raté tes derniers rendez-vous avec le Dr Burgman. Je comprends que tu ne veuilles pas en parler avec moi, mais il faut que ça sorte.

— Il n'y a rien à dire. Je tiens le coup.

— Mais regarde-toi, bon sang ! On ne peut pas continuer comme ça, à faire comme si de rien n'était. Tu te caches derrière ton enquête. Mais ça bout à l'intérieur, je te connais par cœur. Je n'en peux plus, moi, de ce silence entre nous.

— Qu'est-ce que tu veux que je te dise ?

— Je voudrais juste qu'on puisse se parler, sans que tu t'énerves ou que tu trouves un moyen de fuir. Je voudrais qu'on arrête de faire semblant. Alex est parti, Lauren.

Volatilisé, sans même laisser un mot, une note derrière lui. Son appartement parfaitement rangé, sans rien qui dépassait. Ce silence qui l'a accompagné toute sa vie. Déjà, quand il était plus jeune et que je découvrais les traces de mutilations qu'il s'infligeait sur les bras, les jambes, que je lui demandais pourquoi il se faisait du mal, il me répondait qu'il ne savait pas. Me promettait qu'il allait cesser. Mais ça continuait...

— Il ne reviendra pas, Lauren.

— Arrête avec ça. Tu n'en sais rien...

Le téléphone sonne. C'est Gerry.

— Lauren, j'ai une bonne nouvelle. On vient de nous ramener la petite Charlie Sanders. C'est Paul Green, le type qui vit en forêt, l'Étranger, qui l'a retrouvée pas loin de chez elle. Ce n'était qu'une fugue. Elle est saine et sauve, Lauren. Je vais l'interroger rapidement et la laisser rentrer avec son père. Puis je me chargerai de vérifier comment Green l'a retrouvée.

— J'arrive.

20

Alex
8 novembre 2008

Si tu lis ces mots, maman, c'est que tu as trouvé ma note et que tu as compris où chercher. Je savais que tu y arriverais… Par où commencer ?

Déjà par te dire, maman, que je suis désolé. Mais je ne tiens plus, je n'y arrive plus. Il faut que je parte, je n'ai pas d'autre choix. La peur, la honte, les regrets… Je t'abandonne, peut-être. Mais si je fais ça, c'est que je ne peux plus fermer les yeux sans revoir tout ce que j'ai fait. Ni même me promener dans ma ville sans penser à ce qu'elle cache, là, tout au fond.

J'espère que tu trouveras ce carnet. Je vais essayer de tout te raconter… Peut-être que, toi, tu auras le courage de tout révéler. Moi, je ne l'ai jamais eu. Ça voulait dire trop de choses, ça voulait dire tout détruire… Tu as toujours été si forte. Et j'ai confiance en toi.

J'avais 7 ans la première fois qu'ils m'ont emmené. Pour toi, ce n'était qu'un week-end d'aventures avec d'autres enfants, comme il y en aurait tant d'autres ensuite... Je m'en souviens, tu m'avais préparé des sandwichs, de quoi manger pour un ou deux jours. Tu trouvais ça génial, que je passe un peu de temps avec d'autres gamins, moi qui étais si solitaire. Tu ne savais pas. Comment aurais-tu pu t'en douter ?

On m'avait promis que j'allais passer un week-end inoubliable. En réalité, c'était, pour moi, le début d'une descente aux enfers.

Ils nous ont emmenés au cœur de la forêt. Dans le baraquement qui, je l'ai appris plus tard, en avait vu tant d'autres avant moi. Ils nous ont expliqué que nous étions les Enfants de Redwoods, la nouvelle génération. Que notre apprentissage prendrait du temps, mais qu'un jour nous serions prêts. Prêts à quoi, au juste ? Je n'en savais trop rien.

Ce premier week-end, je dois l'avouer, je me suis amusé comme un fou. Il y avait trois autres garçons avec moi. Avec notre « guide », c'est ainsi qu'on appelait l'adulte qui nous accompagnait, on a passé deux jours formidables, à explorer la forêt, à étudier les traces laissées par les animaux... Le soir, notre guide nous racontait l'histoire oubliée de la forêt, la légende des grands séquoias.

On a organisé des chasses à l'homme aussi. Un enfant avait cinq minutes pour s'enfuir en forêt, les autres gamins et le guide devaient ensuite le retrouver. J'avais adoré être terrifié en me faisant poursuivre, puis sentir l'excitation, l'adrénaline en traquant les autres à mon tour.

J'étais loin de me douter que ça avait déjà commencé...

TROISIÈME PARTIE

Un tombeau de feuilles

*Si tu quittes Redwoods,
Ni caveau ni linceul,
Point de mausolée,
Mais un tombeau de feuilles.*

« Comptine de Redwoods »,
troisième couplet, vers 1940.

21

Paul
22 avril 2011

Voilà quatre jours que j'ai ramené Charlie au shérif Mackenzie. Les dernières heures, la môme ne m'adressait quasiment plus la parole. Elle m'évitait, préférant rester dehors, sur le perron, à s'occuper de Flash. Elle s'était convaincue que je l'abandonnais.

Depuis son départ, ce n'est pas aussi facile que je l'aurais cru. J'essaie de retrouver mes habitudes. Mais je pense beaucoup à elle, à nos moments ensemble, à ce qu'elle m'a dit, mais aussi à ce qu'elle m'a caché. Mon cerveau joue au flipper avec mes émotions. Un instant, j'ai peur qu'elle coure un grave danger, que ce type masqué la retrouve, qu'elle ne soit pas en sécurité avec son père. Je me sens lâche, je me débecte un peu. Et, la seconde suivante, je me persuade que je n'avais pas d'autre choix, et qu'après tout, ce ne sont pas mes affaires.

En emmenant Charlie au poste, je savais que j'attirerais l'attention sur moi, mais pas à ce point. Après m'avoir placé en garde à vue pendant des heures, Mackenzie m'a longuement interrogé. Les mêmes questions, encore et encore. Au bout d'un moment, Lauren Gifflin, son adjointe, s'est aussi pointée et a commencé à me parler d'Emily Bennett. Elle m'a demandé si je l'avais croisée, si je savais quoi que ce soit à son sujet... J'ai dû mentir. J'avais peur à chaque phrase d'être démasqué. Mais je m'en suis sorti. Pour autant, ils m'ont à l'œil.

Plusieurs fois par jour, une voiture du shérif longe lentement ma propriété. En ville, le regard des habitants aussi a changé. Avant, je provoquais de l'indifférence, au mieux de la curiosité. Maintenant, quand je vais faire mes courses ou boire un verre au Blackstone, je sens des coups d'œil appuyés, des messes basses sur mon passage.

Personne ne sait réellement ce qui s'est passé, mais tout le monde se méfie de moi. J'ai beau avoir ramené Charlie à la police, pour eux, je n'ai rien d'un héros. Au contraire, ils trouvent ça louche. L'Étranger n'avait pas le droit de retrouver la gamine du coin avant eux. Ils la cherchaient tous, et je leur ai volé leur victoire.

Des mensonges et des promesses non tenues... C'est l'histoire de ma vie. En effet, je n'ai pas encore révélé à la police ce qui se cache sous le séquoia géant. J'ai peur de ce qui s'ensuivra, peur qu'ils retrouvent des traces qui leur permettraient de remonter jusqu'à moi.

Cet après-midi, je décide de passer chez les Sanders pour prendre des nouvelles de la môme. Je me gare devant la bâtisse fatiguée. Son père m'ouvre la porte, il semble crevé, les yeux noircis de gros cernes. Sur le qui-vive, il reste en retrait, derrière la chaîne d'un entrebâilleur.

— Qu'est-ce que vous me voulez ?

— Bonjour, monsieur Sanders. Je voulais juste savoir comment allait votre fille.

— Bien. Elle se repose.

— Je peux lui parler une minute ?

— Non.

— Je me disais que ça lui ferait plaisir de voir un peu mon chien. Elle l'aime bien.

— J'ai dit non.

— Je peux savoir pourquoi ?

— Parce qu'elle m'a dit qu'elle ne voulait pas vous causer.

— Bon. Tenez, j'ai un petit quelque chose pour elle.

Plus tôt, j'avais roulé jusqu'à Brookings pour trouver une grande surface. J'y avais acheté quelques CD : Jimi Hendrix, Rolling Stones, Deep Purple, Grateful Dead... Et en passant en caisse, j'étais tombé sur un beau livre sur les oiseaux de la région, avec de jolies illustrations. Je m'étais dit que ça ferait aussi plaisir à la môme.

William Sanders attrape le sac, y jette un coup d'œil rapide.

— Je vais le lui donner, mais ensuite, je ne veux plus vous voir ici. Je ne sais pas ce que vous lui voulez, à ma fille. Mais si je vous vois encore traîner dans le coin, je préviens le shérif.

— Je veux juste m'assurer qu'elle va bien. Elle a tout de même vécu une expérience difficile.

— Elle en a vu d'autres. Et ce n'est pas votre problème.

Il me claque la porte à la gueule. Je tire Flash par la laisse. Il émet un grognement qui résume parfaitement mon sentiment. En m'éloignant, je fixe la fenêtre à l'étage, celle de sa chambre. Charlie m'a dit qu'elle dormait là-haut. Je crois surprendre une ondulation des rideaux, puis une silhouette se fondre dans l'ombre.

Ai-je commis une erreur ? Aurais-je dû garder la môme avec moi ? Non, il faut que j'arrête ça... Ce n'est pas ma vie. Ni ma fille. Je ne dois pas oublier mon credo : ne pas me mêler de la vie des autres, pour ne plus souffrir. Pourtant, malgré moi, je sens que je replonge. Mon chien me regarde avec des yeux tristes. Je lui lance :

— Toi, ça va. Ce n'est pas le moment.

La nuit est en train de tomber quand j'arrive chez moi. En approchant de la cabane, je remarque que la porte d'entrée est entrouverte. Il y a un problème. Quelqu'un est venu.

— Vas-y, mon Flash. Va voir, dis-je. Et s'il y a quelqu'un, tu attaques, hein !

Le clébard me fixe, puis va nonchalamment pisser sur un tronc d'arbre. Con de chien...

Pas le choix. J'attrape un bout de branche et franchis les quelques marches menant au perron. Je pousse la porte, qui s'ouvre dans un grincement. Malgré la pénombre, je remarque que la cabane a été retournée. Les étagères sont vidées, la vaisselle est brisée, l'armoire béante, avec tous mes vêtements qui dégueulent au sol. Heureusement, la cache n'a pas été découverte. J'y ai dissimulé les photos polaroïds de Charlie et celles que j'ai prises. Je m'apprête à allumer la lumière quand, surgissant des ténèbres, une ombre fond sur moi et me plaque au sol. Je m'écrase de tout mon poids sur le parquet. Un homme est là, au-dessus de moi, il me serre les bras dans le dos et m'appuie son genou entre les omoplates. J'ai du mal à respirer. Il m'attache les mains avec une corde. Que se passe-t-il ?

L'agresseur me retourne brutalement sur le dos, et il m'apparaît enfin. Il est entièrement vêtu de noir, porte des gants et une cagoule marron, parcourue de larges entailles verticales. On dirait qu'elle a été déchirée et recousue à plusieurs reprises, à l'aide d'un grossier fil rouge, créant des boursouflures sur la maille, des cicatrices. Il n'y a que deux trous circulaires pour les yeux. Le bas de la cagoule, qui s'étire jusqu'au torse, est composé de lambeaux de tissus, retenus entre eux par ce fil rouge. On dirait une horrible bouche ensanglantée, écorchée de toutes parts. Des bouts de corde pendent du cou, tels des tentacules. Charlie avait raison. L'Homme-rouge existe. Et il me fait face. C'est lui le tueur d'Emily Bennett. Celui qui a tranché la gorge de la jeune femme et l'a enterrée à Grove Canyon. Est-ce là qu'il compte m'emmener, moi aussi ? Une peur viscérale me saisit.

Il se dégage quelque chose de terrifiant de cet homme. Sa manière de m'observer, son calme. Et ce masque, parcouru de balafres rouges... Sans m'en rendre compte, je commence à ramper sur le dos pour m'éloigner. L'Homme-rouge me laisse faire, amusé. Puis, de sa ceinture, il tire une longue lame, comme une sorte de machette recourbée, dont le tranchant est rouillé. Le pommeau est en bois, peut-être même sculpté dans une racine. La lame, elle, est couverte d'inscriptions que je ne parviens pas à lire. L'assassin commence à faire de grands mouvements de balancier avec sa lame, moins pour me blesser que pour m'effrayer davantage. La lame vient racler le plancher, à mes pieds. Tandis que j'essaie de reculer, l'arme frôle mes semelles, arrache quelques échardes de bois. J'essaie de me lever, mais avec une précision redoutable, il me lacère le mollet. Je m'effondre. La porte est à moins de deux mètres, je la regarde fixement.

Comme pour me faire comprendre qu'il n'y a pas d'échappatoire possible, l'Homme-rouge la laisse ouverte, mais me traîne en arrière jusqu'à ma position initiale et, la lame pointée sur mon cou, s'accroupit à mes côtés. Il me parle en chuchotant. Un murmure plus effrayant que tout ce que j'ai jamais entendu.

— La fille Sanders. Qu'a-t-elle dit ? chuchote-t-il lentement.

— Elle ne m'a rien dit. Je l'ai juste trouvée dans un bus abandonné. Elle était épuisée, blessée. C'est tout. Elle n'est restée que quelques heures avec moi.

Il se relève et m'envoie un énorme coup de pied dans les côtes. Je crache mes poumons.

Tandis que je reprends ma respiration, Flash entre dans la maison et se dirige vers son écuelle, sans un regard pour moi. Aide-moi, mon chien. Bon sang, aide-moi…

L'homme observe l'animal, sur le qui-vive. Puis, voyant qu'il s'éloigne, se retourne vers moi.

— Ne mens pas. Qu'a-t-elle dit ?

— Rien. Je vous jure. Et je ne veux rien savoir.

Il s'abaisse de nouveau, me tire les cheveux en arrière pour m'immobiliser et appuie son poignard contre mon front. Je sens le métal glacial sur ma chair. La seconde suivante, sans l'once d'une hésitation, il me lacère la peau. La douleur me foudroie comme une décharge. Il m'entaille profondément. Je crie à m'en arracher la gorge.

— La fille. Qu'a-t-elle dit ?
— Rien...

Du sang me coule dans l'œil. Il va vraiment me crever ici ? Il en est capable. Pour lui, je le sens, je ne suis rien. Qu'un morceau de barbaque... Ce n'est pas un homme, c'est un démon.

— Merde... arrêtez, je ne sais rien. Je vous en supplie, laissez-moi. Je ne me mêle pas de la vie des autres...

— Qu'a-t-elle dit ? répète-t-il inlassablement.

Il est tout près de mon visage. Sa cagoule sent la poussière et la mort. Il appuie encore sur ma tête avec sa main gantée, et me scarifie le front une deuxième fois. La douleur, cette fois, est encore plus intolérable. L'Homme-rouge s'approche alors de la plaie et semble la humer longuement. Il relâche mes cheveux, passe ses doigts sur une rigole de sang qui coule sur ma tempe, puis l'amène sous sa cagoule. J'entends un bruit de succion. Qu'est-ce qu'il fait, merde ? Il goûte mon sang ? Quel malade ferait ça ?

— Tu n'as pas encore assez peur pour mourir...

Au fond de moi, j'ai la certitude que ce taré va m'achever, ce soir, à même le sol de mon cabanon, comme si ma vie n'avait pour lui aucune importance. Mais avant ça, il va prendre son temps...

— Putain, arrêtez, je ne sais rien ! Pitié.

— Les Enfants de Redwoods ne connaissent pas la pitié.

L'homme marque un temps, lâche son emprise et tourne la tête. Lentement, il se lève et s'avance vers Flash, qui lèche son écuelle à l'autre bout de la cabane. C'est alors que je comprends ce qu'il va faire. Le monstre s'apprête à tuer mon vieux chien sous mes yeux.

— Flash, pars ! Sors de la cabane ! Sors ! je crie dans un filet de voix.

L'homme n'est plus qu'à un mètre de lui. Il marche le plus doucement possible pour pouvoir le surprendre, tandis que mon sang s'égoutte de sa lame.

— Flash, dehors ! Dehors !

Le chien lève le museau vers l'Homme-rouge, qui n'est plus qu'à quelques pas de lui. Puis vers moi, et de nouveau vers le monstre. En un éclair, il semble se transformer. Il tend ses muscles, révèle ses canines, grogne... Je ne l'ai jamais vu comme ça. Il se jette alors sur mon agresseur et lui mord le bras. Le tueur, surpris, chute en arrière et lâche son arme. Malgré la douleur qui me cingle le visage, je me redresse, recule jusqu'au lit et tente d'arracher le cordage qui me retient en le raclant contre une arête du pied.

À l'autre bout de la pièce, mon chien ne lâche pas son emprise, mais l'homme parvient à se dégager suffisamment pour s'approcher de sa machette. Les yeux fixés sur le combat, je frotte de toutes mes forces. Ça y est, je suis libre ! La seconde suivante, je me jette sous le lit pour y récupérer mon vieux Colt .38 S&W caché sous les lattes. Je vise l'homme mais j'y vois mal, avec le sang qui me coule dans les yeux. Je fais feu.

La balle vient se ficher dans une poutre du toit. Merde... L'homme se retourne vers moi, surpris. Je braque mon arme sur lui. Mais Flash est aussi dans la ligne de mire. Surtout, ne pas se louper. Je tire de nouveau. La balle frôle l'épaule de mon agresseur. De sa main libre, il frappe le museau de Flash, qui finit par le lâcher. Mais avant que j'aie eu le temps de tirer une troisième fois, l'homme agrippe son arme et prend la fuite. Une main collée contre mon front sanguinolent, je me rue à l'extérieur. L'Homme-rouge a disparu dans les bois. Je tire mes dernières cartouches dans le vide et reste là, le bras tendu, à appuyer sur la gâchette, mécaniquement... avant de m'écrouler au sol, perclus de tremblements.

Dans le chaos de la cabane, je me précipite sur la boîte de balles et parviens à recharger mon flingue. Le canon encore chaud plaqué contre le torse, je reste ainsi, dans un coin de la maison, pendant de longues minutes.

Flash s'approche et me lèche les mains. Je serre l'animal contre moi. Cet imbécile de clébard vient de me sauver la vie...

Il me faut une bonne heure pour reprendre mes esprits et soigner ma blessure, en me collant un épais pansement en gaze sur le front. J'avale quatre cachets d'aspirine, qui, je l'espère, feront un peu passer la douleur. Dans le reflet du miroir, je vois ma drôle de tronche, pétée de partout. Quelques cicatrices de plus, Paul...

Ma décision est prise. Pas une minute à perdre, j'ai trop attendu.

J'embarque dans ma voiture, roule jusqu'à la vieille cabine téléphonique de la station-service à la sortie de la ville. J'appelle. Une voix féminine me répond. C'est Lauren Gifflin, la première adjointe. Je suis rassuré de ne pas tomber directement sur le shérif.

— Des cadavres ont été cachés dans la forêt. Celui de la disparue, Emily Bennett. Et d'autres. Dans des fosses, au pied d'un grand séquoia, près de Grove Canyon. À environ dix minutes du début du sentier de randonnée, sur la droite, en hauteur. Il y a au moins cinq corps là-bas. Vous devez y aller vite, avant que le coupable ne les déplace.

— Comment ? Mais qui est à l'appareil ?

Sans lui répondre, j'ajoute :

— Il y a un tueur à Redwoods. Faites vite.

— Mais qui...?

J'ai déjà raccroché.

Je souffle, retourne derrière le volant de ma vieille Country Squire. Je pensais en avoir fini avec tout ça. Je caresse Flash. Même lui ne s'en est pas sorti indemne. Il saigne un peu de la bajoue. Je te soignerai à la maison, mon vieux.

En fait, je suis comme mon chien... Comme tous ces bâtards, ces sans-race, ces parias. Il y a un moment, on s'est tellement pris de coups dans la gueule qu'on finit par mordre, sauf que nous, on ne lâchera pas. On ne desserrera pas la mâchoire. Plus vous nous frapperez, plus on enfoncera nos crocs. Moi, je suis comme ça. Il y a quelques heures, je pouvais encore me cacher derrière mes doutes, mais plus maintenant. Cette fois, il va falloir plonger.

Je pensais pourtant ne plus avoir à foutre les pieds dans cette mélasse, ces territoires maudits. Une fois que l'on commence à descendre dans les tréfonds de l'âme humaine, dans ce que l'homme a de pire, on s'embourbe et on ne remonte jamais vraiment. On n'est plus jamais pareil, après. Un peu plus ébréché, abîmé de l'intérieur. Pas certain que cette fois, je tienne le choc. Mais il y a la môme…

22

Lauren
23 avril 2011

Cinq cadavres. Là, sous mes yeux. Il est 4 heures du matin. Les policiers sont en train de dégager les restes de terre de la dernière fosse. En découvrant le premier corps et les autres tertres, Gerry et moi n'avons pas hésité longtemps, il allait nous falloir de l'aide. Pas d'autre choix que de demander des renforts auprès du comté de Curry. L'équipe de Gold Beach, la plus grande ville du coin, nous a envoyé quatre de ses hommes. Mais surtout, Harry Devlin, le médecin légiste en charge des interventions dans toute la région, a été appelé sur la zone.

Comme chaque fois, Harry, râleur devant l'Éternel, a rouspété en arrivant ici au beau milieu de la nuit, en nous montrant l'état de son pantalon et de ses chaussures neuves : « Vous auriez pu me prévenir qu'on partait en randonnée… » Puis il s'est tu en découvrant le charnier. Harry a trente ans d'expérience sur tout le comté. Et, de son propre aveu, il n'a jamais vu pareille situation.

Au quotidien, nous avons l'habitude de faire appel à ses services pour des diagnostics de décès ou des autopsies. Le plus souvent, il s'agit d'accidents de voiture, de chasse, ou encore de tests de sérologie pour détecter drogues ou alcools... Mais là, c'est autre chose.

Cinq cadavres... Il est encore trop tôt pour formellement les identifier. Mais, pour moi, aucun doute possible. Ce sont les cinq derniers disparus. J'ai reconnu immédiatement Emily Bennett. Ça fait des jours que je détaille les quelques photos d'elle que nous avons pu récupérer. Malgré l'état de décomposition avancé des autres corps, je n'ai pas eu trop de peine à les identifier. Larry Dewes, Helen Ramos, Ken Wong et Jerry Steiner. Les disparus de ces dernières années.

De gros projecteurs ont été installés sur la zone grâce à un groupe électrogène qu'Owen et deux autres hommes ont trimbalé jusqu'ici. Harry, couvert d'une combinaison blanche, de gants en latex et de surchaussures, effectue des prélèvements sous les ongles d'Emily Bennett, tout en hurlant sur son assistant pour qu'il oriente mieux la lumière sur la dépouille.

L'homme qui m'a contactée plus tôt dans la soirée pour me prévenir de sa découverte n'a pas laissé beaucoup de traces. C'est certainement lui qui a mis au jour le corps d'Emily Bennett. On a pu relever des fragments d'empreintes dans la boue de la sépulture. Des chaussures de marche avec des crampons épais, d'une grande taille. Rien de déterminant. Comment a-t-il découvert ces tombeaux ? Comment a-t-il su où creuser ? Et si c'était l'assassin qui se jouait de nous ?

De l'autre côté des sépultures, un peu à l'écart, Gerry est en train de discuter avec Walter Slocomb, le shérif de Gold Beach. L'échange a l'air houleux, le ton monte entre les deux hommes. Walter veut à tout prix prévenir les autorités fédérales afin que l'affaire passe entre les mains de la police d'État. Gerry, lui, n'est pas d'accord. Il répète qu'on peut gérer ça, que c'est notre ville. Je le comprends. Moi aussi, je veux trouver le salopard qui a fait ça. Hors de question que des inspecteurs de Portland, dans leurs petits costards étriqués, nous retirent l'enquête et la traitent par-dessus la jambe depuis leurs bureaux douillets. C'est notre affaire, un point c'est tout.

L'un des projecteurs a été placé contre le tronc du séquoia géant. Le voir ainsi s'élever sous la lumière blafarde le rend encore plus impressionnant. Je détaille de nouveau l'étrange symbole et l'inscription en dessous. Je n'ai jamais rien vu de pareil.

En étudiant l'arbre, je découvre un autre élément. Tout autour du tronc, des amas de cendres ont été déposés sur les racines. Qu'est-ce que cela signifie ? Quel rituel sordide s'est joué ici ? Et, le plus fou, le plus horrible, c'est ce qui a été fait aux corps des pauvres victimes...

On a tous du mal à encaisser. Owen, qui s'est assis un peu en retrait, a l'air complètement déboussolé. Ses mains tremblent légèrement. Au fond de ses yeux, il y a de la sidération, mais aussi de la peur.

— Rentre chez toi, Owen. Essaie de te reposer. Tu as bien bossé cette nuit.

— Tu penses qu'on va retrouver celui qui a fait ça, Lauren ?

— Je ne sais pas, je l'espère, oui. En tout cas, tu me connais, je ne lâcherai pas tant que je ne lui aurai pas mis la main dessus.

Il acquiesce, le regard dans le vide, et s'en va saluer les collègues avant de se mettre en route.

Je m'abaisse auprès de la fosse où Harry termine ses prélèvements.

— Alors, Harry ?

— Alors quoi ? Tu veux savoir si je préférerais être au fond de mon lit plutôt qu'en tête à tête avec un cadavre ? Bon. Les cinq victimes ont toutes été exécutées en suivant le même *modus operandi*, une blessure de la région antérieure du cou, avec une ablation de la trachée cervicale. La lacération est profonde, certainement réalisée avec une grande lame. À vue d'œil, mais il faudra que je confirme à l'autopsie, la lame devait faire au minimum de quinze à vingt centimètres.

— Tu penses donc qu'elle était vivante au moment où elle a été égorgée ?

Je sens bien que Harry, comme nous tous, est chamboulé. Il se planque derrière son verbiage technique.

— Sans aucun doute.

Il me montre le côté de la gorge. Je plaque la main contre mon nez. L'odeur, près de la fosse, est insoutenable.

— Tu vois, la section n'est pas très nette et régulière, elle a certainement été faite par à-coups. Peut-être que la victime résistait, se débattait... Ici et là, la peau est un peu déchirée. Du coup, je pense qu'il ne s'agit pas d'un outil chirurgical ou d'une lame très aiguisée. On remarque aussi, sur certaines des quatre autres dépouilles, comme sur cette jeune femme, des plaies et des traces de coupures en d'autres endroits, souvent dans la zone du dos. Omoplates, arrière des cuisses, mollets...

J'ai beau essayer de me concentrer, la puanteur me fait chanceler.

— On ne s'habitue jamais à ça, Lauren... Un mélange de cadavérine et de putrescine issues des corps en décomposition. Le parfum de la mort. Et encore, tu ne t'es pas trop approchée des autres tombeaux. Tiens, mets ça sous tes narines.

Il me tend un flacon d'huile essentielle de camphre. J'applique deux gouttes sous mon nez. L'odeur pénétrante efface rapidement celle du cadavre.

Au même moment, Harry attrape le bras droit de la victime.

— Et, enfin, le pire. Tu l'as vu toi-même... Toutes les victimes ont subi la même... mutilation. On leur a tranché la main droite.

J'étais au courant, bien évidemment, mais en parler ainsi... Je réprime un frisson.

— Si je me base sur le cadavre le plus récent, celui de cette jeune femme, il semblerait que l'amputation ait été faite *post mortem*, poursuit-il. Il faudra que je confirme cela avec les examens microscopiques, mais il n'y a pas de traces de réaction hémorragique ou inflammatoire sur les moignons de poignet, contrairement au cou.

— Et les mains tranchées n'ont pas été découvertes dans les fosses ?

— On ne sait pas encore. Une fois qu'on aura fini de prendre toutes les photos et retiré les corps, on continuera à creuser. Mais je ne me berce pas trop d'illusions. Les mains ont sans doute été coupées pour être ensuite conservées.

— Comme des trophées ou des souvenirs... À ton avis, ils ont été dénudés avant ou après leur assassinat ?

— Je n'en suis pas certain. Il y a des traces de terre, des microcoupures sous la voûte plantaire d'Emily Bennett, comme si elle avait dû courir pieds nus sur de la roche ou de la terre. J'espère que les prélèvements donneront quelque chose. Mais quand un corps a passé un certain temps sous la terre, c'est toujours difficile d'en tirer quelque chose. Tout ce qui pourrait devenir un indice est souvent brouillé par cette foutue terre.

— J'ai une autre question, Harry...

— Tu te demandes si la victime a été violée ?

Je hoche la tête.

— Je vais faire des prélèvements. En tout cas, à première vue, je n'ai remarqué aucune trace de déchirure.

Harry se hisse hors du trou, retire ses gants en latex dans un claquement et replace ses lunettes carrées qui glissaient sur l'arête de son nez.

— C'est inhumain ce qui vient de se passer, merde. Comment peut-on faire ça...

— On va retrouver l'assassin. Et il paiera.

— La forêt est trop grande, Lauren...

— On le trouvera, je te dis.

Sans m'en rendre compte, j'ai élevé la voix.

— Je te fais confiance. Bon courage pour la suite.

— Merci, Harry.

J'ai un coup de chaud, malgré la fraîcheur de la nuit. Mon cœur tambourine. Je m'éloigne un peu, m'enfonce dans les ombres. Je ne veux pas qu'on me voie flancher. Les mouvements des autres policiers m'apparaissent comme au ralenti. J'ai envie de vomir, mais ne crache que de la bile. Je voudrais prendre ma voiture et partir, rentrer à la maison. Retrouver John pour qu'il me serre dans ses bras. Oublier tout ça. Revenir en arrière. Juste quelques heures. Mais je dois me ressaisir. Finir mon boulot ici, et puis, une fois que les corps seront évacués, prévenir les familles des victimes. J'ai décidé d'attendre demain matin avant d'expliquer aux parents ce qui est arrivé à leur fille, à leurs fils. Peut-être m'accuseront-ils de n'avoir pas su protéger leur enfant ? Peut-être me diront-ils que c'était mon travail de les retrouver sains et saufs ?

Je reprends mes esprits. Devant moi, la silhouette du séquoia géant, éclairée à contre-jour par les projecteurs. Une stèle gigantesque, la marque d'un tombeau maudit.

Cinq corps gris. La gorge ouverte sur une dizaine de centimètres. Égorgés avec un couteau. Mutilés. Leurs mains tranchées. Des jeunes fauchés par une main invisible. Des innocents qui sont morts seuls, terrorisés. J'avais raison... Et ça m'horrifie encore plus.

23

Charlie
23 avril 2011

Papa ne me laisse plus sortir. Il a peur. Il me répète qu'il fait ça pour mon bien. Mais je vais devenir tarée si je reste une minute de plus dans cette maudite maison, avec lui...

Mon père limite au maximum ses déplacements. Il se fait livrer nos courses, a posé des congés... Depuis que je suis rentrée, il passe des journées entières à faire les cent pas, à l'affût du moindre bruit. Il a condamné la porte à l'arrière de la maison avec d'épaisses planches en bois et déplacé le gros fauteuil en cuir du salon juste devant l'entrée, ce qui a complètement rayé le parquet. Quand il n'épie pas aux fenêtres, il reste immobile des heures durant, son fusil sur les genoux, une bouteille à portée de main.

Il ne veut pas que je retourne à l'école, persuadé que je cours un grave danger dès que je sors de chez nous. Mais moi, bordel, j'étouffe ici ! Surtout, ce sont ses silences qui me rendent dingue. Mes questions qui restent sans réponse. Son visage qui se ferme. Il ne veut rien me dire... Le soir, à table, on mange sans échanger un mot. Il n'y a que le bruit de nos couverts qui cliquettent sur les assiettes, et ses longues gorgées de whiskey.

L'autre jour, alors qu'il faisait un tour dans le jardin, je me suis ruée sur la télévision. C'était l'heure des journaux, mais aucune des chaînes locales ne parlait de Redwoods. Paul m'aurait-il trahie en ne révélant pas l'existence de la tombe au shérif ? Pourquoi personne n'en parle ? Ça me rassurerait tellement de savoir que la police enquête sur l'Homme-rouge. Ça voudrait dire qu'ils pourraient l'arrêter avant qu'il n'arrive ici. Car il va venir, je le sens.

Hier matin, Lauren est passée prendre des nouvelles. Papa a fait comme si tout allait bien, mais il ne l'a pas laissée entrer, il est sorti avec elle devant la maison. Comme la porte est restée entrouverte, j'ai pu écouter leur conversation. Il a dit que je me reposais, que j'avais été marquée par ce qui m'était arrivé. Qu'il préférait que je sois scolarisée à domicile pendant quelque temps. Lauren lui a ensuite demandé s'il s'était un peu calmé sur la bouteille. « Oui, oui, bien entendu. C'était juste une mauvaise passe », a-t-il répondu. Alors que, derrière la porte d'entrée, gisait un tas de cadavres de bouteilles de son mauvais whiskey.

Avec le temps, papa s'est persuadé que le cancer de maman était de sa faute. Qu'il aurait dû, qu'il aurait pu faire quelque chose pour l'aider à aller mieux. Mais ça n'explique pas qu'il ait sombré ainsi. Avant, mon père était un autre homme. Il avait beau être distant avec moi, je garde quand même de beaux souvenirs de notre vie quand nous étions tous les trois. Nos pique-niques, l'été, le long de la plage d'Elders Beach. Nos balades en forêt où il pouvait nous parler de chaque espèce d'arbre. Il y avait aussi notre bateau, le *Aby*, en hommage au prénom de maman, qu'on n'a jamais réussi à mettre à l'eau. Il promettait de finir de le réparer, un jour. En attendant, on passait nos week-ends, en rade, entourés d'épaves. Pendant que papa bricolait sur la coque, maman et moi faisions semblant de naviguer jusqu'au bout du monde. Tout ça s'est envolé comme quand on souffle sur les pissenlits et qu'on regarde les aigrettes s'éloigner en tournoyant. Notre vie, c'est ça, aujourd'hui : une tige desséchée. Même moi, je me dis que j'aurais dû passer plus de temps avec maman. Les derniers jours, peu avant qu'elle nous quitte, je restais enfermée dans ma chambre. Je lui en voulais de mourir, de nous abandonner. Si j'avais su combien je regretterais ensuite de ne pas avoir été assez là... pour lui poser des questions, pour qu'elle me raconte sa vie, avant qu'elle aussi ne s'envole à tout jamais, soufflée...

Et papa ? Que reste-t-il de lui ? Ça me fait tellement de mal de le voir comme ça. L'homme que j'aimais n'est plus qu'une ruine... Le corps habité par un autre que je ne reconnais pas. Sans parler de ce qu'il a voulu me faire, l'autre soir. Mon propre père a tenté de me tuer. Il a beau me répéter qu'il regrette, que ça n'arrivera plus, je n'arrive pas à m'ôter ça de la tête.

Je ne peux pas rester ici. Papa me fait peur, même s'il me promet de vouloir me protéger. Je ne retournerai pas chez Paul non plus...

Et cette maison que je déteste de plus en plus. Comme une cage qui se resserre sur moi, jour après jour. Chez

Paul, il y avait quelque chose qui flottait dans l'air. Une odeur de vieux bois, de cendres... Elle était partout accrochée aux murs, aux vêtements, sur les poils du chien. Et, je ne sais pas pourquoi, ça me rassurait. Notre maison, elle, ne sent plus rien depuis des lustres. L'odeur du parfum de maman s'est évaporée en même temps que son sourire et ses caresses.

Je n'ai pas d'autre choix. Je vais partir, quitter Redwoods à tout jamais. Devenir quelqu'un d'autre. Et essayer d'attraper, au passage, quelques graines perdues de pissenlits. J'ai préparé mon sac, avec le Polaroid que j'avais trouvé dans un des cartons des affaires de maman. J'ai aussi un de ses anciens colliers, celui avec la perle, en souvenir. Quelques photos de nous. Un lecteur CD avec les disques que Paul m'a offerts et quelques autres à moi. Les 47 dollars qu'il y avait dans ma tirelire. Et un couteau.

C'est la fin de l'après-midi. Un brouillard épais s'accroche à la forêt depuis ce matin. C'est le moment... Après m'être assurée que mon père dort sur son gros fauteuil, je sors sur le toit le plus silencieusement possible. Je me laisse glisser comme la dernière fois, puis je saute. Je fais un bruit pas possible en me réceptionnant et retiens ma respiration. Pas de mouvement dans la maison. C'est bon. Il ne m'a pas entendue. Je me mets à courir le long de Myrtle Road, puis, au bout de quelques minutes, sur la 101. Je vais bien trouver quelqu'un qui m'emmènera loin d'ici en stop. Direction le Sud, la Californie, le soleil, la chaleur, l'ailleurs. Je marche en scrutant l'épaisse brume grise. Mais aucune voiture n'arrive. Je resserre les lanières de mon sac à dos et accélère le pas. Il faut que je m'éloigne un maximum. La bruine commence à humidifier ma veste en jean, ma casquette. On n'y voit pas à cinq mètres, c'est une vraie purée de pois. Je ne sais même pas si un automobiliste pourrait me repérer en passant. Même moi, qui connais très bien le coin, j'ai un peu de mal à m'y retrouver. Tout semble différent, comme si on avait gribouillé le monde avec un gigantesque crayon à papier. Sur les côtés, on ne discerne que la première rangée de troncs de séquoias. Derrière, c'est le flou. Même les sons semblent étouffés. Il ne faut pas que je commence à avoir peur. Je ne peux pas ralentir. Rien ne m'arrêtera. Un bruit au loin. Oui, c'est un moteur ! Une voiture arrive derrière moi. J'ai du mal à distinguer quoi que ce soit. Les phares antibrouillard apparaissent, la voiture roule au ralenti. Je lève les mains pour faire des grands signes. Les deux boules lumineuses des phares grossissent, puis semblent s'arrêter à une quinzaine de mètres.

— Hé ! Oh ! je crie, en continuant à agiter les bras.

Mais l'engin reste immobile. Je ne reconnais pas le modèle, et le moteur ronronne dans le silence de la forêt. Que se passe-t-il ?

Et si c'était lui ? L'Homme-rouge... Non, Charlie. Pas de panique. Je longe la route d'un bon pas et me retourne à plusieurs reprises. La voiture a redémarré et roule lentement, en me suivant à distance. Je me mets à courir. Dois-je m'enfoncer dans la forêt ? Mais avec cette brume, il est impossible de se repérer. Et lui aussi a l'air de bien connaître les bois... C'est certainement ce qu'il veut, d'ailleurs. Me traquer, encore. Non, je dois rester sur la route et avancer jusqu'au prochain croisement, à moins d'un kilomètre. Là-bas, il y a la station-service du vieux Tanner. Je pourrais y trouver refuge, appeler mon père pour qu'il vienne me secourir. Le moteur rugit derrière moi. Le conducteur s'amuse à me faire peur. Tout en courant, je sors mon couteau de ma poche et le tiens serré dans ma main. Ce n'est pas grand-chose, mais c'est toujours ça. À un moment, je glisse sur une flaque et me racle les mains sur le bitume trempé. Ce n'est pas grave. Me relever, repartir. J'ai un point de côté, mais je ne lâche pas. Je vois, à travers le nuage d'humidité, le néon jaune de la station-service qui clignote. J'y suis presque, je peux y arriver. Mais le bruit du moteur approche. Il a compris, il accélère. Si je reste au milieu de la route, il va m'écraser. Je me déplace sur le bas-côté et me plaque contre un tronc d'arbre, le couteau tendu devant moi.

La voiture émerge du brouillard, comme si elle flottait sur le bitume. J'ai l'impression de voir les volutes de fumée s'échapper du capot marron. L'engin tourne pour rouler sur le bas-côté, ses roues s'enfoncent dans la boue. Le conducteur allume ses pleins phares, braqués sur moi. Je suis aveuglée. Je passe la main devant mes yeux pour essayer d'y voir, mais je ne distingue que les éclats de métal du pare-chocs. Derrière, ce sont les ténèbres. À cet instant, le conducteur se met à klaxonner, sans relâche. Le son de la sirène me vrille les oreilles. Puis, au bout d'un moment interminable, les phares s'éteignent, le Klaxon cesse, une portière s'ouvre et une silhouette s'en dégage.

— Charlie, viens ici…
— Papa ?

J'abaisse mon couteau, m'approche, le cœur martelant encore ma poitrine.

C'est seulement en arrivant à son niveau que je reconnais notre vieux pick-up Chevrolet. J'aurais dû me douter que c'était lui. Mais ma terreur et ce satané brouillard m'ont complètement fait perdre les pédales.

Mon père est appuyé contre la portière. Ses yeux sont rouges, son haleine pue l'alcool. J'ai envie de lui frapper le torse.

— Mais ça ne va pas ? Pourquoi tu as fait ça ?

— C'est de la folie de sortir, Charlie. Je voulais que tu comprennes ce qui t'attend si tu essaies de t'enfuir. Tu peux t'estimer heureuse que ce soit moi qui t'aie retrouvée. Maintenant, monte.

— Non, je ne rentre plus. Je veux partir, loin.

Je remarque qu'il a pris son fusil, et l'a déposé, à ses côtés, sur la banquette.

— Monte, je te dis. Tu es en danger.

Il m'attrape le bras, je me dégage.

— Mais, papa, on ne peut pas vivre comme ça, dans la peur, tout le temps.

— On n'a pas le choix, Charlie… Tout ça, c'est de ta faute. Si tu n'avais pas fait ta curieuse, aussi ! Si tu étais restée à ta place, comme tout le monde. C'est de ta faute, tu comprends ! Je veux te protéger, ma fille, un point c'est tout.

— Laisse-moi partir alors, emmène-moi dans une autre ville. Roulons tous les deux, maintenant, jusqu'en Californie, plus loin même…

— Non, ni toi ni moi ne pouvons quitter Redwoods. C'est mon dernier avertissement, monte.

— Et tu me feras quoi si je refuse ? Tu vas me tirer dessus ?

— Non...

Il essuie son front trempé par la bruine et reprend :

— Par contre, si tu tentes encore de t'enfuir, j'irai voir ton ami Paul et je m'occuperai de lui et de son chien.

— Non, je te connais, tu ne ferais jamais ça.

Il donne un coup fort sur le capot du pick-up.

— Tu ne sais rien de moi ! Tu ne sais pas ce dont je suis capable. Ce que j'ai fait. Maintenant, monte. Il faut qu'on se mette à l'abri.

Son regard en cet instant... Il ne bluffe pas. Si je ne monte pas, il s'en prendra à eux.

Sur le chemin du retour, il ne m'adresse plus la parole. Dans le rétroviseur, le néon de la station-service disparaît dans le voile gris d'humidité. Je ne verrai jamais le bout de cette route, elle me ramènera toujours sur mes pas. Comme si je tournais en boucle. Prisonnière de cette ville, de cette maison, de cette vie.

24

Paul
25 avril 2011

Que se passe-t-il dans la baraque des Sanders ? Le père, William, est sur le toit, en train de clouer des planches sur la fenêtre de la chambre de Charlie. J'observe la maison à bonne distance, avec mon téléobjectif. Je n'ose pas m'approcher, d'autant que Sanders ne se déplace pas sans son fusil à l'épaule. Il a l'air encore plus à bout et terrorisé que la dernière fois. A-t-il lui aussi croisé la route de l'Homme-rouge ? Ou reçu des menaces ? Et cette pauvre môme... comment l'aider ?

Je m'en veux. J'aurais dû agir différemment... Je n'aurais jamais dû rendre Charlie à son père. L'histoire se répète, Paul. Tu foires tout, comme toujours...

Quant aux tombes que j'ai trouvées sous le séquoia géant, l'information n'a toujours pas été transmise aux médias. Chaque matin, je me rue chez le marchand de journaux et détaille les unes des différents canards locaux... Au Blackstone, je demande à Kaitlyn, la barmaid, de monter le son quand les informations commencent à la télévision. Mais rien… Et c'est en train de me rendre fou. Dans la ville, personne ne semble au courant.

La municipalité a fait suspendre de grandes banderoles et des guirlandes lumineuses annonçant les festivités du cent cinquantenaire de la ville. Déjà, les commerçants décorent les devantures de leurs boutiques aux couleurs de l'événement. Il y a un tueur qui rôde parmi nous et des cadavres dans les bois, mais on dirait que tout le monde s'en fout… Il n'y a que moi qui pense qu'on marche sur la tête ?

Je ne réussis pas à me remettre de l'attaque de l'Homme-rouge. Je pensais que le fait de révéler l'existence du charnier m'aiderait à tourner la page. Mais ça n'a pas réellement été le cas. Je voudrais me convaincre que j'ai le contrôle, que j'en ai vu d'autres. Mais l'angoisse qu'il revienne est bel et bien là, elle me tord les boyaux.

À la suite de mon agression, j'ai fait renforcer la serrure de la porte de la cabane. Je passe mes soirées terré chez moi, les volets fermés. La journée, je m'attarde autant que possible en ville, au pub, ou sur un des bancs de la petite place du centre, mon chien à mes pieds.

Quand je rentre, je reste de longues minutes dans ma voiture, à scruter le sous-bois, de peur qu'il ne surgisse et se rue sur moi. Chaque soir, je m'endors avec mon flingue sous l'oreiller, et me réveille en sueur quelques heures plus tard, après avoir fait le même cauchemar. Je cours, mais mes pieds sont retenus par les racines du séquoia. La forêt se referme sur moi, tandis que l'Homme-rouge s'approche, et que son masque s'ouvre grand pour me dévorer.

J'ai peur pour moi, pour Charlie, évidemment, mais aussi pour toutes les victimes qui pourraient encore tomber entre ses mains. Tant que la presse ne s'emparera pas de cette affaire, l'Homme-rouge continuera à agir sans être inquiété. Mais puisque personne ici ne semble vouloir exposer les faits au grand jour, je m'en chargerai. Alors, la ville n'aura pas d'autre choix que de prendre des mesures.

J'arrive dans les locaux de l'*Union Gazette*. À peine ai-je entrouvert la porte qu'Alvin m'assaille de questions. Pas surprenant : je l'ai appelé un peu plus tôt pour lui dire que j'avais un scoop. Le jeune homme frétille d'impatience.

— Du calme, Alvin. Avant toute chose, je veux qu'on se mette d'accord sur deux points. Un : je ne veux être cité nulle part dans ton article. Personne ne doit savoir que je suis ta source. Deux : on partage à 50/50 tous les bénéfices de ton article et des infos que tu vendras aux autres médias sur cette affaire. Car, je peux te l'assurer, d'autres canards vont vouloir ton histoire et tes photos.

— Ok, Paul. Alors, quoi de neuf, docteur ?
— Pardon ?
— Quoi de neuf, docteur... Rapport à ta casquette...

J'avais oublié... À cause de ma blessure sur le front, je suis obligé de porter une casquette vissée sur la tête. La seule que j'ai dégottée dans mes affaires est rouge avec un visuel de Bugs Bunny... Déjà que je n'étais pas un canon de beauté, mais là on frôle le sabordage.

— Alvin, c'est du sérieux ce que je t'ai ramené.

Le sourire sur le visage du journaliste s'efface.

— Il y a un assassin à Redwoods. Et je pense qu'il a au moins cinq victimes à son actif. C'est lui qui s'en prend aux disparus. La police est au courant, mais n'a pas encore transmis l'information à la presse. Tu rêvais d'un scoop, je te l'offre sur un plateau d'argent !

Dans l'heure qui suit, je lui raconte tout, en omettant sciemment de mentionner Charlie. Je lui laisse ainsi croire que c'est moi qui ai surpris le tueur et découvert les cadavres. Je lui fais la description la plus précise possible de l'Homme-rouge, de son masque terrifiant. Je m'essaye même à lui faire un croquis. C'est alors que je réalise que le motif sur la cagoule du tueur reprend en réalité celui découvert sur le séquoia. Cet étrange symbole d'arbre, avec des branches comme des mains. Pour autant, j'évite de lui en parler. Je préfère d'abord creuser cette piste de mon côté…

Pour étayer mes propos, je montre à Alvin les polaroïds de Charlie et les photos que j'ai fait développer. En les parcourant, le journaliste affiche une mine dégoûtée, mais reprend vite le dessus. J'ai même l'impression qu'au fond il ne ressent pas vraiment d'empathie pour la pauvre Emily Bennett dont le corps gît, blafard, au fond de la fosse, sous la lumière du flash. Lui, tout ce qu'il voit, c'est l'article qu'il peut en tirer. Il n'est pas tant question de cadavres que d'une histoire qui attend d'être racontée. Et d'un article qui va faire exploser sa carrière. Voilà un sentiment qui m'est familier…

Moi aussi, bien entendu, j'y trouve mon compte. Une petite rentrée d'argent ne me ferait pas de mal, surtout en ce moment. Mais ce que je veux avant tout, c'est faire coffrer ce monstre et mettre fin à cette folie.

Une fois que j'en ai terminé avec Alvin, je lui demande s'il connaît quelqu'un qui pourrait m'aider à en apprendre plus sur l'histoire de la ville. Sans hésitation, il me parle de Meredith Adler, conservatrice du musée des Pionniers, situé sur l'île Kellen. Je lui passe un coup de fil pour convenir d'un rendez-vous. Elle m'invite à la rejoindre, sur l'île, dans trois jours, à la fermeture du musée.

En quittant l'*Union Gazette*, je passe devant le bureau du shérif. Alors comme ça, vous ne voulez pas que l'affaire des disparus sorte au grand jour ? Eh bien, vous allez avoir une drôle de surprise…

25

Lauren
28 avril 2011

Je n'écoute que d'une oreille les conversations du conseil municipal. La réunion qui devait traiter de notre gestion de la crise des disparus s'éternise. Depuis la parution, avant-hier, de l'article de l'*Union Gazette*, c'est la panique à Redwoods. La couverture avec la fosse, le séquoia géant et le titre « UN TUEUR À REDWOODS » a été un véritable choc pour la ville.

Désormais, des journalistes des chaînes de télévision locales font le pied de grue devant le bureau du shérif. Et la chaîne de Portland, KATU, a même tenté de contacter Gerry plusieurs fois. C'est du jamais vu...

Alvin Dixon, un gamin du coin, a eu accès à des informations que Gerry ne voulait communiquer à personne. Lorsque le journaliste l'a contacté, le shérif n'a eu d'autre choix que de répondre à ses questions, pris au piège. Le pire, c'est qu'en découvrant l'article nous-mêmes avons appris certaines choses... Quelle est donc cette histoire d'Homme-rouge ?

L'article affichait même un portrait-robot reproduisant le masque que porterait l'assassin. Alvin aurait-il pu inventer une chose pareille pour pimenter son article ? Et qui lui a donné ces informations ?

Gerry l'a ensuite convoqué pour tenter d'obtenir des réponses. Mais le jeune homme n'a rien lâché. Hors de question pour lui de révéler ses sources. Il roulait même des mécaniques, jubilant d'être ainsi au centre de l'attention.

On parle et on parle encore... Et personne ne semble m'écouter...

Dehors, le vent souffle sur les hautes fenêtres de la mairie. Le ciel est noir et bas, on dirait que les nuages s'apprêtent à écraser le monde. Une tempête approche... Des alertes météo tournent en boucle à la radio. On annonce des vents à plus de 120 kilomètres-heure. Je sais ce que ça veut dire. Malgré les commentaires de Gerry qui me répète que je débloque, j'ai la certitude que, chaque fois qu'un danger menace la ville, le nombre de disparus augmente. Ce fut le cas lors de la tempête de 1986, lors des incendies de 2007... J'en ai assez.

— Bon, écoutez. Ça fait des heures qu'on est là à parler dans le vide, dis-je en tapant du poing sur la table. Nous n'avons plus le choix, il faut qu'on prenne des mesures strictes pour protéger nos habitants. D'abord, il faut annuler les festivités du cent cinquantenaire. On attend des milliers de visiteurs, on ne pourra pas mener de front l'enquête sur le tueur et la gestion de l'événement. Ensuite, il faut immédiatement interdire l'accès à la forêt. Aucun randonneur ne doit être autorisé à y pénétrer. Enfin, imposons un couvre-feu. Interdiction de sortir après 20 heures.

Je cherche le regard de John qui, en tant que directeur de l'école, a un siège au conseil. Pourvu qu'il me soutienne. Mais il baisse les yeux.

Howard, le maire, se lève. Il replace ses lunettes carrées, lisse un peu sa barbe. Comme d'habitude, il porte une chemise à rayures et une cravate chargée d'illustrations. Ce soir, il a choisi sa préférée, celle qu'il arbore toujours pour les interviews et les conseils municipaux : des motifs du drapeau américain. Notre maire commence à parler avec ce petit sourire qui ne semble jamais quitter son visage :

— Lauren, ce que tu demandes est impossible, et tu le sais bien. Certes, un tueur rôde dans les parages, et ça nous horrifie tous, évidemment. Mais la vie ne peut pas s'arrêter pour autant. Notre économie dépend principalement du tourisme. Le cent cinquantenaire est une opportunité unique d'attirer la lumière sur notre ville. Qui plus est, ça fait des mois qu'on bosse sur les festivités. Et avec ce qui se passe en ce moment, tous nos concitoyens ont besoin de se changer un peu les idées, de se retrouver, de partager des moments agréables. Plus largement, ça nous permettrait de redorer le blason de la ville au niveau régional. Cette affaire de meurtres n'est pas bonne pour notre image.

— Il faudrait que tu t'écoutes, Lauren. On croirait un dictateur ! s'esclaffe Jack Derley, propriétaire de la scierie de Redwoods, premier employeur de la ville.

Quelques rires étouffés se font entendre dans l'assemblée.

— Franchement, ton idée de fermer la forêt et d'imposer un couvre-feu, c'est tout bonnement impossible. Nous sommes un pays libre, Lauren... On ne peut pas empêcher nos concitoyens de sortir de chez eux !

— Ils ont raison, poursuit Gerry. On doit continuer à vivre tout en restant vigilants. Si on bloque tout, le tueur va prendre peur et se terrer quelque part. Et nous tous, ici, on veut le retrouver, et vite. De plus, avec la tempête qui approche, les gens vont rester chez eux. On gagnera quelques jours.

— Au contraire... Tu le sais bien, Gerry... Chaque fois qu'une catastrophe naturelle nous tombe dessus, il y a une nouvelle disparition.

— Non, Lauren. Nous en avons déjà discuté. Tu te fais des idées.

— Si mon avis n'a aucune valeur pour vous tous, je n'ai plus rien à faire ici. Il y a une enquête qui m'attend.

Je prends mes affaires et quitte la salle en claquant la porte, sans leur laisser l'opportunité de me retenir. J'ai du pain sur la planche, et pas de temps à perdre.

Ce soir, je suis de permanence au bureau et j'en profite pour me replonger dans le dossier. Quelque chose m'a forcément échappé... Il y a bien ces signes, l'arbre et l'inscription, mais j'en ai parlé avec Howard, un grand passionné de l'histoire de la région, et il n'a jamais vu de tels symboles.

J'écoute mes messages. Harry, le médecin légiste, a essayé de me contacter. Peut-être une piste, enfin. Je le rappelle.

— Salut, Lauren. J'ai eu les résultats d'analyse et j'ai terminé l'autopsie. J'ai principalement concentré mes recherches sur la dépouille d'Emily Bennett, les autres cadavres étant dans un état de décomposition trop avancé.

— Je t'écoute.

— J'ai relevé deux éléments essentiels. En analysant la plaie au cou d'Emily Bennett, j'ai remarqué une trace de piqûre dans la nuque... Il y avait une petite irritation. J'ai procédé à des analyses sanguines qui ont révélé des traces de kétamine, un fort anesthésiant... Les gardes forestiers s'en servent parfois pour endormir les animaux sauvages, quand ils doivent les déplacer.

— Tu veux dire qu'on aurait tiré une seringue hypodermique sur Bennett pour l'endormir ?

— Il semblerait, oui.

C'est donc ainsi que procède le tueur. Il suit ses victimes, puis les endort, sans se montrer... Ce qui explique qu'il n'y ait jamais de traces de lutte, ni de tentative de fuite.

— Et pour se procurer un tel matériel, c'est compliqué ?

— Malheureusement, non. Aujourd'hui, en quelques clics sur Internet, on peut acheter un fusil tranquillisant. Quant au deuxième élément, c'est plus flou... mais je tenais à t'en parler. J'ai noté des marques au niveau de la main gauche. Une bande de peau est nettement moins sale, moins tachée de dépôts de roche et de terre, entre les phalanges et le pouce... Et il semblerait qu'il manque des poils sur la face dorsale de la main.

— Ta conclusion ?

— De telles traces pourraient être dues à du ruban adhésif collé à la main d'Emily Bennett. Elle a certainement eu les mains entravées...

— Au niveau de la face dorsale, dis-tu ?

— Oui.

Je regarde ma main.

— C'est bizarre. Ça ne colle pas. Si je voulais immobiliser une personne, je lui enserrerais plutôt les poignets, pas le dos de la main. Sans trop de difficultés, on pourrait faire glisser l'adhésif sur les doigts et se libérer.

— Tu as raison, c'est étrange. Mais vu qu'il nous manque la main droite, je ne peux pas tirer de plus amples conclusions.

— C'est bien, Harry. C'est déjà beaucoup. Merci pour ton boulot.

— Une dernière chose. Il y a un truc qui m'intrigue. Chaque fois qu'il y a une disparition, vous organisez de nombreuses battues, non ?

— Oui, absolument.

— J'ai revérifié sur les photos des tertres prises avant qu'on ne commence à creuser. On peut remarquer que sur les zones où ont été enterrés les quatre plus anciens cadavres, la végétation est très dense, alors que tout autour, à cause de la présence des racines du séquoia, la terre est plutôt à nu. C'est un phénomène naturel : les corps en décomposition chargés de nutriments favorisent la vie végétale. Il n'y a pas meilleur terreau...

— Je ne te suis pas, Harry.

— Ce que je ne comprends pas, c'est que, durant vos recherches, en découvrant ces tumulus couverts de végétation dans un endroit pareil, personne n'ait jamais été intrigué.

— Tu as raison. Merci encore, Harry.

Durant toutes ces années de recherches, serait-il possible qu'on n'ait jamais fait de battues dans le coin de Grove Canyon ? Je dois vérifier.

26

Paul
28 avril 2011

Il est 19 heures, je viens de me garer sur le parking face à l'île Kellen. Dans la lueur du jour tombant, je referme mon manteau et descends la petite pente menant à la grève. Un vent terrible s'est mis à souffler ces dernières heures. Flash renifle à droite, à gauche, se met à courser un crabe qui détale en zigzaguant. Par-delà le tapis de nuages, l'horizon se teinte d'orange et de jaune. À une cinquantaine de mètres, l'îlet se détache, entouré d'un récif de roches noires formant comme un rempart naturel. Je traverse le passage qui relie l'île à la côte. Autour de moi, la marée est en train de monter. Les algues à la surface dansent d'avant en arrière, donnant à l'océan un aspect visqueux. L'odeur d'iode saisit mes narines. Le ressac des vagues est lent, lourd, trompeur. Contrairement aux apparences, la marée est ici très rapide. Je n'ai aucune envie de me retrouver piégé par l'eau et de devoir attendre plusieurs heures sur ce caillou. Surtout avec une météo pareille.

Au-dessus de moi, sur l'île, se découpent les silhouettes de trois bâtiments aux murs blancs et au toit d'ardoises rouges. Le plus grand, la maison-phare, avec sa tour, sa galerie et sa lanterne qui grimpe à vingt mètres de haut, est devenu l'un des emblèmes de la ville, à côté des séquoias géants de la forêt. L'herbe est cramoisie par les effets mêlés du sel et du soleil. Un drapeau aux bords déchiquetés ondule sous les assauts du vent. Je m'approche du bâtiment principal, attache Flash à un poteau à l'extérieur et entre. C'est la première fois que je viens ici. Le musée des Pionniers est de petite taille, un enchevêtrement de quelques salles qui retracent l'histoire de la région.

— Je suis au fond ! me lance une voix.

Je progresse dans les allées qui mènent à Meredith Adler. Entre ses photos délavées, ses écriteaux qui se décrochent et ses vitrines poussiéreuses, le musée a un côté un peu suranné. Pas grand monde ne doit le visiter... Dans un coin, un espace est réservé à l'histoire des natifs de la région, les tribus Chetco, Coquille et Tututni. Deux panneaux aux explications un brin expéditives et un petit pan de mur présentent quelques objets traditionnels amérindiens : de grosses cuillères en bois aux manches sculptés, des colliers en dentalium, dont les coquilles ont été gravées de nombreux motifs, un cadre abritant une dizaine de flèches, certainement centenaires à en juger par l'état des plumes sur l'empennage, et quelques costumes aux tissus abîmés.

À l'évidence, le cœur du sujet n'est pas là. La vie des premiers habitants de ces terres apparaît comme secondaire. La suite de l'exposition le confirme avec les trois plus grandes salles consacrées aux vraies stars du musée : les colons de Redwoods. Cette réécriture de l'histoire me laisse un goût amer, mais ne me surprend pas vraiment. C'est partout le même refrain, à travers tout le pays. On préfère s'imaginer un passé glorieux peuplé d'intrépides aventuriers, où tout est conquête, plutôt que d'accepter la triste vérité. Car nos aïeuls n'avaient pas la tronche de John Wayne, ils ressemblaient plutôt à des assassins génocidaires... Notre belle nation s'est construite sur les cadavres de millions d'innocents. Sous couvert de « Destinée manifeste », cette idéologie messianique promettant que le peuple américain était voué à conquérir la moindre parcelle du pays, s'est jouée en réalité une terrible épuration ethnique, la destruction de milliers de tribus, l'annihilation de leur culture, de leur histoire... Et il n'en reste rien de plus aujourd'hui qu'un vague souvenir, à l'image de ce petit espace étriqué dans le musée, qui réunit à peine quelques flèches et cuillères...

Dans les salles suivantes, on trouve des maquettes des premières habitations de colons, des restes de carnets, des outils, des photos de l'usine hydraulique du temps de son exploitation.

Divers plans montrent le développement de la ville, année après année. Une carte avec de grandes flèches de couleur illustre combien, à une époque plus prospère, Redwoods expédiait son bois à travers toute la côte Ouest, de San Diego à Anchorage. Une série de panneaux retracent la piste de l'Oregon qui a permis à de nombreux pionniers de rejoindre une hypothétique terre promise. On trouve même, dans un coin, une reproduction d'un campement avec une petite carriole, des mannequins fatigués, un faux feu crépitant.

Pour clôturer l'exposition, une galerie de photos en noir et blanc des premiers pionniers. Ici, un couple qui se tient droit, les mains posées sur les épaules de leur enfant ; l'homme a des moustaches tombantes qui lui dévorent le visage, les traits saillants ; la femme a le regard qui fuit sur le côté, ce qui lui donne un air un peu absent. Là, une famille est photographiée devant une maison miteuse ; les anciens sont assis sur des tabourets, au-dessus d'eux leurs fils, et, un peu en retrait, les épouses. Personne ne sourit vraiment. Tout raconte une vie austère.

Puis, mon regard est interpellé par un portait, plus grand que les autres, qui trône au centre du panneau. Il représente un homme assez âgé, assis sur une chaise. Il porte une redingote usée et un gilet noir, sur une chemise blanche au col élimé. L'homme est raide comme un piquet, les mains croisées sur le torse. Il arbore une barbe blanche en collier. Sur son torse, une étoile de shérif. Ses yeux clairs fixent l'objectif et semblent traverser les années pour me dévisager, moi. Le vieillard dégage une autorité naturelle, quelque chose d'intimidant. « Nicholas Kellen, 1892 », indique la légende. C'est le père fondateur de Redwoods, le premier shérif de la ville, qui a donné son nom à l'île et au phare.

Lorsque j'aperçois enfin la conservatrice, je la trouve postée derrière un comptoir, s'acharnant nerveusement sur une caisse enregistreuse :

— Et mince, ça ne marchera donc jamais. Foutus engins...

Ses cheveux sont ramassés en un chignon un peu fou qui laisse échapper des mèches blanches.

— Meredith ? Bonjour, je suis Paul Green...

Elle me tend une main fine, que je serre délicatement, de peur de la briser. Je n'arrive pas à donner un âge à cette femme. Sa manière de se tenir un peu voûtée, sa robe à motifs, son châle violet sur les épaules, tout cela la vieillit. Comme si la proximité de toutes ces antiquités avait posé un voile de poussière sur elle.

— Bien sûr ! Nous avions rendez-vous, me dit-elle d'une voix douce. Qu'est-ce que je peux faire pour vous, Paul ?

— Eh bien, en explorant la forêt, je suis tombé sur d'étranges inscriptions. Compte tenu de votre expertise, je me demandais si vous les aviez déjà vues.

Je lui tends les photos de l'écorce de l'arbre.

— Où les avez-vous trouvées ?

Je reste volontairement vague pour ne pas qu'elle fasse le lien avec les meurtres.

— Dans la forêt, sur un très vieux séquoia géant.

— Intéressant...

Elle prend quelques secondes pour détailler les photos.

— À vrai dire, ces idéogrammes ne me disent absolument rien. Je n'en ai jamais vu de semblables.

— Pensez-vous qu'ils puissent provenir d'une écriture amérindienne ?

— Non, ça n'y ressemble pas. D'autant qu'il n'existe que très peu de traces écrites des autochtones. Les tribus des natifs avaient une tradition de transmission principalement orale. Il faut attendre 1821 pour qu'une écriture apparaisse et que le syllabaire cherokee soit inventé par Sequoyah lui-même. Les signes que vous me présentez ne me rappellent pas du tout ceux utilisés pour le cherokee.

— Donc, c'est une autre langue... Soit dit en passant, au sujet des natifs, comment se fait-il qu'ils n'aient droit qu'à un si petit espace du musée ? Ils font plus que partie de l'histoire de la région. Ils en sont l'origine, même...

— Vous savez, Paul, cet espace, c'est déjà une victoire pour moi, bredouille-t-elle d'un air gêné. J'ai dû batailler sec pour pouvoir le créer. Les responsables de l'établissement ne voulaient pas en entendre parler. Pour eux, c'était hors sujet de parler des premières nations ici.

— Et, sans indiscrétion, qui décide de ce qui est exposé ici ?

— Je fais des propositions en fonction de pièces que je peux récupérer, et c'est ensuite au maire et à l'équipe municipale de statuer. Car le musée appartient à la ville.

— Je vois.

— Attendez... À bien regarder ce motif, il me rappelle peut-être quelque chose..., ajoute-t-elle en faisant une drôle de moue. Ah ! Ça y est ! Ça me revient ! Bien sûr que je connais ce dessin. Venez avec moi.

Elle enfile des gants en latex, se lève et s'arrête devant une vitrine qui abrite un vieil ouvrage en cuir. Précautionneusement, elle le saisit et me le montre.

Sur la couverture, en effet, on retrouve le même motif d'arbre, avec des branches en forme de mains et des racines qui s'étendent. Le dessin est plus fin, plus travaillé, mais il n'en reste pas moins le même. En dessous, on peut lire le titre : *Journal de Nicholas Kellen, père de Redwoods*.

— Vous connaissez l'incroyable vie de Nicholas Kellen ? me demande-t-elle.

— Non... pas plus que ça...

— Vous avez de la chance, c'est moi qui m'occupe aussi des visites du musée. Avec le maigre budget dont je dispose, je suis bien obligée d'avoir toutes les casquettes. Conservatrice, caissière, femme de ménage et guide !

Meredith se racle la gorge et se lance dans un long monologue.

La naissance de Kellen, en 1825, à Falün, en Suède. Son arrivée à New York, seul, à 17 ans. La longue traversée jusqu'à l'Ouest. Son début de carrière en tant que marchand. Son mariage avec Eleanore Meager en 1847, leurs sept enfants. Entre les mots de Meredith se dessine le portrait d'un homme puritain, froid, exigeant envers lui-même et ses proches. Durant tout son récit, je repense à son portrait, ce regard qui semble juger le monde...

En 1859, Kellen embarque en bateau pour l'Oregon, avec son fils aîné. Ils font partie des premiers colons qui s'installent dans le nord de cet État encore sauvage. Un « bout du monde » qui inquiète autant qu'il fascine. Kellen s'installe dans la baie de White Rock qui deviendra, plus tard, le port de Redwoods. Avec quelques autres colons, il crée un premier camp sur une colline surplombant la baie, en retrait de l'océan, au cœur de la forêt. En contrebas, près de la rivière, des filons d'or ont été repérés. La colonie prospère rapidement. En 1861, alors que Redwoods est officiellement créée, Kellen en est nommé premier shérif. En 1863, on érige une école et une église ; en 1868, une mine hydraulique est construite près de la rivière. En 1881, cent cinquante personnes vivent ici.

Meredith m'invite à lire quelques extraits de la biographie de Kellen. À l'évidence, le patriarche gérait la communauté d'une main de fer et aucune transgression à l'ordre moral n'était tolérée. La consommation d'alcool, notamment, était proscrite.

— Mais la vie des habitants de Redwoods a été marquée par un double drame, poursuit-elle. D'abord, en 1879, une terrible épidémie de variole a ravagé la région, emportant des dizaines de familles. Nicolas Kellen et ses pairs ont tout fait pour résorber cette maladie, qu'ils appelaient la fièvre rouge, mais ce fut un combat difficile qui affaiblit grandement la communauté. À la suite de tensions dans le village, dont les origines sont assez obscures, mais qui seraient liées à la gestion de l'épidémie, Kellen et une dizaine de familles furent chassés de la colonie. Ils n'eurent d'autre choix que de fonder une nouvelle ville, plus proche de l'océan, qui deviendrait l'actuelle Redwoods. L'ancienne Redwoods, qui fait référence aujourd'hui au village effondré, était bâtie sur un site dangereux. En effet, en trente ans, des centaines de mètres de galeries avaient été creusées sous la colline. Pour progresser plus vite, certains mineurs excavaient les carrières à coups de dynamite, tandis que les ouvriers de la mine hydraulique utilisaient des canons à eau à forte pression pour éroder la roche. Tout était bon, tant qu'on trouvait de l'or. Il fallait creuser, toujours plus profondément… Déjà, des fissures apparaissaient sur certaines façades en bois des bâtiments. Des plaques de terrain commençaient à s'enfoncer. Mais personne ne semblait s'en soucier. Quelque temps après leur départ de l'ancien Redwoods, le 19 novembre 1881, alors qu'ils vivaient encore dans un campement de fortune, Kellen et les habitants de la nouvelle ville ont senti de lourdes vibrations dans le sol, comme un tremblement de terre, puis une série d'effroyables grondements. Ils ont regardé là-haut, vers la colline, et ont vu alors le clocher de la ville s'affaisser. Puis il y a eu des flammes et des cris. Des dizaines de failles et de trous sont apparus subitement, en quelques heures à peine, un affaissement en provoquant un autre, et ainsi de suite. Résultat : le village s'est effondré. Kellen et ses hommes ont tenté de porter secours à leurs concitoyens, mais c'était trop tard. En une nuit, la ville a été rayée de la carte, avalée par la colline. Plus de soixante habitants sont morts. Les survivants ont rejoint la nouvelle colonie. On a effacé le passé et reconstruit une nouvelle Redwoods. Ironiquement, la postérité a retenu le 11 mai 1861 comme date de création de notre ville, alors qu'il s'agissait de celle de l'ancienne Redwoods, et non de la nouvelle, fondée, quant à elle, en 1882. Comme si ces ruines, aujourd'hui encore, voulaient se rappeler à nous.

Mais quel lien cette histoire a-t-elle avec le charnier ? Ça n'a aucun sens…

— Dites-moi, Meredith, il reste encore des descendants de Kellen à Redwoods ?

— Kellen a eu des héritiers, bien sûr. Deux de ses fils ont fondé une famille, ici même. Mais ils n'ont eu que des filles. Kellen, lui, est mort en 1897. Sa lignée s'est perdue avec le temps.

Pas de descendants directs, donc…

Après avoir emprunté un gant à Meredith, je feuillette soigneusement le journal de Kellen, et note que les pages de fin ont été arrachées. Le dernier paragraphe raconte les premiers signes de la fièvre rouge, l'épidémie de variole qui a sévi en 1879, et plus rien…

— Malheureusement, me devance Meredith, ces pages ont dû être détruites ou perdues.

— Existe-t-il un autre exemplaire de cet ouvrage ?

— Oui, un seul. C'est le maire, Howard Hale, qui le conserve chez lui. Un sacré collectionneur ! Bon, il se fait tard, nous devons y aller. Vous ne voudriez pas vous faire piéger sur cette île avec une vieille bique comme moi !

— Ah ! Il ne faudrait pas compter sur moi pour vous trouver à manger… je suis le pire pêcheur d'Oregon…

Elle sourit et semble soudain penser à quelque chose.

— J'ai un vieil ami anthropologue qui vit dans le coin. C'est un drôle d'énergumène, mais il pourrait peut-être vous aider à déchiffrer cette étrange inscription. Si vous le contactez de ma part, il vous recevra certainement. Il s'appelle Nigel Radwell.

— Merci, Meredith, dis-je en notant ses coordonnées.

Tandis que la conservatrice revêt son manteau, je m'approche d'une galerie sur la droite, plongée dans l'ombre. À l'intérieur, une sorte de mannequin.

— Ah, j'avais éteint les lumières de cette partie de l'exposition. Laissez-moi rallumer.

Elle appuie sur un interrupteur derrière elle. Un crépitement de néon. Soudain, le visage de l'Homme-rouge me fait face. Je chancelle et manque de m'écrouler au sol.

— Meredith, excusez-moi… Qu'est-ce que c'est que ce masque ?

— Une très vieille pièce, offerte par le maire lui-même. Il s'agit d'une des cagoules utilisées par Kellen et ses hommes lorsqu'ils allaient visiter les malades de la fièvre rouge. Ne sachant pas comment la maladie se propageait, le shérif avait eu l'idée d'utiliser des sacs de grains en toile afin de se protéger, lui et ses hommes...

Aucun doute possible, c'est à partir d'une cagoule comme celle-ci que l'Homme-rouge a créé son masque terrifiant.

Je raccompagne Meredith jusqu'au parking et la remercie de son aide. Je m'installe dans ma voiture, Flash à mes côtés. Des nuages noirs se déplacent à basse altitude, comme s'ils frôlaient les vagues de l'océan. On dirait de gigantesques navires de ténèbres progressant vers la côte. La fragile silhouette de l'île Kellen se découpe au-dessus d'eux. Là-bas, tant de questions restent en suspens : le journal de Nicholas Kellen, l'épidémie de variole, le masque... Les meurtres de l'Homme-rouge font-ils écho au passé de la ville ? Et le maire, Hale... peut-il être lié à toute cette folie ?

27

Lauren
28 avril 2011

Voilà près de deux heures que j'ai le nez dans les archives. Tout autour de moi, des dizaines de feuilles éparpillées, un immense plan de la forêt... Un chaos qui n'a de sens que pour moi. En descendant au sous-sol, j'ai rapidement mis la main sur le gros classeur rouge sur lequel est inscrit au marqueur :

PLANIFICATION ET COMPTE RENDU DES RECHERCHES
(2005-2011)

À partir de 2005, pour gagner en efficacité à la suite des disparitions, Gerry avait décidé de mieux organiser les battues en délimitant un périmètre de trente kilomètres autour du lieu de disparition, pour ensuite le découper en parcelles de quelques kilomètres carrés. Les équipes devaient arpenter chaque secteur en quête d'indices : traces de pas, tissus arrachés, taches de sang... N'importe quel élément qui aurait permis de faire avancer l'enquête. Par groupes de quatre ou cinq personnes, toujours accompagnées par un des membres du bureau du shérif ou de l'équipe municipale, les bénévoles exploraient chaque recoin de la forêt. Bien entendu, nous avons toujours fait chou blanc…

J'ai d'abord déplié sur le sol la grande carte découpant la forêt en différents secteurs – A1, A2, A3, A4, B1, B2, B3, B4… – formant comme une spirale : ils partent de manière concentrique de Redwoods et s'en éloignent case après case. Les gorges de Grove Canyon correspondent à la case E4.

Il m'a fallu ensuite vérifier si des disparus s'étaient volatilisés à l'est de la forêt, dans la zone englobant Grove Canyon. J'ai remonté le temps, relu les différents rapports, réveillé tant de souvenirs… J'ai trouvé deux recoupements : Helen Ramos en 2009 et Jerry Steiner en 2010 ont bien disparu dans ce périmètre. Des recherches auraient donc dû normalement être entreprises dans le coin.

J'écume des pages et des pages de rapports compilés sous la forme de tableaux. Chaque fois, on y retrouve diverses informations : à gauche, l'intitulé de la zone explorée et la date ; au centre, les conclusions et observations en quelques mots ; à droite, le nom de l'agent responsable de l'équipe. Dans la colonne centrale, les mêmes mots se répètent sans fin, comme un aveu cinglant de notre échec : « Rien à signaler », « Aucune preuve », « Recherche infructueuse ».

Me voici devant les tableaux des recherches concernant Helen Ramos. Ici, à la troisième page : E4. Le 17 mai 2009, soit six jours après sa disparition, une équipe a bien exploré le carré de sous-bois proche du canyon. Le cadavre de Helen devait certainement déjà être enterré au pied du séquoia. Je laisse mon doigt courir sur la ligne, jusqu'à la dernière colonne indiquant le nom du responsable : « Gerry Mackenzie + 2 civils ». Mais comment n'ont-ils pas pu trouver le tertre ?

Pour confirmer mes soupçons, je recherche ensuite les comptes rendus des recherches concernant Jerry Steiner en 2010. Même constatation : à la deuxième page, la case E4, et de nouveau... « Gerry Mackenzie + 2 civils ».

C'est là, sous mes yeux.

Et pourtant, c'est comme si une partie de moi se refusait à l'accepter... À deux reprises, Gerry et d'autres hommes sont venus dans la zone du séquoia géant. Et ils n'ont apparemment rien vu. Pourtant, à l'époque de la mort de Jerry Steiner, il devait déjà y avoir trois autres tertres.

C'est impossible. Gerry ne peut pas être lié à ces horreurs... La forêt est dense, peut-être ont-ils limité leur exploration au canyon lui-même sans aller vérifier sur les hauteurs ?

Le téléphone du standard sonne.
— Bureau du shérif.
— Lauren ? Bonsoir, c'est Betty Dixon...

Betty, la mère d'Alvin Dixon, le journaliste. Hémiplégique, elle se déplace en fauteuil roulant, sort rarement de chez elle.

— Bonsoir, Betty, en quoi puis-je vous être utile ?
— Je m'inquiète certainement pour rien, mais je ne réussis pas à joindre Alvin. Il était censé venir dîner ce soir à la maison, à 20 heures, et il n'est toujours pas là.

Comme je le craignais, la psychose s'empare de la ville. Je vérifie l'heure. Il n'est que 21 heures.

— Il est peut-être simplement retenu au travail...

— Non, il n'est pas au bureau, j'ai appelé pour vérifier. Et j'ai laissé plusieurs messages sur son portable... Normalement, il ne l'éteint pas.

— Peut-être est-il sorti avec des amis ?

— Non, je ne crois pas. Alvin est un grand solitaire, vous savez. Il vient dîner tous les soirs chez moi, et il m'aide à me préparer pour le coucher. Ce soir, en plus, il devait s'arrêter chez Lou's Deli pour nous rapporter du crabe et des beignets de crevettes...

— Il va revenir, ne vous en faites pas.

— Vous ne comprenez pas, Lauren. Alvin est toujours à l'heure, jamais en retard. Il ne me laisserait jamais seule. Je suis vraiment inquiète.

— Je vais aller faire un tour chez lui. Ne vous faites pas trop de souci, Betty.

Une vingtaine de minutes plus tard, je me gare devant la maison d'Alvin Dixon, dans le sud de la ville, au bout de Shelter Street. C'est une petite habitation de trois ou quatre pièces, de plain-pied, comme on en voit tant dans la région. La peinture bleu clair du bardage de bois s'écaille à vue d'œil. Devant la maison, le jardin est mal entretenu. Le vent qui souffle de plus en plus fort fait trembler les plaques de tôle d'une grange à proximité. Le véhicule d'Alvin, une vieille Chrysler Neon qu'il n'a pas dû nettoyer depuis des lustres, est garé devant chez lui. Je sors ma lampe, la passe à l'intérieur du véhicule, tire la poignée. La voiture est ouverte... Sur le siège passager, des sacs en plastique provenant de chez Lou's Deli. À l'intérieur, des boîtes en kraft remplies de nourriture. Elles sont froides. Je sors de l'engin, touche le capot. Froid également... Je vais frapper à la porte, en vain.

Laisse tomber, Lauren. Tu perds ton temps... Alors que je m'apprête à quitter les lieux, mon attention est attirée par des traces sur le côté de la portière conducteur de la Chrysler. Comme si quelque chose avait glissé le long de la carrosserie et en avait un peu retiré la couche de crasse. Je passe ma lampe au sol. La terre est tassée ici. Quelque chose de lourd est tombé, de travers. Un objet renvoie l'éclat de ma torche sous les roues. Je tends le bras : ce sont les clés de voiture d'Alvin... Je repense à ce que m'a annoncé Harry, plus tôt. Le tueur utilise certainement un fusil hypodermique pour surprendre ses victimes et les endormir. J'observe les alentours. L'assassin aurait très bien pu se dissimuler là-bas, dans ce bosquet, et attendre le retour d'Alvin. Mais pourquoi s'en prendre à lui ?

Parce qu'il en sait trop. Parce qu'il a eu entre les mains des informations auxquelles personne n'a eu accès, pas même le bureau du shérif. Parce qu'il représente un danger. Mais, habituellement, le tueur ne s'attaque jamais aux habitants de la ville. Il n'a peut-être plus le choix désormais, il se sent acculé. Il doit effacer ses traces.

Et la tempête qui arrive... Tout est réuni. C'est cohérent, c'est possible. Mais, dans ce cas, où a-t-il emmené Alvin ?

Pour la première fois depuis le début de cette enquête, je suis dans les pas du tueur. Je peux encore faire quelque chose pour le journaliste. Il est certainement en vie, en ce moment même.

Où irais-je si je voulais être certaine de ne pas être dérangée ? Il y a tant de lieux oubliés dans la forêt… Mais un seul est interdit…

Le village effondré.

Je sors mon téléphone portable et regarde de nouveau les photos prises l'autre soir. Les clichés de l'ancienne école, les branches suspendues… Des branches de séquoia, comme l'arbre auprès duquel on a trouvé les cadavres. Puis défilent les horribles gribouillages à la craie sur le tableau en ardoise. Comment ne m'en suis-je pas rendu compte plus tôt ?

L'arbre. Ce foutu symbole qui me vrille le crâne depuis des jours. Il est là, sous mes yeux. Obnubilée par la découverte des cadavres, je n'ai pas pris le temps de vérifier de nouveau ces images. Malgré les ratures, je reconnais sur le tableau en ardoise l'étrange arbre avec ses quatre branches en forme de mains et ses longues racines.

Je dois aller vérifier ! Je m'apprête à contacter Gerry quand je repense à ce que je viens de découvrir dans les archives… Même si ça semble fou et peu probable, je ne peux pas prendre le risque de l'alerter s'il est lié à tout ça.

J'appelle Owen, lui parle de la disparition suspecte d'Alvin et l'informe que je retourne au village effondré. Je lui demande de me laisser une heure. Si d'ici là, il n'a pas de nouvelles, il lui faudra alors prévenir Gerry et tenter de me retrouver. Mais pas avant. J'insiste sur ce point. Owen me dit de ne pas y aller seule, que c'est trop risqué, qu'il n'y a rien là-bas. Je sens qu'il a peur pour moi. Je raccroche. Il faut faire vite.

28

Alvin
28 avril 2011

Il fait noir. Suis-je mort ? Non, j'entends ma respiration. Je laisse courir mes doigts au sol. Mon corps engourdi est allongé sur de la roche ou de la terre. Quelque chose est attaché à ma main. Une sorte de petit boîtier... Mais que se passe-t-il ?

J'ai un mal de crâne infernal. J'entends un bruit, comme un frottement devant moi, dans la pénombre. C'est à cet instant précis que la peur naît. Avant, j'étais encore un peu sonné. Mais là, en une seconde, mon cœur s'emballe... Je sais où je suis et ce qu'il se passe. Il m'a eu. Celui qui a pris les autres. Je suis là où les disparus ont terminé leurs jours. Je repense aux cinq tombeaux découverts. Aux cadavres... Et maintenant, c'est à mon tour de mourir.

Je me souviens être sorti de la maison, les clés de la voiture à la main, m'apprêtant à retrouver maman pour dîner avec elle. Puis, il y a eu cette sensation de piqûre dans la nuque, mon corps qui m'abandonne et glisse contre la portière. J'aurais voulu crier, appeler au secours, mais en un rien de temps, j'étais paralysé.

Suis-je blessé ? Je ne crois pas. Il m'a dévêtu, je suis complètement nu. Je tente de me soulever. Mes jambes sont en coton, mais je réussis à tenir debout. De ma main libre, je palpe autour de moi, brasse du vide. Même l'air semble épais. Je touche le boîtier que l'on m'a accroché à la main. Il y a un petit bouton, comme un renfoncement. Faut-il que j'appuie dessus ? Et si c'était un piège, une bombe peut-être ?

Encore un bruit, là, devant moi. Des pas et un crissement lourd, comme si on laissait traîner quelque chose derrière soi.

Je crie, d'abord d'une voix fluette :

— Au secours, aidez-moi ! Il y a quelqu'un ?

J'ai la bouche sèche, pâteuse. Je tousse et hurle plus fort. Soudain, on plaque quelque chose contre ma gorge. C'est glacial et tranchant.

Je recule et trébuche. Il y a quelqu'un au-dessus de moi. Je sens sa présence, j'entends sa respiration lourde. C'est lui ? Totalement aveugle, je recule et tente d'arracher en vain ce foutu truc qu'il m'a accroché à la main.

Et merde, pas le choix... S'il faut en finir, autant que ça aille vite. J'appuie sur ce maudit bouton en criant. Une explosion de lumière blanche. Un flash qui éclaire, l'espace d'un bref instant, mon environnement. La lumière qui se propage et s'évanouit aussitôt le long d'une galerie. L'image s'imprime sur ma rétine. Des murs de pierre, de vieilles poutres en bois qui soutiennent la structure... Je suis au fond d'une mine.

Je presse de nouveau sur le flash. Il met du temps à se déclencher.

Qu'est-ce… Qu'est-ce que c'est ?

Il est là, devant moi, à moins de deux mètres. Parfaitement immobile. Immense. Un corps d'homme, à la peau spectrale, recouverte d'une couche de craie blanche. Mes yeux doivent me jouer des tours. C'est impossible. Un cauchemar.

L'image s'est ancrée en moi. Comme un négatif que je ne pourrai jamais plus oublier. J'ai envie de hurler. Car l'être qui m'est apparu défie l'entendement. Ces deux cavités noires à la place des yeux, cette face décharnée, étirée, comme poussant un mugissement sans fin, et ces ramifications qui enserrent le crâne, telles des griffes. En lieu et place de sa tête, la créature porte un énorme masque. Un amas incompréhensible de branchages, de racines, de cordages, de morceaux d'écorce, de clous rouillés, qui forment un crâne effilé surmonté de quatre cornes. C'est une abomination. Sur son cou, des racines pendent comme des tentacules. Au niveau de sa bouche, un gouffre noir, béant. Des branches brisées émergent du masque, parfois reliées entre elles par des cordages rouges. La silhouette a quelque chose de primitif, de bestial. Ce n'est pas l'Homme-rouge que m'a décrit Green. Non, c'est bien pire. Un Homme-arbre. Une créature surgie de temps oubliés, interdits. À sa main, une énorme lame recourbée.

Un liquide chaud coule le long de ma jambe. Je me suis pissé dessus. Je tremble de tout mon corps. Je devrais tenter de m'enfuir, mais je n'en ai ni la force ni le courage. Je suis tétanisé.

— Écoutez-moi... Je suis désolé. C'est à cause de cet article ? Je vous jure que je n'en écrirai plus. Je vais changer de métier, disparaître.

J'appuie sur le flash. Il est là, juste au-dessus de moi, sa lame pointée sur ma tête. Alors, j'entends sa voix, profonde et grave, comme si elle émanait des tréfonds de cette putain de caverne.

— Tes informations... Qui ?

— Je vais vous le dire, je vais tout vous dire. C'est Paul Green, l'Étranger... C'est lui qui vous a surpris dans la fosse. Il a pris des photos. Il vous a vu près du séquoia géant... Il m'a forcé à écrire cet article, je ne voulais pas. Il a insisté.

J'appuie sur le flash. Le faciès de mort semble se tourner un peu sur le côté, comme s'il réfléchissait.

— Il faut me croire, je n'y suis pour rien. C'est Green...

Tout en parlant, je recule, je rampe. Sous mes mollets et mes fesses, la roche est glacée. Je sens quelque chose d'autre aussi. Une ficelle. Je l'utilise comme repère dans l'obscurité et continue à me traîner en arrière. C'est peut-être le chemin vers la sortie.

J'active le flash.

Le monstre a soulevé la lame au-dessus de lui. L'éclair lumineux projette son ombre sur les murs. Ses cornes s'étendent derrière lui telles des ailes démentes. J'entends sa respiration rauque et je distingue deux lueurs rouges à la place de ses yeux. Ce n'est pas un homme. C'est le diable.

Les mots sortent de ma bouche sans que je puisse les contrôler.

— Attendez, on peut s'arranger ! Je peux retrouver Green, vous le ramener. C'est lui qui doit être puni... Je peux écrire un autre article, l'accuser, lui. Je ferai ce que vous voulez, mais laissez-moi vivre.

Les phrases s'enchaînent, dépourvues de sens. Gagner du temps... Tant que je parle, je survis.

— Normalement, vous ne vous en prenez jamais à des gars du coin. Moi, je suis un natif de Redwoods. J'ai toujours vécu ici. Je suis un enfant de cette ville ! Vous ne pouvez pas me faire ça...

— Tu n'es plus rien. Tu as trahi Redwoods.

Un mouvement, comme un souffle, déchire l'air, puis une douleur sur mon torse. C'est d'abord une sensation de froid intense, suivie de milliers de picotements qui se transforment en brûlures incandescentes. J'ai du mal à respirer. Je passe ma main sur mon corps et sens une large plaie et du sang.

Flash de nouveau. Il s'est abaissé et a amené ses doigts imbibés de mon sang contre sa bouche obscure. Un clappement... un autre. Ce n'est pas vrai... Il me goûte...

Il va me tuer. Je vais mourir. Je fonds en larmes. Je suis désolé, maman. Je t'abandonne...

En reculant, ma main droite attrape une pierre. Une idée me traverse l'esprit.

Je m'éloigne tout en gardant la caillasse bien serrée dans ma main.

— Ma mère... elle est très faible. Elle a besoin de moi. Par pitié...

Un long silence, et sa lame fend l'air. Une nouvelle douleur, une autre déchirure, cette fois sur mon épaule gauche. J'active le flash. Je vois le démon au-dessus de mon corps agonisant.

Maintenant ! De toutes mes forces, alors que la galerie est replongée dans la pénombre, je lui balance, au jugé, la pierre dans la gueule. J'entends un crac. Je tente de me relever, m'appuie sur une des parois de la mine et avance. J'ai peut-être réussi à le sonner, de quoi gagner quelques secondes. Il faut que j'en profite.

Je peux m'en sortir. Alvin Dixon ne se fera pas avoir comme ça, jamais. Après tout, je suis un grand journaliste. Une immense carrière m'attend dehors. Je vais sortir de là et j'en ferai un récit fou… Un récit qu'on n'oubliera jamais.

J'active un nouveau flash devant moi. Au sol, une ficelle rouge serpente au milieu du tunnel. Pour me guider ou me piéger ? Surtout ne pas regarder en arrière. J'appuie sans relâche sur le flash. Il faut que je voie. Une nouvelle illumination. Je suis face à un croisement. Deux galeries partent dans des directions différentes, l'une vers le haut, l'autre vers le bas. Le fil rouge, comme un guide, s'enfonce vers le bas, à droite. Sans hésiter, je pars sur la droite.

— Alvin !

Une voix m'appelle de plus loin, dans les profondeurs de la grotte. J'active le flash devant moi. Le goulet de la mine s'enfonce, intestin de roche sans fond. Je cours comme un dératé, le bras droit collé contre le torse, dans un effort illusoire de faire compresse et de freiner l'hémorragie. Combien de temps puis-je encore tenir ?

29

Lauren
28 avril 2011

Je démarre en trombe en enclenchant le gyrophare. Normalement, il faut compter une vingtaine de minutes pour rejoindre le village effondré depuis Shelter Street. Mais pas ce soir. Je dois aller vite, beaucoup plus vite. Chaque minute de gagnée, c'est une chance en plus de sauver la vie d'Alvin Dixon.

Je conduis à toute allure au cœur de la forêt de Redwoods. Mon compteur affiche 110 kilomètres-heure. Le moteur de ma Ford Crown Victoria mugit. Mes phares déchirent la nuit. Mes essieux hurlent dans les virages trop serrés. À plusieurs reprises, ma voiture manque de partir dans le fossé. Le long d'une interminable ligne droite, je dois faire un écart sec à la dernière seconde pour éviter un cerf, tétanisé au milieu de la route, aveuglé par mes phares. Mes roues mordent sur la terre du bas-côté, projetant une giclée de boue sur la portière, mais je réussis, *in extremis*, à redresser le volant et à ramener la Ford sur la route. J'ai les yeux qui brûlent à force de fixer la ligne jaune au milieu de la route, comme un repère. Mais il faut rouler, rouler plus vite. Quoi qu'il en coûte.

Je m'engage sur la côte qui grimpe vers la colline de la vieille Redwoods et m'arrête. Face à moi, les arbres chancellent sous les assauts du vent. D'une main tremblante, je place six balles dans le barillet de mon revolver Smith & Wesson et glisse quelques munitions supplémentaires dans la poche de ma veste, tout en espérant ne pas avoir à en faire usage. J'ai toujours détesté tirer et je ne suis d'ailleurs pas très douée. En vingt-deux ans de carrière, je n'ai jamais eu à faire feu.

Ma lampe torche à la main, je cours jusqu'à l'endroit où le grillage s'est effondré. Autour de moi, la tempête crée un chaos de mouvements, de sons. Les feuillages des arbres s'agitent de droite à gauche, laissant échapper des bruissements sinistres. Les monceaux de mousse qui pendent des branchages ressemblent à des formes spectrales flottant dans les airs.

À l'intérieur de la zone interdite, je retrouve rapidement mon chemin. Le vent qui me pousse dans le dos me fait quasiment perdre l'équilibre à deux reprises, près des nombreuses fosses. Mais je tiens bon… J'inspecte rapidement l'église et me dirige vers l'ancienne école en courant jusqu'à la porte d'entrée. Encore une fois, la vue de cette salle où pendent les nombreuses branches de séquoia me glace. Me voici devant le tableau noir et le dessin de l'arbre grossièrement tracé à la craie. Je palpe le mur, cherche une porte, une ouverture dissimulée, quelque chose… mais il n'y a que ce grand tableau en ardoise et trois cloisons percées de hautes fenêtres.

Alors que je m'apprête à faire le tour du bâtiment par l'extérieur à la recherche d'un accès à un sous-sol, un léger courant d'air m'interpelle. Sur le sol, à l'endroit où sont dessinées les racines de l'arbre, je passe ma main au-dessus des lattes du vieux parquet. Y aurait-il donc une issue, là-dessous ? Je pointe ma lampe au sol et, de la semelle de mes chaussures, en chasse un peu la poussière et les marques de craie. Quelques planches semblent avoir été découpées. Je tente d'en saisir une et de la soulever. Bon Dieu, comme c'est lourd ! Mais ça y est, ça bouge. La trappe, soigneusement camouflée, donne sur un souterrain. Pas étonnant que je ne m'en sois pas aperçue lors de mon premier passage. En dessous, c'est le noir abyssal. Je descends en m'accrochant tant bien que mal à une échelle brinquebalante, tout en gardant serrée mon arme dans ma main. À peine mes pieds ont-ils touché le sol que je braque mon revolver sur l'obscurité. Et s'il était là, à m'attendre ?

Je place ma torche sous la crosse de mon pistolet afin d'éclairer dans l'axe de ma visée. Un tunnel creusé dans la terre s'enfonce dans les ténèbres. Une forte odeur d'humidité me saisit les narines et je ressens le léger courant d'air qui remonte vers la trappe… Je souffle un grand coup et commence à avancer, l'arme tendue devant moi, mon doigt sur la détente.

Au bout d'une vingtaine de mètres, le tunnel débouche sur une galerie de roches, soutenue par des poutres en bois. De-ci, de-là, les restes d'une ancienne exploitation minière : des lanternes rouillées, des rails tordus, un amoncellement de bois de charpente… Les forêts de l'Oregon sont de véritables gruyères, percées de milliers de mines abandonnées. La plupart ont été condamnées, mais pas toutes. Encore quelques pas avant que j'arrive à une intersection.

Des deux voies qui s'offrent à moi, j'emprunte celle de gauche, et arrive rapidement devant une sorte de réserve où sont entreposés, sur les côtés, un énorme tas de vêtements, mais aussi des sacs à dos de randonnée, empilés les uns sur les autres... La pointe de mon arme s'immisce entre les piles de vêtements : des vestes, des jeans, des tee-shirts, des sous-vêtements... Un rat noir, au poil graisseux, surgit entre deux tissus et détale dans l'obscurité en couinant. Ce sont les affaires des victimes, sans aucun doute. À vue d'œil, il y a au moins une vingtaine de sacs. Mais à combien s'élève le véritable nombre de victimes ? Le tueur doit agir depuis au moins dix ans, peut-être bien plus. Je n'en crois pas mes yeux... On était loin du compte.

Je suis donc dans son repaire, dans son antre... Et dire que j'étais juste au-dessus, à quelques pas seulement, la dernière fois. À l'évidence, il n'y a pas d'autre passage. Ce goulot se termine ici. Je fais finalement demi-tour pour revenir au croisement et m'engage cette fois-ci dans le passage de droite.

De longues minutes s'écoulent et le courant d'air s'intensifie, son sifflement serpente à travers la roche, plus aigu que jamais. Ma respiration est forte, trop forte, tout comme le bruit de mes pas qui se répercute sur la roche alentour. Je vais me faire repérer.

Encore un embranchement. Où aller, bon sang ? Qu'est-ce que c'est que ce labyrinthe ? Alors que je m'apprête à partir sur la gauche, un hurlement me parvient comme un écho diffus, lointain. Qu'importe si je me fais repérer, je réponds :

— Il y a quelqu'un ? Alvin, c'est Lauren Gifflin. Dites-moi où vous êtes !

Mais ma voix se perd dans les méandres de la mine.

30

Alvin
28 avril 2011

Je dois m'en sortir. Le *Portland Tribune*, le *San Francisco Chronicle*, le *Washington Post* même… Sans oublier les plus grands plateaux de télévision. Ils vont tous s'arracher mon histoire. Je serai celui qui a survécu au tueur de Redwoods…

J'ai l'impression d'entendre de nouveau une voix féminine. Je hurle, alors que je sais pertinemment que je dois être en train de dérailler :

— Je suis là ! Aidez-moi ! Il arrive !

Je réponds sans savoir si mes mots sortent réellement de ma bouche, s'ils parviendront jusqu'à elle.

Le tunnel s'enfonce et je n'en vois pas la fin. Ce n'était peut-être pas une bonne idée. Mon doigt appuie frénétiquement sur le déclencheur, le flash s'active. J'avance tout en tentant de contrôler ma respiration. Chaque bouffée d'air me déchire le thorax.

Flash.

Devant moi, une ouverture creusée dans la roche semble donner sur une grande salle. Les pas lourds qui résonnent derrière moi et font trembler le sol me figent un instant. Le crissement de sa lame contre la roche, comme pour déchiqueter mes espoirs. Il me suit à la trace, renifle mon sang, il s'amuse…

Je me précipite dans l'ouverture et j'active de nouveau l'appareil. Sous mes yeux, une vision d'épouvante. Depuis les poutrelles de bois constituant la charpente, de nombreux masques ont été suspendus. Ils ressemblent tous à celui que porte mon agresseur. Il y en a au moins une vingtaine dans la salle. Certains sont fabriqués à partir de restes de crânes d'animaux, d'autres avec des peaux, et toujours ces mêmes branches, ce bois… et ce faciès de mort. De nouveau plongé dans le noir, je percute les masques qui se mettent à claquer les uns contre les autres dans une sinistre mélopée.

Je repense à la petite comptine qu'on se chantait, gamins, pour se faire peur… Aux histoires qu'on se racontait sur la forêt qui prenait les enfants désobéissants et les emmenait à tout jamais….

Si tu quittes Redwoods,
Ni caveau ni linceul,
Point de mausolée,
Mais un tombeau de feuilles.

Jamais on ne me retrouvera… Les ténèbres de Redwoods m'ont avalé pour toujours. J'actionne le flash. Les gueules monstrueuses tourbillonnent autour de moi. Ou peut-être suis-je simplement en train de tourner sur moi-même. Je ne sais plus. J'entends une respiration, à ma droite. Vite, appuyer. Ça ne répond pas. Je martèle comme un fou sur le bouton. Une douleur dans mon dos. Il vient de me saigner... Je me retourne. Le bruit de ses pas, quelque part dans l'obscurité. Puis le silence, entrecoupé par le tintement des ossements, des branches. Enfin, la lumière se déclenche. Des masques m'apparaissent. Un mouvement. Il est là, au milieu. Il se fraie un chemin, lentement. Il prend son temps. Il se délecte de ma peur, il s'en nourrit. Je me retourne, me protège le visage du bras et me jette parmi les masques. Le bois, les clous me griffent les avant-bras, mais je ne m'arrête pas. Il doit bien y avoir une issue, quelque part. Une nouvelle lacération le long de mes côtes.

Flash.

Je m'arrête. Une lueur rouge dans une orbite. C'est lui. Pris de panique, je fuis. Je ne me protège même plus le visage. Mes bras sont tendus en avant. Je suis dévoré par la peur. Un hurlement emplit alors la grotte. Un cri terrible, une plainte chargée de douleur et de rage. En cet instant, mes jambes me lâchent. Je m'effondre au sol. Je sens sa présence, sa respiration. C'est terminé.

31

Lauren
28 avril 2011

— Je suis là ! Aidez-moi !

Le cri venait du boyau de droite, aucun doute. Je cours désormais à travers le souterrain, mon arme tremblante tendue devant moi. Mon cœur frappe ma poitrine à tout rompre. Le goulet se resserre. Il n'y a plus que de la roche maintenant et plus aucune charpente. Au sol, des flaques de boue marron. Ploc ! ploc !… Une eau noire ruisselle le long des parois, par endroits.

Une pensée me traverse. Qui viendra me chercher ici, dans ce labyrinthe de pierre ? Qui pourra me retrouver ? Peu de chances qu'Owen et Gerry découvrent la trappe. Et encore moins qu'ils empruntent le bon chemin dans ce dédale. Je suis seule…

Après quelques minutes interminables, mes chaussures s'enfonçant de plus en plus dans la boue, je distingue un faible rai de lumière au bout du goulet. Je m'approche. Le passage est fermé par une porte bricolée à partir de morceaux de tôle et de bois. Elle s'ouvre dans un grondement de tonnerre. Je me retrouve à l'air libre.

Effrayés par le vacarme, une nuée d'oiseaux s'envolent dans la nuit claire. Devant moi, construits à flanc de colline, se dressent une quinzaine de bâtiments, à la peinture rouge érodée. D'immenses structures de bois et de fer hautes de quatre à cinq étages et percées de nombreuses fenêtres aux carreaux brisés.

L'une d'elles ressemble à un entrepôt, et sur la façade figure une inscription en partie effacée : « REDWOODS HYDRAULIC MINE ». Les fameux vestiges de la mine hydraulique...

Je ne me suis jamais aventurée aussi loin dans le village effondré et je ne pensais pas que l'ancienne exploitation était encore debout, après toutes ces années. Personne ne vient jamais ici.

En contrebas de la mine, une étendue d'eau, bordée de monticules de graviers. Plus loin, deux impressionnants conduits de cheminée s'élèvent à une trentaine de mètres, tandis qu'un autre gît au sol. Un peu partout, passant d'un bâtiment à l'autre, un réseau de passerelles et de rails en hauteur devait permettre jadis de déplacer les chariots remplis de roche jusqu'aux zones d'extraction. Les rails se sont écroulés en divers endroits, donnant à la structure de faux airs d'échafaud. On voit aussi des pylônes en métal, totems déments, reliés les uns aux autres par des câbles. Peut-être une sorte de téléphérique. Certains des câbles se sont disloqués et pendent. Poussés par le vent, ils viennent claquer contre les piliers. Partout, on distingue encore des machineries, systèmes complexes de tuyauteries et d'engrenages, des conduits menant à d'énormes conteneurs bouffés par la corrosion.

C'est un cimetière de tôle, de fer et de bois qui s'offre à mes yeux. Un cimetière dans lequel je dois tenter de retrouver Alvin. Je me sens soudain découragée. C'est impossible. C'est trop grand, trop fou.

Et là, un autre hurlement, étrange et guttural, pas vraiment animal, provenant de plus haut, à une trentaine de mètres. Tandis que je m'engage sur un petit sentier en gravier, le halo lumineux de ma lampe se pose sur une entrée de tunnel. C'est un accès à une autre mine. D'anciennes barres de métal qui en bloquaient l'accès ont été arrachées. Je m'y enfonce sans hésitation.

Au centre de la galerie, un fil rouge serpente sur le sol, retenu par des clous. Je le suis, d'abord prudente, quand un autre cri résonne, plus proche cette fois. Pourvu que je n'arrive pas trop tard... Sur mon passage, à intervalles réguliers, les murs et le sol sont marqués de taches sombres. On dirait des flaques, des giclées de sang séché... À un endroit, je décèle même des empreintes de mains rouges. Les premières sont nettes, mais rapidement, ce ne sont plus que des traînées, comme si la personne traquée avait dû accélérer. Mais quelles horreurs ont bien pu être perpétrées ici ?

Au pas de course, je continue de suivre le fil quand soudain, un dernier cri, horrible, me fige sur place. Un silence de mort s'installe dans la mine. C'est trop tard... J'entends un bruit de frottement et des pas lourds. Je braque mon arme vers les ténèbres, immobile, concentrée. Ma mâchoire se serre à m'en exploser les gencives. Une ombre se détache, massive. Elle semble traîner quelque chose derrière elle. La créature apparaît enfin et s'immobilise à une dizaine de mètres de moi.

Son corps est couvert d'une poudre blanche qui ressemble à de la chaux, et les lignes de ses muscles sont soulignées en noir. Elle porte un masque. Un masque horrible. Je repense au dessin que j'ai vu dans l'*Union Gazette*. Mais c'est autre chose, c'est pire. Le masque reproduit grossièrement le motif de l'arbre : les quatre branches comme des cornes, les racines qui descendent jusque dans son cou. Ce n'est pas un être humain qui me fait face, c'est une aberration. La mort elle-même.

Je vois son torse se soulever. Que tient-il à bout de bras ? Je suis terrifiée. Tout cela est si irréel. Mon corps est parcouru de tremblements que je ne parviens pas à réprimer. Soudain, la bête tire en avant la masse qu'elle traînait derrière elle et la soulève de ses deux bras au-dessus de son crâne, tel un trophée de guerre. C'est un jeune homme nu et maigre, le torse recouvert de sang, le visage taillé, griffé de part en part.

Alvin… c'est trop tard. La créature reste immobile pendant de longues secondes, tandis que du sang s'égoutte sur son masque.

— Je suis… je suis Lauren Gifflin, du bureau du shérif de Redwoods. Ne bougez pas ! Vous êtes en état…

Le monstre jette en avant la dépouille d'Alvin qui roule au sol comme une vulgaire poupée de chiffon. Son visage sans vie me fait face.

L'Homme-arbre avance vers moi, lentement d'abord. Il passe par-dessus le cadavre d'Alvin sans même y prêter attention, puis accélère, après avoir placé sa main derrière son épaule. On dirait qu'il a attrapé quelque chose. Il soulève alors une énorme lame à la pointe recourbée comme une faux, la lève vers moi.

— Ne bougez plus... ne bougez...

La détonation résonne dans la mine. J'ai tiré, sans même m'en rendre compte, par pur instinct de survie. Le monstre est toujours debout. Je ne sais pas si je l'ai touché. Il me fixe du regard, me jauge. Il fait lentement bouger son horrible masque de droite à gauche, puis se rue de nouveau sur moi. Je tire encore, ma balle le rate et fait un ricochet sur la pierre en produisant quelques étincelles. Il me fonce dessus, sa lame brandie en avant. Je vois comme des reflets rouges dans les horribles cavités de son crâne. Je tire une nouvelle fois et, alors même qu'il va me percuter, je me jette au sol et heurte la roche de plein fouet.

La lampe est tombée dans ma chute. Je la saisis. Mais le temps que je pointe mon arme sur lui, le tueur a déjà disparu dans un coude de la galerie. J'entends ses pas qui s'éloignent.

Je m'approche du corps d'Alvin, place mes doigts sur sa carotide. Aucun pouls. C'est trop tard. Je suis désolée, Alvin, si désolée... J'ai fait du plus vite que j'ai pu...

Je ferme les yeux une seconde et me redresse. Ce n'est pas fini. Je peux encore attraper ce monstre. Je pars sur ses traces, vigilante. Il est armé et connaît certainement ce dédale comme sa poche. Pas question de le laisser s'en sortir. Je ne le permettrai pas.

Je me retrouve à l'extérieur de la galerie. En amont, j'aperçois la silhouette fantomatique de l'Homme-arbre s'engouffrer dans un des bâtiments de la mine hydraulique. Sans le lâcher des yeux, je tente de recharger mon revolver. Mais mes mains tremblent tellement que plusieurs balles m'échappent avant de remplir mon barillet. Je ne m'attarde pas à les ramasser, pas le temps.

J'entre à mon tour. C'est un enchevêtrement de charpente, de passerelles en métal, de chaînes en acier qui pendent. Il flotte dans l'air une odeur acide, et le sol comme les poutres sont couverts d'excréments d'oiseaux. J'entends un craquement plus bas. Il a dû continuer. Je passe une porte béante et me retrouve à l'extérieur, sur une sorte de plate-forme. L'Homme-arbre se glisse par une fenêtre dans un autre bâtiment, une dizaine de mètres en contrebas. Je dois traverser. Seule option, une petite passerelle en bois qui relie les deux édifices. Je regarde dans le vide. En dessous de moi, un maelström de poutres en acier, de lattes de bois. Si je tombe là-dedans... Ne pas penser à ça.

À chaque pas, de terribles rafales viennent me déséquilibrer. Je fais attention où je mets les pieds, et évite de buter sur les énormes boulons qui dépassent de la structure. Alors que je suis quasiment arrivée sur l'autre bord, mon pied droit glisse sur une planche vermoulue, et je bascule sur le côté de la passerelle. Je me rattrape, *in extremis*, sans lâcher mon arme. Ma lampe torche, par contre, tournoie dans le vide avant de s'écraser au sol. Je me hisse sur la structure et entre. Il fait si sombre ici... Je me trouve dans une immense pièce, haute d'une vingtaine de mètres. Certainement l'un des plus gros bâtiments de l'infrastructure. Il y a deux énormes machineries et plusieurs niveaux de passerelles, de plates-formes en hauteur. Des échelles partout. Merde, je n'y vois rien. Je sors mon téléphone portable, active la lampe. Mon rayon de vision se limite à deux ou trois mètres autour de moi. C'est toujours ça.

Soudain, un grincement me fait sursauter. Je lève mon téléphone vers le haut, juste à temps pour voir l'Homme-arbre, suspendu à une passerelle, telle une araignée cauchemardesque, se jeter sur moi. Je me projette en arrière. Il plante son énorme lame dans le bois du sol, frôlant ma jambe gauche. Je braque mon revolver devant moi et tire deux balles dans les ténèbres. Mais il a déjà disparu. Son arme, elle, est toujours là, enfoncée dans le parquet. Il n'a pas dû pouvoir la retirer. Ce qui me donne un avantage…

Je sors de l'entrepôt et cherche du regard la silhouette du monstre. Là-bas ! Il se faufile à travers quelques planches arrachées dans un bâtiment qui tient par miracle encore debout. D'ordinaire, je n'aurais jamais mis les pieds dans une telle ruine. Mais là, je m'y enfonce. J'ai mal aux doigts à force de serrer la crosse de mon flingue. Devant moi, un couloir et des ouvertures sur les côtés. Peut-être s'agissait-il des baraquements des mineurs. Le plancher s'enfonce dangereusement à chacun de mes pas. Autour de moi, les parois en bois sont percées d'une myriade de petits trous, parcourues de milliers de saillies, telles des galeries. Des pans entiers de cloisons gisent au sol, transformés en tas de poussière. Tout le bâtiment semble avoir été dévoré par les termites. J'appuie sur un pan de mur, une planche de bois s'effrite aussitôt. Je devrais faire marche arrière. C'est trop dangereux… Mais j'aperçois le démon à moins de cinq mètres. Il s'apprête à sauter par une fenêtre.

— Ne bougez plus ou je tire. Retournez-vous lentement. Les mains bien en vue.

Il semble hésiter puis s'exécute. Il me fait face. J'avance. Sur mes gardes. Un craquement, un autre. En une fraction de seconde, le plancher cède sous mes pieds et je m'enfonce dans le sol. Je chute jusqu'à mi-taille, les jambes pendant dans le vide. En tombant, je lâche téléphone et revolver qui glissent à plus d'un mètre de moi. La créature m'observe. J'essaie de me hisser sur le sol ferme, mais le bois me retient et m'enserre la poitrine. Je suis prise au piège. L'Homme-arbre lève la main vers l'une de ses cornes puis, d'un mouvement sec et puissant, l'arrache. Je me mets à pleurer tandis qu'il progresse vers moi en prenant son temps. Il veut faire durer le plaisir.

Je suis à bout de souffle, la cage thoracique compressée contre les planches. Je tente de regarder en dessous. Le bâtiment a été construit sur pilotis à une dizaine de mètres du sol. En contrebas, une piste de graviers, de roche pentue. L'assassin est là, son corps se dessinant dans la pénombre. D'un coup de pied, il chasse mon arme à l'autre bout du couloir. Des images, des pensées me traversent l'esprit, comme des fulgurances. Alex, son sourire, sa main dans la mienne. Ce moment fragile, comme suspendu, où je l'avais retrouvé un soir, en larmes, à la pointe St. John, non loin de chez nous. Des images de John, aussi, que j'aimerais tant serrer dans mes bras, une dernière fois. Lui dire que je suis désolée que notre couple ait été noyé dans ma douleur. Enfin, des clichés froids, en noir et blanc, des portraits sans vie des disparus : Emily Bennett, Larry Dewes, Helen Ramos, Ken Wong, Jerry Steiner. Je vous abandonne, malgré ma promesse…

Désespérée, je me mets à frapper de toutes mes forces contre le bois qui me retient prisonnière. Non, ça ne se terminera pas comme ça. Je cogne des deux poings. Le monstre m'observe, comme s'il se repaissait de ma détresse. Le bois tremble. Je peux y arriver.

Je martèle les planches comme une folle. L'Homme-arbre semble comprendre ce que je veux faire. Il s'avance vers moi et se prépare à frapper. Je tape, je tape frénétiquement... Soudain, le plancher cède. Je tombe dans le vide, comme au ralenti. Puis, c'est le choc. Une douleur fulgurante dans la cheville gauche. Je glisse sur le dénivelé sous le bâtiment. Je me mets en boule, mon corps roule le long de la pente. Ma tête frappe contre des pierres, mon dos encaisse les chocs. Je ne suis que douleur. Je finis par percuter une poutre, m'y accroche. J'ai mal, si mal, mais je suis vivante. Au-dessus de moi, des bruits de pas. Il prend la fuite. Puis, c'est le silence... Je crois que je perds connaissance, accrochée à cette poutre, bouffée par la douleur... mais vivante. Vivante.

32

Alex
8 novembre 2008

Maman, en découvrant cette histoire, mon histoire, tu t'en voudras certainement. Tu te diras que tu aurais dû comprendre avant. Mais c'était impossible. Tout était fait pour que personne ne soit au courant, jamais.

Comment aurais-tu pu te douter de ce qui se passait réellement durant ces week-ends ? Je n'en parlais pas beaucoup, de retour à la maison. Quand tu me questionnais, je te disais juste que je m'étais bien amusé.

Notre guide avait été clair à ce sujet. C'était un secret, le plus important des secrets. Si l'un d'entre nous révélait l'existence des Enfants de Redwoods, s'il en parlait à sa famille ou s'en vantait auprès de ses amis, la forêt viendrait le prendre et le plongerait dans ses entrailles. Il chuterait sans fin dans la fosse, déchiqueté et broyé pour l'éternité par les branches, les ronces et les racines des grands séquoias. J'étais terrifié par cette histoire, et je n'ai jamais cessé de l'être. J'en frémis rien qu'en t'écrivant ces mots.

Les premières années n'ont pas été les plus dures… Le glissement s'est fait de manière progressive, car ils savaient parfaitement comment nous préparer. Ils en avaient l'habitude.

Lors de ces week-ends, on explorait la forêt, tandis que le guide nous expliquait la particularité de tel arbre, de telle plante, en insistant toujours sur le rôle central de la forêt de Redwoods dans nos existences. Le soir, il retraçait la vie des premiers pionniers et celle de Nicholas Kellen. « Notre père à tous », disait-il.

C'est à partir de mes 11 ans que les choses étranges ont vraiment débuté. D'abord, ça a été un changement de règle durant nos chasses à l'homme. Lorsqu'on traquait l'enfant qui partait se cacher en forêt, il fallait désormais tremper un bâton dans un grand seau rempli d'un liquide rouge. J'ai compris, bien vite, qu'il s'agissait de sang… Voyant mon dégoût, le guide m'avait expliqué qu'il s'agissait de sang de porc. Rien de plus.

Avec nos armes dégoulinantes, on courait après le fuyard. Le premier qui le rattrapait devait faire semblant de lui trancher la gorge en laissant une trace rouge, le long de la trachée. Les autres gamins trouvaient ça génial. À la fois terrifiant et hilarant. Mais pas moi. J'appréhendais plus que tout le moment où mon tour viendrait, où ce serait moi que l'on poursuivrait, moi que l'on tirerait par les cheveux pour simuler mon égorgement.

Je sentais, au fond de moi, que ce que l'on faisait là n'était pas un jeu normal. Que ce n'était pas sain. Que des gamins de notre âge n'auraient pas dû s'adonner à des activités aussi vicieuses et perverses.

Puis il y a eu un autre jeu. Celui que notre guide appelait la Voie rouge. À la tombée de la nuit, après le repas, on devait se répartir tout autour du baraquement et observer la clairière et le cours d'eau en contrebas. Le guide nous distribuait à chacun une carabine, qui tirait des cartouches de petit calibre. Le coin était truffé de gibier qui sortait à la nuit venue : ratons laveurs, lapins, pikas, parfois même des belettes. Il fallait repérer un animal, le prendre en joue et lui tirer dessus. Mais ce n'était pas juste une initiation à la chasse. Il y avait une règle à respecter : on ne devait jamais abattre nos cibles du premier coup. Il fallait les blesser, même les effleurer, en visant l'arrière-train, les oreilles, les pattes, puis suivre la piste de sang laissée sur les touffes d'herbe et la terre. C'était cela, la Voie rouge... Une fois qu'on avait rattrapé l'animal, nous devions alors rester de longues minutes à observer son agonie, avant d'avoir, enfin, le droit de l'abattre.

Pour moi, c'était la pire des tortures. Je ne supportais pas d'entendre les couinements des animaux en détresse, les voir ramper au sol, tentant de fuir jusqu'à leur dernier souffle. Du coup, je visais toujours la tête, pour leur éviter des souffrances inutiles. Bien sûr, le guide s'en est rapidement rendu compte. Un soir, il m'a serré fort les épaules et m'a dit : « Tu ne peux pas être faible, Alex. Tu n'en as pas le droit. Toute la ville compte sur toi. Demain, c'est toi qui la protégeras. La forêt ne pardonne pas à ceux qui sont faibles. »

À ces mots, il a sorti un couteau et m'a entaillé le bras au niveau du biceps. La douleur était horrible, mais j'ai tout fait pour retenir mes larmes. Il a conclu, en essuyant son couteau sur son pantalon : « Chaque blessure que tu refuseras de faire à ces animaux, je te l'infligerai à toi... »

Tu vois, maman, toutes ces cicatrices que tu découvrais sur mon corps, année après année, ces mutilations qui t'inquiétaient tant, ce n'était pas moi qui me les faisais. C'était ce que je te le laissais croire, mais en réalité, c'était lui. Pour que ça rentre. Pour que je comprenne, enfin.

QUATRIÈME PARTIE

Des racines oubliées

*Si tu quittes Redwoods,
Ton histoire, ton passé
Formeront à jamais
Des racines oubliées.*

« Comptine de Redwoods »,
quatrième couplet, vers 1940.

33

Nicholas Kellen
6 septembre 1892

Les sabots des chevaux claquent sur les pavés. Il règne une agitation frénétique. Nous croisons des calèches, des voitures aux attelages lustrés, aux cuivres brillants. Les passants portent flanelle et dentelle, costumes tirés à quatre épingles, bijoux, monocles… On se salue, on soulève son chapeau. Certains habitants nous jettent des regards chargés de mépris. Pour eux, nous sommes des sauvages…

Nous nous enfonçons dans les rues. De part et d'autre, des immeubles grimpent à une quinzaine de mètres. Par endroits, les rues ressemblent à d'obscurs canyons, où aucune lumière ne pénètre jamais. On a beau se tordre le cou, on ne distingue plus un morceau de ciel. Le majestueux mont St. Helens, normalement visible à des kilomètres à la ronde, n'est plus qu'un lointain mirage.

J'observe mon fils, Henrik. Il est subjugué. Il n'a jamais quitté Redwoods, jamais vu de grande ville.

J'étais convaincu que ça lui permettrait de comprendre, de bien saisir la portée de ce que je m'évertue à lui enseigner. Pour le moment, il est encore trop émerveillé par l'effervescence, le faste et le décorum. Cela ne durera point. Lorsque nous entrerons dans les faubourgs du port, parmi la fange et le vice, il découvrira le véritable visage de la ville. La véritable Portland.

Il nous a fallu quatre jours pour y parvenir. Un voyage compliqué où nous devions, en permanence, rester sur le qui-vive, dormir en nous relayant, afin d'éviter de nous faire détrousser par un des nombreux groupes de parias qui parcourent la forêt. Souvent d'anciens chercheurs d'or désespérés, prêts à tout pour quelques piécettes. Mais je voulais que Henrik prenne conscience de la bestialité, de la dangerosité de ces terres.

Nous approchons du quartier chinois. Le tableau n'est déjà plus le même. Certains bâtiments appartenant aux Asiatiques les plus fortunés ressemblent à d'extravagants temples. Les toits sont peints en rouge, les boiseries autour des fenêtres arborent des motifs complexes. Aux balcons sont suspendus des lampions de couleur. Dans les rues, ça se bouscule et ça hurle. Des hommes se font couper les cheveux et coiffer leur natte sur le trottoir. Des cordonniers martèlent des semelles en crachant au sol. Plus loin, des dizaines d'ouvriers s'activent dans une manufacture de briques.

Un vieillard aux dents cariées nous propose bientôt deux poissons séchés. Je l'éconduis froidement.

— Regarde-les. Ils se croient chez eux. Ils pensent pouvoir reconstruire leur maudit pays sur nos terres.

— Ils ne font rien de mal, père. Ils gagnent leur pain.

— Méfie-toi toujours des étrangers quels qu'ils soient. Derrière leurs sourires, leurs manières avenantes, leurs courbettes se cachent les pires démons. Ce sont eux qui ont amené la fièvre rouge sur nos terres. C'est leur faute si tant des nôtres sont morts, si ta sœur a été emportée. Ne l'oublie jamais.

— Je ne l'oublie pas, père...

Sur le port, l'agitation s'amplifie. Dans la rade, des dizaines de clippers, de longs bateaux de commerce, sont au mouillage. L'océan n'est qu'un amas de coques, de mâts et de voilures. Et cette odeur d'égout, de sueur et de fraîchin mêlés qui vous saisit les narines.

Un homme nous tend un prospectus :

Ne cédez pas à la tentation. Sauvez notre sang. Les mariages interraciaux sont interdits par la loi de 1863. Si un Blanc ou une Blanche s'unit avec un homme ou une femme nègre, chinois ou kanaka, ou quelque personne ayant un quart de sang étranger, ce mariage sera nul et non avenu. Ne pactisez pas avec les étrangers, ils sont porteurs de maladies et ne sont point dignes de confiance. Ne participez pas à l'amalgame terrible des races.

Je donne le prospectus à mon fils, l'invite à le lire à son tour. Notre sang a été vicié depuis si longtemps. Tant de mariages avec les Indiens ont été tolérés pendant trop d'années. Mais pas chez nous, pas à Redwoods.

Nous avançons parmi la foule. On se rue dans les *saloons*, on boit à même la rue, on hurle et on s'invective. Dans une contre-allée, des marins avinés frappent au sol un pauvre hère inconscient. Nous passons devant une maison close. Des femmes aux poitrines tombantes paradent aux balcons du bouge, tandis que d'autres pavoisent dans la rue. Quelques-unes tentent de nous retenir. Elles ont les yeux rougis, le visage creusé, les dents noirâtres. Plus loin, une odeur de fumée âcre nous saisit ; c'est une fumerie d'opium. Des hommes pareils à des spectres s'échappent du porche d'entrée. Ils errent parmi la foule, le regard vitreux, les bras ballants, le corps obéissant difficilement à leur esprit presque mort.

Est-ce donc cela, le monde prétendument civilisé qu'ils veulent nous offrir ? Tout est stupre et dépravation. Les habitants de la grande ville peuvent passer des jours, des semaines sans que leurs pieds foulent la terre, sans qu'ils sentent l'odeur du bois, de l'écorce et de l'humus. Ils en ont fait leur fierté. Ils n'ont peut-être plus de boue sous leurs semelles, mais savent-ils encore lire dans la valse des nuages ou le souffle du vent ? Ici, chacun vit pour soi sans se soucier d'autrui. À Redwoods, nous formons encore, malgré les années, une communauté unie. Ce monde, je le leur laisse. Qu'ils se le gardent.

Nous remontons la rivière Willamette. Le cours d'eau dépose des monceaux de mousse jaunâtre sur le rivage. Des cadavres d'animaux, de rats, de chiens, flottent à la surface. Nous poursuivons vers l'ouest, là où je veux emmener mon fils.

Nous parvenons à une zone arasée. Ici et là, le ciel est quadrillé de grues. De nouveaux immeubles sont en construction. On distingue encore partout les ruines des anciennes habitations, les vestiges de ce qui fut, ici, autrefois. Des enfants chétifs, aux visages noirs de crasse, s'amusent à grimper sur des monticules de briques, de gravats. Plus loin, sous une tente de fortune, quelques hommes sont réunis autour d'un alambic. Ils nous jettent des regards hostiles, tout en devisant dans une langue inconnue.

— Que faisons-nous ici ? demande Henrik.

— Vois-tu ces ruines ? Il y a eu un terrible incendie ici, en 1873. Des centaines de maisons ont brûlé, des milliers de familles ont tout perdu. Vingt-deux blocs sont partis en fumée en quelques heures seulement. Mais les habitants de Portland n'ont pas compris. Il y a eu pourtant, au cours des mêmes années, d'autres feux terribles à travers le pays, dans d'autres métropoles, dont Boston et Chicago. Mais personne n'a saisi l'avertissement.

— Quel avertissement ?

Je baisse d'un ton.

— C'était elle qui les avait punis de s'être détournés. Mais ils s'en sont moqués et ont bâti de nouveau. Plus loin, plus grand. Alors, elle les a châtiés une fois de plus. Elle a fait s'abattre la Grande Panique sur eux et sur toutes ces villes où règnent la cupidité et la débauche.

— La Grande Panique ?

— Une terrible crise économique qui a jeté des centaines de milliers de travailleurs à la rue, mis des familles à l'agonie. Chaque jour, les miséreux sont plus nombreux. Et c'est ce qui a failli nous arriver, à nous aussi, à Redwoods.

— Que voulez-vous dire, père ?

— Te souviens-tu de l'histoire du village effondré, Henrik ? Je vais te dire ce qui s'est réellement passé. Les habitants du vieux Redwoods ont été punis. Je les avais prévenus, mais ils ne m'ont pas écouté. C'est pour cette raison qu'en 1879 ils nous ont chassés du village, moi et mes plus fidèles camarades. Ils répétaient que nous étions devenus fous, que nous n'aurions pas dû faire cela aux colons chinois. Ils ont pourtant oublié que la fièvre rouge avait disparu, et ce grâce à nous ! Ils l'ont oublié, car cela les arrangeait bien. Ils voyaient en moi une menace. J'avais quelque espérance qu'ils finissent par entendre raison, mais ils nous ont abandonnés à notre sort, nous qui avions pourtant fondé ce village. Nous avons dû bâtir, en plein hiver, un campement de fortune. Nous dormions dans des huttes à peine calfeutrées, à même le sol glacé. Notre sort n'était pas plus enviable que celui des sauvages qui peuplent ces terres. Mais aucune pitié de la part des habitants de Redwoods. Pour eux, nous étions bannis, maudits. Leur châtiment couvait. Je les avais prévenus qu'elle leur ferait payer leur mépris. Et je ne me suis pas trompé.

— Ils sont morts parce qu'ils n'ont pas cru en vous ?

— Non, ils sont morts parce qu'ils n'ont pas cru en elle.

— Elle ?

Je lui montre, d'un geste, la forêt qu'on aperçoit à peine, par-delà les toits de la ville, les cheminées des usines.

— Oui, celle dont je t'ai tant de fois parlé. Celle qui habite la forêt et qui veille sur notre communauté. C'est pour cela qu'il ne faut jamais douter, fils. Sinon, elle viendra réclamer son dû. Elle abattra sur nous détresse, calamités et ravages.

— J'ai compris, père…

34

Lauren
30 avril 2011

J'ai dû passer quarante-huit heures, par précaution, à l'hôpital de Gold Beach. À cause de ma cheville fracturée, de mes différentes contusions et surtout de mon état de fatigue général, le Dr Caldwell a préféré me garder en observation. Ma jambe gauche est dans le plâtre, des orteils jusqu'au haut de la cuisse. Il me faudra marcher au moins un mois à l'aide d'une béquille. Je crois que je n'ai jamais autant dormi de ma vie. Ces dernières journées m'apparaissent comme une interminable rêverie ; même quand j'étais consciente, j'avais l'impression de flotter sur du coton. Mais mon sommeil n'était pas, pour autant, apaisé. Souvent, au moment où je m'endormais, le masque terrifiant de l'assassin revenait me hanter. Étonnamment, il ne cherchait pas à me tuer, mais m'invitait à le suivre au plus profond des galeries de la mine hydraulique.

John a passé le plus clair de son temps à mon chevet. Quand j'ouvrais un œil au milieu de la nuit, je le voyais endormi, inconfortablement installé dans le fauteuil à côté de moi. Mon doux mari... Il m'a demandé de lui expliquer. Je n'ai pas pu tout lui dire, lui décrire l'horreur que j'ai réellement vécue. Alors, j'ai simplifié, voire édulcoré mon récit de cette nuit-là. Moi-même, je ne suis plus certaine que tout cela soit arrivé. Ça me paraît si irréel.

Owen, venu prendre de mes nouvelles hier, m'a raconté ce qui s'est passé après ma perte de conscience, depuis les décombres de la mine jusqu'à mon arrivée à l'hôpital. C'est Gerry qui m'a trouvée. Alors qu'il me cherchait dans les vestiges de Redwoods, il a été alerté par les premiers coups de feu. Il a réussi à accéder à la mine en coupant par le sous-bois.

D'après Owen, il m'a portée ensuite jusqu'à sa voiture et m'a conduite à l'hôpital. C'est lui qui, enfin, s'est chargé de tout : sécuriser le périmètre, demander des renforts à Gold Beach, organiser les fouilles sur le site. Owen m'a aussi parlé, brièvement, des découvertes qu'ils ont faites dans les profondeurs de la mine.

Gerry est passé me voir hier. J'étais un peu mal à l'aise. Je l'ai remercié du bout des lèvres. Moi qui ai douté de lui... J'ai honte. Peut-être que s'il avait été à mes côtés, nous n'en serions pas là aujourd'hui. Après s'être rapidement enquis de mon état de santé, le shérif a demandé à John de nous accorder quelques minutes seule à seul. À peine la porte se refermait que Gerry embrayait :

— Tu m'as caché des choses, Lauren. À moi... Je ne comprends pas. Comment as-tu retrouvé la trace du tueur dans la mine hydraulique ?

— J'ai juste eu de la chance. Je me suis souvenue qu'une gravure à la craie dans l'ancienne école ressemblait au dessin de l'arbre trouvé sur le tronc du séquoia. Je suis allée jeter un coup d'œil et j'ai découvert un passage menant au sous-sol.

— Pourquoi ne pas m'avoir prévenu ?

— Parce que cette affaire me rend folle et paranoïaque, Gerry. J'ai eu des doutes sur tout le monde, même sur toi. J'ai vérifié les archives des recherches... C'était toi, chaque fois, qui étais chargé des fouilles dans la zone de Grove Canyon. Comment est-ce possible que tu n'y aies jamais rien trouvé ? Est-ce que tu es au courant de quelque chose, Gerry ?

Il a soutenu mon regard, puis s'est tourné vers la fenêtre. Il est resté comme ça, longtemps silencieux.

— Oui, c'est moi qui ai supervisé les battues. Merde... ça me bouffe, si tu savais, Lauren. J'y pense sans cesse depuis qu'on a retrouvé les corps. Me dire que j'étais juste à côté, à quelques dizaines de mètres. Je n'ai aucune excuse. Mais j'enchaînais les battues depuis des jours, et, bien souvent, les conditions météo étaient pourries. J'étais juste épuisé. Les gars qui m'accompagnaient et moi, on s'est contentés, chaque fois, de faire un tour rapide dans le canyon, sans jamais aller voir ce qui se passait autour. Je m'en veux de me dire que j'ai mal fait mon boulot. Je suis désolé.

J'ai regardé Gerry. Le soleil qui traversait les stores renvoyait des ombres sur son visage, renforçant les cernes gonflés sous ses yeux. Il semblait usé par les récents événements. Pour la première fois, mon mentor, sa stature increvable, indéboulonnable, semblait vaciller.

— Tu aurais dû m'en parler tout de suite... Ça m'aurait évité de douter de toi.

— Et tu voulais que je te dise quoi ? « Hey, Lauren, j'ai complètement merdé » ? J'avais honte... Je ne tolère pas les erreurs chez les autres, alors tu imagines quand il s'agit de moi...

— Du coup, quand tu m'as retrouvée, le tueur avait déjà pris la fuite ?

— Oui. On a compris par la suite comment il avait fait pour accéder à la mine avec le corps endormi d'Alvin. On a découvert un autre accès par l'arrière de la colline, par un sentier non balisé. Il y avait des marques de pneus, mais elles sont difficilement identifiables.

— Vous avez réussi à faire des prélèvements sur place ? Pu opérer des recoupements ?

— Pour le moment, les analyses de Harry n'ont rien donné. Il n'y a aucune empreinte ou trace d'ADN dans ces grottes. Et c'est bizarre, d'ailleurs.

— Vous n'avez donc aucun suspect ?

— Non, rien... Bon, écoute, Lauren, on a déconné tous les deux. Moi, parce que je ne t'ai pas parlé tout de suite de mes ratés lors des recherches à Grove Canyon. Toi, parce que tu as douté de moi, malgré tout ce qu'on a vécu ensemble. Et on en paie le prix aujourd'hui. Un gamin du coin est mort. Il faut qu'on se fasse confiance, Lauren. Une confiance totale. Sinon, on ne s'en sortira pas. Tu as failli y passer. Tu n'as pas les épaules pour gérer une affaire comme celle-là toute seule.

— Je sais bien. J'ai voulu aller au plus vite. Je n'ai pas vraiment réfléchi aux risques que je courais.

Gerry a ajouté que, depuis mon agression, les collègues de Redwoods et Gold Beach travaillaient nuit et jour dans la zone de la mine abandonnée, fouillant le moindre bâtiment et tunnel, sans relâche. Mais la coopération entre les deux villes est toujours aussi tendue. Le shérif Slocomb bataille pour que l'on transfère l'affaire à l'État, voire qu'on la confie au FBI. Gerry fait, lui, tout son possible pour qu'on garde le contrôle... Bref, un beau merdier...

Je sors aujourd'hui. Owen m'attend sur le parking de l'hôpital. Je finis de boutonner mon chemisier, enfile une veste, attrape ma béquille et claudique jusqu'à la sortie. John m'aide à franchir les portes, puis va déposer ma valise dans notre voiture. Je ne lui ai encore rien dit. Alors qu'il revient vers moi, il remarque Owen, adossé contre le véhicule du comté.

— Ne me dis pas que tu veux y retourner ! Tu as besoin de repos, Lauren. Tu dois éviter de marcher, de fatiguer ta jambe. Le médecin a été clair.

— Ça ne sera pas long, John. Je ferai attention. Owen m'aidera. Je fais juste l'aller-retour. Il faut que je voie de mes yeux ce qu'ils ont trouvé là-bas. C'est important.

— Si tu y vas, tu vas replonger. Je te connais. Il y aura toujours un dossier à étudier, un interrogatoire à mener, une fouille à superviser. Bon sang, tu as failli crever dans cette mine, est-ce que tu t'en rends compte, Lauren ? Il faut que tu arrêtes tes conneries. Si tu y retournes, Lauren, c'est terminé. Je n'en peux plus de ne jamais te voir, de te courir après, de te répéter sans cesse les mêmes choses. Je ne suis pas ton père, Lauren. Ça suffit.

— Je n'ai pas le choix, John. Je suis désolée.

— Très bien. Je t'aurai prévenue.

John tourne le dos et, sans un mot de plus, s'éloigne jusqu'à sa voiture.

Nous roulons à travers la forêt de Redwoods. En cette fin de matinée, les rayons de soleil filtrés par la cime des séquoias explosent en un million d'éclats d'or. Owen, pour une fois, ne dit pas grand-chose. Mon jeune adjoint est encore sous le choc de ce qui a été découvert dans la mine. Lui aussi semble avoir changé. On dirait qu'il a pris de l'âge en quelques jours. Ses traits sont plus durs, fermés… Comme si cette enquête nous abîmait tous…

Nous arrivons sur place. Owen me mène directement à la mine hydraulique par le petit sentier qu'ils ont découvert et qui bifurque sur la gauche avant la route menant au village effondré. J'ai du mal à progresser avec ma béquille. Je garde les yeux baissés, regarde bien où je mets les pieds.

Sur place, comme je m'y attendais, c'est le branle-bas de combat. Une dizaine de voitures de police de Gold Beach et de Redwoods, des cordons de sécurité partout.

— On y est, me lance Owen.

La mine hydraulique apparaît. En plein jour, la peinture rouge des bâtiments souligne, si cela était encore possible, l'aspect macabre du décor. Des images remontent. Je réprime un frisson. Owen me demande si ça va. Je hoche la tête et marmonne :

— Oui, continuons.

Nous faisons le tour des bâtiments par le haut de la colline et arrivons devant l'entrée d'une mine que je reconnais immédiatement. Le jeune adjoint allume une lampe torche et la pointe vers l'intérieur de la galerie. Des câbles jaunes filent le long de la roche : certainement des arrivées électriques pour éclairer les tunnels. J'hésite. Une part de moi aimerait ne plus jamais avoir à foutre un pied dans ces ténèbres. Mais, finalement, je balance ma béquille en avant et m'enfonce aux côtés de mon adjoint. Après quelques pas, on se retrouve à l'endroit où la dépouille d'Alvin Dixon a été retrouvée. Au sol, sa silhouette a été détourée sur la pierre et des petits panneaux jaunes indiquent les différents indices. Le fil rouge qui traverse le goulet en son centre, des taches de sang et, bien entendu, les impacts de mes balles sur la roche.

— Il faut vraiment que je m'entraîne plus au stand de tir, dis-je, mal à l'aise.

Owen opine du chef et m'invite à continuer. Nous nous enfonçons plus profondément. Avant de nous remettre en marche, j'attrape la manche de mon coéquipier.

J'ai toujours du mal à dire ce que j'ai sur le cœur. C'est la même chose avec John, avec Alex. J'ai toujours été dure. Trop dure.

— Je voulais te dire... C'est du beau boulot. Ce que vous avez fait ici, comment vous êtes parvenus à gérer tout ça en mon absence, Gerry et toi...

— Merci, mais c'est surtout Gerry qui a...

— Je sais, mais quand même.

— Et puis, je ne suis pas certain de faire un si bon travail... Harry n'arrête pas de se foutre de moi, il dit que je ne suis pas assez dégourdi, qu'il doit toujours tout me répéter dix fois, que je ne suis pas près d'être titulaire.

— Tu connais Harry. Il est comme ça avec tout le monde. Et on est tous éprouvés par cette affaire. Sache que moi, je suis fière de toi.

Son visage s'empourpre. Mon adjoint n'a pas dû recevoir beaucoup de compliments au long de sa vie. Je connais ses parents, Edward et Marissa, qui tiennent une boutique d'antiquités dans le centre de Redwoods. Des gens peu avenants, à l'allure rigide. Comme tout le monde ici, en vérité... Nous arrivons à un embranchement, croisons deux agents qui nous saluent de la tête. Owen me demande par quelle salle je souhaite commencer.

— Laquelle est la pire ? je réponds.

Il me montre du doigt la coursive de gauche. Je m'engage dans cette direction. Il me suit sans un mot.

35

Paul
30 avril 2011

Les derniers jours ont été horribles. La mort d'Alvin, mes doutes, ma culpabilité… Cette envie de foutre le camp de Redwoods et, en même temps, d'y rester pour toujours.

Hier, je n'ai pas pu m'empêcher de me rendre à l'endroit où ils ont découvert son corps, dans la zone du village effondré. Ça n'a pas été bien difficile de suivre les voitures du shérif jusqu'à l'entrée de la mine hydraulique. Jamais en cinq ans je n'avais vu une telle agitation dans le coin. La police avait beau avoir mis en place un cordon de sécurité, j'ai facilement trouvé un accès à travers une ouverture dans le grillage. Du temps où j'étais journaliste, j'avais appris avec le meilleur des pires, mon vieux pote paparazzi, Phil Humsley. Durant nos semaines de planque ensemble, il m'avait donné tous les trucs pour m'infiltrer et rester discret…

J'ai pu m'approcher assez près des ruines, en me dissimulant derrière une cheminée. Le gros des investigations avait lieu plus loin, dans une mine le long de la colline. J'y ai passé la journée, à observer le ballet des flics, l'équipe scientifique qui écumait les alentours… C'était toujours mieux que de tourner en rond dans mon cabanon à ressasser les mêmes choses. J'ai mitraillé tout ce que je voyais avec mon téléobjectif. À un moment, des agents sont sortis avec des masques terrifiants dans les bras, façonnés à partir d'assemblages de branches et de cordages. Ils les ont placés précautionneusement dans une camionnette, certainement pour les faire expertiser. J'ai réussi à en saisir quelques-uns en photo. Sans oublier tous les sacs à dos qu'ils ont remontés d'une autre galerie… Et si chaque sac avait appartenu à une victime ? Ça faisait froid dans le dos…

Je suis parvenu à surprendre quelques conversations pendant que des agents s'octroyaient une pause cigarette. Ils étaient tous sous le choc, n'avaient jamais été confrontés à une telle horreur. Il fallait bien que ça sorte. Les nombreuses entailles sur le cadavre de Dixon, le labyrinthe de galeries, le fil rouge, l'assassin qui portait un de ces masques horribles, une grotte où des dizaines d'autres avaient été suspendus… J'ai tout noté. Ils parlaient d'une autre salle aussi, sans vraiment entrer dans les détails… Il y aurait apparemment quelque chose au fond de ces mines, une fosse, et une sorte d'immense sculpture, mais je n'ai pas pu en apprendre plus.

Je pensais que cette journée passée à épier le va-et-vient des agents m'aiderait un peu, me changerait les idées. Mais ça a été pire. J'avais beau me concentrer sur l'activité des policiers, me déplacer sans cesse pour avoir un meilleur angle, au fond de moi, je ne réussissais pas à chasser cette pensée de mon esprit : Alvin Dixon est mort à cause de moi. Parce que j'ai voulu me servir de lui, sans penser aux risques qu'il courait. Je l'ai laissé foncer en première ligne… Au fond, j'ai honte d'admettre que le gamin m'énervait un peu. Son ambition et sa jeunesse me renvoyaient à tout ce que je n'étais plus. Résultat, Alvin est mort dans d'atroces souffrances. Seul face à ce tueur.

Hier, j'ai voulu rendre visite à sa mère. J'avais acheté un bouquet de fleurs. Je me suis garé devant la maison de la vieille dame. Mais je n'ai pas osé frapper à sa porte. Me sentant merdeux, j'ai juste déposé le bouquet sur son paillasson et filé. Que dire ? Quels mots ? « Bonjour, madame Dixon, je suis Paul Green. Votre fils est mort par ma faute » ?

Ces photos, ces quelques informations glanées ne m'aideront pas à mieux gérer ma culpabilité. En vérité, ça empire avec le temps. L'autre soir, j'ai bu à m'en vriller la tête, et je me suis retrouvé dehors, en pleine nuit, en slip, pistolet au poing, face aux arbres, hurlant et défiant l'Homme-rouge. Qu'il vienne donc me chercher ! Suivi par mon chien, je me suis avancé d'un pas chancelant, jusqu'à la lisière de la forêt et j'ai attendu là, en espérant que le tueur surgisse devant moi. Qu'on règle ça, enfin. Qu'on en finisse. Je ne supportais pas l'idée qu'il y ait une nouvelle victime par ma faute. Et que ça puisse être Charlie. Glacé par les bourrasques nocturnes, j'ai fini par réaliser combien j'étais ridicule, et je me suis traîné, tant bien que mal, jusque chez moi.

Ça ne changera donc rien pour moi, non… mais peut-être que ces photos permettront à l'enquête d'avancer.

Aujourd'hui, j'ai décidé de rendre visite à quelques rédactions de journaux et chaînes télévisées de Portland pour tenter de leur vendre mon « travail ». Grâce à l'intervention des médias, l'affaire prendra de l'ampleur, et les autorités ne relâcheront pas la pression. Peut-être qu'on finira même par attraper ce salopard. Tout l'argent que je gagnerai, je le donnerai, discrètement, à la mère d'Alvin. Ce n'est pas grand-chose, mais c'est déjà pas mal. De mon côté, je vais continuer à creuser, pour que Dixon ne soit pas mort en vain.

Je me fais du souci, évidemment, pour Charlie… Si le tueur commence à s'en prendre aux habitants de la ville, il s'attaquera bientôt à elle. Heureusement que son père a l'air de vouloir la protéger…

Il y a cinq heures de route pour rejoindre Portland. Parti aux aurores, je roule sur l'Interstate 5 et, kilomètre après kilomètre, j'ai la sensation d'abandonner un monde pour un autre. De Redwoods à Eugene, d'Eugene à Salem, je laisse derrière moi la brume, la forêt profonde, les arbres centenaires, pour rejoindre les champs, les habitations calquées les unes sur les autres. Tout ici a été façonné, dessiné par la main de l'homme.

À Portland, les immeubles de briques rouges et les hauts buildings du centre-ville prennent le relais. C'est un tout autre paysage. Et tous ces gens, partout. Ça fait des années que je n'ai pas fichu les pieds dans une grande ville. Comme moi, Flash, assis sur le fauteuil passager, regarde dans tous les sens, l'air paniqué.

Je passe des heures à sillonner les rédactions des journaux et chaînes de télévision de Portland. Ce n'est pas bien compliqué de les ferrer. Dès que je leur parle de l'Homme-rouge, des cadavres, de la mine abandonnée…, évidemment, ils adorent. *The Oregonian*, *Oregon Tribune* et la chaîne KATU m'assurent qu'ils vont s'emparer du sujet. La KATU va même envoyer une équipe en reportage. D'après le rédacteur en chef de la chaîne locale, ça pourrait remonter jusqu'à la maison mère ABC et passer aux infos nationales. « C'est du brûlant, votre affaire, Green. » Du brûlant… J'ai l'impression de revenir quinze ans en arrière. Quand je lui donne mon nom, le bonhomme me reconnaît :

— Green, Paul Green… Vous êtes le type de l'affaire Mike Stilth ?

Tout de suite, il veut m'interviewer, me mettre en scène dans son sujet. Il rêve déjà de son accroche : « Le retour du reporter intrépide ». Je lui réponds que je ne veux surtout pas être cité.

Sur le chemin du retour, je mets un album de The Allman Brothers Band, qui entonne son mythique *Midnight Rider*. Les paroles, que je chantonne avec ma voix de crécelle, trouvent un écho en moi. Flash me regarde et baye aux corneilles… Essaie de faire mieux, vieille carne.

Well, I've got to run to keep from hiding…
But I'm not gon' let 'em catch me, no.
Not gon' let 'em catch the midnight rider[1].

---

1. « Je dois fuir pour ne plus me cacher…
  Mais je ne les laisserai pas m'attraper, non.
  Je ne les laisserai pas attraper le cavalier de la nuit. »

Le cavalier de la nuit, c'est un peu moi... à ceci près que je porte une casquette Bugs Bunny et que j'ai la gueule en vrac, mais l'idée est là.

Bloqué dans les embouteillages à l'entrée de l'autoroute, je me retrouve à un croisement. À gauche, l'autoroute 5 part vers le sud et Salem, à droite, plein nord pour Seattle, puis Vancouver... J'ai ma voiture, mon chien, un sac avec quelques affaires. Il ne me faudrait que quelques heures pour traverser la frontière et me retrouver au Canada. Je pourrais recommencer une nouvelle vie là-bas. Fuir cette folie, ces morts, cette violence et la peur qui me tenaille... Loin de l'image de preux chevalier ou de justicier qu'on veut bien me coller, je ne suis qu'un type terrorisé. J'active mon clignotant. Clic-clac, clic-clac... Un simple mouvement de volant et cette horrible histoire ne sera plus qu'un mauvais souvenir...

Une nuée de pigeons traverse le ciel gris. Ça klaxonne dur derrière. Je retire mon clignotant et reste sur ma voie, direction Redwoods.

Cette forêt m'a maudit. Comme tous les autres habitants, elle me retient prisonnier dans ses branchages déchiquetés. Et elle ne me lâchera pas tant que je n'aurai pas été au bout.

36

Lauren
30 avril 2011

Après avoir marché quelques minutes dans la mine, et tandis que mon bras s'engourdit à force de prendre appui sur ma béquille, nous accédons à une grande salle circulaire, éclairée de nombreux projecteurs. On m'avait prévenue. Ce que je vois en cet instant me glace. Au plafond, d'énormes racines d'arbres se sont immiscées à travers les failles dans la roche et viennent s'étirer le long de la pierre, certaines touchant presque le sol. Au fond de la grotte, éclairée par deux projecteurs, j'aperçois une sorte d'immense sculpture composée de branches, de racines, de tissus usés et de cordages. Mais que représente-t-elle ? Deux branches enchevêtrées semblent symboliser des bras. Elles se terminent par des racines tordues, tels des doigts déformés. On dirait une figure qui tend les bras en avant, autant pour enlacer que pour étouffer. Le visage m'apparaît d'abord comme une version grandeur nature du masque de l'assassin. Mais en y regardant mieux, il s'en dégage quelque chose de plus... féminin. Certaines formes reproduisent le galbe d'un sein, et des feuilles mortes lui servent de chevelure. Elle est à la fois sensuelle et terrifiante. Autour d'elle, comme émergeant de ses entrailles, des dizaines de lianes, de ronces constituent une sorte de couronne, de halo autour de la statue. J'ai devant moi une idole primitive, oubliée. Je m'abaisse et observe le détail d'une jambe. Certaines parties ont l'air d'avoir été réalisées plus récemment que d'autres. En divers endroits, notamment sur le buste, je relève une dizaine de branches superposées, clouées les unes aux autres ou reliées par du fil rouge usé. C'est fou, totalement fou...

Au centre de la pièce, mon regard se pose sur un trou béant. Certainement un ancien puits. Sur le côté, une armature rouillée et effondrée devait faire monter et descendre une plate-forme. Mais ce n'est pas tout. Tout autour de la fosse, des gravures reproduisent les symboles trouvés sur le séquoia. Les idéogrammes se répètent et forment une sorte de spirale s'étendant sur une bonne partie du sol de la caverne.

Le puits, quant à lui, a été sculpté à même la roche, bordé de nombreux sillons, telles des coulées plongeant vers l'abîme. Il y a des traces de sang séché un peu partout. Je m'approche. Harry est agenouillé auprès de la fosse, en combinaison blanche. Avec application, il gratte le sol à l'aide d'un petit scalpel et décroche des dépôts qu'il place dans un sachet en plastique. En me voyant boiter péniblement, il me lâche d'abord un sourire, sincère et tendre, avant de se renfrogner.

— Lauren, bienvenue en enfer...
— Salut, Harry. Tu tiens le coup ?
— Est-ce que je vais bien après avoir passé les soixante-douze dernières heures dans le noir et l'humidité, au cœur d'un putain de labyrinthe puant la mort ? Disons que je survis... Et toi, comment ça va ? Tu n'es pas trop secouée ? On m'a raconté que l'assassin a failli te faire la peau...
— On n'est pas passé loin. Mais j'ai eu de la chance. Quelle folie...
— Ça, tu peux le dire. C'est dingue... Tu as vu l'autre salle ?
— Non, pas encore.
— Ah ! Tu gardes le meilleur pour la fin...
— Les racines, je parie que ce sont celles d'un séquoia géant ? dis-je en montrant le plafond du doigt.
— Bien vu. On a vérifié. C'est un très vieil arbre, au moins tricentenaire, qui grimpe à quarante mètres. En cet endroit, nous ne sommes pas très loin de la surface de la colline. Ce qui explique que les racines aient pu trouver un chemin jusqu'ici par les fissures de la voûte.
— Ce n'est pas un hasard si le tueur a choisi cette mine. Ça a un rapport avec cet arbre.

Je jette un coup d'œil vers le gouffre en dessous en évitant de poser mes pieds sur les traces au sol.

— Et dans la fosse, il y a quoi ?

— Un cauchemar... J'ai dû y descendre plusieurs fois. Il s'agit d'un ancien puits qui devait mener à une autre galerie. Mais il a été bouché ou s'est effondré il y a longtemps.

— Et tu y as trouvé quoi ?

— Des gravats... et des ossements. Beaucoup d'ossements.

— Humains ?

— Oui, mais pas récents. La plupart des restes qui ont été retrouvés ont au moins 100 ans.

— Des mineurs qui seraient morts en travaillant ici ?

— Peut-être. Ça va être difficile à déterminer. Les os sont tantôt abîmés, tantôt brisés, accumulés sur un mètre de hauteur. Il faudrait des semaines pour faire le tri et tenter de reconstituer les squelettes. Et moi, je ne suis pas archéologue.

— Et les prélèvements que tu es en train de réaliser, de quoi s'agit-il ?

— Tu vois toutes ces taches sur la roche, autour de la fosse ? C'est du sang. L'hémoglobine a pris cette teinte marron à cause de l'oxydation du fer. En certains endroits, il m'a l'air assez récent.

— Tu en déduis quoi ?

— Que le tueur a dû emmener ses victimes ici pour les égorger et faire couler leur sang dans ce puits.

— Ce qui expliquerait que le cadavre de Dixon ne présente pas de traces d'égorgement. En me retrouvant face au meurtrier, je l'ai empêché d'aller au bout de son cérémoniel... Mais s'il les égorge ici, ou qu'il les saigne, comment se fait-il qu'il aille les enterrer ailleurs ? Ça n'a aucun sens.

— Rien dans cette affaire n'a de sens, Lauren. Quand tu t'es retrouvée face à lui, tu as pu relever quelque chose, un indice qui nous aiderait à l'identifier ?

— Non. Il portait un masque. Et toi, en étudiant le cadavre de Dixon, quelles ont été tes conclusions ?

— On est bien face au même assassin que pour les autres disparus. Aucun doute. On remarque les mêmes types de lacérations sur le torse, les bras, le dos.

— Le meurtrier l'a certainement exécuté avec la longue lame qu'il avait dans la main quand je l'ai surpris. Vous l'avez retrouvée, d'ailleurs ? Après m'avoir attaquée, il l'a plantée dans une latte du plancher et il n'a pas pu l'en retirer.

— Oui, je sais. On nous avait remonté l'info. Des hommes ont fouillé tous les bâtiments, mais sans succès. Peut-être l'a-t-il récupérée avant de prendre la fuite.

— Probablement...

— En revanche, sais-tu ce qu'on a découvert sur le corps nu de Dixon, attaché à sa main gauche ? Un flash. Un putain de flash. Gerry et moi, on en a conclu que l'assassin devait laisser ses victimes seules dans les tunnels, nues, et qu'il s'amusait à les traquer. La seule chose dont elles pouvaient se servir pour se repérer, c'était ce flash. Tu imagines l'angoisse ? Pris au piège là-dedans. Dans le noir. Avec ce dingue aux trousses.

— J'imagine bien...

— Pardon... C'est vrai que tu t'es retrouvée dans cette situation.

Je repense à cet horrible masque. Et j'imagine la terreur quand, sous les lumières du flash, les victimes devaient découvrir sa silhouette démoniaque... Je ferme les yeux. Alors que le monstre s'incruste dans mon esprit, un détail me revient...

— Je me souviens des reflets rouges qu'il avait dans les yeux. Et s'il avait placé des jumelles de vision nocturne sous son masque ? Comme celles qu'ont les gardes-côtes quand ils mènent des opérations de nuit.

— Ça expliquerait comment il faisait pour se repérer.

— Ça n'a jamais été une chasse ou une traque, Harry. Il n'a jamais voulu leur laisser la moindre chance de s'en sortir. Il voulait juste les voir souffrir...

Harry regarde quelques secondes vers le fond de la fosse.

— C'est de la folie, merde. Qui serait assez dingue pour bâtir tout ça, ce piège, ce labyrinthe, ces salles et ensuite tuer de sang-froid ces innocents ?

— C'est ce qu'on doit essayer de comprendre.

— Je me demande si notre communauté s'en remettra...

— Y a-t-il des traces d'ADN sur la dépouille de Dixon ?

— Rien. Pas un cheveu, pas de trace d'ADN, pas de peau sous les ongles. Le mec qui a créé tout ce dédale, toute cette mise en scène, est particulièrement vigilant.

— Pourtant, j'avais l'impression qu'il était nu.

— Ça me paraît peu probable... Tu ne penses pas plutôt qu'il portait une sorte de combinaison ? Ou au moins des gants ?

— En effet, le corps de cet homme était étrange... Sa peau était livide et c'est comme si on avait souligné les contours de ses muscles au charbon. Donc peut-être une combinaison, tu as raison... Et la pièce qui se situe sous l'école, là où il y avait les vêtements, les sacs à dos ? Tu as relevé quelque chose là-bas ?

— Oui, les traces d'ADN correspondent bien à celles des victimes les plus récentes. Mais parmi les sacs et les vêtements, certains datent des années 1980…

— Ça voudrait dire que l'assassin commet ses atrocités depuis au moins trente ans. On doit donc chercher un type dans les 50, 60 ans.

— Trente ans, bon sang… On a retrouvé vingt-sept sacs à dos, Lauren. Vingt-sept ! Et pendant tout ce temps, on ne s'est rendu compte de rien… C'est inimaginable.

Harry termine son prélèvement et place ses sachets en plastique dans sa mallette.

— Tu es au courant des galères avec les gars de Gold Beach ? Ils voudraient que le FBI reprenne l'affaire…

— C'est pour cela qu'il faut qu'on aille vite. Tant qu'on a encore le contrôle. Merci encore, Harry. Tu as fait un super boulot.

Je demande à Owen de me mener dans la seconde pièce. Nous revenons sur nos pas et prenons la galerie de droite, suivant le fil rouge au sol. J'ai la jambe gauche en feu, la bouche trop sèche.

La grotte est plus petite, plus basse de plafond que la précédente. Plus oppressante aussi. Plusieurs spots ont été installés au sol. Je frémis devant le funèbre tableau qui s'offre à mes yeux. Une part de moi ne peut plus encaisser ces horreurs. Comme si nous étions entraînés dans un train fantôme qui ne s'arrêterait jamais. Dans la salle, des dizaines de masques, semblables à celui que portait l'assassin, et en même temps tous différents, ont été suspendus par des pitons d'escalade et des épais cordages au plafond rocheux.

— On pense qu'Alvin Dixon a été exécuté dans cette salle, dit Owen. Il y a d'abondantes traces de sang vers le centre. C'est comme si son agresseur avait voulu qu'il se retrouve ici.

— Et les masques ?

— Harry et son équipe en ont décroché trois pour les analyser. Il semblerait qu'ils n'aient pas tous été façonnés récemment. Ceux placés au fond de la pièce, par exemple, sont très vieux.

J'imagine les derniers instants qu'a dû vivre Alvin avant de succomber, entouré de ces visages cauchemardesques. Owen reste à l'entrée de la salle, le regard planté dans le sol, comme s'il n'osait pas aller plus loin. Je suis les traces de sang séché. Alvin a fini sa fuite ici, au cœur même du piège que lui avait tendu l'Homme-arbre... Certains crânes que j'ai déplacés sur mon passage tournent sur eux-mêmes. Les orbites noires des yeux morts me fixent. J'ai le vertige. Une immense vague de fatigue me traverse, me transperce. Je ne sens plus mes jambes. J'aurais dû écouter le médecin, écouter John. Je n'étais pas prête. C'est trop pour moi. Je m'effondre au sol. Au loin, j'entends la voix d'Owen qui crie mon nom. Une image s'imprime sur ma rétine. Tous ces crânes qui m'observent, qui nous observent tous. Les morts jugent les vivants pour leur transmettre un ultime message : « Vous êtes tous coupables. »

37

Paul
1ᵉʳ mai 2011

J'ai rendez-vous ce matin avec Nigel Radwell, l'anthropologue dont m'avait parlé Meredith. C'est la seule piste qu'il me reste.

J'arrive devant l'adresse qu'il m'a indiquée. Face à moi, il n'y a qu'un chemin qui traverse la forêt. Pas le choix, je m'y engage avec ma vieille Country Squire. Les roues s'enfoncent dans les nids-de-poule, des ronces viennent griffer la carrosserie.

Au bout de cinq cents mètres, je discerne une habitation. On dirait un de ces cottages typiques des campings de la région. Le bâtiment, d'une cinquantaine de mètres carrés, a la forme d'une très grande tente. La façade de devant est une baie vitrée. Un hamac a été accroché entre deux arbres. J'ai à peine le temps de sortir du véhicule que, déjà, un homme d'une soixantaine d'années, aux cheveux longs et grisonnants et à la barbe mal taillée, vêtu d'une djellaba bariolée, sort sur le perron.

— Paul Green, j'imagine ! Bienvenue… Petite question avant que vous n'entriez chez moi : possédez-vous un téléphone portable ?

— Non, pourquoi ?

— Parfait. Je suis hypersensible aux ondes électromagnétiques. Si vous aviez eu un de ces maudits appareils, je vous aurais demandé de le déposer dans cette boîte.

Il me montre une malle militaire rouillée à mes pieds.

Dans le cottage de Radwell, il règne un capharnaüm sans nom. Au fond de la pièce, un lit défait. Sur le côté gauche, une cuisine sommaire. Partout, au sol, sur les étagères, des bouquins, des dossiers par dizaines, mais aussi des statues indiennes, des masques africains, des photos en noir et blanc, comme autant de voyages et de rencontres aux quatre coins du monde…

En balayant la pièce du regard, je surprends ici et là des mouvements rapides. Deux chats se sont carapatés dès qu'ils m'ont vu débarquer : l'un sous le lit, l'autre sous la table basse. Une forte odeur de litière me pique le nez.

— N'ayez pas peur de mes fauves, Lévi et Strauss. Ils ne s'en prennent qu'aux républicains…, dit-il en esquissant un sourire.

Radwell m'invite à m'asseoir sur un vieux fauteuil en cuir défoncé. Lui s'installe en face, sur un canapé couvert d'un plaid parsemé de poils de chat. L'homme s'attache les cheveux, se lisse la barbe. Il me montre un joint éteint dans un cendrier rempli de mégots.

— Ça vous dérange ?

— Non, vous êtes chez vous !

Tandis qu'une épaisse fumée et une odeur d'herbe envahissent l'espace, je détaille un peu le bonhomme. Son visage a beau être marqué par le temps, son regard d'un bleu éclatant dégage une malice et une perspicacité évidentes. Il repousse quelques dossiers épars sur la table basse et y pose ses pieds nus.

À son tour, entre les volutes de fumée, il m'observe. Ma casquette, le pansement qui dépasse sur mon front, mon manteau un peu large, mon pantalon élimé, ma barbe mal taillée...

— Vous avez une drôle de dégaine, Green. On ne peut pas dire que vous passiez inaperçu.

— Je vous retourne le compliment. Vous êtes loin de l'image que je me faisais du professeur d'université émérite.

Il éclate de rire avant de céder à une quinte de toux.

— Ah ! Ça fait bien longtemps que je n'ai pas franchi les portes d'une université. J'ai dû prendre une retraite anticipée. J'avais des idées trop progressistes, trop avant-gardistes pour mes chers confrères qui pètent de la poussière, s'exclame-t-il après avoir tiré une latte.

Puis il expire vers le haut. En suivant des yeux la volute de fumée, je remarque qu'une couche d'aluminium recouvre le plafond.

— Les ondes, Green. Vous êtes au courant, je suppose ? Ils veulent nous contrôler. En émettant des ondes bêta et gamma, en inondant le monde avec leurs putains de satellites, ils veulent nous transformer en zombies, prêts à consommer leurs saloperies. Mais l'aluminium bloque leurs émissions. Un conseil, faites la même chose chez vous.

Tandis qu'il parle, les deux chats sortent lentement de leurs cachettes et s'approchent.

— C'est Meredith qui vous envoie ? Sacré bout de femme, hein... C'est elle qui m'a fait découvrir Redwoods. Si vous saviez, elle était intenable quand elle était plus jeune. Une sacrée fêtarde. On l'appelait Meredith Jane... Elle roulait joint sur joint. C'était toujours la dernière debout.

— Ce n'est pas exactement l'image que je me faisais d'elle.

— Les apparences sont trompeuses, Green ! Trêve de plaisanterie, il paraît que vous avez des choses à me montrer.

Je lui présente les symboles inscrits sur l'arbre, et lui explique où je les ai trouvés. Sachant que ces informations sortiront bientôt dans les médias, je lui raconte tout : l'affaire des disparus, la découverte du charnier près du grand séquoia, ce qui se tramait dans les mines, les masques...

— Je ne suis pas spécialiste des anciennes écritures, lâche-t-il derrière sa loupe. Mais d'après ce que je vois, il ne s'agit ni d'un alphabet de natifs, ni de celui d'un pays d'Amérique latine. Je pencherais plutôt pour des runes.

— Des runes ?

— Je suis quasiment certain que ces quelques lettres viennent d'un alphabet futhark d'Europe du Nord. Lequel ? Difficile à dire, il en existe une variété incroyable. Il pourrait s'agir d'un alphabet d'origine autant danoise que suédoise ou islandaise, voire d'une forme de futhark anglo-saxon ou germanique... Parfois, certains caractères ne comportent que d'infimes différences d'un pays ou d'une région à l'autre.

Comment des runes oubliées d'Europe du Nord se sont-elles retrouvées gravées ici, dans l'Oregon ? Quel est le lien ?

— Attendez, Nigel... Vous avez mentionné la Suède... Ce pourrait être une piste, car Nicholas Kellen, le fondateur de Redwoods, venait justement de là-bas. Et il semblerait que les meurtres aient un rapport, quel qu'il soit, avec l'histoire de la ville et de Kellen lui-même.

— Ce que je vous propose, Paul, c'est de me laisser quelques jours pour étudier la question. J'ai un bon ami à Stockholm, spécialisé dans le vieux norrois et les alphabets anciens. Je vais l'appeler. Il pourra certainement nous aider... En revanche, là où votre histoire m'interpelle, c'est qu'elle s'approche de recherches que je menais avant...

— C'est-à-dire ?

— D'après ce que vous m'en avez dit, tout porte à croire que le meurtrier, celui que vous appelez l'Homme-rouge, obéit à des rituels précis. Les inscriptions sur l'arbre, le masque, le fait de déposer les corps au pied d'un séquoia... C'est à se demander s'il ne se livrerait pas à des sortes de sacrifices humains...

— Des sacrifices humains ?

— C'était précisément l'objet de mes études : la survivance de rites ancestraux dans nos cultures modernes. Figurez-vous que j'ai répertorié, au gré des années, de nombreux exemples de meurtres rituels à travers le globe. En Ouganda, il arrive fréquemment que des enfants soient kidnappés par des marabouts qui les sacrifient pour garantir chance et prospérité à certains de leurs clients fortunés. En Tanzanie, les enfants albinos sont ostracisés et parfois même pourchassés pour être tués et démembrés, certains fanatiques s'étant persuadés que cela leur conférait des pouvoirs magiques.

— Tout ça m'a l'air bien éloigné de notre affaire…

— Détrompez-vous ! L'horreur des sacrifices ne se limite pas à l'Afrique. En Inde, à la suite d'une canicule terrible en 2005, le corps de Thepa Karia, un fermier de 55 ans, a été retrouvé dans sa maison, baignant dans son sang, à seulement trois cents kilomètres de Calcutta, l'une des plus grandes villes du monde… On lui avait tranché la tête pour la placer dans un champ des environs. Il s'est avéré que le crime avait été perpétré par des fermiers voisins, persuadés qu'il s'agissait là du seul moyen d'apaiser les dieux et de faire venir la pluie… L'enquête a révélé que cette superstition existait également dans plusieurs autres villages d'Inde. Plus près de chez nous, des traces de sacrifices ont également été trouvées. En 2001, la police découvre un torse d'enfant flottant sur la Tamise, à Londres. Après autopsie, une racine rare a été trouvée dans son organisme, une racine utilisée lors des cérémonies vaudoues. Il y a encore quelques mois, au Mexique, un triple meurtre a défrayé la chronique. Deux enfants et une femme d'une cinquantaine d'années ont été retrouvés au fond d'une mine de cuivre de Nazocari, à quelques kilomètres seulement de notre frontière. Les victimes avaient été offertes en sacrifice à la Santa Muerte, un culte disparu qui resurgit dans les zones détenues par les cartels. Le Mexique, vous en conviendrez, n'est pas si loin…

L'odeur de l'herbe et ces détails morbides me donnent la nausée.

— Peut-être, mais ce que vous me racontez, ce ne sont que quelques cas isolés, toujours liés à un culte. Là, ça a l'air différent. Notre pays n'a jamais connu de tels actes de barbarie.

— Redwoods n'est pas si différente d'un village perdu dans la forêt de Bwindi, en Ouganda, quand on y pense... Il s'agit d'un lieu isolé, entouré d'éléments hostiles, l'océan d'un côté, une forêt primaire de l'autre... Notre communauté s'est construite sur cet isolement, et le revendique fièrement. Son évolution s'est faite en marge du reste du pays ; c'est une ville qui est à la fois liée à la grande histoire et toujours un peu à l'écart. Elle obéit à ses propres lois, ses propres règles. Bref, Redwoods constitue un terreau parfait pour qu'un culte ancien puisse y perdurer. Une chose est sûre : l'assassin que vous traquez a ritualisé ses meurtres de manière très précise. Qu'il ait lui-même imaginé les codes de ces assassinats ou qu'ils découlent d'une croyance préexistante, ça ne change pas grand-chose. Si vous voulez le retrouver, il vous faudra comprendre la logique qui sous-tend ces mises à mort.

— J'ai quand même du mal à croire qu'il puisse y avoir en 2011, dans notre pays, la première puissance mondiale, des sacrifices humains. C'est assez inimaginable. Peut-être que le type est juste fou... et qu'il n'y a rien derrière. Aucun message, aucune symbolique.

Nigel attrape un de ses deux chats et le place sur ses genoux.

— Vous voulez connaître le fond de ma pensée, Paul ? C'est pour ce genre d'idée qu'on m'a foutu à la porte de la faculté de Portland. Mais je vais vous dire, je pense qu'en réalité le sacrifice humain n'a jamais disparu de nos sociétés modernes. Comme moi, d'autres confrères anthropologues commencent à s'interroger sur les liens entre nos sociétés civilisées et les sacrifices. Il semblerait que ce rituel, bien plus qu'un simple outil religieux, ait été pensé en fait comme un moyen d'asseoir le pouvoir politique en place. D'après certaines recherches menées actuellement par des camarades de l'université d'Iéna, en Allemagne, plus de 65 % des sociétés fondées sur un système de classes, donc construites sur des inégalités, se seraient imposées en pratiquant, à un moment ou à un autre de leur histoire, le sacrifice humain. En exécutant de manière spectaculaire et publique des hommes, souvent des classes inférieures, les élites s'assuraient de maintenir l'ordre social et conservaient ainsi leur autorité.

— Je ne vois pas où vous voulez en venir…

— Si vous voulez mon avis, le sacrifice humain n'a jamais vraiment disparu de nos sociétés, il s'est transformé, a évolué. Aujourd'hui plus que jamais, pour que le système capitaliste ne s'effondre pas, les autorités l'ont remis au goût du jour. Les nouveaux sacrifiés, ce sont les millions d'hommes et de femmes, prisonniers de notre système carcéral, retenus le plus souvent dans des conditions intolérables. Aux États-Unis, notre taux d'incarcération, de sept cents prisonniers pour cent mille habitants, est l'un des plus importants au monde, quasiment six fois supérieur à celui de la Chine, et vingt fois à celui de l'Inde, deux pays pourtant beaucoup plus peuplés… Nos prisons sont autant d'autels, de pyramides pour décourager quiconque de ne pas respecter l'ordre établi.

— Vous allez un peu loin…

— Vraiment ? La peine de mort elle-même n'est-elle pas la forme ultime du sacrifice humain ? Et qui en sont les premières victimes, sinon les classes les plus modestes, souvent des Afro-Américains ? Saviez-vous que, dans notre cher pays, un Noir a six fois plus de risques d'aller en prison qu'un Blanc ? La peine de mort veut maquiller son aspect sacrificiel, pourtant elle en conserve souvent sa dimension totémique. Dans l'Utah, à chaque nouvelle exécution, toute l'équipe carcérale se voit remettre une médaille. Dans le même État, l'année dernière, un homme a été abattu par un peloton d'exécution. Un peloton d'exécution, en 2010… Bien entendu, les caméras ne sont jamais loin, pour que tout le monde, jusqu'à l'autre bout du pays, soit au courant.

— Mais dans quel but ?

— La peur, Green… Elle dirige le monde. En faisant vivre les plus démunis dans la terreur, la menace d'une future incarcération, on s'assure qu'ils ne franchissent jamais les barrières, qu'ils ne viennent pas fouler nos belles pelouses bien tondues. La plus grande force du capitalisme, c'est d'avoir éteint toute forme de velléité chez ses citoyens, que jamais personne ne remette en question l'ordre des choses…

Il finit son joint.

— Désolé, il ne fallait pas me lancer sur le sujet… Par rapport à votre affaire, je vais me renseigner au plus vite et je reviendrai vers vous.

— Merci de m'avoir reçu, Nigel.

— Faites attention à vous, Paul. Je ne sais pas dans quoi vous vous êtes fourré, mais vous pourriez courir de gros risques.

— C'est l'histoire de ma vie...

Je ressors de cette entrevue un peu groggy, par la fumée de l'herbe et par ce flot d'informations. Comment faire confiance à Radwell, qui n'a cessé d'alterner entre des réflexions pertinentes et des paroles d'illuminé ? Et si je continue à creuser, est-ce que je vais finir comme lui ? À imaginer le mal partout, à chercher du sens là où il n'y a que le hasard ? Tout ça pour finir par déambuler avec un bonnet en aluminium sur la tête... C'est ça qui m'attend ?

38

Lauren
3 mai 2011

Depuis mon malaise dans la mine, Gerry m'a imposé un nouvel arrêt de travail. Je me repose donc à la maison depuis deux jours.

John s'est installé dans la chambre d'amis et me parle à peine. Il rentre tard du travail et, une fois son dîner terminé, s'enferme. Il m'en veut encore. Il sait que je n'ai pas jeté l'éponge, bien au contraire.

De mon côté, je passe mes journées à éplucher les dossiers des victimes, à relire les rapports de Harry et de son équipe, qu'Owen a eu la gentillesse de m'apporter. Je prends des notes sur un carnet, j'essaie de rendre toute cette folie cohérente. J'avais commandé, il y a quelque temps, sur des sites spécialisés, des ouvrages de criminologie. On y parle de taxonomie, de tueur organisé et non organisé, de typologie de meurtrier : dépressif, psychotique, passif-agressif... Mais plus je creuse, plus l'Homme-arbre me semble échapper à toute classification... Bon sang, je ne suis pas une profileuse du FBI, je suis juste une petite fliquette de village. On ne m'a pas préparée à traquer des tueurs en série, juste à faire la circulation ou à séparer deux ivrognes à la sortie du Blackstone.

Ce matin, au petit déjeuner, John a rompu le silence. « Je vais me chercher un appartement. Je pars d'ici quinze jours », m'a-t-il dit en rangeant son bol dans le lave-vaisselle, sans même se retourner vers moi. N'ayant pas su quoi répondre, j'ai replongé le nez dans mes bouquins et mes dossiers.

L'Homme-arbre... Il m'a fallu du temps pour me le rappeler. J'avais déjà entendu ce nom. Quelqu'un d'autre dans la ville m'avait parlé de lui... Jacob, notre vieil ermite. C'est peut-être un hasard, mais je n'ai rien à perdre à l'interroger.

Ensuite, je rendrai visite à Meredith, la conservatrice du musée des Pionniers. Peut-être pourra-t-elle m'éclairer sur l'histoire de la mine hydraulique.

Un nouvel orage couve. Les signes ne trompent pas. Ce matin, dans le centre-ville, le ciel est de plomb, les nuages sont bas. Même les goélands rasent la surface de l'eau. Les fils électriques oscillent sous l'effet du vent qui forcit. Et cette humidité dans l'air... Il ne va pas tarder à éclater. Puis il y aura une longue averse, des draches et des draches d'eau. Jusqu'à ce que la terre ne puisse plus rien avaler, que des coulées de boue serpentent sur le bord des routes. Quand on a passé sa vie dans le même coin, on a l'impression de tout ressentir de manière un peu plus viscérale. On devient connecté à son environnement. Et pourtant, il y a toujours quelque chose, avec cette satanée forêt qui nous échappe, nous dépasse.

Je trouve Jacob à sa place habituelle, devant la supérette Safeway. Je pose ma béquille au sol et, doucement, prends place à ses côtés. Je sais combien le bonhomme n'aime pas être brusqué. Le clochard lève un regard vitreux vers moi. Il n'est pas vraiment là.

Ses cheveux gris filasse se mêlent à sa barbe épaisse. Son visage en est réduit à son nez aquilin, ses joues creusées, ses yeux noirs aux pupilles dilatées. Il dégage une odeur de crasse, d'alcool, de sueur et de feu de bois. Autour de lui, des tas de dépliants promotionnels. Il passe le plus clair de son temps, dans cette même position, à les feuilleter en marmonnant des choses qu'il est le seul à comprendre. On le voit ici depuis tant d'années qu'on a tous un peu fini par l'oublier. Il fait comme partie du décor…

— Salut, Jacob. Je t'ai apporté ça pour le déjeuner, dis-je en lui tendant le sandwich et la bouteille d'eau que je viens d'acheter.

Il s'en saisit, dépose la bouteille avec dégoût sur le côté et cache le casse-croûte à l'intérieur de son manteau, comme s'il craignait que je le lui reprenne.

— Merci, Lauren. Tu portes toujours des chaussures comme ça. Randonnée, avec lacets orange. De la boue, souvent, sous les pieds.

Jacob a ce truc avec les chaussures des habitants de Redwoods… Il se plaît à les reconnaître. Peut-être aussi parce que c'est la seule chose qu'il voit de nous.

— Je peux te parler quelques instants ? J'aurais des petites questions.

— Des questions, sans réponse. Des questions. On les pose. Il faut bien. Pas si cher… Cinq dollars. Cinq dollars les cinq cents grammes de bœuf. Ça, c'est bien. Une bonne affaire.

Les mots, dans sa bouche, s'enchaînent. Les phrases et les pensées s'entremêlent. Une idée menant à une autre, dans des digressions sans fin.

— Il y a quelques jours, tu m'as parlé de quelque chose, de quelqu'un plutôt. L'Homme-arbre. Tu t'en souviens ?

— L'Homme-arbre. Chut… Ne rien dire. C'est un secret, Jacob. L'homme. Arbres. Séquoias. Épicéas. Noisetiers. Pins. Frênes… Il faut faire attention, toujours. Quand je marche dans le chemin, je plante des petits bouts de bois, pour être sûr.

Je perds mon temps. Je n'arriverai à rien avec ce vieux fou.

— L'Homme-arbre, Jacob, essaie de te souvenir. De te concentrer.

Jacob me fixe quelques instants. Il a un léger haussement de sourcils.

— Bien sûr que Jacob se souvient. Jacob se souvient de tout. Mais chut… Une sacrée mémoire ce Jacob, disait ma maîtresse, Mme Loughton. Quand je marche dans le chemin, je plante des petits bouts de bois, pour être sûr. Parfois je me perds, là où il ne faut pas aller. Parfois, je me perds et je relève la tête. La vieille mine qui grince et qui me vrille la tête. Et là, je le vois. Lui, l'Homme-arbre, il sort d'une mine. Il me repère et me pointe du doigt en hurlant. J'ai peur. Je cours et je me cache au fond des bois. Jamais plus je ne retournerai là-bas. J'ai peur qu'il soit là, partout, car la forêt est sa maison. C'est pour ça que la nuit, oui, la nuit je ne dors que d'un œil.

Jacob a vraiment vu le tueur. Et moi qui n'ai pas su l'écouter...

— Tu pourrais m'en dire plus ? C'est important.

— Chut... Des grands pics... je m'en souviens, oui.

— Pardon ?

— Des grands pics. Les beaux oiseaux avec la crête rouge. On n'en voit quasiment plus dans la forêt. Leur crête rouge. Rouge comme le sang. Le sang sur ses mains.

— Fais un effort, Jacob. L'Homme-arbre.

— Un effort. En profiter... En promotion. Pour une boîte de chili achetée, une deuxième offerte. Imbattable. Il faut que je vérifie. Six dollars ? Non, sept...

L'ermite s'apprête à se saisir de l'un de ses dépliants. Je lui retiens la main.

— Jacob, des gens sont morts par sa faute. Tu te souviens d'Alvin, le journaliste ? Il travaillait juste à côté...

— Alvin, oui... un gentil gars. Baskets blanches, un peu usées devant. Il me donnait souvent 1 dollar.

— C'est l'Homme-arbre qui l'a tué. Je te crois, Jacob. C'est toi qui avais raison durant tout ce temps.

Le vagabond se gratte la barbe furieusement. Il se saisit d'une flasque d'alcool bon marché, en retire le bouchon et en boit le contenu en quelques gorgées frénétiques.

— Personne... Personne ne m'a écouté. Jacob, le fou. Jacob ne comprend rien. Pourtant, moi, je vois. L'Homme-arbre. Qui hurle. Qui me regarde. Les mains pleines de sang. Rouge comme les crêtes des grands pics. Ses cornes sur le crâne. Le démon de bois et de racines. Je me tais. Chut, Jacob. Ma bouche, parfois, parle toute seule. Mais ma tête, elle sait. Ne dis rien, Jacob. Jamais. Chut… ça sera notre secret. C'est ce que m'a dit le maire, Howard. Chaussures de ville marron, toujours bien cirées. Chut… Un secret. Il y a longtemps. Un an au moins. L'Homme-arbre. Ne rien dire. Jamais.

Jacob a donc tenté d'en parler à Howard… Une chape de plomb me tombe dessus. J'ai des fourmis dans les jambes. Il ne faut pas que je fasse un nouveau malaise. Je me redresse, m'appuie sur ma béquille.

— Je te remercie Jacob. Ça m'aide beaucoup.

L'ermite lève la tête vers moi.

— L'Homme-arbre ? C'est lui qui a pris les disparus ? C'est lui ? La nuit, je fais attention.

— Oui, c'est lui. Mais il ne te fera pas de mal. Je vais le retrouver, je te le promets. Tu peux dormir tranquille. Tu n'as plus à avoir peur.

— Moi je n'ai pas peur, shérif. C'est vous qui avez peur. Ça se voit, dans vos yeux…

Il me fixe quelques secondes, d'un regard d'une étonnante clairvoyance, puis replonge aussitôt dans ses délires.

— Je vais te laisser, Jacob. Merci encore.

L'homme ne m'écoute plus. Il marmonne des suites de chiffres, des mots inintelligibles. Puis, il se met à compter sur ses doigts et attrape un prospectus.

Si j'avais fait plus attention, j'aurais pu savoir, pendant tout ce temps… La tête me tourne. Il faudrait que je m'assoie un instant. Là, sur ce banc. Howard, notre maire, l'a découragé d'en parler… Il y a un an, si j'en crois ses paroles décousues… Pourquoi ? Peut-être que le vieux fou débloque, qu'il mélange tout, les époques, les personnes...

Je me repose quelques instants, puis me rends sur l'île de Kellen pour rencontrer Meredith. Le musée est vide. Meredith, avenante comme toujours, prend le temps de répondre à mes questions sur l'histoire de la mine hydraulique de l'ancienne Redwoods. Je n'apprends pas grand-chose. Mais lorsqu'elle voit les photos des symboles dans la grotte et sur l'écorce de l'arbre, son visage s'illumine.

— Vous travaillez avec M. Green, Lauren ? Comme vous, il est déjà venu me présenter ces photos et me poser de nombreuses questions sur la ville.

— Vous voulez dire Paul Green, l'Étranger ?

— Oui, un bonhomme assez sympathique. Je l'ai dirigé vers un vieil ami à moi, Nigel, un anthropologue.

— Je ne travaille pas du tout avec lui et je ne savais pas qu'il s'intéressait de si près à l'histoire de Redwoods.

— Il a semblé très surpris en découvrant ceci...

Elle me montre une étrange cagoule, comme un sac de grain percé de deux trous pour les yeux, et précise qu'il était utilisé par les hommes de Kellen pour se protéger durant l'épidémie de variole.

Elle ajoute que Green, lors de sa visite, s'était étonné de constater qu'il manquait les dernières pages du journal de Kellen. En découvrant ce dernier, je remarque d'emblée le symbole de l'arbre sur la couverture. Howard Hale aurait en sa possession l'autre exemplaire du livre.

Encore Howard...

Après mon rendez-vous, je m'assieds quelques minutes sur les marches du phare et respire l'air marin à pleins poumons.

Howard... Je t'ai demandé, je m'en souviens bien, si tu avais déjà vu ce symbole, toi qui es de loin celui qui connaît le mieux l'histoire de notre ville. Et tu m'as assuré que non, en me regardant droit dans les yeux. Pourtant, ce livre est chez toi...

Et Green... qu'a-t-il à voir avec toute cette histoire ? Green, dont le nom revient sans cesse depuis le début de cette affaire. C'est lui qui a retrouvé la petite Charlie Sanders, lui qui a parlé avec Alvin Dixon avant qu'il ne disparaisse. Lui, enfin, qui est venu se renseigner sur le passé de la ville et qui possédait des photos des symboles. J'ai une migraine terrible. Suis-je en train de devenir complètement paranoïaque ? Ou est-ce que j'approche de la vérité ? Gerry, Howard, et maintenant Green... Je dois confronter l'Étranger. Pas une minute à perdre.

39

Paul
3 mai 2011

Avec ma chance proverbiale, tout se retourne contre moi. Ce n'est pas un retour de bâton, c'est un coup de batte dans la tronche.

À la suite de mes rendez-vous avec les médias de Portland, il y a eu des dizaines d'articles et de reportages. Certaines chaînes de télévision ont même envoyé leurs équipes à Redwoods, pour couvrir en direct les événements. Sauf qu'évidemment il n'y a rien à raconter. Alors, ils meublent comme ils peuvent. Je les vois, quand je vais en ville, errer d'un magasin à l'autre pour tenter d'interviewer les commerçants, d'enregistrer des micros-trottoirs.

Redwoods est au centre de l'attention. Depuis la diffusion d'un reportage intitulé « Les sacrifiés de Redwoods » sur ABC, des touristes affluent pour se prendre en photo devant le bureau du shérif. Certains font même semblant de se faire égorger par leurs potes... L'affaire des disparus suscite une fascination morbide. Et notre shérif, Gerry Mackenzie, ne s'est pas gêné pour semer le doute auprès des habitants de la ville : « Le tueur ne peut pas être un natif de Redwoods, a-t-il déclaré au journaliste d'ABC. Impossible qu'un de nos concitoyens fasse une chose pareille. Je pencherais plutôt pour quelqu'un qui viendrait d'ailleurs, un étranger. »

Un « étranger » ? Comme si Mackenzie l'avait fait exprès, comme s'il voulait me désigner, moi. Dès le lendemain, j'ai été convoqué au bureau du shérif, où il m'a de nouveau interrogé. Il voulait savoir où je me trouvais la nuit du 28 avril, celle de la mort d'Alvin Dixon. « Chez moi, shérif, ai-je répondu. Mon chien pourrait facilement confirmer mon alibi, mais il va vous falloir un bon traducteur canin. »

Ça ne l'a pas fait sourire, évidemment. Gerry Mackenzie m'a noyé de questions, car on m'aurait vu traîner autour de la maison de la mère de Dixon… Mais je n'ai rien lâché. Ce n'est qu'après de longues heures qu'ils m'ont finalement laissé partir.

Il y a encore une semaine, je sentais une forme de suspicion dans le regard des habitants de la ville. Après l'interview du shérif, elle a été remplacée par une franche hostilité. Désormais, on me bouscule dans la rue, on change de trottoir quand on me croise… L'autre jour, un type a craché sur mes pompes en pleine rue. Lorsque j'ai été boire un verre au pub, même les piliers de comptoir se sont éloignés. La serveuse, Kait, était plus distante qu'à l'accoutumée. Au bout d'un moment, elle m'a confié qu'Earl, le patron, avait demandé qu'on ne me serve plus. Je n'ai eu d'autre choix que de quitter l'établissement, sous le regard menaçant des vigiles.

Évidemment, pour eux, je suis le coupable idéal : un étranger. Ça leur évite ainsi de se suspecter les uns les autres, d'envisager que l'assassin puisse être quelqu'un qu'ils ont côtoyé toute leur vie. Plutôt sacrifier un innocent que de se remettre en question. Redwoods est comme ces boules à neige qu'on trouve dans les magasins de souvenirs du centre-ville. Comme celle avec le phare de l'île de Kellen, avec ses séquoias en toile de fond. Un petit décor de rêve où tout est bien à sa place. À condition que le verre ne se fendille pas.

Si ce n'était que leur attitude, je pourrais m'y faire. Mais je sens, de jour en jour, une électricité, une tension qui monte. Il leur faut un coupable et, moi, je suis dans l'œil du cyclone. Hier, quand je suis rentré chez moi, j'ai tout de suite vu qu'il y avait un problème. Mon portail était grand ouvert. Sur la façade de la cabane, une énorme inscription avait été peinte en blanc, en lettres capitales. « COUPABLE ». J'ai essayé de l'effacer, mais la peinture accroche au vieux bois. Et ça continue. Ce matin, alors que je prenais mon petit déjeuner, un fracas de verre m'a fait, par réflexe, me jeter au sol. Une pierre peinte en rouge venait d'exploser une de mes fenêtres, projetant des éclats de verre partout. Dessus, une inscription : « TU PAIERAS ». Pas d'autre choix que de clouer quelques planches sur les fenêtres pour éviter d'autres attaques.

Je passe mes journées à essayer de mettre en ordre les informations que j'ai récoltées sur l'Homme-rouge. Son lien avec l'histoire de la ville et le patriarche Nicholas Kellen... J'ai pu récupérer des archives de l'*Union Gazette* en demandant à la rédaction de Gold Beach.

La cabane croule sous des piles et des piles de journaux à décortiquer. Ma table à manger est couverte de coupures de presse, de Post-it, de notes… Flash n'aime pas ça et me le fait bien savoir. En grattant avec ses pattes, il repousse la paperasse qu'il trouve sur son chemin. Désolé, vieux frère, mais il y en a qui bossent ici.

En détaillant mes photos, j'ai recompté les sacs à dos que la police avait sortis de la mine. Il y en avait au moins dix… Mais on n'a retrouvé que cinq cadavres dans le charnier. Où sont les autres dépouilles ? Je m'abîme les yeux à étudier les cartes de la forêt. À la recherche d'un indice, d'une autre piste.

Depuis deux jours, je fais de longues marches en forêt dans le périmètre de Grove Canyon. Dès que je vois un séquoia géant, je l'ausculte à la recherche d'une nouvelle inscription. Mais rien. C'est comme chercher une aiguille dans une botte de foin… Pourtant, il doit y avoir une logique, quelque chose qui m'échappe…

Jour après jour, je cours de plus en plus de risques en restant à Redwoods. Que faire maintenant ? Tenter de raisonner William Sanders pour qu'il cesse de se cloîtrer avec sa fille ? Tout balancer au shérif, au risque d'apparaître encore plus suspect ? Je suis perdu.

Nigel Radwell ne m'a toujours pas rappelé au sujet des runes trouvées sur l'arbre. Impossible pour moi de retourner traîner autour de la mine hydraulique. Il ne manquerait plus que je me fasse repérer là-bas… Et il y a autre chose, une étrange impression… Pourquoi est-ce que l'assassin n'a pas encore débarqué chez moi ? Je devrais, normalement, être sa prochaine cible. Je reste sur le qui-vive, chaque soir. En vain.

Alors que je suis en train de me préparer un café, j'entends un bruit de moteur dans l'allée. C'est une voiture du bureau du shérif. Ils veulent certainement encore m'interroger. Ça ne s'arrêtera donc jamais ?

Une silhouette s'approche de la cabane. Je reconnais Lauren Gifflin qui progresse péniblement avec une béquille. Elle a l'air renfrogné.

L'adjointe se jette quasiment sur moi et me pousse en arrière de sa main libre en montant les marches.

— À quoi vous jouez, Green ? Je sais qui vous êtes… Vous voulez encore faire un article, c'est ça ? Qu'on parle de vous, comme avec Mike Stilth ? Mais il y a des morts, putain ! Des innocents…

— Calmez-vous, Lauren…

— Me calmer ? Chaque fois qu'il se passe quelque chose en lien avec les disparus, vous êtes dans les parages. Qu'est-ce que vous me cachez ?

Je la sens à fleur de peau. Je l'invite à entrer. Elle découvre, stupéfaite, le bordel qui règne dans mon cabanon. Elle s'approche de la table, détaille quelques documents, attrape les reproductions que j'ai faites des inscriptions. Elle s'assied et, sans un mot, commence à compulser mes notes…

Flash vient renifler son jean, puis s'assied à ses côtés. Elle lui caresse le crâne, semble se calmer.

— Green, qu'est-ce que vous savez ?

Je croise son regard, ses yeux boursouflés de fatigue. Cet éclat dans la rétine, celui d'une femme au bord du précipice, et pourtant debout. La même lueur que je vois tous les matins dans le miroir. En cet instant, je comprends qu'elle est, comme moi, désespérée de comprendre. Peut-être vais-je le regretter, mais je me dis que je peux avoir confiance en elle. Alors, je lui parle, lui raconte tout. Charlie qui débarque chez moi, paniquée. Les polaroïds. Sa rencontre avec l'Homme-rouge. Ma confrontation, plus tard, avec le tueur. Ma découverte du charnier. Les symboles. Le lien avec le village effondré, avec l'histoire de Nicholas Kellen, ce que m'a raconté l'anthropologue au sujet des sacrifices. La journée s'étire, la nuit tombe. Le café a laissé place à une bouteille de vin, puis à une autre.

Ce sont ensuite ses explications à elle, qui viennent, comme un puzzle, s'imbriquer aux miennes. Le détail de ce que la police a découvert au fond des mines, l'étrange statue féminine, la fosse... Et il y a aussi ces éléments qui ne collent pas... À quoi rime cette histoire de masques ? Pourquoi le tueur, lorsque Charlie et moi avons été agressés, portait-il cette cagoule, alors qu'il arborait un autre masque dans la mine ? À cette pensée, les propos de Nigel sur les rites sacrificiels me reviennent.

— Peut-être qu'il s'agit d'une sorte de masque spécial, cérémoniel. Tandis que la cagoule lui permet de se dissimuler lorsqu'il est en dehors de la mine, dis-je.

— Ou peut-être que, depuis le début, on se méprend et qu'il n'y a pas qu'un seul tueur, mais plusieurs...

Il est près de minuit. Épuisés, l'un comme l'autre, on continue ainsi, à reprendre point après point nos découvertes respectives.

— Et maintenant, Lauren, vous allez m'embarquer ?

— Ça dépend... J'aimerais comprendre. Qu'est-ce que vous cherchez exactement, Paul ? Pourquoi est-ce que vous menez l'enquête de votre côté ?

— Franchement, je ne le sais pas moi-même. Peut-être que j'ai peur que l'assassin s'en prenne à moi, peut-être aussi que j'aime bien Charlie et que je ne me pardonnerais pas qu'il lui arrive quelque chose. Toute ma vie, j'ai toujours voulu savoir, comprendre, aller au bout… Ça m'a coûté beaucoup… Bref, je ne suis ni un chevalier blanc ni un salopard d'égoïste. Je suis quelque part entre les deux, dans la zone grise. Et vous, pourquoi est-ce que vous n'avez pas lâché, malgré votre accident ?

— Parce qu'il faut bien que quelqu'un le fasse… Parce que c'est mon boulot. Parce que cette enquête m'a tellement coûté que je ne supporterais pas de ne pas aller au bout. Il y a encore quelques heures, je pensais devenir folle, à imaginer des liens, des connexions là où il n'y avait rien. Mais après vous avoir parlé, je me dis que j'ai peut-être raison.

— Ou alors, nous sommes tous les deux en train de devenir tarés… Bref, c'est nous deux contre le reste du monde, alors ?

Elle boit une gorgée de vin.

— On dirait bien, oui… Le journaliste buriné et la flic intrépide…

— À voir nos tronches, je dirais plutôt le marginal balafré et la boiteuse bornée.

Elle sourit.

— Je peux vous faire confiance, Paul ?

J'opine.

Elle fait rouler son alliance sur son annulaire, hésite.

— Je me pose des questions sur Howard Hale. Il m'a menti à plusieurs reprises. Il a affirmé ne pas reconnaître le symbole de l'arbre alors qu'il figure en couverture de la biographie de Kellen dont il possède un exemplaire. Plus inquiétant encore, Jacob, le vieil ermite, aurait surpris l'assassin il y a un an, et en aurait parlé à Howard, mais ce dernier lui aurait fait promettre de ne rien dire.

— Vous pensez que c'est lui, le tueur ?

— Je ne sais pas... Je connais Howard depuis toujours. C'est dur à imaginer. J'aimerais avoir tort, mais je crois qu'il est lié à tout ça.

— Qu'est-ce qu'on fait maintenant ? On demande de l'aide au shérif ?

— C'est compliqué... Je ne sais pas ce que je peux dire à Gerry. C'est le meilleur ami de Howard, il pourrait tenter de le prévenir, de le mettre en garde. Et j'ai découvert des choses troublantes sur lui aussi. Je ne veux rien révéler au shérif tant que je n'ai pas quelque chose de solide, de concret sur Hale. Du coup, je vous propose qu'on essaie d'avancer ensemble, Paul.

— Pourquoi pas. Mais ma priorité, c'est de mettre Charlie en sécurité. Comment peut-on faire pour la protéger ? Vous ne pourriez pas forcer son père à vous la remettre, à la placer sous protection policière, par exemple ?

— Non, ça éveillerait les soupçons. Gerry est au courant de tout, dans cette ville. Il faut faire profil bas. Je passerai voir William pour m'assurer que Charlie va bien. Même s'il la force à rester enfermée, je pense qu'il veut la protéger.

— J'espère que vous avez raison. Ce qui est sûr, c'est que pour être ainsi terrifié, à se cloîtrer chez lui, Sanders doit être, lui aussi, au courant de certaines choses.

— À croire que tout le monde, à part nous, est lié à ces horreurs…

— Une chose est sûre : à Redwoods, personne ne veut savoir. Tant que la vie continue… Les habitants préfèrent se noyer dans le déni plutôt que faire face à l'horreur…

— Comment les en blâmer, Green ? Moi aussi, parfois, je préférerais ne rien savoir. Vous savez, cette affaire m'a un peu volé ma vie. Ça serait si différent pour moi si je n'avais pas commencé à enquêter sur les disparus, il y a six ans. Mon couple tiendrait peut-être encore debout… Mon fils, lui, serait peut-être encore avec nous, à Redwoods.

— Vous avez un fils ? Je ne savais pas. Il a quitté la ville ?

— Pas envie d'en parler, pas maintenant…

— De mon côté, si Charlie n'était pas venue frapper à ma porte, je suivrais mon petit quotidien bien réglé : ma pêche, mes balades en forêt avec mon chien, mes soirées au bar… Depuis que ça a commencé, je me suis fait défigurer par un psychopathe, je suis devenu l'ennemi public de la ville, je vis dans la peur, et même mon chien me fait la gueule. Pourtant…

— Pourtant, comme moi, vous agissez comme si vous n'aviez pas d'autre choix.

Elle attrape une photo présentant le symbole de l'arbre et tapote dessus.

— En attendant d'avoir des nouvelles de votre anthropologue, on doit creuser la piste de Nicholas Kellen. Il faut mettre la main sur les derniers chapitres de sa biographie… Vous êtes déjà entré par effraction dans une maison, Paul ?

40

Charlie
3 mai 2011

Chaque jour qui passe, mon père sombre de plus en plus dans la folie, et je ne peux rien y faire. Il s'enfonce dans les ténèbres, sous mes yeux, et moi, je suis prisonnière avec lui.

Cela fait maintenant deux semaines qu'on est enfermés comme des rats dans notre maison. Papa a même condamné les fenêtres de ma chambre pour que je ne tente plus de m'échapper... En bas, les volets sont tirés, les portes fermées à double tour. Aucune issue possible. Et chaque jour qui passe, c'est de pire en pire.

Je tue le temps en écoutant au casque les albums que m'a offerts Paul. Ça me fait du bien, ça m'emporte un peu ailleurs. Aux sons des guitares, je prends la route... J'allume mon vieux ventilateur, je ferme les yeux et j'imagine que je passe la tête par la vitre ouverte d'un beau cabriolet. Le vent qui s'engouffre dans ma bouche, qui fait danser mes cheveux... Je peux quasiment sentir l'odeur du bitume chaud, du désert et du soleil. Peut-être qu'un jour Paul découvrira ma musique, les disques que j'aime...

Parfois, quand j'ai un peu le bourdon, je vérifie que mon père ne s'apprête pas à monter à l'étage, et je vais dans la chambre de mes parents. Je m'enferme dans le dressing de maman, qui est resté intact depuis son décès. Je prends ses robes, caresse les tissus. Ça m'apaise autant que ça me rend triste.

J'ai lu aussi, en long, en large et en travers, le livre que m'a offert Paul sur les oiseaux de la région. Depuis deux jours, il y a une crécerelle qui vient se poser sur une branche de pin, non loin de ma fenêtre. Je l'observe à travers les planches de bois qui barrent la vitre. C'est un mâle, car il porte de belles ailes aux reflets bleu foncé, comme s'il avait sorti son plus beau costume.

Le reste du temps, je fais des dessins d'oiseaux et les punaise sur le mur de ma chambre. Ils s'y accumulent. Peut-être devrais-je arrêter d'en faire autant et jeter certains de mes vieux croquis. Mais j'ai l'impression qu'ils me protègent, qu'ils veillent sur moi. J'ai continué à sculpter des morceaux de bois, aussi, et je fais même des progrès. Paul serait fier de moi. Je viens de finir un grand héron, avec ses pattes effilées, son long cou replié en S. J'espère le lui offrir un jour, quand tout sera fini...

Les journées passent et se ressemblent, mais quand vient la nuit, je ne parviens pas à trouver le sommeil. Comment dormir avec le boucan que papa fait en bas ? Il est persuadé que l'Homme-rouge rôde autour de la maison. Il fait les cent pas, parle seul... Parfois, il crie dans le vide : « Je n'ai pas peur... Personne ne touchera à Charlie... Je ne laisserai pas ça arriver. » Et moi, je reste là-haut, la couette remontée jusqu'aux oreilles, à observer la porte, fermée à clé, en espérant qu'il ne monte pas.

Souvent, au milieu de la nuit, j'entends les bruits de ses pas dans l'escalier. Il s'arrête devant la porte de ma chambre, reste là de longues minutes, puis finit par redescendre.

Il y a quelques jours, j'ai voulu passer un coup de téléphone à Paul. Mais, comme une idiote, j'ai hésité et suis restée trop longtemps devant le combiné. Papa m'a surprise et a arraché violemment les fils des deux lignes de la maison. Maintenant, il n'y a plus que son portable pour joindre l'extérieur. Et il le garde en permanence avec lui, dans la poche de son jean.

Depuis que nous sommes tous les deux enfermés, il a reçu quelques appels. Chaque fois, il s'isolait dans sa chambre et parlait à voix basse. L'oreille collée contre la porte, je l'entendais parfois s'emporter : « Non, jamais ! » Mais à qui parlait-il ?

Voilà une semaine qu'il ne répond même plus aux appels. Le téléphone sonne dans le vide. Cette nuit, je l'ai entendu sangloter dans son lit. On aurait dit qu'il discutait avec quelqu'un. J'ai compris que c'était maman. Il lui disait qu'il était désolé, qu'il ferait tout pour me protéger, qu'on allait s'en sortir...

Un matin, je l'ai retrouvé en larmes, assis sur les marches de l'escalier. Il tenait son fusil fermement dans ses mains. Malgré ma peur, mon dégoût de ce qu'il est devenu, il m'a fait de la peine. Je lui ai retiré son arme et l'ai pris dans mes bras. Il a levé ses yeux bouffis et m'a dit :

« Je suis désolé, Charlie. Si désolé de tout ça. Il veut me rendre fou, me faire dérailler pour que j'en finisse ici. C'est ça qu'il attend. Mais je ne craquerai pas.

— De qui tu parles, papa ?

— Il veut que je prenne ce fusil et que je te tire une balle dans le crâne, puis que je me fasse la même chose. Que l'on ne puisse rien raconter. Mais je ne te ferai aucun mal. Tu me crois, maintenant, Charlie ? Tu me crois quand je te dis que je te protégerai, ma fille ? »

J'ai menti.

« Oui, papa. Mais on ne pourra pas rester comme ça, indéfiniment. Il faut en parler à quelqu'un, demander de l'aide. La police de la ville, peut-être…

— Non, surtout pas.

— À Paul, c'est mon ami…

— Personne ne peut nous aider, tu dois comprendre ça, une bonne fois pour toutes.

— Alors raconte-moi au moins ce que tu sais. S'il te plaît… »

Il a saisi sa tête entre ses mains et s'est gratté le cuir chevelu. J'ai vu que, sous ses cheveux, sa peau était rouge.

« Je ne peux pas…

— Pourquoi ?

— Parce que si je te dis toute la vérité, tu penseras que je suis un monstre. Personne ne peut comprendre. Moi, je croyais que c'était pour le bien de la ville, pour ton bien à toi, pour le bien de tous… La mort de ta mère, sa maladie, il disait que c'était à cause de moi, de mes doutes. Mais je ne sais plus. »

De plus en plus souvent, il a des paroles incohérentes.

C'est ça, désormais, son rythme. Il dort une heure par-ci, une heure par-là, dans la journée, et il veille la nuit. Il tient debout en enchaînant les verres de whiskey. Je m'occupe de faire la cuisine, tant bien que mal. On ne mange que des conserves, des pâtes et des pommes de terre qu'il se fait livrer devant la maison par Wyatt, du Wolf Creek Country Store. Chaque semaine, deux sacs de courses et douze bouteilles de whiskey bon marché.

Tous les matins, c'est le même refrain : mon père répète que le tueur est venu dans la nuit. Il sort sur le perron et ramasse des branches qu'il me montre. Il me dit que c'est lui qui les a mises là pour nous faire craquer. Je pense plutôt que c'est le vent qui a porté ces branches jusque chez nous, mais je ne veux pas le contredire.

Cette nuit, il y a eu du bruit autour de la maison, comme si quelqu'un tapait et grattait sur les murs. Il est venu me réveiller. À bout de nerfs, je lui ai dit que c'était juste un animal, sans doute un raton laveur. « Non », m'a-t-il rétorqué, les yeux fous et le doigt pointé sur mon visage.

Il m'a demandé de m'enfermer et je l'ai entendu descendre, allumer toutes les lumières, taper des pieds contre le sol et hurler : « Laisse-nous, tu ne l'auras pas. Je suis armé… » J'ai eu le sentiment que ça avait duré une éternité.

Plus tard, alors que j'essayais en vain de m'endormir, j'ai cru entendre un long cri qui venait de la forêt – un cri qui ressemblait à celui de l'Homme-rouge. Et si, à force de tourner en rond ici, j'étais en train de devenir tarée, moi aussi ?

41

Paul
4 mai 2011

Bon sang, mais qu'est-ce que je fabrique ici ? Je viens de me garer, non loin de l'impressionnante demeure victorienne de Howard Hale. Pourquoi ai-je écouté Lauren ? Entrer par effraction chez le maire, prendre des photos puis ressortir, sans me faire remarquer… Tout un programme. Pourtant, le plan de Lauren tient la route.

Elle connaît Howard Hale depuis toujours. Elle sait que le mercredi, il est de repos, et que sa femme, Maggie, commerçante dans le centre, travaille jusqu'à 19 heures. Lauren va donc rendre visite au maire, lui suggérer qu'ils s'installent sur la terrasse couverte. De mon côté, je vais devoir contourner la maison par l'arrière, passer par-dessus la balustrade et attendre au pied des escaliers menant à la cuisine. À un moment, Lauren demandera à aller aux toilettes et en profitera pour m'ouvrir la porte. Ensuite, je monterai à l'étage, dans le bureau de Hale, où se trouve peut-être le journal de Kellen, puis je photographierai les pages manquantes.

En sortant de mon véhicule, j'ai l'impression que la bâtisse m'écrase de sa présence. Construit en haut d'une butte, le manoir Glayston domine tout Redwoods. Lauren m'a expliqué qu'il s'agissait d'une des plus vieilles demeures de la ville. Hale et sa femme ont dépensé sans compter pour la rénover et lui redonner son lustre d'antan. Le manoir a été construit en 1899 par Joshua Glayston, l'un des premiers maires de la ville. Avec le temps, il a été un peu délaissé, ses propriétaires successifs n'ayant pas les finances nécessaires à sa restauration. Le couple Hale a sauvé cette vieille endormie de la démolition. C'est l'œuvre de leur vie. Tout, de la moindre corniche à la petite balustrade, en passant par la façade et la terrasse, révèle un sens poussé, voire obsessionnel, du détail. Plus on s'approche de la maison, plus on l'observe, et plus elle semble se révéler sous de nouveaux atours. Les différents nivellements de ses toits, la complexité de l'architecture, avec ses pignons, ses balcons, ses tourelles, donnent un peu le tournis.

J'attends quelques minutes, comme convenu, accroupi à l'arrière de la demeure. J'ai les mains moites. Le stress commence à monter. Enfin, la silhouette de Lauren se dessine de l'autre côté de la moustiquaire, et j'entends le cliquetis de la serrure de la cuisine. L'adjointe du shérif repart sans un mot. Je pénètre dans une vaste cuisine traditionnelle avec une grande table en bois, un vaisselier et une cuisinière à bois qui semble d'époque. D'emblée, je constate une différence flagrante entre l'extérieur ostentatoire et l'intérieur austère de la maison. J'avance, le plus discrètement possible, mais au moindre pas, le parquet grince bruyamment. J'arrive dans un vaste hall d'entrée, habillé de boiseries sombres. Sur la droite, un grand salon, très peu meublé, avec une cheminée en pierre, un piano noir, des canapés usés. Il se dégage de cette maison une terrible froideur. L'air lui-même semble glacé, comme si les propriétaires se refusaient à mettre le chauffage. Est-ce dû à ces hauts murs ou à ce parquet en bois noir ? Je ne peux m'empêcher de me sentir mal à l'aise.

Devant moi, un escalier massif. Dehors, Lauren et Hale discutent de l'histoire de la ville. La policière le martèle de questions. Le maire, quant à lui, semble ravi d'y répondre.

À l'étage, un grand couloir dessert plusieurs pièces. Je reste figé quelques secondes. Un spectacle de mort se présente à moi. Les boiseries sont ici couvertes de dizaines de trophées de chasse, d'immenses crânes de wapitis, avec leurs bois. Il y en a absolument partout. Même accrochés en hauteur, le long des poutres ou au-dessus des portes.

Je réprime un frisson et pousse une porte menant au bureau du maire, installé dans le renfoncement d'une fenêtre en saillie. De la bibliothèque au billard en passant par la cheminée, les teintes sombres traduisent encore une fois une forme de dureté, de rigueur. Sans oublier les animaux empaillés, qui semblent me dévisager : une tête d'ours, un cougar, un mouflon arborant d'énormes cornes…

Derrière le bureau, trois hauts vitraux semblent retracer les premières heures de Redwoods. À gauche, la première scène est très sombre. Des bâtiments écroulés, un clocher effondré et des trous béants, desquels s'échappent des bras tendus et désespérés, comme si l'enfer s'était ouvert sous leurs pieds. Le vitrail central, quant à lui, présente un homme assez âgé, debout sur un rocher, au-dessus d'une foule. Derrière lui, la forêt et l'océan, à perte de vue... et une inscription : « Nicholas Kellen, 1881, appelant les survivants du vieux Redwoods à le suivre. » Enfin, à droite, une référence à la construction de l'actuelle Redwoods. Des hommes musculeux soulèvent des poutres, scient des branches, des femmes tiennent des enfants par la main... La scène est pleine d'emphase, aussi lumineuse que chatoyante.

L'enfer d'un côté, le paradis de l'autre, et au milieu, la figure messianique de Kellen... une propagande à peine déguisée. Le mur est couvert de photos où l'on voit Howard Hale, tout sourire, inaugurant divers événements de la ville, puis d'autres clichés de lui en train de chasser, avec sa femme et d'autres habitants que je connais de vue. Une personne apparaît fréquemment aux côtés du maire : Gerry Mackenzie. Une vieille amitié unit les deux hommes, comme me l'avait dit Lauren.

En balayant la pièce du regard, il ne me faut pas longtemps pour trouver un coffret en verre abritant l'exemplaire du livre de Kellen, déposé sur un coussin de velours rouge, telle une relique sacrée. Mais en essayant de l'ouvrir, je constate qu'il est verrouillé... évidemment.

Vite. Chercher la clé. Les tiroirs du bureau sont, eux aussi, fermés. Réfléchis, Green, réfléchis. Où a-t-il pu la cacher ? Le long de la bibliothèque, la plupart des ouvrages traitent de l'histoire de l'Oregon, de Redwoods, des premiers colons... Le maire pourrait avoir dissimulé la clé n'importe où...

Sur un râtelier, quatre carabines de collection, de véritables antiquités, et des culasses gravées de motifs de bisons et de loups. Non, rien ici.

Faut-il chercher quelque chose en lien avec Kellen, peut-être ? Près des vitraux, j'aperçois une montre de gousset, gravée des initiales du fondateur de la ville, NK. En un rien de temps, je l'attrape, la manipule. Le dos du boîtier cède dans un cliquetis et laisse échapper une clé en étain. Enfin !

Je me précipite aussitôt sur le livre et, en le manipulant précautionneusement, le feuillette jusqu'à la fin. Voici la partie manquante, une dizaine de pages, tout au plus. Elles semblent retracer le quotidien de Kellen durant l'épidémie de variole. Pourvu qu'on y trouve des éléments de réponse... Je le photographie à toute vitesse, range le livre et la clé et redescends.

Alors que j'arrive sur le palier, le téléphone se met à sonner sur une desserte le long d'un mur.

— Je reviens tout de suite, Lauren !

— Ça peut attendre, non ? dit Lauren, peinant à cacher son inquiétude.

— J'en ai pour une seconde.

Des bruits de pas sur le perron. Il arrive... Je suis fait. Paniqué, je regarde autour de moi. La cuisine est au bout d'un long couloir. Bien trop loin. Aucun endroit où me cacher. La silhouette du maire se découpe derrière les vitraux de la porte d'entrée. À ma gauche, sous l'escalier, je remarque une porte dérobée dans les boiseries. Sans perdre une seconde, je m'y engouffre. Des marches mènent au sous-sol, à la cave. C'était moins une.

Hale entre et décroche le téléphone.

— Oui ? Ah, c'est toi. Lauren est passée me voir… Non, des questions sur la ville, dit-il à voix basse.

La poussière qui emplit mes narines me donne une horrible envie d'éternuer. Je me pince le nez à m'en faire mal.

— … Pourquoi est-ce que je t'ai appelé ? Parce que je m'inquiète… l'étau se resserre…

La marche sur laquelle je me tiens émet un léger grincement… Bon sang. Pourvu qu'il ne l'ait pas entendu.

— Tu m'as dit que tu avais tout prévu si ça se compliquait… tu en es sûr ? Bon, je te fais confiance… Oui, il faut aussi qu'on s'en occupe… Pas le choix, je sais bien… On se rappelle…. Elle nous protège, je sais.

Une porte qui claque. Hale est ressorti. Je respire enfin. Alors que je m'apprête à quitter ma cachette, un reflet m'interpelle en bas. Une sorte de miroitement, par le jeu de la lumière qui filtre de la lucarne. Au point où j'en suis… Je descends.

La cave est brute, des tommettes abîmées au sol, des murs en pierre. Quelques meubles y sont entreposés, enveloppés de draps blancs. Ce qui avait attiré mon attention est là, sous mes yeux. Les murs sont recouverts de dizaines de cadres qui contiennent des articles de l'*Union Gazette*, chacun portant sur une disparition. En dessous de chaque coupure de presse, un cartouche doré, gravé d'un nom et d'une date. Certains sont dissimulés par les meubles, d'autres, au fond de la pièce, voilés de poussière. Je m'approche, en frotte un au hasard et tente d'en déchiffrer l'inscription. La photo en noir et blanc d'un jeune homme souriant apparaît, accompagnant un article succinct. En dessous, la plaque indique : « Gerald Malone, 8 octobre 1982 ». J'en observe d'autres. C'est toujours la même chose. Tant de noms. Certains que je reconnais, d'autres dont je n'ai jamais entendu parler. Helen Ramos, 24 juin 2009... Lily Kerley, 19 février 1997... Ajay Derhan, 8 mars 2002... Un dernier, près de l'escalier, semble plus récent. J'y jette un coup d'œil. Cet article-là rend hommage à Alvin Dixon.

Tous ces cadres pour autant de morts... J'ai l'impression d'être en présence d'une sorte de collection sordide, comme si Hale avait souhaité garder une trace... des trophées. Je prends quelques clichés, mais sans flash, le rendu semble compromis.

Vite. Quitter cette sinistre cave. À pas de loup, je me précipite à l'extérieur, vérifie qu'il n'y a personne dans les alentours, puis passe par-dessus la rambarde et m'éloigne. Je suis en sueur, mais soulagé d'avoir réussi. Maintenant, il ne me manque plus qu'à développer ces photos... et comprendre, enfin, ce qui lie le tueur aux origines de Redwoods.

42

Lauren
5 mai 2011

Green a trouvé un laboratoire à Brookings qui a accepté de développer les photos en urgence. Il les a fait imprimer en deux exemplaires sur de grands feuillets afin de nous permettre de les lire plus aisément.

Nous sommes dans la cabane de Green. Je bois une gorgée de la tasse de café fumant qu'il vient de me servir. Son chien, Flash, est allongé sur une vieille couverture, au pied du poêle, et ronfle, la langue pendante. Green se lève, cherche quelques instants parmi ses vinyles, puis place un disque sur sa platine. Cet homme reste encore un mystère pour moi, une somme de paradoxes. D'un côté, ce physique de M. Tout-le-Monde, avec ce visage innocent, ces cheveux un peu clairsemés, ces quelques kilos en trop... De l'autre, cette assurance à toute épreuve, comme si rien ne le déstabilisait vraiment. Son regard, lui, semble avoir connu toutes les tristesses, vu les pires horreurs. Il a aussi des cicatrices sur les mains et sur le front qui sont autant d'histoires à jamais tues. Je me suis renseignée sur lui. On raconte que du temps de l'affaire Stilth, il se serait fait tirer dessus à trois reprises et qu'il aurait miraculeusement survécu. Je n'ose pas lui en parler, évidemment.

Quelques notes de guitare montent dans les aigus. Des sonorités blues. Je crois reconnaître le morceau.

— Ten Years After, n'est-ce pas ?

— Bien vu, Lauren. Vous vous y connaissez !

— Mon père adorait ce genre de musique… Dites-moi, Paul, j'ai une question… Un truc qui me turlupine depuis qu'on s'est rencontrés. Pourquoi êtes-vous venu vous enterrer à Redwoods ?

— Ah ! La question à 10 000 dollars… Je ne sais pas. En réalité, au départ, c'était un pur hasard. Ma voiture est tombée en rade, juste en face de cette cabane qui était à vendre. Je cherchais un endroit où je pourrais me reconstruire. Mais je m'en rends compte maintenant, je n'ai fait que plonger dans un long sommeil pendant ces cinq années. Je crois que je me refusais à voir la vérité. Elle me faisait peur, aussi, peut-être…

— Quelle vérité ?

— J'ai besoin de frayer parmi les ombres, de marcher au bord du précipice. Je suis comme ça, il me faut ressentir cette peur pour me sentir vivant. Il y a autre chose aussi. Si je continue à me jeter tout au fond, dans les ténèbres, c'est parce que je crois encore que je pourrais ramener un peu de lumière. Dans les tréfonds de l'âme humaine, il n'y a pas de monstre ni de démon aux dents aiguisées, il n'y a que des blessures qui ne cicatrisent jamais, des oreilles qui se bouchent parce qu'elles ont trop entendu crier, des souvenirs qui vous dévorent et vous rendent fou. Bref…

Green se lève et va changer de morceau.

— Et vous, Lauren, pourquoi n'avez-vous jamais quitté Redwoods ?

— Parce que c'est ma ville. Toute ma vie est ici. En fait, je ne me suis jamais posé la question…

— Peut-être aussi parce que tout a été fait pour vous en décourager… Radwell, l'anthropologue, me parlait un peu de ça. Cette histoire de disparus, ces sacrifices, et tout le folklore qui les entoure : les rumeurs, les légendes, les comptines… Tout cela crée un climat de peur qui vous force à vous terrer chez vous, à craindre cette forêt et ce qu'il y a au-delà.

— Parce que c'est vraiment mieux, ailleurs ? Dans les grandes villes ?

— Non, pas vraiment.

— Vous pensez qu'on verra le bout de cette affaire, Paul ?

— Je l'espère. Mais il ne faut pas rêver, on en sortira encore un peu plus cabossés qu'aujourd'hui…

Il marque une pause, boit une gorgée de café, puis reprend :

— Puisqu'on joue cartes sur table, pourquoi est-ce que vous continuez ? Pourquoi ne pas lâcher prise ?

Peut-être devrais-je m'ouvrir à lui, comme il s'est confié à moi. Peut-être que j'en ai besoin, moi aussi. Parce qu'il faut que ça sorte, à un moment ou à un autre… Pourquoi avec Paul plutôt qu'avec John ? Parce que c'est un inconnu ? Parce qu'il est comme moi, qu'il a passé trop de temps à fermer les yeux ?

Les images reviennent, mais cette fois, je n'essaie pas de les retenir...

Entrer dans son appartement. Pousser la porte de la salle de bains et le découvrir là, les bras étendus, la peau grise, nu, dans la baignoire. Me jeter sur lui et le remuer. Essayer de le tirer hors de l'eau. Penser qu'il va prendre froid, même si c'est ridicule. Être convaincue qu'il peut encore revenir. Coller mes mains sur ses plaies aux poignets. Parce que c'est ce que fait une mère. Elle empêche le pire d'arriver. Elle protège. Elle soigne les blessures.

Le serrer. Le serrer encore et sentir sa chaleur le quitter. Savoir déjà que rien ne sera plus jamais pareil. Que les lumières, partout, se sont éteintes. Ne plus rien voir autour. Ni mon mari qui me parle, ni Gerry, ni les secours qui arrivent. Plus rien. Que l'obscurité à perte de vue.

J'essuie une larme qui coule sur ma joue. Green me tend un mouchoir.

— Si vous ne voulez pas en parler, je comprends.

— Non, au contraire. Je crois que j'en ai besoin, qu'il est temps. Mon fils, Alex... Il n'est pas parti, il n'a jamais quitté Redwoods. Non, il s'est...

Ce mot a tant de mal à sortir de ma bouche. Ce mot est comme le tranchant d'une lame qui aurait coupé nos vies à jamais.

— Alex s'est... suicidé, il y a bientôt trois ans.

— Je suis désolé. Je ne savais pas.

— Je n'aime pas en parler. Je crois même que je me refuse à l'accepter vraiment. Je me suis tant répété qu'il allait revenir, que parfois je parviens à m'en convaincre. Alex a toujours été un enfant fragile, un peu à part. Je me souviens que, des années durant, je découvrais sur ses bras des traces de coupures. Il se mutilait, ne s'aimait pas, ne se sentait pas intégré. Nous avons tenté de voir plusieurs psychiatres, mais il restait mutique... Quand il est devenu adulte, son mal-être a semblé s'estomper. John et moi pensions qu'il allait mieux, et que ce vide en lui avait enfin été comblé. Ou peut-être que nous voulions juste nous en persuader. Je l'ai certainement un peu délaissé... Je n'ai rien vu venir, rien senti. Et, comme les disparus, il n'a rien laissé derrière lui. Pas une note, pas un mot. Rien que son corps sans vie... Comme s'il m'accusait, moi, de ne pas avoir été là pour lui.

— Vous n'y êtes pour rien.

— Si. J'aurais dû être là. Plus présente, plus à l'écoute... Depuis sa mort, je ne tolère pas qu'on en parle, même avec mon mari. Mon fils est un fantôme qui s'est installé entre nous deux et nous éloigne chaque jour un peu plus l'un de l'autre. Je ne sais trop pourquoi, je me suis convaincue que si j'allais au bout de l'affaire des disparus, sa mort ne serait pas vaine. Quand je pense à tout ce temps que je ne lui ai pas consacré, ce temps que j'ai passé à vouloir sauver des inconnus, alors que mon fils hurlait en silence... Si, au moins, je trouve le coupable, ça n'aura pas été vain... Et peut-être me pardonnera-t-il un peu.

— Je comprends... Moi aussi, j'ai passé pas mal de temps à essayer de calmer les voix des morts dans ma tête.

— Et ça marche, à la fin ?

— C'est compliqué. Disons qu'ils parlent un peu moins fort...

Paul me lâche un sourire triste.

— Bon, on devrait se remettre au boulot… Vous me laisserez 75 dollars à l'entrée pour la séance de psychanalyse, plaisante-t-il.

— C'est moi qui ai fait tout le boulot !

Je souris à mon tour. J'aime bien ce type.

Je me replonge dans les derniers extraits du journal et tente de me concentrer sur les mots de Kellen. Quelque chose me titille, mais je ne réussis pas encore à mettre le doigt dessus…

11 octobre 1879
La maladie progresse. Jour après jour, il nous faut creuser de nouvelles tombes en périphérie de la ville. Un docteur est venu, la semaine dernière, du Sud. Il n'est resté que quelques heures. Il nous toisait avec ses yeux emplis de mépris, son mouchoir sur les lèvres et le nez. Pour lui, aucun doute, c'est la variole. Il n'y a rien à faire. Il faut fuir, partir d'ici. Laisser les malades derrière nous. C'est ce que font les autres pionniers, sur la piste de l'Oregon. Ils les abandonnent dans leurs carrioles et poursuivent leur route. Mais je ne quitterai jamais Redwoods. Et ce que ce docteur ne comprend pas, c'est que la maladie n'est pas là par hasard. C'est une punition.

29 octobre 1879
Ma plus jeune fille, Hilda, a été emportée cette nuit par cette maudite fièvre rouge. Ce fut si subit… Durant les premiers jours, elle était brûlante, se plaignait de douleurs dans le dos,

était saisie de vomissements. Puis ce furent les cloques sur les mains, le visage, le torse... Des boules, dures au toucher... Nous fûmes alors contraints de l'installer dans la grange. Ma fille, parmi les bêtes. J'étais le seul encore autorisé à visiter la pauvre enfant. Chaque fois que je découvrais son visage angélique défiguré par les myriades de pustules, sa langue, sa gorge même chargées de ces vésicules, dissimulé derrière ma cagoule censée me protéger contre la maladie, je ne pouvais retenir mes larmes. La douleur se lisait sur ses traits, la peur brûlait au fond de ses yeux. Et moi qui ne pouvais même plus l'enlacer ni même lui prendre les mains pour l'apaiser ! En restant à distance de son lit, en m'approchant uniquement pour tenter de la nourrir ou de lui éponger le front, j'étais confronté à mon impuissance. Elle mourait, sous mes yeux, et je ne pouvais rien y faire.

30 octobre 1879
Nous avons enterré Hilda, ce matin, sous une pluie torrentielle. L'eau s'engouffrait dans la fosse sur son petit cercueil en bois. Plus bas, dans la colline, les explosions de dynamite faisaient sursauter les rares habitants qui avaient bien voulu affronter les éléments et venir honorer la mémoire de ma douce benjamine. Il faut faire quelque chose. Je ne pourrais souffrir de voir un autre de mes enfants emporté.

2 novembre 1879

Je sais pertinemment d'où est partie cette épidémie. Assurément, ce sont les colons chinois qui l'ont apportée jusqu'à nous. Avant leur arrivée pour renforcer la main-d'œuvre de la mine hydraulique, tout allait bien. Les étrangers ont installé leur campement, en contrebas de la colline, au nord de la mine. Ils sont une vingtaine. Tous malades, évidemment... Chaque jour, à mesure que la mine s'étend, que l'on abat des arbres, que l'on creuse encore, que la dynamite explose, que ces étrangers s'enfoncent dans les entrailles de Redwoods, la maladie empire... C'est elle qui se venge, elle qui réclame son dû. Et je suis le seul à entendre son cri.

6 novembre 1879

J'ai convoqué mes frères colons, ceux qui me sont le plus fidèles. Ceux-là mêmes qui, il y a des années, étaient déjà à mes côtés quand nous avons parcouru cette longue route qui nous a menés jusqu'à Redwoods. Eux qui ont connu les doutes, la peur, le froid, les blessures, et qui ont survécu. Je leur ai parlé, leur ai ouvert mon cœur. Ma douleur, mon deuil impossible. Puis je leur ai narré l'histoire que l'on me contait jadis, quand j'étais plus jeune. Il ne me reste pas grand-chose de ma terre natale, de la Suède, de Falün, sinon quelques souvenirs épars ; mais il me reste cette histoire... son histoire.

Je leur ai expliqué ce qu'il nous restait à faire. Faire couler le sang des étrangers pour calmer sa furie. Que leur sève viciée vienne nourrir la terre, au cœur de ces maudites mines. Nous serons les protecteurs, nous serons ses enfants. Les Enfants de Redwoods.

43

Paul
5 mai 2011

Tandis que je bois une gorgée de café, j'observe l'adjointe du shérif. Elle n'est pas vraiment belle, mais on dirait qu'elle s'efforce de gommer tout ce qui pourrait la rendre charmante. Ses mains fines qu'elle maintient toujours serrées, sa silhouette un peu frêle, les formes de sa poitrine qu'elle cache sous des couches de vêtements, ses cheveux bruns, parsemés de mèches blanches, retenus en un chignon… Tout en elle, dans son attitude, son apparente rigidité, semble être une réponse à sa vie, à son métier. Seule femme dans un monde d'hommes, il a fallu qu'elle se fonde parmi eux, coûte que coûte, au point d'effacer sa féminité. Il y a autre chose, aussi, dans son regard, dans ses yeux bleus, une force de caractère incroyable, une intégrité jusqu'au-boutiste. Elle a beau avoir l'air épuisée, elle ne baissera jamais les bras, quitte à tout foutre en l'air. Bref, à nous deux, on forme une belle paire de masochistes, un étrange duo de bras cassés. Lauren lève la tête et remarque que je la fixe.

— Vous avez terminé votre lecture ? Alors, qu'en pensez-vous ?

— D'abord, ce qui m'interpelle, c'est que le journal s'arrête brutalement, en 1879, alors qu'on sait que Kellen a vécu jusqu'en 1897.

— Peut-être existe-t-il une suite retraçant la construction de la nouvelle Redwoods, mais qui s'est perdue avec les années.

— Écoutez cette phrase, Green : « C'est elle qui se venge, elle qui réclame son dû. Et je suis le seul à entendre son cri. » Mais de qui Kellen parle-t-il ici ? De la forêt ?

— Je ne sais pas... Si l'on en croit ce qui est écrit dans ces dernières pages, ce qui est certain, c'est que Kellen et ses hommes ont certainement exécuté les colons chinois, en les pensant responsables de l'épidémie.

— Mais quel rapport avec nous ? C'était il y a plus de cent trente ans...

— Et si les crimes d'aujourd'hui dissimulaient encore une forme de xénophobie ?

— Parmi les disparus, il y a certes quelques Asiatiques, Afro-Américains et Latinos, mais il y a surtout des Blancs. Il doit s'agir d'autre chose..., marmonne Lauren en secouant la tête.

— Avec ce qu'on vient de lire, je me demande si vous ne devriez pas organiser une fouille chez Hale. Je suis certain qu'il cache encore des choses, peut-être même dans cette cave où je me suis planqué. Sa discussion au téléphone était étrange. Pour moi, il est impliqué dans toute cette folie, Lauren.

— Malheureusement, ça va être compliqué. D'une, nous ne sommes pas censés avoir ces extraits entre les mains. Je vous rappelle que nous nous les sommes procurés illégalement... De deux, il n'y a peut-être dans cette cave que des copies d'articles sur les disparus. Ça ne prouverait rien. Howard pourrait toujours se justifier en disant qu'il est marqué par ces disparitions, qu'il a voulu en garder le souvenir. De trois, la discussion téléphonique que vous avez cru entendre n'a duré que quelques secondes.

Lauren plisse les yeux.

— Attendez...

Elle attrape mon bras et serre fort.

— Les Enfants de Redwoods, ça y est... Ça me revient enfin. C'est le nom d'une sorte de colonie de vacances, un club pour les garçons de la ville, un genre de camp de scouts. Cette tradition existe depuis toujours et perdure encore aujourd'hui... Il faut que les gamins soient des natifs de Redwoods, obligatoirement issus d'une famille de pionniers. Chaque génération, quatre enfants sont choisis pour faire partie du groupe jusqu'à leur majorité. Ensuite, ils passent le relais à d'autres.

Ce nom me paraît familier...

— Bon sang ! Je m'en souviens maintenant. L'Homme-rouge l'a mentionné quand il s'apprêtait à m'achever. Il m'a dit : « Les Enfants de Redwoods ne connaissent pas la pitié. » On devrait pouvoir les contacter ?

— Ça risque d'être difficile, modère Lauren. Ils se plaisent à entretenir une forme de secret... Ses membres ne doivent en parler à personne. Les jeunes initiés n'en discutent ni avec leur famille ni avec leurs camarades. Il n'y a que leurs parents, le plus souvent, qui soient au courant. Ça a toujours été ainsi... Tout ce que je sais, c'est qu'ils se réunissent plusieurs fois par an, à partir de leur septième anniversaire, par groupes de quatre enfants, supervisés par un guide.

— Et qui organise ces sorties ?

— Le maire en personne.

— Évidemment... et cette confrérie existe depuis longtemps ?

— Je ne sais pas. J'en ai toujours entendu parler, mais seulement dans les grandes lignes...

— Si les Enfants de Redwoods sont un groupe secret, comment se fait-il que vous en sachiez autant sur le sujet ?

L'adjointe hésite.

— Mon fils, Alex, faisait partie de la dernière génération. Mais il ne m'en a jamais dit grand-chose. Je crois qu'avec les autres garçons ils faisaient des jeux, des chasses à l'homme en forêt, qu'ils apprenaient à chasser, à découvrir les arbres, les animaux... Mon mari et moi, on s'en réjouissait, à vrai dire. Alex était un gamin renfermé et craintif. On pensait que ça lui ferait du bien, que ça le rendrait un peu plus dégourdi. C'était un honneur d'avoir été choisi...

— Vous pensez qu'il a pu se passer quelque chose de suspect durant ces réunions ?

— Aucune idée. Alex avait l'air de passer des bons moments avec eux. En fait, on a même fini par oublier qu'il y participait.

— Vous me dites qu'Alex était l'un des Enfants de Redwoods. Imaginez que le tueur ait fait partie d'une promotion précédente... Il nous suffirait de trouver la liste des anciens membres. Et je vous parie que le maire en fera partie...

— C'est possible...

— Où se réunissaient-ils ?

— Une fois, Alex m'a confié qu'ils avaient installé leur camp dans les anciens baraquements d'une scierie abandonnée. Leurs prédécesseurs avaient retapé l'un des bâtiments.

— Cette scierie, vous pourriez la localiser sur une carte ?

— Oui... Il n'y a pas une minute à perdre. Allons-y.

— Dans votre état, pas question. Vous restez ici. Essayez donc d'en apprendre plus sur ces Enfants de Redwoods. Quant à Flash et moi, une balade en forêt nous attend.

Voilà une bonne heure que je marche dans la forêt tout en suivant les indications de Lauren.

Je devrais arriver en vue des vestiges de la scierie d'une minute à l'autre. Flash semble ravi de faire une longue promenade à mes côtés. Il furète, renifle, mâchonne des brins d'herbe. Le temps est heureusement assez sec aujourd'hui. Avec les orages et la pluie diluvienne des derniers jours, ç'aurait été bien plus compliqué pour moi d'explorer les environs.

J'arrive au-dessus d'une grande cuvette. L'ancienne scierie s'étend à mes pieds. Les marques de la déforestation sont encore visibles, telles des cicatrices qui ne s'effaceront jamais. On remarque clairement la délimitation des milliers d'arbres qui ont été abattus. Le déboisement a créé une immense clairière rectangulaire. La scierie a beau avoir cessé son activité il y a plus de soixante ans, la nature n'a pas encore complètement repris ses droits. La trace de l'homme se lit partout, jusque dans ces ruines qui apparaissent à travers la frondaison des pins.

Le bâtiment le plus important est en piteux état. Avec les années, la tôle qui le recouvrait s'est oxydée. Des pans entiers de la façade ont été arrachés. La structure apparaît, par endroits, tel un squelette. Je jette un coup d'œil à l'intérieur. C'est un enchevêtrement de ronces et de machineries défoncées.

Tout autour, je distingue de nombreux autres baraquements. C'est parmi ces derniers que je trouverai, je l'espère, le lieu de réunion des Enfants de Redwoods. La plupart ne sont plus que des vestiges : pans de murets, toits effondrés, gouttières pendouillant dans le vide… J'en trouve un premier qui a survécu aux assauts du temps. Une construction en bois, peinte en rouge. J'entre. À l'intérieur, rien de notable. Un tapis roulant en caoutchouc déchiré, sur lequel des planches mal dégrossies attendent toujours leur découpe. Une grande scie circulaire dont la lame crantée est bouffée par la rouille. Au sol, des monceaux de sciure mêlés à la poussière. Ça sent encore le bois, comme si l'odeur s'était imprégnée dans les murs.

Mes pas me mènent à une butte plutôt dégagée, traversée par une petite rivière. On dirait que l'herbe a été taillée afin de former une grande clairière. Au centre, un long baraquement, lui aussi peint en rouge, sauf qu'ici la peinture semble récente. Tandis que je m'approche, je remarque partout, émergeant des parterres de trèfles, les souches de troncs sciés au sol – autant de stèles qui rappellent qu'avant, c'était la forêt.

J'y suis. Sans aucun doute. Sur la porte figure un symbole que je connais bien : l'arbre aux quatre branches... J'essaie d'ouvrir, mais c'est fermé à clé. Pas le choix, je recule et frappe violemment à l'endroit de la serrure avec mon pied. Je me fais un mal de chien, mais la porte cède.

J'attrape ma lampe torche et entre. Le bâtiment est plus grand qu'il n'y paraît de l'extérieur. Cinq lits de camp sont disposés autour d'un poêle central ; ni matelas ni coussins : il y a juste un sommier en métal. Quelques étagères et casiers vides. Une armoire forte, qui devait abriter des fusils, est entrouverte. Sur un pan de mur, je remarque de nombreux clous et des traces de cadres. Il devait y avoir des photos ou des tableaux ici, qui ont été décrochés. J'inspecte rapidement sous les lits, mais il n'y a rien à signaler. L'endroit a été complètement nettoyé.

Au fond de la pièce, je trouve un coin cuisine équipé d'un évier et de deux plaques à gaz, d'une grande table avec cinq chaises en métal. Deux de chaque côté, et une qui préside.

Un grognement de Flash m'interpelle. Il renifle sous l'embrasure de l'autre porte. J'essaie de l'ouvrir. Elle aussi est close. Je change d'appui et balance un grand coup de semelle qui fait sauter le verrou. Devant moi, le vide. Je manque de basculer en avant, me retiens comme je peux. Un escalier s'enfonce dans l'obscurité. Moi qui déteste les caves, décidément, c'est bien ma veine... Je braque ma lampe vers les ténèbres et descends. L'escalier, aussi pentu qu'une échelle, me force à m'accrocher en arrière. En bas, le sol est en terre battue, les parois sont en briques. Ça sent l'humidité et quelque chose d'autre, aussi. Flash est resté là-haut et, ne me voyant plus, commence à aboyer.

Je balaie l'espace du faisceau de ma lampe. À même la terre, je repère une large chaîne en acier, scellée au mur, qui se termine par un grand anneau fermé par un cadenas. Tout autour, des marques, comme des griffures, et des taches qui ont assombri la surface du sol. Au fond de la pièce, une trappe mène à l'extérieur, avec une large rampe en métal. On balançait des choses là-dedans, de dehors. J'observe encore.

Le long d'un des murs, une longue table en bois, comme un établi. À l'évidence, des objets étaient entreposés ici, et ont été, eux aussi, retirés. Bordel, que s'est-il passé dans cette foutue cave ? Je remonte.

Je passe encore quelques minutes à fouiller la bâtisse, en vain. Je ressors, la contourne, observe l'entrée de la trappe. Il y a des sillons au sol, comme si on avait traîné un objet ou un corps à l'intérieur, de nombreuses fois.

Une silhouette attire mon attention, un peu en retrait du bâtiment, à la lisière des bois. Je m'avance, sur mes gardes. Mon chien reste silencieux et me suit. Ce n'est pas une personne, mais plutôt une sorte de sculpture. Elle est composée de branches, de cordages, d'ossements. Imposante, dérangeante. Elle semble représenter une figure féminine, les bras écartés. Son visage est terrifiant, étiré, la bouche grande ouverte. Elle a quatre longues cornes qui me rappellent le symbole de l'arbre... Je repense à cette statue que Lauren et ses équipes ont découverte au fond de la mine hydraulique.

Elle lui ressemble, c'est certain... Mais quelle folie s'est donc jouée ici ? Qu'a-t-on dit à ces gamins ? Que leur a-t-on fait croire ? Je prends quelques photos...

Sous l'éclat de mon flash, je remarque, non loin de là, un tas de cendres. Ce sont des restes de matelas carbonisés, des bûches de bois consumées, un sac de couchage dont la mousse a jauni sous la chaleur, mais aussi des documents... Peut-être même des coupures de journaux, difficile d'en être certain. Quelqu'un s'est en tout cas appliqué à effacer les traces des Enfants de Redwoods.

J'aperçois quelque chose qui dépasse du tapis de cendres, à moitié enterré sous un monticule. Du bout des doigts, j'attrape ce qui semble être le coin d'une photo brûlée. Elle a perdu de ses couleurs. Il n'en reste qu'un petit morceau. Je reconnais Howard Hale, debout, le regard fier. Ses mains sont posées fermement sur les épaules d'un adolescent d'environ 14 ou 15 ans. Peut-être est-ce le fils de Lauren, Alex, je n'en suis pas sûr... À ses côtés, un autre gamin dont on ne voit que la moitié du visage, le reste de la photo ayant été dévorée par les flammes. Ces cheveux, ces taches de rousseur... Bon sang, ce n'est pas possible ! Il faut que je prévienne Lauren, et vite. Elle est peut-être en danger.

44

Charlie
5 mai 2011

— Charlie, prends tes affaires. On doit partir.
— Qu'est-ce qui se passe, papa ?
— Ne discute pas. On n'a pas le temps. Prends ton sac et rejoins-moi en bas…

Je me suis demandé s'il délirait encore, et puis j'ai entendu des bruits, comme si une masse lourde frappait encore et encore contre la porte.

Merde… Je réunis quelques affaires en vitesse. Que prendre ? Que laisser ? Je saisis mon Polaroid, quelques CD, mon baladeur. Des photos de maman, la petite sculpture en bois de Paul. Je descends. Papa est dans la cuisine, son fusil braqué vers la porte. Quelqu'un a arraché les planches de bois qu'il avait clouées à l'extérieur pour la condamner.

Mon père hurle.

— Je vais tirer ! Je suis armé, je n'hésiterai pas !

Le silence pour toute réponse. Peut-être que l'agresseur a eu peur…

Quelques instants plus tard, ça frappe de nouveau, mais à l'autre bout de la maison. Ça vient de la fenêtre du salon. Une série de martèlements. C'est si fort que les murs en tremblent. Mais avec quoi frappe-t-il, bon sang ?

Papa me pousse derrière lui. Sa voix est décidée, ses gestes sont précis. Ça fait une éternité que je ne l'ai pas vu comme ça… Il ressemble à l'homme qu'il était avant.

Ça recommence à taper de partout, par-devant, par-derrière, sur les côtés, comme si quelqu'un s'amusait à tourner autour de la maison en tambourinant sur les parois. À un moment, j'ai l'impression qu'il y a plusieurs bruits en même temps, comme si nous étions pris en étau. Je vais devenir folle si ça ne s'arrête pas. J'ai envie de me boucher les oreilles, remonter dans ma chambre et me dire que ce n'est qu'un cauchemar. Que toute cette histoire, ces dernières semaines, n'ont jamais vraiment existé. Que demain, je vais me réveiller et que je pourrai retourner à l'école. Je préfère redevenir la Boueuse plutôt que de passer une nuit de plus dans cet enfer.

Alors que mon père regarde par l'œil-de-bœuf de la porte, je remarque son téléphone portable posé sur la table du salon. Je n'hésite pas une seule seconde. J'attrape l'appareil, recule jusqu'à la cuisine, m'accroupis derrière l'îlot, à même le carrelage. D'une main tremblante, je compose un numéro que je connais maintenant par cœur. Papa continue de faire le tour de la maison en observant à travers les persiennes fermées, en hurlant dans le vide :

— Vous ne l'aurez pas ! Je ne vous laisserai pas faire !

Après quelques sonneries, une voix de femme au bout du fil.

— Oui ?

Je chuchote.

— Paul. Je dois parler à Paul.

— Qui est à l'appareil ? Charlie ? C'est Lauren Gifflin. Paul est absent.

Pas le choix.

— Au secours, Lauren. On nous attaque. Il faut prévenir Paul. Venez vite, aidez-nous… Je vous en supplie.

— Charlie, attends…

Je raccroche. Il y a du bruit de ce côté de la maison.

À travers les volets condamnés, une silhouette se découpe devant la porte… et c'est un choc énorme. Je bascule en arrière, terrorisée. Sous la force de l'impact, un des gonds a sauté et la porte a cédé. Une ombre s'étire sur le carrelage. Elle tient quelque chose à la main. Sa lame, je le sais. Je ne bouge pas, je suis pétrifiée. Un pas en avant. Sa cagoule apparaît. Il tourne la tête vers moi. C'est l'Homme-rouge. Il est revenu pour moi, pour me prendre… Mon père crie, me cherche. J'essaie de lui répondre, mais aucun son ne sort de ma bouche. Je ferme les yeux. Une déflagration. Des éclats de chevrotine viennent se ficher dans la porte, explosent la vitre, mais l'Homme-rouge a disparu dans la salle à manger.

— Papa, il est là ! Il est entré !

Dois-je m'enfuir dans la forêt ? Tenter d'arriver jusqu'à la cabane de Paul ? Non, je ne peux pas abandonner mon père… Je ne sais plus quoi faire.

Accroupie, je me faufile jusqu'au couloir, guettant le moindre mouvement. Je me colle contre les jambes de papa, qui m'aide à me relever. Dans la nuit et dans la peur, alors que le monstre nous traque, il pose doucement sa main sur ma joue et chuchote :

— Ça va aller, ma Charlie. On va s'en sortir. Il faut aller jusqu'à la voiture.

J'avance derrière lui, collée contre son dos, jusqu'au salon. Mon père braque son arme dans tous les sens : sur un abat-jour, un portemanteau, un fauteuil. L'Homme-rouge pourrait être n'importe où, prêt à nous sauter dessus. Un mouvement rapide sur notre droite, un fracas de verre au sol, mon père oriente son arme vers l'origine du son et tire. Un autre bruit, plus loin, à gauche cette fois. Une explosion de verre. Il veut tirer de nouveau, mais la détente résonne dans le vide. Il doit recharger. Non...

Quelque chose se redresse, là-bas, derrière la grande armoire. L'Homme-rouge se jouait de nous et balançait des bibelots pour que papa gaspille ses munitions. Le monstre avance vers nous, sûr de lui. Mon père a ouvert le canon de son fusil et tente de recharger, malgré l'obscurité. Il laisse tomber une cartouche au sol, mais parvient quand même à en faire entrer deux dans le bloc de culasse. Il l'arme, mais trop tard, l'assassin est sur nous. L'homme veut se ruer sur moi, mais mon père se retourne et me serre fort. Je hurle. La lame du monstre se soulève et s'abaisse. Elle déchire le dos de mon père. Il s'effondre, perd son fusil des mains qui glisse au sol. J'étire le bras, attrape l'arme et tire dans les ténèbres. L'Homme-rouge a disparu. J'entends des bruits de pas, plus loin. Il veut nous contourner. Pour lui, c'est un jeu. J'aide papa à se redresser. Ses traits sont déformés par la douleur, sa chemise est ouverte de l'épaule gauche jusqu'au milieu du dos. Le tissu est déjà imbibé de sang.

D'un mouvement du menton, il m'indique le garage. Il se tient un peu courbé en avant. Je garde l'arme et on s'engouffre dans le couloir. La porte est là-bas, au fond, mais pour l'atteindre, il faut encore passer devant deux ouvertures : la première donne sur le bureau de papa, la seconde, juste avant le garage, mène à la salle à manger. Il peut nous attendre dans l'une ou l'autre de ces pièces.

Je n'ai pas le droit d'avoir peur. La respiration de papa s'emballe. En cet instant, il est peut-être encore plus effrayé que moi. Je tourne le canon du fusil vers le bureau. Personne. Rien ne bouge. Je souffle un peu. On y est presque. Plus que quelques mètres. J'arrive devant la porte ouverte de la salle à manger. Pas le choix, je regarde. Là-bas, devant les rideaux tirés, sous la lumière nocturne, je le vois. Il est là. Il se balance d'un pied sur l'autre, comme un étrange pantin. Je tire. Le recul me projette en arrière contre le mur du couloir. Je me fais mal à l'épaule. Je l'ai encore raté. Il sait qu'il n'y a que deux balles dans le canon. Je demande à mon père de me donner de nouvelles cartouches, mais il met trop de temps à les chercher dans ses poches.

— Vite, papa !

Je cherche l'assassin dans la pénombre. Derrière nous, au bout du couloir, le monstre apparaît. Comment a-t-il pu faire le tour aussi vite ? Sa lame crisse le long du papier peint qu'il déchire en avançant. Un cri horrible s'échappe de sa cagoule. Je pousse papa en avant, me jette dans le garage, referme la porte derrière nous. Il n'y a pas de verrou. J'appuie de tout mon poids contre la porte. Mon père se rue sur la voiture et s'installe péniblement au volant.

Il m'appelle. Mais je suis bloquée. Je retiens la porte. Je sens qu'on pousse de l'autre côté, qu'on essaie de tourner la serrure. Je la retiens de toutes mes forces. J'ai mal aux mains, au dos. Mon père a activé l'ouverture électrique du garage. Le portail mécanique commence à se soulever lentement. L'Homme-rouge parvient à entrouvrir la porte. Je vois sa cagoule, son œil noir. Je la referme contre lui, dans un ultime effort, mais ne tiendrai plus bien longtemps. C'est maintenant ou jamais. Je lâche mon emprise, fais le tour de la voiture et me jette vers la portière passager, entrouverte. Dans la seconde, l'Homme-rouge se rue à ma poursuite. Je m'engouffre dans l'engin, ferme la portière. Les gants du tueur se plaquent contre la vitre. Son masque, horrible, ses cicatrices cousues de fil rouge. Cette bouche qui s'étire, ces lambeaux de ficelles… Il n'est qu'à quelques centimètres de moi. Il se met à frapper avec le manche de son couteau contre le verre. Le moteur tourne, mais le portail ne s'est pas encore assez soulevé pour nous laisser sortir. Au-dessus de moi, la vitre commence à se fissurer. Soudain, l'Homme-rouge s'est volatilisé. Je regarde dans le rétroviseur. Il est en train de lacérer le pneu arrière, à coups de couteau. J'entends un « pschitt » et je sens immédiatement la voiture se tasser vers l'arrière.

— Papa, il faut y aller !

Mon père hoche la tête et pousse la poignée de vitesse vers l'avant. La voiture démarre en trombe, mais le toit racle le portail, et le pare-brise se fendille. Devant nous, sous la lueur des phares, une silhouette se jette sur le côté. Je me retourne. Qui était-ce ? Elle ne portait pas de masque.

On rejoint la route, sans qu'aucun autre véhicule nous suive. La jante de la voiture ripe contre le bitume, mais mon père ne ralentit pas.

— On va où maintenant, papa ?

Mon père me regarde, encore sous le choc, et tente de me sourire.

— En sécurité. Je sais où nous cacher… Ça va aller, Charlie. On s'en est sortis.

45

Lauren
5 mai 2011

Dans la maison des Sanders, je crois entendre des cris. À la suite de mon appel, Owen est arrivé avant moi sur les lieux, muni de son fusil, et m'a assuré que des coups de feu venaient d'être tirés à l'intérieur. Je lui fais signe de passer par la droite, tandis que je m'engage sur la gauche.

Il y a de l'agitation dans le garage. Je me déplace aussi vite que ma jambe plâtrée me le permet, mon arme pointée sur le portail automatique qui s'ouvre bien trop lentement. Je suis prête à tirer s'il le faut. Mon cœur tambourine et je tente de réprimer un léger frisson.

Soudain, la voiture démarre en trombe, arrache une partie du portail entrouvert et me fonce droit dessus. Je me jette sur le côté, à la dernière seconde. La voiture dérape. Sa roue arrière semble chasser un peu. L'engin disparaît ensuite vers la route.

Durant la fraction de seconde où je me suis retrouvée face au véhicule, j'ai cru voir William au volant et

Charlie à ses côtés. Tous deux ont l'air terrorisés. Que fuient-ils ? L'assassin est-il à l'intérieur ? Je sors ma lampe torche, la plaque contre le canon de mon arme et j'avance. Le mécanisme d'enroulement de la porte automatique est enrayé et fait un bruit infernal. J'appuie sur le bouton pour l'arrêter. C'est le silence. Je monte les marches qui mènent à la maison, traverse un long couloir. Il y a une odeur de poudre à canon dans l'air. Je note, le long du mur, des traces de sang et, plus loin, une longue déchirure sur le papier peint. J'arrive dans la salle à manger. Là-bas, près de la porte de la cuisine, une silhouette. C'est lui. Je crie :

— Plus un geste ! Lâchez votre arme !

L'homme tourne la tête vers moi. Il ne porte pas son masque de bois, mais une horrible cagoule, couverte de boursouflures rouges. Celle dont m'a parlé Paul. Sans hésiter, il se jette à travers la porte et disparaît à l'extérieur. Je me lance péniblement à ses trousses. Owen arrive par la droite, je lui indique le sous-bois. J'essaie de courir, tant bien que mal, mais ma jambe blessée m'en empêche. Trop tard, impossible de le prendre en joue, il s'est déjà enfoncé entre les pins.

Dans la forêt, il n'y a plus un bruit, plus un mouvement. Owen progresse à une dizaine de mètres de moi, sur la droite. Il me lance des regards inquiets tout en braquant son arme et sa lampe torche vers les arbres. Nos deux faisceaux se croisent. Les arbres renvoient au sol des ombres qui s'étirent dans le néant. Autour de nous, des centaines, des milliers de troncs droits, comme autant de cachettes. Un mouvement, là-bas, à gauche. Puis un autre sur le côté droit. Mon arme virevolte de tous les côtés. Comment peut-il se mouvoir aussi vite ? J'entends ma propre respiration saccadée, paniquée. Là-bas, une forme recourbée. Je tire. Ma balle s'enfonce dans une souche d'arbre. Ce n'était pas lui…

Soudain, se dégageant d'un arbre déraciné, l'assassin apparaît à une quinzaine de mètres. Lentement, il lève les bras, laisse tomber son arme au sol. Il semble se rendre. Je me méfie et dis à Owen de rester sur ses gardes. J'avance précautionneusement. Je hurle de toutes mes forces :

— Plus un geste !

J'aimerais que ma voix soit plus décidée, mais elle trahit ma terreur. Alors que je ne suis plus qu'à quelques mètres de lui, l'Homme-rouge semble hocher la tête… Je ne comprends pas… Qu'est-ce…

Un mouvement sur la gauche attire mon attention. Une forme se redresse, se rue sur moi et abat quelque chose sur mon crâne. Je perds mon arme des mains, vacille et m'écroule par terre. Piégée… je me suis fait piéger. C'est peut-être la fin. Les ténèbres m'enserrent. Sous ma joue, le tapis de feuilles. Ça pue la terre humide. Une image me glace. J'imagine, sous mon corps inerte, des milliers de vers de terre translucides, des scolopendres aux pattes frétillantes, des scarabées aux carapaces brillantes, qui remontent à la surface pour moi. Pour me prendre…

J'entends un cri. C'est Owen. J'essaie de me relever, mais je suis complètement sonnée. Mon adjoint arrive à mes côtés et se poste devant moi. Derrière lui, entre les pins, deux silhouettes approchent. Je dois rêver. Je cligne des yeux, j'essaie de mieux voir… Deux Hommes-rouges progressent d'un même pas vers mon adjoint. Ils ont exactement la même cagoule. Ce n'est pas mon esprit qui divague. Ils sont bien deux. Ils ont toujours été deux.

Owen recule jusqu'à ce que ses jambes se plaquent contre moi. Il pointe son fusil de l'un à l'autre. Mais qu'est-ce qu'il attend ?

— Arrêtez, je n'hésiterai pas…

Une voix caverneuse, profonde, lui répond :

— Owen…

— Non, ça va trop loin. Ça va beaucoup trop loin.

La voix de nouveau.

— Owen… Baisse ton arme.

Mon adjoint semble tiraillé. J'ai le crâne qui hurle, un filet de sang qui coule sur ma nuque. J'ai si mal, mais je tente, du bout des doigts, de retrouver mon arme parmi le tapis d'épines de pin.

— Vous aviez promis, poursuit Owen. On ne devait jamais s'en prendre aux habitants de Redwoods. Jamais ! Vous m'avez menti. Il faut que ça s'arrête. Je vais tout lui dire.

— Owen…

— Reculez ou je tire…

— Tu n'oseras pas…

Soudain, une détonation. Owen a tiré. L'un des assassins, touché à la cuisse, pose un genou à terre.

Un nuage de fumée s'échappe du canon du fusil d'Owen. Le temps se fige. Le second Homme-rouge se précipite sur mon adjoint et lui enfonce sa longue lame dans le ventre. Le corps du jeune homme se voûte, sa bouche s'ouvre et se tord dans un cri muet. Owen tombe contre son assassin, avant de s'écrouler au sol. L'Homme-rouge garde sa lame brandie devant lui, comme si, en cet instant, il se rendait compte de son acte.

Mes mains tâtonnent autour de moi. Ça y est, je sens le métal froid contre mes doigts. Je serre mon emprise sur la poignée de mon pistolet, me retourne. Malgré ma vue brouillée, je soulève mon arme, et tire à plusieurs reprises vers les deux assassins. Les déflagrations se mêlent à mes cris. Je ne sais pas si je les touche. Je hurle, de toutes mes tripes, de toute ma rage.

Une balle, deux balles, trois balles… Les assassins se sont jetés à terre et rampent pour s'éloigner dans la nuit, jusqu'à disparaître.

Le jeune homme hoquette de douleur. Sa tête est posée sur mes genoux, et mon arme braquée vers les ténèbres. Il me serre la main.

— Je suis désolé, Lauren. Je ne voulais pas…
— Ne dis rien. Je vais appeler les secours.
— Je n'ai pas eu le choix.
— Chut…

J'essaie, sans lâcher mon arme, de composer le numéro des urgences. Mes doigts sont déjà couverts de sang, comme la veste, la chemise de mon adjoint. Du sang qui s'étale, se répand entre les racines du pin contre lequel je suis adossée. Ça sonne dans le vide. Mais putain… Je lâche mon téléphone et essaie d'appuyer sur la blessure avec ma main. Je vais l'emmener moi-même à l'hôpital. C'est encore possible. Je peux y arriver… Je tente de le soulever, mais son corps est si lourd, sans force, et ma tête est prise de vertige. Nous retombons au sol, tous les deux, épuisés.

— Lauren… ils disaient qu'elle nous punirait. Je les ai crus. Toutes ces années. C'était un honneur, le plus grand des honneurs. J'avais si peur, en réalité. Peur d'eux, d'elle. De tout ça.

Des larmes coulent le long de ses joues.

— J'aurais voulu t'en parler, te dire… j'ai essayé… mais j'avais peur…

— Arrête, Owen. On parlera de ça plus tard. Il faut que tu te lèves. Qu'on aille jusqu'à la route. En sécurité.

Je regarde encore autour de moi, malgré tout. Ils pourraient revenir.

— Non, répond-il. Je ne sens plus mon corps. Ici, c'est bien, au cœur de la forêt.

Hors de question, je ne l'accepterai pas. J'essaie de toutes mes forces de le hisser avec moi. Mais je n'y arrive pas. Et ce sang, partout…

Il est glacial, comme Alex. Ça recommence. Et je ne peux rien y changer. Je pleure.

— Ils avaient tort, ils ont toujours eu tort, soupire-t-il. La forêt n'est pas mauvaise. Je le savais. C'est beau ici, c'est calme.

Ses yeux se lèvent vers le ciel. Entre les feuillages, il fixe les étoiles… La seconde suivante, je sens qu'il m'a quittée. Sa main desserre son emprise. Ses traits se figent, son corps se relâche. C'est fini…

46

Alex
8 novembre 2008

Nous n'avons jamais eu le choix, maman. Personne ne l'a jamais vraiment eu. Les autres, avant moi, avant nous, ont certainement été, eux aussi, des enfants terrorisés. Et ils n'ont fait qu'obéir.

J'avais si peur, tout le temps. Peur de ce qu'ils me demandaient. Peur de ce que j'étais devenu... Mais c'est bientôt terminé.

L'année de mes 14 ans, l'apprentissage a débuté. C'était un soir de printemps. Je m'attendais, comme d'habitude, à faire une de leurs parties de chasse tordues. Mais non, ils avaient prévu autre chose. Howard, notre guide, nous a réunis dans le baraquement, autour du poêle. Il nous a montré le mur couvert des cadres des anciens Enfants de Redwoods. Tous ces gamins qui nous avaient précédés. Chaque fois, quatre gosses et un guide. « Chaque branche donne de nouveaux rameaux... », aimait-il à nous répéter. Selon lui, nous étions la cinquième génération, et un jour ce serait à nous de porter le flambeau et de le transmettre à nos enfants.

Tous ces hommes passés avant moi. Nous portions en nous leur héritage, leur sang, nous devions poursuivre leur mission. Je voulais encore y croire. Je faisais tout pour. Vraiment…

Et puis il y a eu du bruit au sous-sol. Un effroyable cri de douleur. Et des chocs.

Notre guide nous a invités à descendre. Il nous a expliqué que nous avions un invité. Je ne voulais pas y aller, mais les autres ont obéi, et j'ai dû les suivre. En descendant les marches, j'ai d'abord surpris un mouvement, puis entrevu une peau d'animal, marron, tachée de rouge. Il y avait un cerf blessé, enchaîné. Il se débattait, nous regardait avec ses yeux exorbités, noirs et brillants. Ça sentait la bête et le sang. C'est à ce moment-là que je l'ai vu. L'autre homme. Il portait une étrange cagoule, cousue avec du fil rouge. Elle reprenait les motifs de notre symbole, l'arbre aux mains.

Le guide s'est approché de lui et nous a dit qu'il s'agissait d'un frère. Un autre Enfant de Redwoods qui allait nous enseigner la chasse. L'homme n'a rien dit. Il n'a pas prononcé un seul mot. Il a tendu une longue lame et, sans hésiter, s'est abaissé contre le torse de l'animal puis a enfoncé son couteau dans sa poitrine. La bête a meuglé. L'homme masqué a ensuite enfoncé ses doigts gantés dans la plaie et les a amenés sous sa cagoule.

Notre guide a parlé.

— Vous devez apprendre à goûter le sang. À sentir la peur. Et, seulement, au bon moment, à ôter la vie.

La bête ne bougeait plus, à l'agonie. Elle haletait, la langue pendante.

L'homme à la cagoule nous a alors forcés, chacun à notre tour, à nous rapprocher du cerf et à plonger nos doigts dans ses entrailles.

Les autres se sont exécutés sans rechigner. Owen, comme moi, était un peu dégoûté, mais il l'a fait. Quand est venu mon tour, je me suis agenouillé, j'ai posé ma main sur la poitrine de l'animal. Sa fourrure était chaude, son cœur battait fort. Bam-bam... Son ventre se gonflait et se dégonflait, tentant encore d'aspirer la vie. Bam-bam. Je ne voulais pas. Puis, l'Homme-rouge a placé sa main sur mes épaules et il a serré fort. Trop fort. Ses gants s'enfonçaient dans mes muscles, comme des griffes. Je n'avais pas le choix. J'ai effleuré la plaie du bout des doigts, puis j'ai porté la main à mes lèvres. Un goût fort et métallique dans la bouche. J'ai eu envie de vomir, mais je me suis retenu.

Ensuite, l'Homme-rouge a égorgé la bête sous nos yeux. Il a recueilli son sang dans un seau en étain.

Nous sommes sortis dans la nuit. J'étais sonné. Ils nous ont menés jusqu'au sanctuaire, l'endroit où l'on devait, à chaque week-end, bâtir un peu plus sa sculpture. Planter une branche, suspendre une racine... « Car elle est en nous et nous sommes en elle », disait Howard. Je ne comprenais pas bien tout ça.

L'Homme-rouge a versé, lentement, le sang sur l'idole de bois. J'étais assis sur un banc, en retrait. J'avais envie de pleurer. Owen a croisé mon regard, il m'a souri un peu. Lui aussi avait peur. Comme moi, il sentait que ce que nous faisions n'était pas normal...

Puis, à la lueur des torches, j'ai observé mes camarades, leurs lèvres, leurs bouches tachées du sang de l'animal. Et je me suis dit que c'était trop tard. Nous étions, nous aussi, devenus des monstres.

CINQUIÈME PARTIE

La Sève et le sang

*Si tu quittes Redwoods,
Se mêleront sur les terres
Des pionniers, nos pères,
La sève et le sang.*

« Comptine de Redwoods »,
cinquième couplet, vers 1940.

47

Lauren
6 mai 2011

Owen dans mes bras. Et la forêt autour de nous. Du bruit, des cris qui répètent mon nom au loin. Et Paul qui me retrouve enfin, qui appelle les secours, qui me parle sans que je l'entende vraiment.

De longues minutes ont passé. Gerry nous a rejoints, il a bousculé Paul. Je n'ai rien fait pour l'en empêcher. Je n'étais plus vraiment là. L'ambulance a fini par arriver, mais c'était trop tard pour Owen. Les ambulanciers ont placé le corps de mon adjoint dans une housse mortuaire. Le « zip » de la fermeture Éclair du sac en Nylon m'a donné envie de vomir. Gerry, lui, frappait la carrosserie du véhicule, sa rage emportant tout.

De retour à la maison, je me suis allongée, mais impossible de fermer l'œil. John m'a donné quelques cachets pour m'aider à dormir. Il a tenté de me calmer en me massant le dos, mais je lui ai demandé de me laisser seule. La nuit s'est étirée. Je fixais les ombres de la fenêtre sur les murs, la danse des rideaux. Chaque minute était plus longue que la précédente. Finalement, n'y tenant plus, je me suis habillée et, à 3 heures du matin, j'ai traversé la promenade d'Elders Beach Drive, puis marché jusqu'à la plage, clopin-clopant. La lune était haute et surplombait la pointe St. John, au nord. Dans la nuit claire, on voyait, au large, les rochers déchiquetés de la baie de White Rock. Tout au bout de la plage, au pied des falaises, je pouvais apercevoir les formes noires alanguies de la colonie d'otaries qui s'installe là chaque année à cette période. Derrière moi, les lumières de la maison étaient allumées. John s'était certainement rendu compte que j'étais sortie, mais il n'a pas essayé de me rejoindre. J'ai avancé jusqu'au bout de l'estran. La marée avait entraîné l'océan assez loin. L'eau était glacée. Elle a trempé mon plâtre. L'océan remontait lentement. Mes doigts de pied se sont enfoncés dans le sable froid. J'entendais le flux et le reflux des vagues. Je suis restée là longtemps, à la fois ici et un peu ailleurs. Une part de moi toujours retenue dans la forêt avec Owen dans mes bras. Et, plus loin encore, découvrant le corps d'Alex dans sa salle de bains. Comme si j'étais soudain morcelée, une statuette de porcelaine s'apprêtant à exploser en mille morceaux. L'eau est arrivée jusqu'à mes mollets. Le jean trempé et lourd, j'ai un peu repris mes esprits et suis remontée jusqu'à la plage. Je me suis assise sur le sable, emmitouflée dans mon manteau, en espérant que le soleil finisse bientôt par se lever. Malgré le froid qui m'anesthésiait, les questions continuaient à tourner dans ma tête. Aurais-je pu faire autrement ? Aurais-je dû mieux me préparer ?

Quand Gerry a découvert le corps sans vie d'Owen, il m'a dit, d'instinct : « Tu aurais dû me prévenir, Lauren. On aurait pu éviter ça... »

Il avait raison. J'ai réagi dans l'urgence, j'ai cédé à la panique... encore une fois.

J'ai fini par quitter la plage, j'ai pris une douche pour me réchauffer. J'espérais que ça me ferait du bien... mais ça n'a rien changé. Je bois un café dans la cuisine et remarque sur mon téléphone plusieurs appels en absence de Paul Green.

Le soleil matinal traverse les persiennes. John a pris sa journée. Il me tourne autour tout en gardant ses distances. Il sait que je suis épuisée. Il a peur de la moindre de mes réactions. Au bout d'un moment, sans lever les yeux de mon café, je lui dis :

— Ça va, John. Ça va aller...

— Tu as le droit d'être triste, d'être enragée, Lauren. Tu as le droit de laisser sortir tout ça.

Je hoche la tête. Il a raison. J'aimerais que des larmes viennent, mais il n'y a rien.

C'est décidé, je vais confronter Gerry. Savoir s'il est lié à tout ça. S'il me convainc de son innocence, nous irons arrêter ensemble Howard Hale. Mais si j'ai le moindre doute, je préviendrai les équipes de Gold Beach pour qu'ils interpellent le maire et le shérif. Il faudra bien que quelqu'un me croie. Il faudra bien...

Mon téléphone sonne. C'est Gerry, justement. Sa voix est brisée.

— Lauren. On a un autre problème. Je sais que tu es éprouvée, mais je me devais de te prévenir. C'est

Howard... Maggie vient de le trouver dans son bureau. Il... s'est pendu. Je me rends sur place.

Ma première réaction est viscérale : avec la mort du maire, tous ses secrets disparaissent avec lui.

— Non !

— Je sais. C'est impensable. Ce n'est tellement pas lui...

— Tu ne comprends pas, Gerry. Howard était lié aux meurtres, à la mort d'Owen. J'en suis certaine.

— Calme-toi. Pour l'instant, il faut s'occuper du corps et essayer de réconforter cette pauvre Maggie. Dès que j'en sais plus, je passe te voir pour t'expliquer tout ce qu'on a découvert, d'accord ? Essaie de te reposer...

— Non... J'arrive.

Un silence au bout du fil.

— Bien. Je viens d'arriver au manoir Glayston. Je t'attends ici.

Une vingtaine de minutes plus tard, je me gare devant la demeure victorienne des Hale. Gerry est déjà à l'intérieur, dans le salon, avec Maggie. Je vais la saluer, lui dis combien je suis désolée. La veuve est en larmes, sidérée par sa découverte. Elle répète :

— Je ne comprends pas...

D'un signe de tête, Gerry me montre l'étage.

Je monte, longe le couloir rempli de trophées de chasse, j'emprunte la porte de gauche. Harry et son assistant sont déjà là.

Howard s'est donné la mort en accrochant un épais cordage à un chauffage en fonte, en le faisant passer par-dessus une des poutres du bureau. Une chaise est renversée sur le parquet, sous le cadavre du maire. Son visage est livide, sa tête basculée sur le côté. Je remarque que ses yeux sont injectés de sang. Sa langue apparaît à la commissure de ses lèvres. Il a une tache sur son pantalon au niveau de l'entrejambe, puis une autre, plus bas, sur la cuisse.

— Lauren. Je ne pensais pas te voir ici…, dit Harry. Merde, je suis tellement désolé pour Owen… Je passais ma vie à charrier le gamin, à le traiter de benêt, mais je l'aimais bien, au fond. Il avait une candeur, quelque chose qui est devenu trop rare dans ce putain de monde.

Il retire ses gants en caoutchouc dans un claquement, s'avance vers moi et me passe doucement la main sur l'épaule. Je ferme les yeux quelques secondes.

— C'est terrible, Harry. Mais il faut avancer. C'est un suicide, selon toi ?

— Oui, aucun doute.

— Tu ne penses pas qu'on aurait pu le forcer ? Maquiller sa mort ?

— J'ai l'habitude des suicides par pendaison. Dans nos campagnes, c'est malheureusement assez commun chez les hommes de plus de 50 ans. Tout porte à croire que Howard est bien mort des suites de la strangulation. De nombreux signes ne trompent pas. On peut voir sur son visage des traces de pétéchies, ces taches rouges qui apparaissent après une hémorragie, et dans ses yeux, on peut aussi remarquer une conjonctivite. Si Hale avait été forcé, il se serait débattu, aurait tenté d'arracher la corde du cou. J'ai vérifié sous ses ongles, ses mains, il n'y a rien. Il faudra que j'étudie mieux sa gorge, mais je n'ai pas remarqué de brûlures sur la peau dues à de potentiels mouvements brusques de panique, des tentatives pour se libérer. De plus, Maggie était dans la maison. Elle n'a rien entendu. Elle l'a seulement découvert ce matin, alors qu'elle s'apprêtait à partir travailler.

Sur ces paroles, Harry demande à son assistant de l'aider à détacher le corps.

Le jeune homme défait le nœud du radiateur, tandis que Harry, précautionneusement, réceptionne la dépouille, qu'il place sur une bâche. Il s'abaisse pour l'étudier.

Je pointe la tache noire sur sa jambe, qui exhale une odeur acide.

— Tu veux bien vérifier ce dont il s'agit ?

— Je comptais le faire. Il est fréquent que la mort par pendaison provoque un écoulement d'urine. C'est probablement le cas ici. Mais cette autre tache m'intriguait, justement...

À l'aide d'un petit scalpel, il découpe le tissu du pantalon de Howard en une fine bande verticale. Un pansement rudimentaire imbibé de sang apparaît. Harry le retire aisément. En dessous, une blessure par balle, comme je m'y attendais.

Harry se retourne vers moi, interdit.

— Qu'est-ce qu'il se passe, Lauren ? Tu veux bien m'expliquer ?

— Howard est lié aux meurtres des disparus. Hier soir, Owen et moi sommes intervenus pour tenter de venir en aide à Charlie et William Sanders. Owen a tiré sur un des assaillants qui était masqué. Désormais, ça ne fait aucun doute, c'était Howard. Peut-être s'est-il suicidé car il culpabilisait de la mort d'Owen ou simplement parce qu'il avait peur que l'on découvre son implication. Y a-t-il des traces de morsures sur son avant-bras, droit ou gauche ?

Paul m'a raconté que son chien, Flash, avait violemment mordu son assaillant lorsqu'il l'a agressé dans son cabanon.

Avec application, Harry soulève les manches de la chemise du maire. Aucune marque sur ses avant-bras. Une hypothèse me traverse l'esprit : Howard n'était qu'un suiveur. Le véritable assassin est le deuxième Homme-rouge. Celui qui s'en est pris à Owen, sans une once d'hésitation. Celui qui a certainement attaqué Paul et qui a ôté la vie à Alvin dans les mines. Un chasseur. Un tueur bestial qui court toujours.

— Howard a laissé quelque chose ? Un mot, une note ?

— Non, je ne crois pas...

— Bien, je vais vérifier le bureau. Toi, tu veux bien fouiller ses poches ?

— Je m'en charge tout de suite.

Je furète un peu partout. Par chance, les tiroirs du bureau sont ouverts. Je relève des dossiers municipaux : projets de construction, comptes rendus d'assemblées générales, déroulement des festivités du cent cinquantenaire... Rien de surprenant.

Une odeur m'attire dans un recoin du bureau. Au pied de la fenêtre en saillie aux étranges vitraux dont Paul m'avait parlé, une poubelle en métal est remplie de cendres. À l'intérieur, des restes de papiers. Howard a brûlé des documents, peut-être un carnet, avant de mettre fin à ses jours. Il a pris le temps d'effacer ses traces... J'enfile mes gants et remue le tas de cendres. Rien à en tirer.

Le long de la bibliothèque, je passe en revue de nombreux objets de collection, remarque le coffret en verre abritant l'exemplaire de la biographie de Nicholas Kellen... J'ai l'impression d'agir un peu comme un automate. Je ne ressens rien, ni tristesse, ni rage, ni pitié pour la victime. Je suis vide de l'intérieur. Est-ce le prix à payer pour toute cette folie ? Perdre en chemin mon humanité ?

Tandis que je détaille la bibliothèque du maire, j'entends la voix de Harry derrière moi :

— Rien dans les poches de Howard, Lauren. Je commence les premiers prélèvements.

Je poursuis mes recherches. Sous le grand râtelier abritant les carabines du maire, il y a quelque chose. Je tends le bras. C'est une photo en couleur, usée et racornie. Je regarde la distance qui sépare le corps de l'endroit où j'ai trouvé le cliché. Hale devait le tenir dans sa main au moment de sa pendaison et l'a laissé glisser sous le meuble en mourant. Sur la photo, Howard, alors âgé d'une quarantaine d'années, pose aux côtés de quatre enfants, devant ce qui semble être le repaire des Enfants de Redwoods. Le guide et ses élèves... Le maire a un regard dur, impénétrable, ses mains sont posées sur les épaules d'un des gamins. J'ai une boule au ventre. Ce gamin, c'est mon fils, Alex...

Le voir sur cette photo, le visage fermé, réveille le flot d'émotions que je pensais pouvoir retenir... Ma respiration s'accélère, une nausée me saisit brutalement. Il faut que je tienne le coup, encore un peu.

Aux côtés d'Alex, Owen est là, tout sourire, ainsi que deux autres adolescents. Je les reconnais immédiatement. Ce sont les jumeaux Derley, Killian et

Jeremiah. Ces deux-là nous ont toujours posé pas mal de problèmes. Leur père, Jack Derley, est le directeur de la scierie de Redwoods. Un des notables du coin, issu d'une des plus anciennes familles de la région. Lui et sa femme, Andrea, ont toujours été assez discrets. En revanche, leurs rejetons se croient tout permis. On les attrape souvent pour des histoires de tapage nocturne, de bagarre ou de conduite en état d'ivresse. Gerry les laisse souvent repartir avec un avertissement. Car ici, on ne touche pas à la famille Derley. Il va pourtant bien falloir que je les interroge, eux et leur père. Au dos de la photo, trois mots : « Je suis désolé ». Comme un ultime aveu...

Je sens une boule qui enfle dans mes tripes... Tant de souffrance, tant de secrets, et ces morts, ces questions qui s'accumulent...

48

Paul
6 mai 2011

Je suis arrivé trop tard chez les Sanders. Je n'ai rien pu faire. Ni protéger Charlie ni porter secours à ce pauvre Owen. En découvrant le mot que m'avait laissé Lauren chez moi, j'ai pourtant fait au plus vite. Je l'ai trouvée dans le sous-bois derrière la maison, serrant le cadavre de son jeune adjoint dans ses bras. Encore un mort…

Depuis hier, Charlie et son père sont introuvables. Peut-être ont-ils fui Redwoods ? Peut-être était-ce la meilleure chose à faire pour eux ?

Je ne veux pas déranger Lauren, pas encore. Elle est complètement bouleversée, il lui faut un peu de temps. Pourtant, l'heure tourne, il faut interpeller Howard Hale avant qu'il n'efface les traces le liant aux Enfants de Redwoods. Hale est l'un des deux tueurs, j'en suis certain. Je tourne comme une bête en cage dans mon cabanon. J'ai failli, plus tôt, tenter de prévenir Gerry Mackenzie, puis j'ai repensé à la manière dont il m'avait chassé quand il m'a découvert, hier soir, auprès de Lauren et d'Owen. « Tu n'as rien à faire ici, sale charognard », a-t-il éructé. Ce type me déteste. Il ne fera rien pour m'aider.

Je m'apprête à me servir un verre quand la sonnerie du téléphone retentit.

— Paul. Bonjour, Nigel Radwell à l'appareil... Gunnar, mon ami anthropologue à Stockholm, est enfin revenu vers moi. J'ai votre traduction. Ça vous intéresse ?

— Oh que oui ! Je vous écoute, Nigel.

Une attente, un bruit d'aspiration. L'anthropologue doit être en train de fumer l'un de ses énormes joints.

— Comme je le pressentais, Gunnar m'a confirmé qu'il s'agissait bien de runes. Des runes dalécarliennes, pour être plus précis. Il s'agit d'un mélange de runes et de lettres latines. Elles sont apparues en Suède au début du XVIe siècle. Contrairement aux alphabets futhark qui ont disparu avec le temps, ces runes ont été utilisées jusqu'au début du XXe siècle. Ce qui pourrait expliquer que vous en ayez retrouvé des traces dans votre forêt.

— Cela se tient, étant donné l'origine suédoise de Kellen. Je peux même vous dire de quelle ville il était...

Je farfouille dans le chaos de mes notes, en envoie valdinguer la moitié par terre.

— Falün. Il est né à Falün...

— Intéressant. Falün est justement la capitale de la Dalécarlie, la région qui a vu la naissance de cet alphabet runique.

— Bien. Et que veulent dire ces symboles ?

— Il s'agit d'un mot, un seul : Askafroa... Une créature légendaire, certainement l'une des déités les plus méconnues de la mythologie scandinave. Askafroa était la gardienne de la forêt et la protectrice des arbres. À l'instar des dryades grecques, il s'agissait d'une sorte de nymphe qui vivait dans les arbres. D'ailleurs, Askafroa pourrait se traduire par « femme du frêne ». Elle était perçue comme une entité dangereuse et maligne, à laquelle il fallait offrir des sacrifices pour s'attirer sa protection. Sinon, elle déchaînait malheurs et calamités sur les habitants qui ne l'honoraient pas.

— Ça colle parfaitement. Nous avons retrouvé plusieurs statues de bois représentant une figure féminine terrifiante. Elle était composée de branches et de racines.

— C'est certainement ça. Il n'existe quasiment aucune trace d'Askafroa dans le folklore nordique. Un seul livre la mentionne brièvement, écrit par l'universitaire suédois Hyltén-Cavallius. Il aurait été témoin d'un rituel dans un village de la région de Falün où des anciens, chaque mercredi des Cendres, offraient un animal en sacrifice au pied d'un des plus vieux arbres de leur forêt. Avant le lever du soleil, ils achevaient la bête en répétant une même phrase : « *Nu offrar jag, så gör du oss ingen skada.* » Ce qui pourrait se traduire par : « Accepte ce sacrifice et protège-nous du mal. »

— Je crois bien que le meurtrier marmonnait certaines choses en enterrant les cadavres au pied du séquoia.

— Il semblerait aussi que les anciens achevaient leur rituel en déposant des cendres au pied de l'arbre.

— C'est la même chose ici.

— Plus de doute possible. Votre tueur, pour des raisons obscures, continue à honorer cette divinité oubliée.

Par un étrange jeu de l'histoire et du temps, son culte a changé, s'est transformé en traversant l'océan.

— C'est peut-être Nicholas Kellen lui-même qui s'est réapproprié les souvenirs qu'il avait d'Askafroa. Peut-être avait-il assisté, enfant, à l'une de ces cérémonies...

— Ce qui est certain, c'est que le culte originel ne mentionnait absolument pas de sacrifice humain ni de lien spécifique avec les séquoias. Mais tout ce qui tourne autour d'Askafroa reste encore assez mystérieux. Voilà, c'est tout ce que j'ai pour vous !

— Merci, ça m'aide beaucoup, Nigel.

Je raccroche et prends le dessin que j'avais fait du symbole.

J'y ajoute, en dessous, cette traduction qui s'est tant fait attendre : ASKAFROA. Je vérifie dans les écrits de Nicholas Kellen. Ces phrases nimbées de mystère prennent enfin tout leur sens : « C'est elle qui se venge, elle qui réclame son dû. Et je suis le seul à entendre son cri. » La discussion téléphonique surprise entre Howard Hale et l'autre assassin me revient également en mémoire. Ces trois mots, avant qu'il ne raccroche : « Elle nous protège. »

Askafroa, une divinité oubliée qui relierait Nicholas Kellen aux tueurs d'aujourd'hui... Ce culte existerait-il depuis les premiers jours de la ville ? Si les Enfants de Redwoods ont toujours commis ces atrocités, ça signifierait que beaucoup d'autres corps, comme je le craignais, sont encore cachés dans cette maudite forêt...

J'observe le symbole de l'arbre. Quatre branches à cinq rameaux chacune, comme des doigts. Ça doit avoir une signification. Le tronc, les branches, les racines. Une idée... Et s'il s'agissait en réalité d'un plan qui indiquerait l'emplacement de différents charniers ? Cinq rameaux pour cinq corps à chaque fois... Je commence à retranscrire le dessin à l'aide d'une règle sur la carte de la forêt. Je prends l'ancienne Redwoods comme épicentre, puis je trace une première branche qui part sur la gauche vers Grove Canyon, là où ont été découverts les premiers cadavres. Ça colle, la courbe est sensiblement la même que celle du symbole. Je passe un long moment à dessiner, au feutre rouge, les formes des trois branches restantes. Sous mes yeux, trois zones approximatives de recherche apparaissent. Chacune de ces branches pointerait ainsi vers un nouveau charnier ? C'est inimaginable. Et pourtant... Il faut que je prévienne Lauren.

49

Lauren
6 mai 2011

Mon téléphone sonne : c'est Paul. Je ne réponds pas. Pour l'instant, je dois parler à Gerry. Mettre tout à plat, une bonne fois pour toutes.

Je sors du bureau de Howard, ma béquille cognant contre le parquet sombre du long couloir, et je descends. Je demande au shérif s'il peut me suivre pour que l'on discute. Nous nous retrouvons dehors, sous le grand perron du manoir. J'observe longuement Gerry. Je remarque qu'il a des croûtes de sang au niveau de ses mains, sur ses phalanges. Là où il a frappé la veille contre la carrosserie de l'ambulance. Il place ses mains sur la rambarde et observe en silence la ville en contrebas.

— Je ne comprends pas pourquoi Howard a fait ça...

Je ne mets pas de gants. Pas le temps ni la patience.

— Howard s'est suicidé parce qu'il est coupable, Gerry. Parce qu'il est lié à toute cette horreur.

Le shérif s'avance vers moi et me pointe du doigt.

— Comment peux-tu oser dire ça ? Son cadavre est encore chaud, là-haut. Tu dérailles complètement, Lauren. C'était mon ami, bon sang !

— C'est lui qui nous a attaqués hier soir. Owen l'a blessé à la jambe avant de se faire poignarder par le second assassin. Je viens de le vérifier avec Harry.

— Ce n'est pas possible.

— J'ai trouvé ça aussi, là-haut.

Je lui montre la photo et guette sa réaction.

— Je n'ai jamais vu cette photo, Lauren. Je reconnais tout le monde, évidemment… mais je ne sais pas de quoi il s'agit.

— Ne me dis pas que tu n'as jamais entendu parler des Enfants de Redwoods !

— Si… En effet, Howard gérait ce club, une sorte de colonie de vacances. Mais il ne m'en a jamais vraiment parlé. Tu sais bien que les gamins, ce n'est pas trop mon truc.

— C'est fini les mensonges, Gerry. Je n'en peux plus. Je dois savoir. Est-ce que, d'une manière ou d'une autre, tu étais au courant des agissements de Howard ?

— Non, je te le jure.

Je ne lâche pas.

— Il y avait un autre homme avec Howard, hier. Est-ce que c'était toi, Gerry ?

— Non, je te le répète. J'étais à la maison hier soir. J'ai même reçu la visite de Tyler, notre voisin, qui est passé m'aider à réparer ma tondeuse.

Il m'attrape la main et la serre.

— Même si tu t'évertues à ne pas me croire, Lauren, je te le répète encore une fois, je n'ai rien à voir avec ces horreurs.

Je le fixe longuement. Ses yeux bleus, ce regard qui a toujours veillé sur moi.

— Faisais-tu partie des Enfants de Redwoods ?
— Non. Absolument pas.
— Tu étais au courant que Howard était lié à cette histoire. Tu as essayé de le protéger, toutes ces années ?
— Non... Bordel, tout ça me rend dingue. Je crois juste, avec ce qui est en train de se passer, que je ne suis pas un aussi bon flic que je le pensais. J'ai commis tant d'erreurs. Et maintenant, découvrir que mon meilleur ami était lié à ces meurtres... Putain de merde.
— Nous avons tous fait des erreurs.
— J'ai l'impression que le sol s'est ouvert sous nos pieds et que toute la ville s'enfonce. Jusqu'où nous mènera cette folie ? Howard, bon sang...

Il dit ces derniers mots, comme pour lui-même.

— Je veux bien te croire, Gerry. Mais il faut que tu me prouves que tu n'es pas le second assassin. Montre-moi tes avant-bras. Maintenant.

Il semble hésiter une seconde. Lentement, je place ma main sur mon holster.

— C'est quoi encore ces conneries, Lauren ?
— Tes avant-bras, Gerry.

Il s'exécute, retire sa veste qu'il dépose sur la rambarde de la terrasse, puis soulève son gros pull. Ses avant-bras ne présentent aucune marque de morsure... Il me dit la vérité. Je sens une vague de soulagement me traverser... J'ai envie de le serrer dans mes bras, mais je me retiens. Je décide alors de tout lui raconter. Mon enquête, et celle de Paul. Tout ce que nous avons découvert ensemble. Je l'emmène au sous-sol du manoir, à l'endroit où Paul m'avait dit avoir découvert les nombreux cadres. Nous allumons la lumière. Je découvre avec lui la collection d'extraits de journaux revenant sur trente ans de disparitions.

— Mais pourquoi Howard aurait tué ces innocents ? Ça n'a aucun sens. Tu le connaissais aussi bien que moi, ce n'est pas un assassin. Je ne l'ai jamais vu s'énerver... Quand on était gamins, il se faisait souvent marcher sur les pieds par les autres mômes.

— Gerry, tu me répètes toujours qu'on ne connaît jamais vraiment les gens. En voilà la preuve. Paul et moi pensons que Howard aurait développé une sorte de croyance à travers les Enfants de Redwoods. Des rituels liés à la forêt, des sacrifices qui exigeraient que l'on s'en prenne à des innocents. Il doit y avoir une explication qui nous échappe encore. En revanche, je suis d'accord avec toi sur un point : je ne suis pas certaine que Howard ait été le bourreau. Pour moi, le vrai assassin, c'est le second Homme-rouge. Si l'on en croit le mot sur la photo, Howard avait des remords. Peut-être lui-même avait-il peur, se sentait-il obligé d'obéir à quelqu'un d'autre. Peut-être que l'autre assassin le menaçait...

— C'est fou. Ici, dans notre ville, sous nos yeux, pendant tout ce temps.

— Il faut retrouver l'autre tueur, Gerry. Nous devons interroger les jumeaux Derley et retrouver William Sanders et sa fille au plus vite.

Il hoche la tête longuement, puis me demande :

— Et ce Paul Green, tu es certaine qu'on peut lui faire confiance ?

— Oui, absolument.

— Je ne le sens pas, moi. Depuis le début de cette histoire, il est toujours dans les parages quand il se passe quelque chose. Et s'il se jouait de toi, s'il te manipulait ? Et s'il était lui aussi lié à ces horreurs ?

— Paul ne vit ici que depuis cinq ans... Il n'a pas le profil. Ça n'aurait aucun sens.

— Pourtant, il a récupéré la gamine, il a découvert le charnier... Et il n'était pas avec Owen et toi quand vous vous êtes rendus chez les Sanders ?

— Non...

— Je pense qu'il ne faut pas écarter cette piste. Pour moi, l'Étranger est louche. Il joue un double jeu. À quand remontent les plus anciens cadavres du charnier ?

— Celui de Larry Dewes. Il a disparu en 2008.

— Deux ans après que Green a débarqué chez nous. Et si c'était lui qui faisait chanter Howard depuis le début ?

— Paul m'a aidée. Sans lui, je n'en serais pas là.

— Je pourrais te dire ça de Howard... Peut-être qu'on s'est fait manipuler tous les deux ?

— Non, ça ne colle pas. Dans la mine, on a découvert plein d'autres sacs et de vêtements. Il y a d'autres cadavres cachés dans la forêt, c'est certain, et ce depuis bien plus longtemps.

— Pour l'instant, on n'en a retrouvé aucun... Quoi qu'il en soit, si tu veux que je te laisse poursuivre ton enquête, je ne veux pas de Green dans les parages. Ce mec est un taré, il nous entraînerait sur des fausses pistes. Tu es au courant qu'il traîne avec Radwell ?

— Radwell, l'anthropologue ?

— Anthropologue ? Pas vraiment... Ça fait vingt ans qu'il a été radié de l'université de Portland. Ce mec est juste un illuminé de première. C'est lui qui avait organisé il y a quelques années la manifestation contre l'installation d'une antenne satellite dans la ville. Il pense que le gouvernement nous contrôle avec ses ondes. Voilà le type de sources avec lequel bosse ton Green...

— Je ne savais pas...

— En plus, Green reste un putain de journaliste.

— Il m'a dit avoir pris sa retraite.

— Il t'a menti. C'est lui qui a donné ses informations à Alvin en échange de la moitié des bénéfices. J'en ai trouvé la preuve dans le bureau de l'*Union Gazette*. Et d'autres journalistes m'ont confirmé que Green avait fait le tour des rédactions à Portland pour vendre ses photos. Il se fout de toi, Lauren. C'est évident. Il t'utilise. Tu t'es fait avoir parce que tu es à fleur de peau. Tu es trop naïve...

50

Paul
9 mai 2011

Le cercueil s'enfonce dans la fosse. Une cinquantaine de personnes sont réunies pour l'enterrement d'Owen. Je reste à distance, appuyé contre un pin dénudé. J'ai laissé Flash dans la voiture. Il va encore saloper ma vieille guimbarde en laissant des traces de griffes et de bave sur les vitres arrière. Mais si je l'avais pris avec moi, cet imbécile de clébard, avec ses manières d'anarchiste canidé, aurait été capable d'aller pisser sur les tombes. Déjà que je sens des têtes qui se tournent, des regards désapprobateurs qui se posent sur moi, des messes basses qui se répandent dans l'assemblée... Je sais ce qu'ils se disent : « Que fait l'Étranger ici ? » Pour eux, malgré tout ce qui s'est passé, je reste encore le principal suspect...

Au loin, on entend la rumeur des festivités. Dans le centre-ville de Redwoods, les commerçants s'agitent, les stands de nourriture débordent de saucisses grasses et charnues. Contre toute attente, le cent cinquantenaire de la ville a été maintenu. Les commémorations viennent de débuter ce matin pour trois jours d'animations et de concerts, et ce malgré le décès d'Owen et le suicide du maire. Je n'en reviens pas...

D'après un article de l'*Union Gazette*, le maire par intérim, Jack Derley, aurait pris cette décision en accord avec le conseil municipal et la veuve. Pour Maggie Hale, son mari s'était tant impliqué dans le projet qu'il était hors de question de l'annuler. Ce cent cinquantenaire serait donc un ultime hommage rendu par sa ville à Howard Hale.

Plus prosaïquement, j'ai pu comprendre, entre les lignes, que la ville avait surtout trop investi dans l'événement pour faire marche arrière si tardivement. Entre la location de tentes, d'estrades, de matériel sonore, de projecteurs, les achats de feux d'artifice, les avances versées aux groupes et artistes musicaux invités, la facture aurait été trop salée en cas d'annulation. Les commerçants eux-mêmes ont fait savoir qu'ils avaient besoin de cet événement pour relancer leurs affaires. Bref, le roi dollar a eu le dernier mot, et il se fout bien d'avoir les pieds qui trempent dans le sang...

Ce qui me surprend le plus, c'est que les touristes commencent déjà à affluer en nombre. Ils arrivent d'Oregon, certes, mais aussi des États voisins. J'ai remarqué des plaques immatriculées en Idaho, en Californie, dans le Nevada ou encore dans l'État de Washington... Certains ont dû conduire de longues heures pour arriver à Redwoods. Les hôtels affichent tous complet et on voit déjà des adeptes du camping sauvage installer leurs tentes le long des dunes de Sand Hills, au sud de la ville. Malgré ce qui se passe, malgré les meurtres. Comme si, au contraire, ça les attirait.

Et s'il n'y avait que ça... J'ai l'impression que la ville est en train de sombrer lentement, inexorablement, dans une sorte d'hystérie morbide. Ça a commencé il y a quelques jours, quand une poignée de gamins du coin ont paradé dans le centre avec des masques horribles sur la tête. Certains tentaient de reproduire la cagoule de l'Homme-rouge ou le masque de l'Homme-arbre. D'autres avaient récupéré des crânes d'animaux pour s'en faire des déguisements. Ça a fait sensation. Les photos se sont retrouvées partout, sur leurs maudits réseaux sociaux.

Quelques-uns ont même été interviewés par les journalistes, qui ne pouvaient rater une telle occasion. Eux qui attendaient depuis des jours, telles des hyènes affamées, qu'on leur donne un os à ronger pour leur chaîne de télévision. À la diffusion des images, sans surprise, tout le monde a voulu faire la même chose. De nombreux touristes se baladent désormais avec des masques bricolés à partir de bouts d'écorces, de cordages et de bois. Pour eux, c'est une blague, un nouveau Halloween. Il paraît même que la soirée du cent cinquantenaire qui se tiendra le 11 mai a d'ores et déjà été rebaptisée la Nuit des Crânes. Pourtant, ce n'est pas un jeu. La mort est là, elle rôde. Ils auraient dû tout annuler.

Je distingue Lauren parmi l'assistance. Gerry Mackenzie la tient par le bras. Elle semble accablée par le décès de son jeune adjoint. Son mari reste, quant à lui, un peu en retrait.

Il y a un autre enterrement prévu demain, celui de Howard Hale lui-même. Y aura-t-il autant de monde ? Peut-être même plus. Sa complicité dans l'affaire des disparus n'a pas encore été divulguée. Pour tous, c'est un drame terrible qui touche la ville. Perdre ainsi leur maire historique, celui qui dirige Redwoods depuis plus de vingt ans... Personne ne semble chercher à comprendre, personne ne s'interroge vraiment. Les habitants de Redwoods sont prêts à tout pour garder les yeux fermés, encore un peu, quitte à se coudre les paupières pour rester dans le déni... Le monde a beau s'écrouler autour d'eux, tant que leur petite vie bien ordonnée ne vacille pas, ils ne réagissent pas. C'est totalement aberrant...

À la fin de la cérémonie, tandis que les personnes présentes saluent les parents d'Owen, je m'approche de Lauren. Elle me repère, demande à Gerry de la laisser quelques minutes. En s'éloignant, le shérif me fusille du regard.

— Qu'est-ce que vous faites là, Green ?
— Vous ne répondez plus à mes coups de fil, Lauren ! J'ai même essayé de venir chez vous, mais votre mari m'a dit que vous ne vouliez pas me voir. C'est quoi ces conneries ?

Elle met ses mains dans ses poches. Elle a l'air tendue.

— Je n'ai pas trop le temps de vous parler, là...
— Bon sang, il faut qu'on avance, Lauren. Que nous reprenions l'enquête ! Le deuxième tueur court toujours, on peut l'attraper. On y est presque. De mon côté, j'ai du nouveau. Mais d'abord, qu'avez-vous trouvé chez Hale ? C'est vraiment un suicide ?

— Arrêtez avec vos questions, Paul !

Elle hausse le ton. Quelques têtes se tournent vers nous.

— Il n'y a pas de *nous*, reprend-elle plus bas. Pas d'enquête. C'est fini, tout ça. J'ai bien compris votre petit jeu. Gerry m'a tout expliqué. Vous vous êtes servi de moi.

— Comment ça ?

— Vous voulez juste me faire parler pour pouvoir encore vendre un de vos articles, c'est ça ? Vous m'avez laissée croire que vous en aviez quelque chose à faire de Charlie, de notre ville, mais tout ce que vous voulez, c'est votre moment de gloire, revenir sur le devant de la scène.

— Non... Pas du tout... Je...

— Je sais que vous avez vendu vos informations et vos photos aux médias. Ici et à Portland. Vous me dégoûtez...

— Mais... C'était pour forcer les autorités à ne pas enterrer l'enquête...

Elle touche un point sensible. Allez, Paul, avoue. Ça te plaisait de te remettre en selle, même en restant en coulisses. L'admiration d'Alvin, celle des autres journalistes, comme une vengeance après toutes ces années de galère... En cet instant, Lauren lit en moi comme dans un livre ouvert. Mais je dois insister, j'ai besoin d'elle...

— Lauren, sur la photo que j'ai récupérée dans le repaire des Enfants de Redwoods, il y avait d'autres enfants. Il faut les retrouver, les interroger... Ils pourraient nous aider.

— C'est fait. Il s'agit des jumeaux Derley. Gerry et moi avons passé plusieurs heures à les questionner.

— Et ?

— Ils n'ont rien à dire. Ils ont bien fait partie des Enfants de Redwoods, comme Alex et Owen. Mais selon eux, il s'agissait juste de week-ends de chasse, d'initiation et d'exploration en forêt. Rien de méchant. D'après ce qu'ils nous ont raconté, Howard n'a jamais eu de comportement déplacé ni violent envers eux. C'est une fausse piste.

— Peut-être qu'ils mentent ? Vous avez envoyé une équipe sur place, comme je vous l'avais demandé, pour faire des prélèvements ? Je suis certain qu'il y avait des traces de sang dans la cave.

— J'ai envoyé notre légiste là-bas, oui. Et les résultats ne donnent rien. Il y avait des traces de sang, certes, mais d'animaux. Les jumeaux nous ont dit que la cave leur servait à entreposer le gibier chassé.

— Putain, ils se foutent de vous ! Ils sont dans le coup. J'ai eu des nouvelles de Radwell, l'anthropologue. Je sais ce que signifie l'inscription sur le séquoia. Ça fait référence à une ancienne divinité du nom d'Askafroa. Les Enfants de Redwoods semblent la vénérer. Et j'ai réfléchi au symbole de l'arbre, je suis certain qu'il cache l'emplacement des autres cadavres. Ça fait des dizaines et des dizaines d'années que ces horreurs ont commencé.

— Arrêtez avec vos délires paranoïaques, vos théories fumeuses. Je n'en peux plus ! Toute la ville n'est pas impliquée, merde ! Vous avez bien failli m'entraîner avec vous… Mais plus maintenant.

— Alors, vous baissez les bras ? Vous allez laisser courir l'assassin ? Vous allez faire comme tous les autres ? Serrer des mains au cent cinquantenaire, sourire pour les photos ? Tant que la vie continue, c'est ça ?

— Non, bien sûr que non. Mais j'arrête de faire n'importe quoi. Ce n'est bon pour personne, ni pour moi ni pour l'enquête. Je ne veux plus prendre de risques. Ça m'a coûté trop cher...

Je crois comprendre ce qu'elle ressent. Je connais bien cette culpabilité...

— Lauren, vous n'y êtes pour rien dans la mort d'Owen. Vous avez fait ce que vous avez pu.

— Vous n'étiez pas là, vous ne savez rien. Et je n'en peux plus de votre putain de condescendance, Green...

— Je...

— Ça suffit. Laissez-moi gérer cette affaire avec le shérif, Green. Vous n'êtes pas flic. Vous n'êtes même plus journaliste. Vous n'êtes qu'un voyeur...

Elle ne me laisse pas le temps de répondre et s'éloigne.

Me voilà seul. De nouveau. Face à une enquête qui me dépasse. Qui ne me concerne même pas, au final... Je rentre chez moi, furieux. Je cherche dans mes placards, trouve une vieille bouteille de gin poussiéreuse, me sers un verre, puis un autre. L'alcool a un goût de renfermé. À quel moment ai-je foiré ? Aurais-je dû parler plus tôt à Lauren des infos que j'ai vendues aux médias ? Et merde ! Ma colère ne passe pas. Il faut que je me calme... De la musique pour m'apaiser. Il n'y a que ça qui fonctionne. J'attrape un vinyle, au hasard, le pose sur ma platine. Un blues bien lourd, bien lent... Fleetwood Mac, *Worried Dream*, une reprise de B.B. King de 1971. La vie continue... il faut juste que je reprenne mes bonnes vieilles habitudes.

Dans le panier prévu à cet effet, je saisis un morceau de bois, j'essaie de le dégrossir avec un couteau. Je bois une gorgée. Du gin goutte sur la table. Je m'en fous. Je gratte le bois, comme un frénétique. Un mauvais mouvement, et voilà que je m'entaille la pulpe de l'index. Merde, merde et remerde. Depuis les enceintes, le chanteur Peter Green entonne de sa voix un peu éraillée :

Well, I feel so bad. I wonder what's wrong with me[1].

Et ce solo de guitare qui fait trembler mon âme...
J'attrape le vinyle, l'arrache et le balance à travers la cabane. Il éclate au sol. Dans la seconde, je m'en veux, car cet album était une vieille édition, aujourd'hui introuvable. Flash m'aboie dessus. Toi, ta gueule... C'est bon, c'est décidé. Je lâche. J'arrête tout. Ça ne sert à rien. J'en ai la preuve, encore une fois, comme une litanie que je me refuserais à comprendre, alors que je l'ai pourtant entendue toute ma putain de vie. Il ne faut pas s'impliquer. Rester dans la marge, ça me va très bien. Charlie et son père sont peut-être déjà loin. Et, finalement, c'est un peu comme pour les enfants Stilth, Noah et Eva. Ne pas chercher à savoir, c'est imaginer que tout va bien. C'est fini.

Comme par hasard, mon téléphone sonne. L'alcool m'ayant chauffé les méninges, je lève les yeux au ciel... pour m'adresser à ce Dieu en qui je ne crois pas. « Tu aimes bien te foutre de ma trogne, toi ? Tu ne veux pas m'oublier un peu ? » Je finis mon verre cul sec

---

1. « Je me sens si mal. Je me demande ce qui cloche chez moi. »

et décroche. Au bout du fil, un timbre aigu, stressé, que je ne pensais plus entendre. C'est William Sanders...

— Green. J'ai besoin de vous parler.

— Où êtes-vous, William ? Vous avez quitté Redwoods ? Vous êtes en sécurité ? Comment va Charlie ?

— Charlie va bien et nous ne sommes pas loin. C'est elle qui m'a convaincu de vous contacter. Elle pense que vous êtes le seul à pouvoir nous aider. Je veux lui faire confiance. Je suis prêt à parler, à tout vous raconter. Mais il me faut des garanties. Je vous propose qu'on en discute. Charlie et moi sommes cachés dans notre bateau, le *Aby*, dans le cimetière d'épaves au nord de la ville.

Je note l'adresse. Quelques minutes plus tard, je m'engouffre dans ma voiture. J'ai préféré laisser Flash au cabanon.

En roulant quelques kilomètres le long de la côte sur la route 101, j'emprunte un petit chemin qui s'enfonce entre les dunes, situé juste avant un pont franchissant la rivière Smith. L'espace d'un instant, j'ai l'impression qu'un véhicule, derrière moi, ralentit tandis que je tourne. Je repense aux paroles de Lauren : « Arrêtez avec vos délires paranoïaques. » Elle a raison, il faut que je garde la tête froide. Une trentaine de mètres plus loin, je passe un vieux portail ouvert et distingue des silhouettes massives sur le terrain. Ce sont de vieux bateaux en cale sèche.

Je me gare à l'entrée et sors de la voiture, sur mes gardes. Au cas où, mon revolver est rangé dans la poche de ma veste. Je passe devant un voilier dont le gaillard avant est couvert de traces de moisissure. Sur les côtés, des sangles noires usées pendent dans le vide. Sous l'effet de la brise marine, un cordage vient claquer contre le mât. Au sol, il y a des tas de planches empilées, des fûts dévorés par l'humidité, des pots de peinture oxydés, une remorque aux pneus crevés… Plus loin, trois, quatre bateaux de pêche, hors d'usage, sont maintenus par des cales en métal. On peine à discerner les couleurs de leurs coques : le vert et le rouge se mêlent aux coulées de rouille. *Pisces*, *Cheryl*, *Second Wind*… Leurs noms sont autant de souvenirs qui aujourd'hui ne parlent sans doute plus à personne. Plus loin, un dernier bateau a sa cabine complètement désossée. Il n'en reste que la structure, un squelette de poutrelles de bois. Derrière les épaves, une vieille grue jaune est dévorée par la corrosion. Le tout forme un spectacle étrange et fantomatique. Je repère enfin le bateau nommé *Aby*. Il s'agit d'une petite vedette d'une dizaine de mètres. Sa coque blanche est constellée de coulées de mousse verdâtre. À l'avant de la carène, un trou dans la coque a été sommairement réparé avec quelques planches de fortune clouées. Malgré tout, le bateau est dans un meilleur état que ses voisins.

Alors que je ne suis plus qu'à quelques mètres de l'échelle menant au bateau, j'entends un bourdonnement derrière moi. Puis c'est une étrange sensation de piqûre dans la nuque, et une vague de chaud qui me traverse. En un éclair, je me sens partir. Mes jambes ne me portent plus et je m'écroule au sol. J'essaie d'attraper mon pistolet, mais mes membres sont lourds et mes bras s'engourdissent. Je tente alors d'appeler à l'aide. Ma voix n'est plus qu'un soupir.

Une fléchette hypodermique... C'est la méthode de l'Homme-rouge pour surprendre ses victimes. Tandis que mes yeux se ferment, que mon corps ne m'obéit plus, une certitude naît en moi. Il est venu me prendre pour en finir. Ce soir.

51

William
9 mai 2011

— Alors, c'est lui, papa ?
La voix de Charlie, en bas, dans la cabine.
— Attends ici. Ne bouge pas.
C'est bizarre... J'ai bien entendu la voiture de Green se garer il y a quelques minutes. Un bruit de portière, puis plus rien. Il devrait déjà nous avoir rejoints. Je l'appelle, en vain. Depuis le cockpit arrière, j'observe le cimetière de bateaux. À chaque claquement de câble contre les mâts, à chaque grincement du bois, je sursaute comme un imbécile. J'ai mon fusil à mes côtés, appuyé contre le plat-bord. Personne ne sait que nous sommes cachés ici. Et pourtant...
Je demande à ma fille de me donner la lampe torche et balaie les environs du regard. Comment y voir clair, entre les piles de détritus et les dizaines d'épaves ? Là-bas, il y a une forme sur le sol, au milieu du chemin. Je dois aller vérifier... À cet instant, Charlie apparaît, inquiète. Je lui demande de verrouiller la porte de la

cabine et, avant de descendre, je la regarde dans les yeux et lui dis :

— Ça va aller, ce n'est certainement rien du tout.

Au pire, elle sait ce qu'elle doit faire. S'enfermer à l'intérieur du bateau, puis sortir par le hublot avant, si quelqu'un essayait de forcer la porte. J'espère qu'elle s'en sortira s'ils nous retrouvent ici. Elle a toujours été bien plus courageuse que je ne l'ai jamais été…

Avant de descendre, j'éclaire la coque, sous la carène. Me contorsionner ainsi réveille ma douleur dans le dos, là où ce salopard m'a lacéré. Charlie a fait ce qu'elle a pu pour panser ma blessure. Mais la douleur me réveille toutes les nuits. Comme pour me rappeler ce qui m'attend…

Il n'y a rien autour du bateau. J'attrape mon fusil. Je descends précautionneusement l'échelle, l'arme en bandoulière dans le dos. Une bâche sur un tas de bois claque au vent. Quelques grosses gouttes d'eau commencent à tomber. Un orage se prépare. La forme par terre n'est qu'à quelques mètres. J'avance un peu. Derrière moi, un bruit. Je me retourne. Une bestiole, un rat peut-être, détale sous la lumière. Je continue. Merde, c'est bien Green. Il est allongé. Je comprends alors. Ils l'ont suivi. Ils sont là. Ils peuvent se cacher n'importe où. Il suffirait d'une de leurs maudites fléchettes pour me foutre dans les vapes. Je le sais bien, puisque c'est moi qui leur ai fourni le matériel durant tout ce temps ; moi encore qui leur ai appris à s'en servir. Nous avions tous un rôle à jouer durant nos chasses. Moi, j'étais la Branche. Celui qui attire, qui rabat. Tel un éclaireur, chargé de repérer nos proies, de me renseigner sur elles, puis de les attirer vers le village effondré…

Avec les années, nous sommes devenus une meute aussi implacable qu'organisée. C'est ce qu'elle attendait de nous.

Je sais comment ils fonctionnent, ce qui me donne un avantage... Vite, je dois remonter et prévenir Charlie. Mais alors que je me retourne, une silhouette jaillit sur moi. Un masque. Quelque chose qui se plaque contre mon visage. Sur ma bouche. Une odeur d'éther. Je n'ai le temps ni de réagir ni de dégainer mon arme.

Ils ont changé de stratégie pour me piéger. S'adapter, toujours. Notre guide nous le répétait tout le temps. J'aurais dû y penser. Mon corps me lâche, mes jambes cèdent. Je crie de toutes mes forces :

— Charlie !... Fuis !... Charlie !...

Je m'effondre. Je ne sens plus rien. Une dernière pensée pour ma fille. Charlie...

Le froid. Un goût de sel dans ma bouche. L'impression que mon corps est enfoncé dans quelque chose de mou, d'humide. Mes vêtements sont trempés. L'odeur forte de l'iode et du lichen.

Je suis allongé sur le sable. Autour de moi, des amas de sargasses et des rocs noirs affleurant. Je me redresse péniblement et crache de l'eau de mer. Je suis au milieu d'une plage. Il y a une vingtaine de centimètres d'eau. La pluie qui martèle la surface. Et des vaguelettes qui avancent. Au vu des mouvements du ressac, c'est la marée montante. Le rivage est à une cinquantaine de mètres, peut-être moins. Difficile à dire avec cette obscurité. Quelques lumières papillonnent dans mon esprit brouillé. Des maisons, pas si lointaines. Je sais où je suis...

À ma gauche, quelques affleurements de pierres, comme des dents acérées ; à ma droite, une île qui se découpe dans l'obscurité et une lumière qui aveugle par intermittence. C'est l'île Kellen et son phare. Je suis au bout de la baie... Il fait nuit noire. J'entends le bruit des festivités du cent cinquantenaire provenant du centre-ville. Il y a un concert, le brouhaha de la musique et des voix mêlées. Il faut que je me barre d'ici avant que la marée ne recouvre la plage... Je tente de me lever, mais quelque chose retient mon bras droit. Évidemment. Mon poignet est menotté à un anneau de fer rouillé scellé dans un corps-mort, une petite dalle de béton servant au mouillage des bateaux dans la baie. C'est un piège... Je comprends leur plan. Ils m'ont attaché ici pour que je me noie. Ils veulent réveiller la peur, sinon ma mort ne vaudra rien. Et elle ne sera pas rassasiée. Mais, par vengeance, parce que je les ai trahis, ils ne me laisseront pas l'honneur de mourir en forêt, à ses côtés. Ils veulent que je crève ici, dans cet océan glacial.

Par instinct, je tente de tirer sur les menottes, puis d'arracher l'anneau, mais je ne parviens qu'à me griffer les doigts sur le métal roussi. Je sens l'eau menaçante qui m'entoure, qui m'encercle, qui monte, seconde après seconde. Frénétiquement, pendant quelques instants, je creuse le sable pour essayer de desceller la dalle. De toutes mes forces, j'essaie de la soulever. Peut-être pourrais-je la traîner plus loin, la faire rouler ? Il doit y avoir un espoir. Je ne pense à rien d'autre, je ne vois rien d'autre. Je tire, je tire. Je me tranche la paume de la main sur un relief du béton. Une douleur aiguë me vrille le cerveau. J'ai l'impression que la peur rétrécit mon champ de vision... Pourtant, quelque chose d'instinctif, de primaire, un frémissement glaçant dans la nuque, semble vouloir me mettre en garde. Je ne suis pas seul. Il y a quelqu'un, quelqu'un qui m'observe. Déjà, l'eau m'arrive jusqu'aux genoux. Je n'y arriverai pas. Mes doigts sont en sang. Je frappe la dalle de toutes mes forces, mais ça ne sert plus à rien… Je regarde autour de moi.

— Au secours, aidez-moi ! Je vous en prie.

Ma voix se perd dans le tumulte des festivités.

Des phares se dessinent dans l'obscurité. J'entends un moteur de voiture, des rires et le son, diffus, d'un autoradio. Je crie à m'en déchirer les poumons.

— Ici, s'il vous plaît ! À l'aide !

Je remue mon bras libre en l'air.

Pour le conducteur, je ne suis rien de plus qu'une forme indistincte sur le sable, du bois flotté, un déchet plastique… Pourtant, s'il se décidait à venir se garer sur le parking face à la presqu'île, peut-être pourrait-il me repérer…

Finalement, la voiture tourne vers la promenade d'Elders Beach et s'éloigne pour de bon. Il n'y a plus que l'écho lointain du concert et le cri hystérique de quelques mouettes au-dessus de moi. Comme si elles se marraient de me voir agoniser ainsi…

Et cette eau qui monte. Je ne peux pas vraiment me soulever, à peine me maintenir à genoux. Je tente, en vain, d'humidifier mon poignet pour extraire ma main de la menotte. Mais je n'y arrive pas. Je regarde mieux autour de moi. Plus loin, vers le rivage, là où l'océan n'a pas encore recouvert la grève, il y a des traces au sol. Je tourne la tête. Malgré la pénombre, à une quinzaine de mètres sur un affleurement rocheux, je distingue une silhouette noire, accroupie, les bras ballants dans le vide. Il m'observe. Immobile. Comme un oiseau de proie.

— Je te vois. Je sais que tu es là...

L'eau m'arrive à la taille. La mousse des vaguelettes charrie des monceaux de varech.

— Montre-toi, merde, à la fin...

La forme se déplie, lentement, et saute sur le sable en envoyant gicler de l'eau tout autour.

Sans se presser, mon ravisseur avance vers moi. Il porte un sweat-shirt à capuche noir, un pantalon de pêche imperméable et des gants noirs. Il arrive à ma portée, arbore sa cagoule affublée du symbole des Enfants de Redwoods. Notre symbole... Il me tourne autour, s'amuse... Tout ça, c'est une mise en scène. J'ai beau tirer sur mes menottes, frapper dans l'eau... Je sais que c'est fini, mais une part de moi veut encore croire qu'il aura pitié.

— Vous ne m'avez pas laissé le choix. Je ne pouvais pas sacrifier ma fille, bordel.

Tandis que je parle, je continue de tirer sur l'anneau en acier rouillé, sous l'eau.

— Tout ça, c'est de la folie. Il y a longtemps que ça aurait dû s'arrêter. Ça ne pouvait plus continuer. Toutes ces victimes, putain...

Le froid de l'eau s'insinue à travers mes vêtements.

— Et dire que je vous ai crus quand vous m'avez dit qu'Abigail était tombée malade à cause de moi. Que c'était Askafroa qui se vengeait car je remettais en question notre ordre. Que c'était ma punition. Car ceux qui se détournent du chemin des feuilles finissent toujours par payer... Tu en sais quelque chose, n'est-ce pas ?

L'homme s'arrête quelques secondes avant de reprendre sa marche funèbre autour de moi.

— Je sais que c'est toi. Je reconnais ta démarche. Retire ton masque, ça ne sert à rien.

Il se fige soudain et tourne lentement son effroyable faciès vers moi. Il a les poings serrés, les bras tendus le long du corps. Puis, sans un mot, il tire sa lame cachée dans son dos et m'entaille au niveau des biceps, de chaque côté. Le froid de l'océan m'anesthésie un peu, mais la douleur m'élance. Il regarde longuement le sang s'écouler sur la lame.

— Retire ton masque. Aie au moins le courage de me montrer ton visage... Prends ma vie, mais laisse Charlie en paix. Elle ne dira rien. Elle a trop peur. Comme tout le monde ici, d'ailleurs. Tu te souviens de ce que disait notre guide ? Que nous étions là pour protéger Redwoods ? Mais nous avons fait tout le contraire. Nous l'avons emprisonnée. Après toutes ces années, nous ne sommes arrivés qu'à ça. À faire couler la peur, jusqu'au plus profond de nos veines...

L'eau m'arrive au niveau du buste, m'étouffe lentement. Mon cœur palpite, j'ai de plus en plus de mal à respirer. Mes vêtements sont comme un poids de plus qui me tire vers le fond. La température de l'eau ne doit pas dépasser les 10 °C. J'ai la sensation que des centaines de piqûres de guêpes me déchirent la peau des jambes, du dos. Sans même m'en rendre compte, j'ai arrêté de tirer sur les menottes. Mes membres s'engourdissent. Je me vrille le cou pour suivre son ballet circulaire autour de moi. J'ai la tête qui tourne. Et mon sang qui se mêle à l'océan.

— Je sais que c'est toi... Car tu aimes ça. Tu as toujours aimé ça. Nous autres, nous n'avions pas le choix. Ça nous dégoûtait. Mais pas toi. Toi, tu as toujours été différent. Vorace. Avide. Tu aimais le sang...

L'eau arrive maintenant à mes épaules. Des embruns me claquent sur le côté du visage. J'essaie de tendre le nez et la bouche vers le haut. Quelques instants, encore quelques instants... Tenir, malgré tout. Même si c'est perdu d'avance.

— Je t'en supplie, laisse vivre ma fille...

L'océan me recouvre, me dévore. L'eau grimpe le long de mon cou, comme une main glacée qui s'apprête à refermer son emprise. Ma tête est complètement tendue en arrière, ma bouche béante tentant d'aspirer un peu d'air, encore un peu. Je le fixe, les yeux écarquillés. Au-dessus de moi, un nuage voile la lune. Je ne la verrai jamais en ressortir. Il me reste une minute, tout au plus, avant d'être submergé. Mes oreilles sont déjà sous l'eau. J'entends comme un grondement sourd. Le bruit des vagues ou celui d'un ventre gigantesque qui s'apprête à me dévorer. Je réussis à articuler encore quelques mots.

— Charlie. Je suis désolé.

J'aurais tant aimé pouvoir tout te dire, te raconter enfin. Mais c'est trop difficile. Ça fait trop longtemps que je mens. Comment te faire comprendre ? Il arrive un moment où un mensonge est tellement inscrit en nous, tellement ancré, qu'il finit par faire corps avec ce que nous sommes. Il nous définit. On a beau s'en absoudre, il reste là, à jamais, tel un tatouage. Je repense à mon père. À la manière qu'il avait d'être avec moi. Ou plutôt de ne pas être. À ses silences, à son visage fermé, à son austérité, à cette sécheresse. Et moi, durant toutes ces années, qui lui tournait toujours autour, tentant de me faire remarquer, de me faire aimer. Lui prouver que j'étais là, que j'existais. Sans m'en rendre compte, j'ai reproduit son exemple. J'ai eu beau le maudire, le haïr durant ma jeunesse, je suis devenu comme lui. Pire que lui. Une caricature difforme. Je ne tolérais pas que tu sois une fille. Encore moins que tu sois si différente.

L'eau s'insinue entre mes lèvres. Et l'homme masqué s'est arrêté de marcher, il me fait face. Il me fixe, il veut profiter de cet instant.

Doucement, il retire son masque et je découvre enfin son visage, malgré les gouttes d'eau qui me brouillent la vue.

Bien sûr… C'est normal, après tout, que ce soit toi.

Toi qu'on appelle la Sève. Toi qui fais couler le sang. Toi qui la nourris. Toi qui exécutes.

Un voile me couvre les yeux, me brûle de l'intérieur. Je crie. Mais les sons sortent, comme ouatés, effacés. Je tends mon bras libre vers la surface. Vers lui. Je distingue à peine sa silhouette qui s'éloigne. Je tente de fermer la bouche et de retenir ma respiration. Encore un peu. Mon corps est ballotté par le courant. Comme un tas d'algues mortes. Comme si, déjà, je ne faisais plus qu'un avec l'océan. Ma cage thoracique se compresse. Mes joues se gonflent. J'ai l'impression que mes yeux vont sortir de leurs orbites… Ma bouche s'ouvre, telle une porte à double battant défoncée par une force implacable. L'eau me pénètre, se répand en moi. Dans mon palais, ma gorge, mes poumons. Je ne peux pas la retenir. À quoi bon. Une espèce de soulagement, tout au fond. C'est enfin fini. La peur, la violence, le sang, la culpabilité.

L'océan m'engloutit, m'absorbe. Une déferlante. Je vois la surface de l'eau qui monte et monte encore. Qui m'entraîne tout au fond. De l'autre côté. Vers elle.

52

Paul
9 mai 2011

Ploc ! ploc !… Des gouttes tombent sur mon visage. J'ouvre les yeux et me redresse dans un sursaut. Il fait nuit. Je suis dehors. Allongé sur un tapis d'herbes folles. Je me sens vaseux, déboussolé. Une pluie torrentielle m'empêche de bien y voir. Partout, des flots déchaînés, des vagues qui s'écrasent contre des rochers noirs. Là, un énorme halo lumineux. C'est le phare. Je suis sur l'île Kellen. C'est la marée haute. Mais qu'est-ce que je fais là ? Pourquoi le tueur m'a-t-il amené ici ? Ma barbe est mouillée, des mèches de cheveux me collent au front et j'ai un terrible mal de crâne. Je me soulève péniblement. C'est à ce moment précis que naît la peur. Quand je réalise que je suis véritablement seul sur cette foutue île. Isolé du reste du continent par la mer. Je tâte ma ceinture à la recherche de mon arme et ne la trouve pas, évidemment. Je note cependant que je ne porte pas les mêmes vêtements que plus tôt. J'ai sur moi un pantalon imperméable trempé, comme ceux qu'on utilise pour la pêche, et un sweat-shirt noir...

À mon poignet gauche, on a attaché une montre à cristaux liquides. Des gros chiffres vert foncé s'égrènent. 86... 85... 84... Est-ce un compte à rebours ?

Que faire ? Me jeter à l'eau ? Tenter de rejoindre la jetée de Redwoods à la nage ? Avec les vagues et le courant, je risquerais d'être projeté contre les énormes blocs de pierre du brise-lames. Non, je suis pris au piège.

78... 77... Je tente de discerner, malgré le rideau de pluie, le bâtiment du phare. Et si Meredith, la conservatrice du musée, était encore là ? En y regardant mieux, mon espoir meurt aussitôt. Il n'y a aucune lumière à l'intérieur. Le musée n'est ouvert que la journée, et le soir, Meredith quitte l'île.

71... 70... Je remonte la colline, passe devant le panneau d'accueil du phare, dégoulinant d'eau : « BIENVENUE AU PHARE KELLEN. ÉTAT D'OREGON. MONUMENT 951, CONSTRUCTION 1892 ». L'ombre impressionnante du vieux cyprès décharné, l'unique arbre de l'île, se découpe dans le ciel noir. Le bourdonnement de l'eau et du ressac m'empêche d'être attentif aux autres bruits. Le tueur pourrait surgir de n'importe où sans même que je m'en rende compte.

65... 64... Tu l'as bien cherché, Paul... À force de creuser, encore et encore, de te mêler de ce qui ne te regarde pas. Tu pensais vraiment qu'il ne viendrait pas pour toi ?

57... 56... Pas le temps de penser. Agir, il n'y a que ça qui compte. Trouver une solution, un refuge. Je m'avance vers la porte d'entrée du phare. Si je réussis à entrer dans le musée, je pourrai peut-être me trouver une arme de fortune, me mettre à l'abri, en barricader l'accès.

Dans le chaos environnant, un imperceptible mouvement attire mon attention. À une vingtaine de mètres sur la droite, contre le tronc du cyprès, il y a quelque chose. Une silhouette. Dans les ténèbres, elle est si parfaitement immobile qu'on pourrait croire qu'elle fait corps avec l'écorce. Le rayon du phare vient subitement l'exposer. Il est de dos, entièrement vêtu de noir. Trempé, comme moi, mais ça ne semble pas le déranger. Sous la lumière éclatante, son ombre s'étire au sol. Il reste ainsi, la tête baissée vers l'avant, totalement impassible. J'ai l'impression qu'il a les mains posées contre le tronc. Comme s'il se recueillait. Mes pieds butent contre un morceau de bois flotté. Je m'en saisis. C'est toujours ça. Je reste quelques secondes figé devant l'Homme-rouge. J'aurais envie de lui foncer dessus, de l'insulter, de lui montrer que je n'ai pas peur. Mais aucun son ne sort de ma bouche.

44... 43... Alors que le rayon du phare commence à lécher la bande de la colline et les branches tortueuses de l'arbre, lentement, l'homme se retourne vers moi. Son horrible cagoule rouge m'apparaît alors. Ses orbites noires et vides. Ce faciès déformé qui a hanté mes cauchemars, qui m'a tant obsédé ces derniers jours. Puis, dans un autre mouvement, toujours aussi calculé, il lève le bras. Quelque chose miroite dans sa main. Il tient sa foutue lame qu'il balance de droite à gauche, comme un métronome. Non, comme le balancier d'une horloge. Tic-tac. Tic-tac. J'ai l'impression que l'acier est taché de sang. S'en est-il pris à Sanders, à Charlie ? Je pousse un cri de rage et de désespoir. Après l'aveuglement, l'obscurité retombe, le phare balaie maintenant la côte déchirée. C'est ridicule de rester ainsi, à découvert. Je ne ferai pas le poids contre lui. Il va m'achever en quelques secondes...

35... 34... Je m'enfuis. J'arrive rapidement devant la porte du phare à la peinture verte écaillée. Je tente d'en ouvrir la poignée. Je la martèle. J'appelle au secours, même si je sais que tout cela est vain. Comme pour me narguer encore, le rai de lumière traverse l'île en cet instant précis, laissant apparaître la silhouette de l'Homme-rouge plus loin, sur la droite. Il est toujours posté contre le tronc de l'arbre, mais s'est tourné vers moi, son énorme couteau pointé dans ma direction. Je repense à ses paroles lors de notre premier face-à-face : « Tu n'as pas encore assez peur pour mourir. » Il veut me terroriser. Il en a besoin pour m'exécuter. Ça doit être l'une des règles tordues des Enfants de Redwoods. Il ne m'aura pas. Je dois garder la tête froide.

Je fais le tour du bâtiment et cherche un autre accès. Mais tous les volets sont fermés. Peut-être pourrais-je tenter de grimper sur le toit et entrer dans le bâtiment par la tour d'éclairage ? Je monte sur un banc en bois et essaie désespérément de me hisser, mais mes mains glissent sur les ardoises trempées. Je suis trop petit, trop gras, pas assez athlétique. Je retombe au sol.

24... 23... Me cacher quelque part. Tandis que je passe le long de la vieille citerne, je glisse sur une grosse dalle rocheuse et tombe sur le côté. Je me râpe une partie de l'avant-bras. J'ai mal à la hanche, mais me relève aussitôt.

17... 16... Où aller, bon sang ? Plus loin il y a un autre bâtiment, une remise, je pourrais me dissimuler derrière, gagner quelques minutes, pour réfléchir, trouver une solution. Tenter de le surprendre. Je cours. Mes pieds s'enfoncent dans des flaques boueuses.

8... 7... Plus que quelques secondes. Je me plaque dans un petit renfoncement du bâtiment. Il ne peut pas me voir ici. C'est impossible. Mes yeux se fixent sur le décompte terrifiant des ultimes secondes. Des gouttes tombent sur l'écran de la montre et déforment, fragmentent les chiffres. 6... 5... 4... 3... 2... 1... Soudain, une sonnerie aiguë retentit. Une alarme. Quel idiot, j'aurais dû y penser. J'arrache le bracelet en plastique et le balance le plus loin possible, vers les rochers battus par les vagues. Le bruit va l'attirer jusqu'à moi. Je tends l'oreille. Un cri guttural déchire la nuit. Un hurlement chargé de haine et d'amertume. Il arrive.

Il faut que je bouge. Ça ne sert à rien de rester ici. Le cri s'éteint, la chasse est ouverte. Je fais le tour du bâtiment, et me colle contre l'angle qui donne sur la colline. La silhouette massive du tueur se dirige vers le phare. Il est de profil. Tandis que je l'observe, le plus discrètement possible, mon assaillant s'arrête soudain et tourne la tête. Ce n'est pas possible ! Comment peut-il me voir dans cette obscurité ? Son buste fait un quart de tour dans ma direction, puis il commence à progresser vers moi, en marchant au pas, savourant la traque. J'ai le cœur qui tambourine dans ma poitrine, et l'impression étrange qu'il pourrait même l'entendre battre, qu'il peut tout sentir, mon odeur, ma respiration.

J'arrive à l'autre bout de la petite bâtisse. À ma gauche, une gouttière déverse des flots d'eau, une véritable cascade. Il est là, à moins de deux mètres. Il a anticipé mes mouvements et m'a pris à revers. Je me suis fait avoir, comme un imbécile. Il se met à lacérer le vide devant lui en donnant de grands coups de couteau. Il n'essaie pas vraiment de me blesser, juste de m'effrayer davantage. Il veut que je tente encore de fuir. Que je continue à jouer. Dans un geste désespéré, je lui envoie mon bâton à la figure, il le dévie sans difficulté d'un coup de lame. Je me retourne et repars dans l'autre sens.

Ne pas abandonner. Je cours vers le centre de l'île et son vieux cyprès penché. Je gravis la butte le plus silencieusement possible. Je ne veux pas regarder derrière moi. Pas encore. J'arrive au niveau de l'arbre. Ses branches, noueuses, tremblent sous la force du vent. Je me plaque derrière le tronc massif. Si je parviens à me cacher de l'autre côté de l'île, à l'est, je pourrai m'octroyer un peu de répit. Combien de temps ? Cinq minutes ? Plus ? Tu penses pouvoir tenir comme ça toute la nuit, Paul ? Tu ne sais même pas dans combien d'heures il sera de nouveau possible de traverser la grève. Et cette île est minuscule, tu ne pourras pas t'y dissimuler longtemps. Il finira par te retrouver.

Le faisceau du phare glisse sur le parterre de végétation autour de moi. Sur ma droite, une ombre immense se dessine au sol, se déforme et disparaît tandis que le monde replonge dans les ténèbres. Il arrive.

Je m'élance le plus vite possible vers la partie la plus rocailleuse de l'île. J'y vois mal. Je saute au dernier moment par-dessus une barrière éventrée et me jette derrière un amas de vieilles poutres. Je prends le risque de lever la tête. Il est en haut de la colline et avance, de sa démarche terrible, inaltérable, vers moi. Mes mains s'enfoncent dans un tapis d'échardes, mais je n'ai pas mal. Je suis au-delà de la douleur. Je me soulève et recule, le regard braqué vers le démon qui chemine vers moi.

Soudain, le vide sous mes pieds. Je me sens glisser en arrière. Je tends les bras désespérément, mais mon buste percute le sol violemment. Mes doigts griffent la terre et la boue, et parviennent enfin à s'agripper à une arête saillante de la falaise. Je suis suspendu le long d'un à-pic abrupt, sans aucune prise pour descendre. Sous mes pieds, quatre mètres, au moins, de vide. Je tente de me hisser vers le haut, mais mes chaussures glissent sur la pierre ruisselante. Je ne vais pas tenir longtemps.

L'Homme-rouge apparaît enfin au-dessus de moi, dans toute son effroyable démesure. Il prend son temps. Qu'attend-il ? Il s'accroupit et respire bruyamment, derrière sa cagoule. Ma main gauche cède. Je me retiens uniquement par la droite. En cet instant, il soulève sa lame au-dessus de ma main. Par pur réflexe, je lâche. Mon corps glisse sur la roche. Je percute le sol violemment, rebondis, roule, deux, trois fois sur moi-même. Je suis un peu sonné, j'ai du mal à me relever. J'ai une douleur vive à l'arrière du crâne, dans le bas du dos. Je m'en suis sorti. C'est un miracle. Je relève la tête. Il est là-haut. Il me toise. Puis il recule et disparaît. Il va chercher un moyen de me rejoindre.

J'essaie de me redresser, mais la douleur m'élance de partout. Je parviens à faire quelques pas, complètement désorienté. J'ai une chance, une toute petite chance d'avoir l'avantage. Le temps qu'il parvienne à descendre, je peux essayer de me trouver une cachette.

Ne pas abandonner. Je suis comme ça, moi. Je m'accroche. Jusqu'à la fin. Je regarde partout autour de moi, parmi les roches noires comme la nuit, noires comme la mort.

En cet instant, on me tire en arrière, je chute au sol. Il est là, au-dessus de moi. Derrière lui, je vois les vagues qui se fracassent sur les brisants, la mer désordonnée, la houle tumultueuse et, au-delà, les lumières du port de Redwoods. Mon salut. Si loin et pourtant si proche.

Il m'observe. Son masque dément s'approche. Je ne tente même pas de me défendre, de résister. Il passe sa lame le long de mon visage, sur mon front, à l'endroit où il m'a tailladé. Je crois entendre un petit ricanement. Il m'attrape la jambe et me tire en arrière pour me ramener exactement à l'endroit où je suis tombé plus tôt. Puis, lentement, il me tourne autour. Comme s'il vérifiait quelque chose. Enfin, il s'abaisse et me susurre quelques mots à l'oreille :

— Ton sort sera pire que la mort.

Je n'ai même pas la force de le frapper. Il me colle un tissu imbibé de chloroforme contre la bouche et le nez. Tandis que je me sens partir, que je ne contrôle plus mon corps, je le vois qui, lentement, me dépose sa lame dans la main et serre fort ma prise avec son gant. Mes yeux se ferment, et il me recouvre le visage. Avant de sombrer, je comprends. Toute cette mise en scène… C'était son plan. M'amener ici même, exactement en cet endroit, me faire chuter depuis cette falaise pour simuler un accident… me placer cette lame dans la main, cette cagoule sur le visage. Tout cela pour faire croire que c'est moi. Moi, l'assassin.

53

Lauren
10 mai 2011

Aux aurores, à marée basse, un joggeur a découvert un cadavre boursouflé dans la baie, retenu par une paire de menottes à un corps-mort. Sans aucun doute possible, il s'agit de William Sanders. Le pauvre homme s'est noyé tandis que l'océan montait autour de lui. Il a dû se voir partir. C'est horrible.

Une heure plus tard, à 8 heures, alors que Gerry et quelques hommes fouillaient la zone à la recherche d'indices, un deuxième homme a été retrouvé à une centaine de mètres, sur l'île Kellen. C'est un des agents de Gold Beach, appelé en renfort, qui l'a repéré, inconscient au pied d'une falaise. *A priori*, l'individu aurait chuté et se serait blessé en tentant de rejoindre une barque amarrée plus bas. Le masque de l'Homme-rouge dissimulait son visage. À sa main, il tenait une longue dague. Sur l'arme, on a retrouvé des traces de sang. Les analyses prouveront certainement qu'il s'agit de celui de William

Sanders. C'est impensable, et pourtant... L'homme sous la cagoule, c'est Paul Green...

Les agents ont ensuite fouillé la vieille Ford Country Squire de l'Étranger, qui était garée sur le parking menant à l'île. Sous le fauteuil passager, ils ont trouvé les passeports des cinq dernières victimes. Dans le coffre, Harry a relevé des cheveux. Il est quasiment convaincu que la voiture a bien servi à déplacer le corps endormi de Sanders jusqu'à la plage. Tout l'accuse, c'est presque trop simple.

Quand je suis arrivée sur place, j'ai vu Green, enfermé à l'arrière de la voiture de Gerry. Les mains menottées devant lui, il a essayé de m'interpeller. Il me répétait qu'il n'y était pour rien, que c'était une machination... Que l'assassin courait toujours. Je ne me suis pas retournée.

Pour Gerry, l'affaire est close. Il est convaincu que Green finira par avouer. D'après lui, Paul Green et Howard Hale étaient les deux tueurs. Liés par on ne sait quel secret, ils traquaient leurs victimes depuis des années.

J'ai du mal à y croire. Mais pourquoi aurait-il fait ça ? Selon Gerry, Paul connaissait peut-être Howard depuis longtemps, bien avant qu'il ne vienne vivre ici. Il compte bien tirer tout cela au clair durant les interrogatoires. Je ne sais plus quoi penser. Je suis complètement déboussolée, dépassée. Green serait donc le second coupable ? Ça me paraît si fou... Lui qui paraissait tant vouloir aider Charlie, qui semblait si décidé à aller au bout de l'enquête. Peut-être que Gerry a toujours vu juste et que l'ancien journaliste m'a manipulée, durant tout ce temps, me menant de fausse piste en fausse piste.

Charlie Sanders, elle, a disparu... J'espère de tout mon être qu'on ne découvrira pas son cadavre à la dérive le long de la côte. Ça me serait tout bonnement insupportable. Je ne m'accorderai aucun repos tant qu'on ne l'aura pas retrouvée. Je préviens Gerry que je pars à sa recherche. Le shérif doit, de son côté, terminer les prélèvements sur la scène de crime avec Harry. Ensuite, il lui faudra ramener Green au bureau pour préparer les interrogatoires.

Après avoir vérifié, sans succès, si la gamine était revenue dans sa maison, je me gare devant la cabane de l'Étranger. C'est là que Charlie a trouvé refuge lorsqu'elle se sentait en danger. Si elle avait su...

La cabane est ouverte, il y règne un capharnaüm sans nom, comme si Green l'avait quittée à la hâte. J'entre, j'appelle son prénom. Flash vient à ma rencontre. Le chien me renifle quelques secondes, puis se désintéresse rapidement de moi pour aller se coller contre l'armoire. Cet animal a toujours été un peu bizarre... Je fais un tour rapide des lieux, mais aucune trace de Charlie. Je commence à détailler la table couverte de coupures de presse, de pages annotées. C'est ici que nous avons travaillé ensemble... Ici que je me suis livrée à lui. Quelle imbécile.

Une feuille attire mon attention. Paul a recopié les quelques idéogrammes, ces étranges runes, avec, en dessous, un seul mot souligné, écrit en lettres capitales : ASKAFROA. Cette fameuse divinité dont il m'a parlé. À côté, plus étrange encore, il a griffonné de longues lignes rouges sur une carte de la forêt. J'observe un peu mieux. Aucun doute, Green était en train de décalquer le symbole de l'arbre sur la carte... Qu'est-ce que cela signifie ? J'attrape le plan, le plie et le range dans la poche intérieure de ma veste.

Un bruit derrière moi, suivi d'un aboiement. Je me retourne dans un sursaut, braquant mon arme vers l'origine du son. L'armoire a bougé de quelques centimètres. Des doigts apparaissent le long du meuble, et Charlie en émerge. Il y avait une cache, là derrière. L'adolescente a l'air épuisée. Ses vêtements sont couverts de terre. Elle a les yeux gonflés. Elle s'approche.

Sans un mot, je la serre contre moi.

— Il est revenu, Lauren. L'Homme-rouge, il est revenu. Et il a pris mon père.

J'hésite une seconde. Les paroles que je m'apprête à prononcer ne pourront plus jamais être effacées. Elles bouleverseront son existence. Je passe la main dans ses cheveux.

— Charlie, on a retrouvé le corps de ton père, ce matin. Il est mort noyé, cette nuit.

Elle me regarde et fond en larmes. Un chaos d'émotion traverse son visage. Du chagrin, bien sûr, mais aussi de la rage et de la peur.

— J'aurais pu l'aider. S'il m'avait écoutée, on serait déjà loin de cette foutue ville.

— Je suis vraiment désolée. J'aurais voulu empêcher ça. Tu es en sécurité, maintenant.

— Où est Paul ? J'ai besoin de le voir, de lui parler.

— C'est compliqué. Je vais te mettre en lieu sûr, te ramener chez moi. On discutera plus tard.

— Non. Maintenant.

Elle sèche ses larmes du revers de sa veste et me fixe. Cette gamine en a trop vu. C'est une survivante. Je lui dois la vérité.

— Paul vient de se faire arrêter ce matin, Charlie. Il semblerait qu'il nous ait menti, à toutes les deux. On pense que c'est lui qui s'en est pris à ton père. Ça serait lui le second assassin.

— C'est impossible. Pas après tout ce qu'il a fait pour moi. Mon père, lui, était lié à ce qui se passe à Redwoods. Mais pas Paul, non... Pas lui.

J'ai l'impression qu'en cet instant, en plus de l'annonce du décès de son père, quelque chose se brise en elle. Ce qui lui restait de confiance, d'espoir, d'enfance.

— On verra ça au cours de l'enquête. Pour l'instant, il faut que tu te reposes.

— Je ne partirai pas d'ici sans Flash.

— Très bien.

J'ai ramené Charlie à la maison. Je l'ai installée en haut, dans la chambre d'Alex. Elle dort depuis une demi-heure maintenant. J'ai laissé le chien de Paul s'installer à ses côtés. L'animal semble ne plus vouloir quitter la gamine. Comme s'il pouvait ressentir sa détresse.

John vient de rentrer pour me donner un coup de main. Mon téléphone sonne, c'est Gerry. Il a la voix pâteuse.

— Lauren... Green vient de prendre la fuite. Il m'a piégé.

— Où es-tu ?

— J'attends l'ambulance... je suis sur la 101.

Une dizaine de minutes plus tard, je me gare le long de la route. La voiture du shérif est sur le bas-côté, une ambulance stationnée à quelques mètres. Gerry est à l'intérieur, encadré par deux infirmiers. Il a une grosse compresse sur l'arrière du crâne. Elle est tachée de sang. Je monte les deux marches à l'arrière du véhicule et m'approche du brancard. L'un des infirmiers s'écarte pour me laisser passer dans l'espace exigu.

— Comment te sens-tu ?

— Ça va, Lauren. Je vais devoir passer quelques examens, mais *a priori*, c'est juste une grosse commotion.

— Raconte-moi ce qu'il s'est passé...

— On était en train de rentrer de l'île Kellen. Green a prétexté qu'il avait envie de vomir. J'ai arrêté la voiture, je l'ai aidé à descendre. J'ai été stupide, j'aurais dû être plus méfiant. Il s'est agenouillé là-bas.

Gerry me pointe du doigt un endroit, dans un petit fossé, à la lisière des arbres.

— Au bout d'un moment, voyant qu'il ne bougeait pas, je me suis approché. Là, il s'est retourné. Il tenait une pierre dans la main et l'a abattue sur mon crâne. Il avait des yeux complètement fous, Lauren. Si on ne s'était pas trouvés sur une route avec autant de circulation, il m'aurait achevé là, j'en suis certain... Avant de sombrer, j'ai entendu sa voix, il m'a dit : « Tu mériterais de crever, comme tous les autres. » Il a dû trouver les clés des menottes pendant que j'étais dans les vapes, puis il a pris la fuite.

— Est-ce qu'il a pris autre chose, ton arme ? Une radio ?

— Non, rien.

— Je ne comprends pas… Pourquoi Green voudrait-il prendre la fuite ? Il avait l'air prêt à me parler.

— C'est lui le deuxième tueur. Il n'y a plus aucun doute. Tu aurais vu son visage…

— Je… je ne sais pas.

Gerry me retient par le bras.

— On va retrouver ce salopard et on va lui faire payer.

L'ambulance démarre dans un son de sirène hurlante. Je regarde le mur végétal de la forêt. On voit les premières rangées de troncs, puis, derrière, les ténèbres. Green est là-dedans, quelque part. Quand ça va se savoir, la ville entière va vouloir partir à sa recherche et je ne pourrai rien faire pour l'en empêcher. Pourtant, il y a tant de questions qui demeurent, tant d'éléments qui ne collent pas.

54

Alex
8 novembre 2008

C'est lorsque nous avons eu 20 ans que l'initiation a pris fin. Moi qui pensais avoir connu le pire, je m'étais même fait une raison. On s'habitue à l'horreur. Malgré tout ce que l'on est amené à vivre, notre esprit fait toujours en sorte d'ériger des barrières pour nous protéger. Mais il reste quand même certaines choses qu'on ne peut accepter, qu'on ne peut oublier.

Après cette nuit-là, plus rien n'a jamais été pareil. Jusqu'alors, je parvenais à encaisser, je pensais que c'était dans l'ordre des choses. Pour moi, le monde était cruel, dénué d'humanité. Tout n'était que violence et domination. Nous naissons soit chasseur, soit chassé. C'est ce que j'ai compris auprès des Enfants de Redwoods. Je jouais le jeu, puisque je n'avais pas le choix. Et depuis que je m'étais résigné et que je me montrais plus docile, le guide avait cessé de me maltraiter.

Un soir, lors de l'un de nos week-ends, alors que nous étions réunis autour du sanctuaire, il y a eu une cérémonie. Il nous a attribué à chacun une cagoule, assez similaire à la sienne. C'était un moment important. Nous allions enfin faire corps avec elle. Enfin former un tout. « Les racines deviennent des branches. Les branches deviennent des racines », répétait-il. Les autres gars étaient fiers. Moi, je sentais que ça allait impliquer de plonger encore plus profondément dans les ténèbres.

Sans que l'on comprenne pourquoi, il nous a fait boire de l'alcool. Beaucoup d'alcool. Une eau-de-vie amère à vous en retourner les tripes. Puis, au cœur de la nuit, il nous a dit que c'était le moment.

Nous avons marché longuement en forêt. Notre guide savait exactement où il allait. Malgré l'obscurité, il progressait sans l'aide d'une lampe. Ma tête tournait un peu à cause de l'ivresse et j'ai failli me perdre à plusieurs reprises. Après une bonne heure de marche, notre étrange procession est arrivée devant un vieux grillage entrouvert. Nous avons franchi une colline, puis nous avons découvert les ruines de la mine hydraulique. Je n'étais jamais venu ici, évidemment. C'est formellement interdit à tous les habitants de Redwoods. Et même les jeunes du coin en quête de sensations fortes ne se risquent pas à foutre les pieds ici. On raconte trop d'histoires sur ce lieu maudit.

Nous sommes arrivés devant une mine. Notre guide nous a installé des sortes de jumelles sur la tête et les a serrées. Je ne savais pas de quoi il s'agissait. Puis, il a activé quelque chose et, d'un coup, j'ai commencé à y voir. Le monde m'est apparu en noir et blanc, sans que je puisse distinguer les détails ou les visages autour de moi. Avec leur grésillement sinistre et aigu, j'ai compris alors qu'il s'agissait de lunettes de vision nocturne. Certains chasseurs s'en servent dans le coin pour braconner la nuit.

Notre guide nous a ensuite invités à entrer dans la grotte. Sous la lueur déformée des lentilles, les parois m'apparaissaient comme un aplat étrange, de gris et de noir. Je voyais à deux ou trois mètres de distance. Les jumeaux Derley ricanaient. Ils étaient ravis de leur nouveau gadget.

En voyant le fil rouge qui serpentait au sol, j'ai repensé au jeu qu'on faisait quand on était gamins, la Voie rouge. Tout était lié, évidemment. J'ai cru entendre des cris au loin. Je me suis figé. Mais le guide, qui fermait la marche, m'a poussé en avant.

Nous sommes arrivés dans une grotte remplie de masques terrifiants, suspendus à la voûte. Il y en avait des dizaines. Ils ressemblaient un peu à celui de la statue du sanctuaire. Celle qu'il appelait Askafroa, l'esprit de la forêt, notre protectrice et notre malédiction.

Il y avait trois autres hommes masqués à l'intérieur de la grotte. L'un d'eux avait de longues cornes, un autre des sortes de racines qui pendaient le long du cou, le dernier un morceau d'écorce percé à la place du visage... C'est à ce moment que j'ai remarqué le corps, derrière eux, sur le sol. Ce n'était pas un cerf, cette fois. C'était un jeune homme. Il était nu, grièvement blessé. Il rampait au sol, en gémissant, tâtonnant autour de lui. Il ne voyait rien. Il ne savait certainement pas que nous étions tous là, à l'entourer. Le plus horrible, c'est que personne ne semblait se soucier de lui. Pour eux, ça n'avait aucune importance. J'ai eu envie de vomir, de m'enfuir de cet enfer. Mais à cet instant, j'ai senti une main ferme se poser sur mon épaule. J'ai reconnu la bague. Et j'ai compris que je n'avais pas le choix. Que je ne l'avais jamais eu.

Comme pour les animaux que l'on achevait dans la cave du camp, ils nous ont tendu la lame et nous ont demandé de goûter le sang. Toutes ces mises à mort n'étaient qu'un entraînement.

Les jumeaux sont passés les premiers. Ils ont tourné autour de l'homme. Ils hésitaient. À ce moment-là seulement, ils semblaient réaliser ce qu'ils s'apprêtaient à faire. Mais ils ont fini par s'exécuter. Trancher la chair, puis goûter le sang. L'homme suppliait qu'on l'aide, que ça s'arrête. Ça a été au tour d'Owen. Alors qu'il s'abaissait vers la victime, j'ai bien vu qu'il tremblait, mais lui aussi a fini par entailler le dos du pauvre homme, passer un doigt sur la lame et l'amener à sa bouche. Enfin, ça a été à moi.

L'homme qui maintenait son emprise sur moi a dit quelque chose, un texte que nous avait souvent répété le guide sans que j'en comprenne réellement le sens. Jusqu'à cet instant précis.

> *Par quatre, toujours ils vont. Chacun a un rôle, ils font partie d'un tout.*
> *Il y a la Branche, celui qui ramène et qui attire à nous.*
> *Il y a l'Écorce, celui qui protège et nous défend.*
> *Il y a la Racine, celui qui transmet et étend notre emprise.*
> *Et il y a enfin la Sève, celui qui fait couler le sang, celui qui nourrit Askafroa.*

Il a ajouté, dans un murmure : « Et la Sève, demain, ce sera toi. »

Il m'a tendu la lame. Alors tous se sont approchés de moi, pour me montrer qu'il n'y avait pas d'autre choix. Qu'il fallait que j'en finisse.

Je l'ai fait.

Et depuis, il n'y a pas une nuit, maman, sans que je repense à ça. La main de la victime qui se serre contre mon bras, qui essaie de remonter jusqu'à mon corps, qui cherche à me toucher, à comprendre, tandis que j'enfonce la longue dague dans son torse. Ses yeux habités par la terreur, son corps qui se recroqueville. Une mare noire qui se répand sur la roche grise.

Pas une nuit. Pas une heure. Et je n'en peux plus.

SIXIÈME PARTIE

Les Masques d'écorce

Si tu quittes Redwoods,
Tu rejoindras les proscrits,
Les maudits, les bannis,
Les masques d'écorce.

« Comptine de Redwoods »,
sixième couplet, vers 1940.

55

Charlie
11 mai 2011

Lauren s'arrête devant la porte d'entrée. Elle se retourne vers moi, me sourit. Mais je sens bien qu'elle est inquiète.

— Prête ?

Je hoche la tête.

— Tu es certaine que c'est ce qu'il faut faire, Lauren ? demande John.

— On ne peut pas rester ici avec Green dans la nature. Pour la sécurité de Charlie, je vais m'installer avec elle dans le bureau du shérif. C'est l'affaire de un ou deux jours, le temps que l'on rattrape le fugitif.

Le fugitif... D'après Lauren, la menace est réelle... Moi, je ne réussis pas à croire que Paul soit mêlé à tout ça. Impossible que ce soit lui. Même Lauren a des doutes, je le sens. Elle a beau répéter qu'il nous a manipulées toutes les deux, elle n'est pas convaincue de sa culpabilité. Certes, il s'est enfui et a agressé ce pauvre Gerry. Ce dernier est d'ailleurs passé ce matin avant que la décision soit prise de m'amener au bureau du shérif. Il a encore une grosse compresse sur l'arrière du crâne, là où Paul l'a frappé. Gerry a fait de la disparition de Paul une affaire personnelle. Il s'en veut de l'avoir laissé s'échapper. C'est lui qui a planifié les recherches pour tenter de le retrouver. De nombreux habitants de Redwoods ont proposé leur aide. Lauren m'a dit que la consigne était d'appréhender Paul sans le blesser, que les autorités avaient insisté sur le fait qu'il n'était pas armé. Pourtant, j'ai vu, par la fenêtre du salon, défiler les pick-up avec des habitants du coin brandissant leurs fusils, prêts à en découdre avec celui qu'ils prennent pour le tueur de Redwoods. Ce n'est pas une recherche, c'est une chasse à l'homme. Paul ne s'en sortira pas. C'est impossible. La ville entière veut lui faire la peau.

Il est temps d'y aller. Je caresse Flash, qui restera chez Lauren. Je le serre fort contre moi. Le chien lâche un petit geignement et me lèche la joue. On se reverra, vieux pépère... Enfin, Lauren prend une grande inspiration et ouvre la porte. Elle regarde à droite, à gauche, puis me demande d'aller m'installer dans sa voiture.

Nous descendons lentement Elders Beach Drive vers le sud. Malgré le bruit du moteur, on entend les lourdes basses des concerts de la grande scène dans le centre. On discerne même le brouhaha des voix, des applaudissements, la foule en liesse...

Nous roulons en silence et apercevons des dizaines de campements de fortune sur la plage, et des tentes accumulées sur des carrés de pelouse le long des parkings. Des milliers de touristes ont afflué jusqu'à Redwoods. Les hôtels affichent complet depuis des jours. Ne trouvant aucun endroit où loger, les autres visiteurs ont donc dû improviser, transformant la ville en un camping géant. Déjà, les conteneurs sur la promenade débordent de sacs-poubelle.

Une étonnante procession se déplace sur Elders Beach. Tous les touristes se dirigent vers le centre. Certains arborent leurs foutus masques. J'en vois quelques-uns qui les tendent au-dessus de la mêlée, à bout de bras. Un type barbu, aux bras couverts de tatouages, frappe deux os l'un contre l'autre, comme s'il s'agissait d'un instrument de musique. Des jeunes se baladent avec un faux squelette humain sur lequel ils ont greffé des branchages. Ils le brandissent en avant, devant des touristes hébétés. Eux, ça les fait marrer aux éclats. Plus loin, un groupe a confectionné une banderole : « À QUI LE TOUR ? » agrémentée d'un dessin du tueur avec sa cagoule. La scène me donne envie de vomir.

— C'est de la folie, dit Lauren. On a beau avoir interpellé la plupart des types qui vendaient des crânes et des masques à l'entrée de la ville, c'est trop tard, désormais. Il y en a partout. Chacun a été farfouiller dans sa cave ou son grenier pour dégotter de quoi se fabriquer un déguisement. La seule chose rassurante, c'est que tout ça devrait se terminer après la fin des festivités, demain. Les touristes vont repartir. La ville retrouvera son calme. Comme avant...

— Je l'espère...

En vérité, je suis sûre qu'elle se trompe. Ça prendra uniquement fin quand ils auront retrouvé Paul. Et qu'ils l'auront tué.

La circulation devient de plus en plus dense. Voilà plusieurs minutes que nous n'avançons quasiment plus. Devant nous, ça klaxonne, mais rien n'y fait. Nous sommes bloquées sur South Elders Beach Drive, pas loin de l'île de Kellen. Malgré moi, je regarde la grève. À l'endroit où on a retrouvé le corps de mon père. Là où le tueur l'a condamné à la noyade. J'aurais aimé au moins te dire au revoir, papa. Te dire que je ne t'en voulais pas. Que je sais que tu as essayé de m'aider, de te racheter…

L'enterrement de mon père a été ajourné « en attendant que les choses se tassent ». La ville a proposé de payer les funérailles. Quant à moi, personne ne sait vraiment ce que je vais devenir. Il est question de contacter des membres de ma famille, de m'envoyer vivre chez des cousins éloignés à Eureka, des dégénérés de première. Tout le monde a l'air de vouloir choisir à ma place. Personne ne semble intéressé par ce que je veux. Qu'est-ce que je répondrais, de toute façon ? « Foutez-moi la paix. Laissez-moi partir, seule, loin de Redwoods et quitter cette ville maudite à jamais. » Pas certaine que ça passerait…

Lauren essaie de faire la conversation.

— Je sais que c'est dur pour toi en ce moment, Charlie. Mais rassure-toi, je ne te laisserai pas tomber, quoi qu'il se passe.

J'en ai marre des gens qui me font des promesses et qui ne les tiennent pas. Tous les mêmes. Paul, mon père, et maintenant, Lauren. De belles paroles, des grands discours. Tout ça, c'est du vent. Et à la fin, je me retrouve seule.

— C'est gentil, Lauren.

Je détourne le regard. Pas envie de causer. Fatiguée qu'on me traite toujours comme une gamine. J'aimerais qu'une fois, au moins, quelqu'un soit honnête avec moi. « C'est la merde, Charlie. Ton père est mort, celui que tu croyais être ton seul ami est peut-être un dangereux psychopathe. Tu es seule et tu n'as plus rien. À part ça, ça va ? »

Je sors mon vieux lecteur CD de mon sac et place les écouteurs sur mes oreilles. Lauren aimerait me parler, me rassurer encore, mais elle ne trouve plus les mots. Je mets le son à fond. Les Red Hot Chili Peppers. Le morceau *Scar Tissue* commence. La guitare, la voix syncopée d'Anthony Kiedis... Ça donne un côté encore plus surréaliste au spectacle auquel je suis forcée d'assister.

La masse de touristes a créé un embouteillage géant aux abords du centre. Et le bureau du shérif est en plein cœur de la ville, juste à côté du parc où a été installée la grande scène. Nous progressons péniblement, mètre après mètre, tandis que la foule, autour de nous, est de plus en plus compacte. Des festivaliers marchent sur la route, nous bloquant le passage.

— Tu penses qu'on va arriver à rejoindre le centre, Lauren ?

— Je vais trouver une solution.

La policière a du mal à gérer la situation. Elle enclenche la sirène et le gyrophare de son véhicule, baisse la vitre de sa portière, puis sort son bras en faisant de grands gestes pour que les passants dégagent le chemin. Mais elle ne parvient qu'à attirer un peu plus l'attention des fêtards sur nous. Des petits groupes commencent ainsi à encercler la voiture. Un ou deux types se mettent à tapoter sur le capot à l'avant, comme s'ils jouaient des percussions. Ils se marrent. La voiture est à l'arrêt. Je regarde Lauren. Ses mains sont crispées sur le volant.

On tape contre ma vitre, je me retourne dans un sursaut et me retrouve nez à nez avec un masque, à quelques centimètres de mon visage. Un sac en tissu transformé en cagoule, peint en rouge. Je m'enfonce dans mon siège. Une part de moi est bien consciente qu'il ne s'agit que d'un homme déguisé. Ma raison me hurle que le type qui remue son couteau en plastique devant mes yeux est inoffensif... Pourtant, tout me ramène à ce moment où l'Homme-rouge frappait contre la vitre, lorsque mon père et moi tentions de sortir du garage. Finalement, le bonhomme soulève son masque pour me faire un clin d'œil. Pour lui, c'est un jeu, une gigantesque fête. Pour moi, c'est revivre une horreur sans fin.

Il y a de plus en plus de monde autour de nous. Quelques types exécutent une parodie de danse tribale sous nos yeux. D'autres rient à gorge déployée ou les prennent en photo. Lauren perd patience. Elle fait ronfler le moteur, tente d'accélérer. Les festivaliers se poussent, se bousculent... Un des gars, le long de la calandre, trébuche et tombe au sol. Il manque de passer sous les roues, mais ses camarades le tirent en arrière au dernier moment en gueulant sur Lauren. L'excitation se transforme en colère. Ça frappe sur la carrosserie, plus fort cette fois.

Je ne tiendrai pas une seconde de plus enfermée là-dedans.

— Lauren, il faut qu'on continue à pied.

Elle semble reprendre ses esprits.

— Tu as raison. Mais tu restes à mes côtés, tu ne me lâches pas, OK ?

— D'accord.

Lauren se gare sur la promenade en montant sur le trottoir. Nous progressons quelques instants parmi la foule, puis tournons sur la 9ᵉ Rue pour rejoindre le centre. L'avenue est bordée d'une myriade de stands. Ça sent les grillades, les sucreries et l'alcool. Certains vendent des produits locaux, d'autres se sont installés sans autorisation, et brandissent des tee-shirts arborant l'inscription « LA NUIT DES CRÂNES, J'Y ÉTAIS ! ». Partout, des types se baladent avec des grosses glacières et vendent des canettes de bière, des cocktails glacés servis dans des gobelets. Il y a des relents de sueur, de cigarette et de vomi. Ça fait déjà trois jours que ça dure. Aujourd'hui, c'est le dernier soir, le grand final. Partout, des yeux rougis par la fatigue et l'ivresse, des cheveux en bataille, des rires avinés. On me bouscule.

Par moments, on ne peut quasiment plus avancer, tant les corps sont serrés les uns contre les autres. J'ai l'impression de sentir une main saisir mon bras et me tirer en arrière. J'interpelle Lauren.

— Là, quelqu'un m'a...

Nous nous retournons, nous retrouvant à contre-courant de la marche. Lauren a la main posée sur la poignée de son arme. Elle respire fort. Devant nous, des centaines de visages défilent, des masques par dizaines. L'un d'entre eux attire mon attention, il reste immobile, un peu en retrait. On dirait qu'il me fixe. Son visage est dissimulé derrière un crâne un peu trop petit. Je tends le bras vers la silhouette et me retourne vers Lauren.

— Là... lui...

Mais alors que je tente de le retrouver, l'homme a déjà disparu.

— Que se passe-t-il, Charlie ? demande Lauren.

Il n'est plus là. Je me fais peut-être des idées. Nous reprenons notre marche, tentant de nous frayer un chemin. Lauren joue des coudes en répétant : « Shérif, laissez passer », mais personne ne l'écoute. Et tous ces masques, tous ces horribles crânes... Certains les portent au bout d'une pique de bois, d'autres autour du cou en pendentifs, ou sur la tête.

En plus des cagoules, des masques faits à partir d'écorce et d'assemblages de branches, un effrayant bestiaire de mort défile sous nos yeux. Je reconnais certains des animaux dont ils ont récupéré les restes : ici et là apparaissent des crânes de cerfs, mais aussi d'ours, de cougars, de vaches et même d'oiseaux, dont des aigles ou des buses. Tandis que mon regard passe de l'un à l'autre, une ombre immense progresse vers moi. Je lève la tête. Me surplombant, à plus de trois mètres de hauteur, elle porte une tunique noire, déchirée par endroits, qui flotte autour de ses membres chétifs. Elle a de longs bras qui font des grands mouvements circulaires, porte un crâne de wapiti, aussi terrifiant que majestueux, arborant d'énormes bois. Je reste bouche bée, immobile devant cette vision infernale. Les gens autour de moi s'écartent pour lui laisser place. La forme me tourne autour, certainement amusée que je reste ainsi paralysée devant elle. À un moment, elle s'abaisse vers moi et me fixe, son horrible faciès collé contre mon front, puis repart. Je comprends alors seulement qu'il s'agit d'un acrobate portant un costume et des échasses.

D'autres le suivent de leur démarche lente et semblent flotter au-dessus de la foule.

— Ça va, Charlie ? dit Lauren en m'attrapant par le bras.

— J'en peux plus, Lauren. Il faut faire vite...

Des jeunes dansent sur le toit d'un magasin. J'ignore comment ils ont fait pour monter là-haut, mais ils sont une dizaine, agglutinés autour de grosses enceintes martelant de la musique électro. Au pied du bâtiment, des policiers leur ordonnent de descendre. Les ados s'en moquent. Ils ont peint en noir sur le mur en béton une énorme inscription : « NOUS SOMMES TOUS L'HOMME-ROUGE ! »

Plus loin, nous croisons un homme et une femme debout sur le capot d'une voiture. Torse nu, la peau peinturlurée d'étranges inscriptions, les corps enchevêtrés, ils se donnent en spectacle. Tour à tour, ils boivent dans une sorte de calice confectionné avec un crâne de renard. L'alcool dégouline sur leurs corps. Autour d'eux, des curieux s'arrêtent pour les prendre en photo. Je commence à comprendre qu'il n'y a pas que des touristes dans l'assemblée. Redwoods est devenue un aimant pour tous les tarés des environs. Autour de moi, quelques familles, avec de jeunes enfants, semblent partager mon malaise.

Nous ne sommes plus qu'à cent mètres du bureau du shérif. Les basses sont de plus en plus fortes. Nous approchons de la grande scène. Des centaines de bras se lèvent. Des mouvements de foule tantôt nous rapprochent, tantôt nous éloignent. Pendant quelques secondes, je perds Lauren de vue. Je regarde autour de moi. À moins de cinq mètres, sur le côté, le même masque que j'ai aperçu plus tôt. Immobile, tourné dans ma direction. Il m'observe. Ça ne peut pas être un hasard. Il est là, il me traque. Lauren réapparaît devant moi, me saisit le bras et se force à me sourire pour me rassurer. Dois-je la prévenir ? Je tente de lui parler, mais elle ne m'entend pas. Je me colle à son oreille :

— Je crois que quelqu'un nous suit. Un homme avec un crâne de chien ou de coyote sur le visage.

Lauren me fixe en écarquillant les yeux. Elle dégaine son arme et la tient à bout de bras. Avec tout ce monde, ces jeunes, ces familles, ces innocents... Non, c'est trop dangereux.

À cet instant, le public se déporte brusquement sur le côté. Lauren tend la main vers moi. Je l'attrape, mais ne parviens pas à la tenir. La pression nous sépare l'une de l'autre. Je m'égosille, mais personne ne m'entend. Je jette un coup d'œil derrière moi. Le crâne est là. Il me saisit par ma veste en jean et m'attire vers lui. Je suis pétrifiée.

Il soulève alors son masque. C'est Paul...

— Qu'est-ce que tu fais ici ?
— Je suis revenu pour toi. Tu es en danger.
— On raconte que c'est toi l'assassin...
— Je suis innocent, Charlie. Il faut que tu me croies.

Je l'observe. À cet instant, je sais qu'il ne me ment pas.

Soudain, une détonation dans la foule. Il y a des cris, puis des corps qui se jettent au sol. À quelques mètres, Lauren est là, les yeux écarquillés. Elle braque son arme sur Paul.

— Green, plus un geste ou je tire !

Paul me regarde. Il me lâche un de ses sourires en coin qui n'appartiennent qu'à lui. Un sourire qui ne fait pas semblant. Un sourire qui raconte la peur autant que l'espoir de s'en sortir. Je lui attrape la main, je serre fort. Il a compris que je le suivrais n'importe où, que j'ai confiance en lui. Il n'a pas besoin d'ajouter quoi que ce soit. Je m'en rends compte seulement maintenant. Lui et moi, avant même de se rencontrer, on se connaissait déjà.

Paul me place derrière lui pour me protéger, puis commence lentement à reculer.

Il crie, en direction de l'adjointe du shérif :

— Je suis innocent, Lauren !

— Non, Green, hurle-t-elle, brisée par le doute. Ne faites pas ça. Ne me forcez pas à tirer.

— Vous ne tirerez pas. Je n'ai rien fait. Écoutez-moi. C'est Gerry. Il a essayé de me piéger. Il voulait en finir. Je n'avais pas d'autre choix que de fuir. C'est Gerry, Lauren. Ça a toujours été lui. Le deuxième tueur. Vous l'aviez senti. Vous aviez raison. Demandez-lui s'il connaît Askafroa, vous verrez sa réaction. Moi, je veux juste protéger la môme.

Lauren baisse son arme, perplexe. Et Paul, sans hésiter, replace son masque sur son visage et m'entraîne avec lui. Profitant de la panique et de l'agitation, nous nous enfonçons parmi le flot de touristes.

56

Lauren
11 mai 2011

Il est 23 heures. Des cris proviennent de la forêt, des aboiements, des ronflements de moteurs de voiture…

Plus loin, le murmure de la ville s'est éteint. Le dernier concert des festivités du cent cinquantenaire s'est terminé il y a plus d'une demi-heure. Ce n'est pas une bonne nouvelle pour moi. Car si la majeure partie des touristes vont certainement partir, il en est autrement des locaux. Pour eux, c'est maintenant que la vraie fête commence. Ils vont « chasser » l'Homme-rouge. S'enfoncer dans la forêt pour tenter de débusquer Green et s'offrir, ainsi, la frousse de leur vie. Ils se croient dans un foutu parc d'attractions.

Des dizaines d'habitants viennent rejoindre ceux qui étaient déjà sur place. Il y a des jeunes, des chasseurs et des piliers de comptoir. Mais aussi des M. Tout-le-Monde, des citoyens bien sous tous rapports qui ont enfilé leur chemise de bûcheron, leurs chaussures de marche et sorti leur fusil dont ils ne se sont jamais servis. Ce soir, ils viennent prendre leur dose d'adrénaline. Et c'est précisément d'eux que je me méfie le plus.

Quand ils me croisent, ils me répètent, avec des mots qui sonnent faux, qu'ils sont là pour « aider ». Foutaises. Je sens leur excitation, leur envie d'en découdre. Eux qui passent leur vie à se contrôler, dans leur petit quotidien étriqué, eux qui gardent toujours leur ceinture un peu trop serrée, qui font toujours attention à sauver les apparences. Cette nuit, ils tombent le masque. Ils pensent avoir le droit de se laisser aller.

Tout est devenu si chaotique. La Nuit des Crânes ne fait que commencer. Le sang va couler, c'est inévitable… Et, au milieu de cette folie, Charlie et Paul Green sont là, quelque part, en fuite dans cette immense forêt. Je m'en veux tant de les avoir perdus de vue. Mais il y avait trop de monde…

Gerry a fait installer des barrages aux différentes sorties de Redwoods : au nord sur la 101, au sud sur Shelter Street, à l'est sur Pilgrim Road. Autant de policiers qui seront trop occupés à encadrer la foule et qui ne pourront pas venir m'aider. Le shérif lui-même passe d'un barrage à l'autre, se rend sur place chaque fois qu'on lui remonte une nouvelle information. Je n'ai même pas encore eu le temps de lui parler. Aux dernières nouvelles, il serait passé chez lui récupérer quelques affaires.

Je suis à l'entrée de la forêt, pas loin de Myers Grove. Je me suis arrêtée au bord de la rivière de Hill Creek, après avoir repéré plusieurs 4 × 4 sur le parking. Flash est avec moi. J'ai attaché une grosse corde autour de son cou, en guise de laisse. Même s'il n'a pas l'air bien féroce, sa présence à mes côtés pourrait en calmer quelques-uns. Qui sait ? Peut-être même qu'il pourra m'aider à retrouver son maître.

Pour l'instant, l'animal n'a pas l'air de briller par ses talents de pisteur. Il me suit nonchalamment. Je fais le tour des groupes, ne serait-ce que pour m'assurer que mes concitoyens ne sont pas trop avinés. Quand bien même, je ne pourrais pas les embarquer, puisque je ne dispose d'aucun renfort. Je ne peux que les inciter à garder la tête froide, leur rappeler que s'ils trouvent Green, ils doivent l'appréhender et me prévenir. Et, surtout, ne pas le blesser. Mais je sais bien ce qu'ils pensent : « Cause toujours, Lauren… On lui fera la peau, à l'Étranger. » À croire que je brasse du vent.

Je suis sur le pont qui franchit la rivière. Le faisceau de ma lampe balaie la plage de graviers en contrebas. Il y a de l'agitation, un groupe de jeunes le long du rivage.

Des rires sur la berge, et soudain… un coup de feu. Flash sur mes talons, je descends sur la plage. Appuyée sur ma béquille, je tente de trouver de bons appuis sur les grosses pierres, mais chaque pas est une épreuve. Ma cheville m'élance…

J'arrive en bas. Là-bas, tout au bout, il y a de la lumière, des aboiements. Des jeunes s'amusent à tirer sur un crâne d'animal. Ils sont hilares, complètement saouls. Ils ont attaché leurs chiens à un tronc d'arbre. Les animaux aboient, la bave aux lèvres. Excités par l'agitation, leurs laisses tendues derrière eux, les pattes avant griffant l'air, les pauvres bêtes sont au bord de l'étranglement. Flash passe devant eux, soulève la patte et urine, au plus près de leurs museaux, comme une provocation. Ça les rend encore plus hystériques.

Tandis que je m'avance vers les gamins, je reconnais la bande des jumeaux Derley. Deux petites frappes que Gerry et moi avons interrogées dans le cadre de nos recherches sur les Enfants de Redwoods. Ils en faisaient partie, aux côtés d'Owen et d'Alex.

À leurs pieds, des cadavres de bouteilles. Ils ne m'ont même pas remarquée ou, plus probablement, s'en contrefichent. Car cette nuit, pour eux, tout est permis. L'un des deux frères, Killian, s'apprête à tirer avec un fusil. Il a remonté sa cagoule sur son front. Avant qu'il ne fasse feu, j'attrape l'arme et la jette au sol. Il me regarde, d'abord stupéfait, puis d'un air enragé.

— Hé, mais ça ne va pas la tête ? Tu n'as pas le droit, Lauren ! Tu as oublié qui je suis ?

— Oui, et je m'en moque. Vous n'avez rien à faire ici.

Je le fixe, sans bouger. Le groupe de jeunes m'encercle. Tandis que Killian me dévisage en serrant la mâchoire, son frère, Jeremiah, apparemment plus sobre, le retient.

— On ne fait rien de mal, Lauren. On protège notre ville. On participe à la traque, comme tout le monde. Nous aussi, on veut retrouver l'Étranger et lui trouer la peau. Y a un paquet de fric à se faire !

— De quoi tu parles ?

Le jeune s'allume une cigarette, souffle en direction de mon visage.

— Tu n'es pas au courant, pour la récompense ? Des notables du coin ont créé une collecte. Le premier qui bute cette saleté empoche 5 000 dollars !

— C'est quoi ces conneries ? Gerry est au courant ?

— Un peu qu'il est au courant. C'est lui qui en a eu l'idée ! Je l'ai vu lâcher 500 dollars dans la caisse !

Je prends sur moi et tente de garder mon calme.

— Il n'y aura pas de récompense. Rentrez chez vous maintenant. Vous tenez à peine debout. Quant à vos armes, elles sont confisquées. Vous les récupérerez plus tard.

Killian tente de jouer les durs.

— Tu n'as pas le droit... Je ne te laisserai pas prendre mon fusil.

Il me défie du regard.

Je place ma main sur mon holster.

— Tu ne veux pas jouer à ce jeu. Pas avec moi, pas ce soir...

— Rien à dire, Lauren, t'as plus de cran que ton fils.

— Qu'est-ce que tu veux dire par là ?

— Alex était une putain de flipette. Il chiait dans son froc dès qu'il fallait prouver qu'on était des hommes. Pas étonnant qu'il ait décidé d'en...

Je lui envoie une énorme gifle au visage. La cagoule qu'il portait sur le haut de son crâne chute au sol sur les galets.

— Personne ne parle comme ça de mon fils, compris !

Kilian est fou de rage.

Son frère pose la main sur son épaule.

— Laisse tomber, Kil. De toute manière on s'emmerde ici. Retournons dans le centre.

Finalement, ils balancent leur arsenal au sol et s'éloignent, traînant leurs chiens derrière eux. Avant de partir, Killian récupère la cagoule qu'il avait laissée choir au sol. Elle a beau se balancer au bout de son bras, je la reconnais immédiatement. Le tissu vieilli, la forme des coutures... Ce n'est pas un simple déguisement. C'est la même que celle que portaient les tueurs.

— Où as-tu eu cette cagoule ?

Il semble soudain mal à l'aise.

— Je sais plus trop... Je l'ai achetée en ville.

Je m'approche et la lui arrache des mains. Je l'observe mieux sous le clair de lune. Aucun doute.

— Te fous pas de moi, Killian. Je la reconnais.

— Je ne sais pas, je te dis.

Il baisse les yeux au sol et envoie valdinguer des galets du pied.

Je n'en peux plus. Je braque mon arme sur son front.

— Maintenant, tu arrêtes tes conneries et tu parles. Je suis fatiguée, Killian, de tous ces mensonges. À bout. Tu comprends ça ? Et je n'ai plus de temps à perdre.

J'appuie fort le canon contre son front. Killian craque et parle.

— Attends, Lauren. C'est bon... On l'a eue aux Enfants de Redwoods. Quand on a fini notre formation, on en a tous reçu une comme ça. C'était une sorte... de récompense. Gerry est au courant.

— Putain, mais ferme ta gueule, Killian ! hurle son frère.

Je le maintiens éloigné.

— Attends... Pourquoi Gerry serait au courant ?

— Non. Enfin, je ne sais pas...

Il vient de se rendre compte de ce qu'il vient de me révéler.

— Vous deux, je vous veux dans mon bureau demain à 9 heures. On a des choses à se dire. Maintenant, déguerpissez.

Je m'assois sur le gros tronc au bois blanchi et observe longuement la cagoule rouge. Flash pose son museau sur mon genou. Je lui caresse le crâne. Il n'y a plus que nous sur la petite plage. La pleine lune renvoie des reflets argentés sur la rivière. Les paroles de Green avant qu'il ne disparaisse dans la foule tournent dans ma tête : « C'est Gerry. Ça a toujours été lui. » Gerry m'a menti. Il faisait partie des Enfants de Redwoods...

57

Charlie
11 mai 2011

Je n'en peux plus. Je suis à bout de force. Ça fait des heures qu'on marche. Paul fatigue, lui aussi. Nous avons fait quelques pauses, mais jamais plus d'une minute ou deux. Paul ne veut pas traîner. Il pense que toute la ville est à nos trousses. Et le pire, c'est qu'il a sans doute raison.

Sortir de Redwoods a été moins difficile que prévu. Avec cette foule, cette agitation, nous sommes passés inaperçus et avons pu nous faufiler à travers la ville et les barrages de police, ni vu ni connu. Nous avons dépassé le vieil aérodrome, puis pris la direction de l'étang de Crystal Lake. Pendant près de deux heures, nous avons progressé à découvert sur les pentes sablonneuses qui longent la plage. Chaque pas était une torture. Et la peur me serrait le ventre. Chaque fois que l'on voyait des phares se dessiner au loin, je me répétais : « Ils nous ont retrouvés. Ils vont abattre Paul, sous mes yeux. »

Après les dunes, nous nous sommes enfoncés dans le sous-bois aux abords du lac, une zone marécageuse qui s'étire sur plusieurs kilomètres. L'odeur de soufre et de pourriture qui s'échappe des eaux stagnantes est vraiment écœurante… Pas étonnant que personne ne vienne jamais dans le coin. J'ai la bouche sèche, ma langue colle au palais. J'ai mal aux pieds. Mes baskets sont complètement trempées, couvertes de vase. Il y a dix minutes, j'ai perdu l'équilibre et me suis écroulée dans un buisson de ronces. Je me suis griffé les bras et mon jean s'est déchiré. J'ai l'impression que nous n'avançons quasiment plus. Le sous-bois est si dense qu'il nous faut sans cesse nous baisser, éviter les branches, contourner des arbres secs et tortueux, pour pouvoir aller de l'avant.

Il faut se méfier tout particulièrement de certains marécages, couverts d'une vase si épaisse qu'on peine à les distinguer. À plusieurs reprises, mes pieds s'enfoncent dans la boue. Et le pire dans tout ça, c'est qu'avec l'obscurité et cette végétation je ne suis même pas certaine que nous soyons dans la bonne direction. J'ai l'impression qu'on tourne en rond.

Sans compter qu'en marchant sur des branches mortes on fait un boucan de tous les diables. À ce rythme-là, ils vont vite nous repérer, c'est certain. La seule question est : quand ? Je pose ma main sur l'épaule de Paul.

— Une pause. S'il te plaît…

Il se retourne. Il est en sueur.

— Charlie, on ne peut plus s'arrêter. Tu as entendu les aboiements de chiens tout à l'heure. Ils ne sont pas loin. Nous sommes encore trop près des routes, il faut continuer.

— Mais pour aller où ?

— Je veux juste trouver un endroit où tu pourras être en sécurité.

— Et ensuite ?

— Ensuite, je ne sais pas... Je n'ai pas eu trop le temps de réfléchir. J'irai me rendre à Lauren. Lui révéler tout ce que j'ai appris. Lui expliquer que c'est un coup monté. Que je suis innocent.

— Ils ne te laisseront pas te rendre, Paul. Jamais. Pour eux, tu as tué mon père, Owen, Alvin et tous les autres. Ils ne permettront pas que tu sois pris vivant...

— Si je retrouve Lauren, elle pourra me protéger. Je sens qu'elle doute, elle aussi, de Gerry.

J'arrache un morceau de mousse, le déchiquette.

— Tu as pu voir mon père, avant que....

— Non. Je me suis fait piéger au même moment que lui, et puis on m'a emmené sur l'île Kellen.

— Tu penses que papa faisait partie des tueurs ?

— Je le crois, oui.

— Comment as-tu fait pour t'enfuir ? Raconte-moi.

— On était en route pour revenir de l'île Kellen. Gerry s'est arrêté sur le bord de la route, m'a demandé de descendre. Il m'a forcé à faire quelques pas vers la forêt. Je l'ai entendu armer son pistolet. Il voulait faire croire que j'avais tenté de m'enfuir et m'abattre, là, dans le fossé. Mais je lui ai dit une phrase qui l'a troublé : « Askafroa me protège. »

— Askafroa ?

— C'est compliqué. C'est une sorte de divinité que les tueurs vénèrent. Ça l'a déstabilisé que je sois au courant. J'en ai profité pour attraper une pierre et le frapper à la tête. Je n'avais pas le choix. Et j'ai pris la fuite, complètement paniqué.

— Paul, je voulais te dire... Merci de ne pas m'avoir abandonnée.

— C'est normal, la môme. J'aurais voulu faire quelque chose plus tôt. Aider ton père...

— Tu as fait ce que tu pouvais... Tu penses qu'on peut s'en sortir ?

— Je ne sais pas trop. J'espère, oui. Tu sais, j'en ai vu d'autres. Et j'ai appris un truc avec le temps : je suis le malchanceux le plus chanceux du monde. On devrait donc, d'une manière ou d'une autre, pouvoir s'en tirer...

Paul fait tout pour dissimuler son anxiété, mais en cet instant, il a l'air aussi terrorisé que moi, sinon plus. Je lui lance :

— C'est dommage que Flash ne soit pas avec nous. Il aurait pu nous aider à mieux nous repérer dans ce labyrinthe !

— Tu veux rire ? Avec son sens de l'orientation ? Flash aurait juste été capable de nous ramener en plein centre-ville auprès du premier stand de hot-dogs venu.

Je réfléchis. Trouver un abri... Je ne connais pas très bien le coin, mais une idée me vient.

— Je crois savoir où on pourrait passer la nuit. Ce n'est plus très loin. Il nous faut juste traverser Pacific Shores. Mais pendant un ou deux kilomètres, nous allons être à découvert. Il faudra faire attention...

Une voix sur le côté, à quelques mètres, dans les broussailles.

— Il y a quelqu'un ? Qui est là ?

D'un geste, Paul m'ordonne de me cacher derrière un tronc couvert de mousse. Je tends la tête sur le côté.

Un homme apparaît entre les arbres décharnés. Il a une quarantaine d'années, une salopette bleue. Le crâne rasé. Des grosses bottes au pied. Je le reconnais. C'est Wyatt, le gérant du Wolf Creek Country Store... Un type un peu niais, mais pas moins dangereux qu'un autre. Il est en nage. Il pointe un fusil sur Paul d'une main tremblante.

— Ne bougez pas ! Qu'est-ce que vous faites là ?

— Baissez votre arme. Je suis, comme vous, à la recherche du fugitif.

Wyatt sort une lampe torche d'une poche de son pantalon et la braque sur Paul.

Qu'est-ce que je peux faire ? Sortir de ma cachette et tenter de le calmer ?

Wyatt reprend.

— Ne me la fais pas à l'envers. Je te reconnais, l'Étranger. Ne bouge pas, sinon je te fume.

Le type sort un téléphone et commence à pianoter dessus tout en gardant son arme braquée sur mon ami et en lui jetant des coups d'œil fréquents.

— Putain, quand les autres vont apprendre ça. Ce bon vieux Wyatt qui attrape l'Homme-rouge, ils ne vont pas en croire leurs yeux ! Ils ne pourront plus se foutre de moi... Ils disaient tous que personne ne viendrait dans ce putain de marécage... Mais moi, j'ai eu du flair. Je connais la région comme ma poche.

— Laissez-moi partir, je suis innocent. Je vous en prie.

Le type abaisse son téléphone et fixe Paul.

— Oh, mais tu ne vas aller nulle part ! T'es mon trophée, Green. Mon putain de trophée. T'es au courant pour les 5 000 ?

Paul hoche la tête.

— Cinq mille billets verts de récompense sur ta tronche. Et ça va être pour ma bille. Par contre, toi, pas certain que tu voies le jour se lever. Les autres sont encore plus remontés que moi...

J'avance doucement. Wyatt est dos à moi. Le plus discrètement possible, j'attrape une vieille branche au sol, la soulève et l'abats sur l'arrière de son crâne. Pris de surprise, il tire. Le bruit de la déflagration se répand comme un écho. Wyatt s'effondre au sol, sonné. Au même moment, Paul pose un genou à terre et porte sa main à son ventre.

Par réflexe, j'attrape le fusil de Wyatt et le jette dans le marais verdâtre. Il s'enfonce dans l'eau vaseuse. Je me rue sur Paul, qui tente de se redresser.

— Ça va, ce n'est qu'une égratignure. Tu viens de me sauver la mise. Décidément, tu n'es vraiment pas une gamine comme les autres.

— Je ne suis plus une gamine...

— Tu as raison. Par contre, tu aurais dû garder ce fusil.

— Non, si on te voit armé, ils n'hésiteront pas une seconde à te tirer dessus.

— Je ne suis pas certain que ça change grand-chose, mais bon...

Paul attrape le sac à dos de l'homme et en sort une gourde qu'il me tend, puis l'enfile. J'en bois quelques gorgées tièdes. Ça me fait un bien fou. Paul boit à son tour. Tant que Wyatt est dans les vapes, on en profite pour filer.

La main serrée sur le flanc, Paul a du mal à marcher, sa blessure l'élance. Nous tendons l'oreille durant tout le trajet, pour le moment, la voie est libre. Aucun cri d'alerte. J'espère que le coup que j'ai donné à ce pauvre Wyatt ne l'a pas trop abîmé...

Nous quittons enfin ce foutu marais. Nous atteignons un sentier qui longe une énorme dune de sable. Du bruit devant nous, des lumières tremblantes. Paul court jusqu'à un affleurement rocheux et se dissimule derrière, je le rejoins. C'est un groupe de gamins, des ados de 16, 17 ans, qui débarquent à vélo. Ils sont six. Trois d'entre eux portent des masques en bois. Ils passent devant nous, ralentissent un instant, puis continuent leur route en direction de la plage. J'en entends un qui dit : « On rentre, les gars ? Il est plus de minuit...
— On a les foies, Craig ? T'as peur que l'Homme-rouge te bouffe les tripes ? » répond un autre. Le groupe s'éloigne. Tout le comté est à nos trousses...

Nous arrivons en surplomb de Pacific Shores. Devant nous s'étend un immense terrain vague. Il devait abriter un programme immobilier qui n'a finalement jamais vu le jour, après que la société de construction a fait faillite. On passe devant un panneau publicitaire présentant le projet. L'affiche est déchirée par endroits, recouverte de graffitis :

PACIFIC SHORES. UNE PLAGE, UN COUCHER DE SOLEIL...
UNE VIE QUI VOUS ATTEND

Il ne reste quasiment rien du chantier, hormis une vieille grue, deux carcasses de camions et le quadrillage au sol des différentes rues qui devaient composer la zone résidentielle. Je m'en souviens, à l'époque, maman avait rapporté un prospectus à la maison. Elle avait dit à papa qu'elle aimerait bien emménager dans une jolie maison, là-bas. « Les rêves, ça fait plus de mal que de bien », avait-il répondu sèchement. Trop cher, trop loin de la forêt.

Au loin, deux phares apparaissent. Nous quittons la route et avançons, pliés en deux, dans les broussailles.

— Attention, chuchote Paul, tandis que la voiture roule lentement vers nous.

Il s'agit d'un des véhicules du shérif. Le conducteur fait passer une lampe torche de droite à gauche.

— Baisse-toi et continue d'avancer, murmure Paul.

Je m'exécute. Au fond de moi, pourtant, quelque chose me tracasse. Et si c'était Lauren ? Et si je lui révélais que Paul est là ? Peut-être qu'elle l'interpellerait et qu'elle le placerait en sécurité ? On pourrait ainsi soigner sa blessure… Tandis que j'avance, les yeux rivés sur le sol sablonneux, je ne me rends pas compte que mes pas dévient du chemin qu'emprunte Paul. Soudain, un frémissement devant moi, puis des cris aigus. Tels des éclats d'encre dans la nuit grise, une nuée d'oiseaux s'envole en hurlant. Je m'écroule en arrière, surprise.

À travers les herbes folles, à une vingtaine de mètres, la voiture de police s'est arrêtée. Une silhouette en sort. La portière claque. Paul arrive à mes côtés en rampant.

Je lui murmure.

— Et si tu te rendais ? Tu es blessé !

— Je ne pense pas que ce soit une bonne idée. C'est peut-être Gerry.

Le faisceau de la lampe balaie notre zone, puis part sur la gauche.

J'observe mon ami. Il est recroquevillé sur lui-même, la main plaquée contre sa chemise tachée de sang. Des craquements dans les buissons, plus proches cette fois. Et la lampe qui nous frôle le dos. Une respiration lourde. Entre les tiges, j'essaie de voir le visage de l'homme qui progresse vers nous, mais je ne distingue qu'une seule chose, qui me glace le sang : son horrible masque. C'est lui. L'Homme-rouge est là, immobile, à moins de dix mètres de nous. Nous a-t-il vus ? Peut-être devrions-nous tenter de nous enfuir ? Non... Le terrain est complètement plat, sans le moindre arbre ou relief pour s'abriter sur des centaines de mètres. On se ferait tirer comme des lapins. Il faut attendre, espérer.

Je croise le regard de Paul. Il a la main sur la bouche, certainement pour tenter de retenir son souffle.

Un pas encore vers nous. Ses chaussures écrasent les herbes hautes. Le halo de la lampe s'immobilise à moins d'un mètre de nous. Un grésillement de talkie-walkie vient couper le silence de la nuit.

C'est la voix de Slocomb, le shérif de Gold Beach.

— Gerry... tu es là ?

— Oui. Je fais un tour sur Pacific Shores. On m'a signalé un coup de feu. Que se passe-t-il ?

— Lauren te cherchait plus tôt. Elle voulait te parler.

— OK, c'est noté, dit-il d'une voix monocorde. Merci. Je te recontacte plus tard. Vous n'avez rien repéré de votre côté, toi et tes hommes ?

— Rien, à part une tripotée de types trop saouls.

— Walter, je te répète ce que je t'ai dit plus tôt. Green est dangereux. Si vous le croisez, n'hésitez pas. Abattez-le.

— Compris.

Mon corps se tend. Les bruits de pas s'éloignent, enfin… Paul et moi restons longtemps immobiles. La voiture de Gerry démarre dans un crissement de pneus. Nous avons droit à un répit. Mais pour combien de temps ?

58

Lauren
11 mai 2011

Je roule à toute allure à travers la forêt. Les gyrophares projettent leurs lumières bleues et rouges sur les arbres déformés par la vitesse. Autour de moi, tout prend un aspect fantasmagorique.

J'arrive enfin devant la maison de Gerry, située au cœur de la forêt, juste après l'aire de camping Jebediah Smith. J'emprunte un chemin de terre après avoir éteint mes phares. L'habitation semble vide. Maintenant que je suis là, autant y jeter un coup d'œil…

Je me gare un peu plus loin, à l'entrée d'un sentier parallèle à l'habitation du shérif. Je décide de laisser Flash dans la voiture, par souci de discrétion. Je coupe par le sous-bois pour rejoindre sa maison. Une partie de moi tente encore de se convaincre que ce n'est que le fruit du hasard, qu'il ne peut pas être lié à tout ça… Que je n'aurais pas été assez stupide pour me laisser duper pendant de si longues années.

Devant moi, la maison de Gerry, une construction en bois typique de la région, de plain-pied, sobre. Légèrement surélevée, avec trois ou quatre pièces et une terrasse. Je contourne la bâtisse, franchis les quelques marches qui mènent à la porte de derrière et, sans hésiter, brise un carreau et ouvre le verrou de l'intérieur.

Évidemment, je n'ai pas le droit de faire ça. Il me faudrait un mandat. Tout ce que je vais découvrir ici sera irrecevable durant un procès... Peu importe, je dois avancer. Le temps presse. Paul et Charlie sont dehors, dans la nature, traqués par la ville entière. Je me lance dans un rapide tour des lieux de cette maison que je connais par cœur.

Tant d'objets ici me sont familiers. Dans un coin, il y a son vieux raton laveur empaillé, couvert de poussière, qu'il a surnommé Gordon. Une bestiole qui venait fouiller ses poubelles chaque nuit et qu'il avait mis des semaines à piéger. Tous ces cadres photo retraçant sa carrière et son engagement au service de la ville. Un cliché m'interpelle plus que les autres. Il trône au-dessus de la cheminée. On y voit Gerry et moi, lors de mon intronisation. Gerry, tout sourire, m'accroche sur le torse mon insigne d'adjointe. J'ai le ventre arrondi, des joues roses et des espoirs plein la tête. Un autre temps, une autre femme. Ma main caresse le cuir usé de son vieux canapé. Quand j'étais à bout, que la disparition d'Alex me rendait folle, je m'effondrais ici. Et j'écoutais ses mots qui me réconfortaient, me soignaient, à leur manière.

Face aux silences de mon mari, j'ai trouvé ici un refuge. Gerry a toujours été celui qui m'a aidée à sortir la tête de l'eau. J'ai envie de tout envoyer valser, tous ces mensonges.

Dans la salle à manger, sur la table, il n'y a qu'un seul couvert. Son écran de télévision, en face, compagnon de ses nuits solitaires. Une mise en scène qui raconte tant de petites habitudes, celle d'un vieux célibataire. Mes pieds manquent de s'enfoncer dans des lattes abîmées du parquet. Dans la chambre, une grande armoire avec les vêtements parfaitement repassés de Gerry.

Je pénètre dans son bureau. Plusieurs étagères de livres, beaucoup traitant de l'histoire des pionniers. Au centre de la table se trouve un livre ouvert : *La Mythologie des plantes*, d'Angelo De Gubernatis. Je le feuillette et tombe sur un passage couvert d'annotations illisibles. Sur la page de gauche, une gravure représente une étrange créature qui émerge du tronc fendu d'un arbre. Son corps est lui-même constitué de branches, de racines et de lianes entortillées. Je reconnais l'horrible idole que nous avons découverte dans les souterrains de la mine hydraulique. Sur la page de droite, un titre, « Askafroa », suivi d'un long texte. J'en lis un extrait rapidement, en gardant un œil sur la fenêtre.

> *Askafroa, Askefrue, ou Eschenfrau. Femme du frêne. Entité du folklore scandinave et allemand. Hypostase de la déesse mère, ou d'Yggdrasil, source de toute vie. Entité malfaisante et malveillante, Askafroa aurait besoin d'être apaisée par des sacrifices lors d'un jour bien particulier, le mercredi des Cendres. Sa bénédiction protégerait des épidémies et ravages...*

Je ne prends pas le temps de finir ma lecture. Ça me suffit. Paul avait raison. Gerry, Howard et les Enfants de Redwoods vénéraient bien cette mystérieuse Askafroa.

Je poursuis mon exploration et arrive devant une dernière pièce, dont la porte est fermée par un gros cadenas. Que caches-tu là-dedans, Gerry ? Pas le choix… Je sors mon arme, recule d'un pas et tire. Le son de la détonation se répand dans la maison. Le verrou lâche en laissant échapper un petit nuage de fumée. Sous mes pieds, un escalier s'enfonce dans l'obscurité. Je braque ma lampe vers les ténèbres et commence à descendre.

Arrivée en bas, j'allume un interrupteur. Un néon crépite puis diffuse une lumière blafarde dans un espace d'une quinzaine de mètres carrés. Il n'y a pas grand-chose ici. Un grand établi en acier chargé d'outils. Les murs sont couverts d'un bardage en lambris. Dans un carton, je remarque quelque chose… Il s'agit d'une paire de lunettes de vision nocturne. Je soupçonnais les tueurs d'en porter lors des meurtres. Ça ne peut pas être un hasard. Mue par une curiosité morbide, je l'enfile. Dans un grésillement, deux lentilles laissent apparaître une visée grise. Grâce à elle, je distingue mieux la partie sombre sous l'escalier. Là, les contours d'une ouverture qui se mêle parfaitement au lambris. Je retire les jumelles et m'avance vers le passage dissimulé. Je tâtonne le long de la cloison, jusqu'à atteindre une porte en métal, de plusieurs centimètres d'épaisseur. Il fait une obscurité totale à l'intérieur. C'est un sas similaire à ceux que l'on trouve dans les chambres froides. Sur le panneau en aluminium, Gerry a fixé la découpe du lambris afin qu'elle soit quasi invisible.

Sans les jumelles, je n'aurais jamais découvert son existence.

En allumant l'interrupteur, j'étouffe un cri de terreur. Suspendue à un crochet, une silhouette fantomatique. J'ai devant les yeux la confirmation définitive de mes soupçons... la combinaison de l'Homme-arbre. Des traits de peinture noire soulignent le dessin des muscles et tracent des inscriptions étranges. À côté, son satané masque, avec une corne arrachée.

Au sol, il y a des bidons de produits désinfectants, de formol, et plusieurs barils d'essence. Sur les étagères, différents types de produits détachants : javel, ammonium, acide acétique... Au fond de la salle, je découvre une grande table en inox. Je repousse la combinaison qui exhale une forte odeur de javel et l'examine. Divers objets sont posés là, parfaitement alignés. Au milieu, trônant tel un objet sacré : son arme, la longue dague recourbée. C'est sensiblement la même que celle trouvée auprès de Paul Green sur l'île Kellen. À ceci près que le manche et la lame semblent plus travaillés, couverts de gravures. C'est cette même arme qui m'a agressée, et qui a tué à de si nombreuses reprises.

Il y a autre chose au fond de la pièce, quelque chose que j'aurais préféré ne pas voir. Une vision démente. Gerry a bâti, sur un pan de mur entier, une sorte d'autel dédié à Askafroa. Au centre, on retrouve une représentation en bois de la déesse. Mais c'est ce qu'il y a autour qui me révulse. Là, disposées en cercles concentriques, des dizaines de mains humaines ont été fixées à même le mur. Elles sont remarquablement bien conservées, clouées sur des petits cadres de bois. Au-delà de l'horrible mutilation, c'est ce qui a été fait à chacune de ces mains qui me dégoûte. Les doigts sont écartés et, dans la chair du poignet tranché, chaque fois, Gerry a greffé des petites brindilles d'arbres. Comme si la chair et la sève ne formaient plus qu'un. Ces doigts ouverts, ces branches comme des racines... Je reconnais le symbole de l'arbre démultiplié ici à l'infini. Combien y en a-t-il ? Cinquante ? Peut-être beaucoup plus.

Une voix derrière moi.

— Tu n'as pas le droit d'être ici...

Je m'apprête à dégainer.

— N'y pense même pas, Lauren. Donne-moi ton arme et retourne-toi, lentement.

Je lui fais face. Gerry est là, dans l'embrasure du sas. Il braque son pistolet sur moi.

— Ton arme, maintenant. Ton téléphone aussi. Et lève les bras au-dessus de la tête.

Je m'exécute.

— Tu n'as rien à faire là. C'est un sanctuaire. Personne n'a le droit de venir ici.

— Je suis désolée, Gerry. Il fallait que je comprenne... C'est donc toi, depuis le début ?

— À quoi bon te répondre, Lauren... Qu'est-ce que ça changera ? Tu t'es déjà fait ton idée, n'est-ce pas ? Tout m'accuse. Le costume, l'arme... Tu as ton coupable, ça ne te suffit pas ?

— Non, je veux que tu m'expliques. Pourquoi, Gerry ? Pourquoi ?

Il me montre l'idole, d'un air fatigué.

— Parce que Askafroa l'exige. Elle a toujours demandé que l'on fasse couler le sang, depuis le premier jour de la colonie, depuis que Nicholas Kellen a entendu son appel. Nous n'avons jamais eu d'autre choix. C'est notre mission, notre sacerdoce. Pour protéger la ville et tous ses habitants. Tu ne t'es jamais demandé pourquoi il y avait si peu de maladies, de violences, de drames à Redwoods ? C'est grâce à notre action et à sa protection. Si seulement Green et toi n'aviez pas creusé sans relâche, nous n'en serions pas là. Tout continuerait comme avant.

— Comme avant ? Tu veux dire, en continuant à tuer des innocents ? Et tout ça pour quoi ? Pour une idole en bois, surgie de nulle part ?

— Tu ne veux pas voir la vérité. La forêt nous a toujours protégés. Des incendies, des maladies, des intempéries... Regarde la crise que traverse notre pays. Ces milliers de familles qui ont perdu leurs maisons, leurs vies... Ici, elle nous a épargnés. Mais tout cela a un coût... Askafroa nous demande du sang en retour. Pour calmer sa furie, à Redwoods, et pour pardonner les crimes de nos pairs, partout ailleurs. À chaque forêt qu'on arrache, à chaque espèce qui disparaît, il faut que le sang coule. Car Askafroa hurle. Et nous sommes le dernier rempart...

— Mais tous ces innocents, Gerry...

— Personne n'est innocent... Ces randonneurs, ces étrangers qui viennent souiller nos terres, ils méritaient de mourir, tout autant que n'importe quel arbre, selon la loi des hommes, mérite d'être coupé. Les humains tuent, arrachent, déracinent aveuglément. Askafroa exige, en contrepartie, que nous fassions de même.

— Tu es fou...

— Non, c'est le monde qui est fou, Lauren, pas nous. Tout n'est que chaos et anarchie. Regarde la violence, partout. L'humain est un virus qui se répand et engloutit tout. Il détruit, arrache, brûle, explose, s'entretue, chaque jour un peu plus. Et quand il n'aura plus rien à bouffer, il se dévorera lui-même. Nous sommes un mal nécessaire. Grâce à notre action, la folie des hommes reste à nos portes, enfouie dans les racines de notre forêt. À Redwoods, le monde ne change pas. Il est le même depuis cent cinquante ans, protégé, intact, en ordre. Il est resté pur.

— Askafroa est un mirage, Gerry... Une excuse pour déverser vos pires instincts. Toi comme les autres, vous vivez dans la peur. Il n'y a rien dans cette putain de forêt, pas d'esprit maléfique, pas de déesse vengeresse. Le mal est bel et bien là, mais en vous. Il n'y aura jamais de barricades, de murs assez hauts, Gerry. Jamais assez de sacrifices. On ne peut pas vivre isolés du reste du monde. Tu veux protéger notre communauté, mais en réalité tu nous étouffes à petit feu... Moi qui avais confiance en toi, plus qu'en quiconque.

— Je n'ai jamais fait ça pour te faire du mal. Au contraire, ne pas t'en parler, c'était te protéger. C'est notre secret, notre fardeau, à nous autres, Enfants de Redwoods. Le prix à payer. Tu crois que je n'aurais pas aimé avoir une vie normale ? Une femme, des enfants ?

Plus Gerry parle, plus sa voix se charge d'une profonde lassitude.

— Mais Askafroa ne l'aurait pas toléré. Elle me veut tout à elle. Il n'y a de la place pour rien ni personne d'autre. Quiconque détourne le regard est puni. C'est ce qui est arrivé aux anciens habitants de Redwoods. Askafroa les a avalés car ils ne voulaient plus croire en elle.

— Tu peux te trouver toutes les excuses du monde, Gerry, tu restes un assassin.

— Dans ce cas, nous le sommes tous. Les Enfants de Redwoods veillent sur ces terres depuis cent cinquante ans. Chacun dans sa famille, sans même le savoir, compte un parent, un cousin, un frère, un ancêtre qui a fait partie de notre ordre. Chacun de nous a les mains tachées de sang et de sève. Nous sommes tous coupables. Et toi la première.

— Je sais déjà qu'Alex faisait partie des Enfants de Redwoods.

— Tu ne sais rien...

Il marque un temps.

— Tu crois que je suis l'assassin. Et ça t'arrange de penser cela. Pourtant, je ne suis que le gardien, celui qu'ils nomment l'Écorce. Parmi les Enfants de Redwoods, chacun avait un rôle à jouer. Il en a toujours été ainsi. Moi, je devais protéger notre secret, coûte que coûte. Et c'est ce que j'ai fait... C'est mon héritage, ma malédiction...

Je suis atterrée par ses paroles, par tout ce qu'elles impliquent.

— Tous ces mensonges... pendant tout ce temps...

— Je ne voulais pas en arriver là, Lauren. Je te le jure. J'ai vraiment tout fait pour t'écarter de cette enquête. Tout fait pour que tu raccroches, que tu passes à autre chose. Mais tu ne voulais pas. Bordel, pourquoi n'as-tu pas fait comme les autres ? Ils ont tous continué leur vie comme si de rien n'était. Pourquoi pas toi ? Personne d'autre à Redwoods ne se souciait de ces disparus ! Ces hommes, ces femmes, ils n'étaient personne. Des paumés, sans avenir, sans famille, qui venaient salir nos terres, notre forêt.

Il se donne un coup sec sur la tête.

— Qu'est-ce que je vais faire maintenant, hein ? Tu peux me le dire ? Qu'est-ce que je peux faire ?

— Mettre un terme à tout ça, Gerry. Raconter la vérité. Faire face aux horreurs que vous avez commises. Et laisser enfin notre ville retrouver la paix.

— Non.

— Dans ce cas, tu vas faire quoi ? Me tirer dessus ?

— Je... je ne sais pas...

Son regard est comme happé par la statue de bois. Il se tend brusquement.

— Non, je ne t'écouterai pas. Je dois aller au bout. C'est ce qu'elle attend de moi. Je n'ai pas le choix. Je sais où trouver Green et la gamine. J'ai reçu un appel. Des types les ont vus vers l'embouchure de la rivière Smith.

À ces mots, Gerry recule, sans cesser de me garder en joue, se saisit de sa lame recourbée et referme la porte du sas. Je me jette dessus, la martèle en hurlant. Je suis piégée.

59

Paul
11 mai 2011

Mes forces m'abandonnent... Je ne l'ai pas dit à la môme, mais la blessure que j'ai reçue est plus grave qu'il n'y paraît. J'ai beau plaquer ma main contre la plaie, je perds pas mal de sang. Chaque pas est plus difficile que le précédent. Il faudrait que je me rende dans un hôpital sans plus tarder. Mais c'est impossible. Ce qui compte, tout ce qui compte maintenant, c'est que Charlie soit en sécurité.

Je marche, le dos courbé. C'est la seule position dans laquelle je ne me tords pas de douleur. Je suis péniblement la silhouette de Charlie, mais parfois, ma vision se trouble, tant j'ai le souffle coupé. La môme n'arrête pas de me demander si ça va. Je lui réponds que je vais tenir le coup, mais elle ne dit rien. Dans son regard, je peux lire que je fais peur à voir.

Nous avons quitté le terrain vague de Pacific Shores sans être repérés. Je ne pense pas que j'aurai encore le courage de courir, de fuir... Je me sens si fatigué. J'ai l'impression que le sentier sur lequel nous marchons depuis une vingtaine de minutes s'étire à l'infini. Que nous ne nous arrêterons jamais.

Nous arrivons enfin au bord de la rivière Smith. Charlie me saisit par les épaules, m'explique qu'il faut qu'on traverse, qu'on n'a pas le choix. Je hoche la tête, mécaniquement, mais ses paroles glissent sur moi. Nous descendons sur une plage de galets. Mes pieds peinent à trouver un appui et je m'effondre au sol. Je sens les pierres glacées sur mon visage. Je n'en peux plus.

Des images se télescopent en moi, des souvenirs... Noah, Eva Stilth et moi en voiture, il y a bien longtemps ; mon vieux pote Phil qui me fait exploser son flash à la gueule et me sourit avec son air un peu niais ; mon chien qui me lèche la main ; Charlie et moi qui sculptons nos petites figurines en silence auprès du poêle dans mon cabanon... Ces moments qui semblaient ne rien raconter et qui, pourtant, veulent tout dire. Peut-être est-ce ça, la fin ? Un kaléidoscope confus d'instants volés, un patchwork désordonné de visages, de sensations, d'instants futiles, oubliés... Je m'en rends compte maintenant, les seuls moments qui comptent sont ceux passés avec les gens qu'on aime. Nous ne sommes rien d'autre que la somme de nos souvenirs.

Charlie s'approche et m'aide à marcher jusqu'au bord de la rivière. Délicatement, elle m'humidifie le visage, m'apporte à boire. L'eau est fraîche. Ça fait du bien. La môme m'explique que nous devons repartir.

— Attends un peu, Charlie. Arrêtons-nous quelques minutes.

Elle me regarde, inquiète.

— Mais tu disais qu'il fallait qu'on se dépêche...

— Je me sens un peu fatigué. Et c'est bien, ici. C'est joli.

Elle cherche à soulever ma main pour voir ma blessure. Je l'en empêche.

Je regarde la rivière. Le flot coule, impatient d'atteindre l'océan... Il faut que je lui dise. Mes mots sortent de façon un peu désordonnée, chaotique.

— Charlie, il faut que je te parle. Les habitants de Redwoods, les autres gamins, ils t'ont volé ta jeunesse. Ils ont refusé ce que tu es. Mais ne regarde pas en arrière. Je vais te dire comment te venger. Montre-leur qu'ils se sont trompés. Montre-leur à tous. Vis la plus belle vie possible. Tu ne pourras jamais retrouver ce qu'ils t'ont pris. Mais à partir de demain, tout ce qui t'attend, c'est toi qui le choisis. Prouve-leur qu'ils ont eu tort. Sois celle que tu es vraiment, là, tout au fond.

Je m'administre une petite tape au niveau du cœur.

— Moi, tu vois, j'ai toujours regardé dans le rétroviseur. Trop lâche pour prendre des risques, pour essayer de vivre. J'avais peur. Et je m'en mords les doigts aujourd'hui. La pire des phrases qui existe, c'est : « Si c'était à refaire... » Bannis-la de ton esprit. Il n'y a rien à refaire, rien à regretter, Charlie. Tout est à construire. C'est toi qui écris ton histoire, personne d'autre.

— Pourquoi tu me parles comme ça, Paul ? On dirait les paroles d'un condamné. Tu vas t'en sortir, ce n'est qu'une égratignure.

— C'est un peu plus qu'une égratignure...

Je soulève mon sweat-shirt et lui montre ma plaie. J'ai le côté droit du bide en charpie, une vilaine plaie purulente sur plusieurs centimètres. À cette distance, la chevrotine du fusil m'a lacéré le corps.

— Je crois que c'est le bout de la route pour moi. Mais toi, il faut que tu continues coûte que coûte. S'ils m'attrapent, ils cesseront de te chercher. Pars, fais du stop jusqu'à Vancouver. Ta vie est là-bas, de l'autre côté de la frontière.

— Je ne te laisserai pas.

J'essaie de la repousser, mais elle reste là.

— Les étoiles devant, Paul...

— Quoi ?

— C'est toi qui me l'avais dit : « Il y a toujours les étoiles devant. » Ça signifie qu'il y a toujours un espoir, qu'il ne faut pas baisser les bras. Tu ne peux pas m'abandonner.

Charlie m'attrape par la main et me tire avec elle. Je me laisse faire. Mes chaussures s'enfoncent dans l'eau glacée. Je le comprends seulement en cet instant. Je n'ai fait que la suivre, depuis le début. C'est elle qui m'a guidé, m'a porté. Elle qui a le courage, la bravoure. Elle qui m'a ramené parmi les vivants.

Et comme elle l'a bien dit, au pire, il y aura toujours les étoiles devant. Elle saisit ma main, toute crevassée par la vie. La sienne est si douce.

Faut tenir le coup, Paul. Encore un peu. Pour elle, pour tout...

60

Charlie
12 mai 2011

Nous venons de franchir la rivière Smith. Mon bras m'élance, à force d'avoir retenu Paul qui se faisait emporter par le courant. Il est à bout, mais il faut qu'il tienne encore un peu. Nous y sommes presque. Il ne nous reste plus qu'à rejoindre la forêt, où nous serons en lieu sûr.

Au moment où nous traversons la route 101, un bruit de moteur nous fait sursauter. Un 4 × 4 arrive sur la droite, à toute allure. Vite, il nous faut grimper la côte qui mène à la forêt. Je monte péniblement, ralenti par Paul derrière moi, à la traîne. La pente est glissante. À un moment, Paul trébuche et dévale le talus. Je lui tends le bras dans un ultime effort, et il parvient à s'accrocher à ma main. Nous nous cachons derrière le tronc d'un séquoia lorsque la voiture arrive à notre niveau. Elle ralentit un instant, puis, heureusement, finit par accélérer de nouveau.

— C'est bon, Paul. Nous sommes en sécurité. On y est presque. C'est juste là, au-dessus.

Nous nous enfonçons dans la forêt et, après quelques minutes, nous finissons par tomber sur un grillage rouillé, que nous longeons jusqu'à trouver une brèche. Je me glisse à travers, en déchirant un peu la manche de ma veste en jean, mais je passe. Et Paul fait de même.

Devant nous se dressent les vestiges du parc aquatique Ocean World, fermé depuis près de six ans. Les énormes toboggans bleus ont été décolorés par le temps. Entre les piliers, des arbres ont commencé à pousser. La nature a ici repris ses droits. À l'intérieur des tubes, le sol est couvert d'un dépôt de feuilles séchées, d'épines de pin. Les structures en métal, autrefois blanches, sont parcourues de taches de rouille et de mousse.

Nous avançons parmi les attractions abandonnées, passons le long de vestiaires aux portes défoncées, certaines ne tenant que par un gond. À droite, à gauche, des bassins se sont transformés en mares à l'eau marron. Des formes indistinctes flottent à la surface : morceaux de plastique, cadavres de bouteilles... Nous dépassons un énorme toboggan qui semble s'enrouler autour d'un escalier en colimaçon. Dans l'obscurité, on dirait un ver de terre géant.

Le silence est total. Où sont passés les éclats de rire des enfants, les cris des ados dévalant les pentes vertigineuses, le bruit des éclaboussures et la musique un peu kitsch ? Peut-être qu'il flotte encore quelque part l'image de moi, petite, rigolant dans la piscine à vagues... Peut-être que ces transats retournés, noircis par la moisissure, se souviennent de ma mère, ce jour-là, qui me serrait fort dans une serviette pour me sécher.

Ou peut-être qu'il n'y a plus rien. Que le passé est mort, comme maman, papa, et tout le reste.

Nous pénétrons dans une pièce circulaire, un des anciens restaurants du parc. On y sera à l'abri. Des tables et des chaises sont renversées. De faux palmiers en plastique, couverts de poussière, pendouillent au-dessus du comptoir central imitant une hutte tropicale. Une fresque murale en partie couverte de graffitis représente une île paradisiaque. L'espace du bar a été partiellement détruit, les vitrines en verre ont explosé. Je soulève deux chaises, en retire la poussière et aide Paul à s'asseoir. Je m'installe en face de lui. Je lui tends la gourde d'eau, il boit quelques gorgées. Il a le teint blafard, les yeux injectés de sang.

Nous nous reposons un peu. Je crois que, à un moment, je m'endors. Paul, lui aussi, somnole. J'espère que ça lui redonnera un peu de force. Et ensuite ? Qu'est-ce qu'on va faire ? Où peut-on aller ?

Je sors du restaurant abandonné pour prendre l'air. Ça sent la terre humide et l'écorce de bois. Le murmure de la forêt se laisse entendre : les troncs qui grincent, quelques chants d'oiseaux, des bruants chanteurs, certainement. Le jour va bientôt se lever. Je ferme les yeux un instant.

C'est alors que j'entends un cri, au loin. Je le sais, je le sens. C'est lui... Il est là, il nous a retrouvés. L'Homme-rouge. Où allons-nous nous cacher maintenant ?

Je me rue à l'intérieur, préviens Paul. Il me saisit le visage entre ses mains et me dit :

— Ça va aller, Charlie.

Il aimerait me rassurer, mais il est si faible. Il ne tiendra pas longtemps… Pourtant, nous n'avons pas le choix. Je l'aide à se relever et nous sortons tous les deux du restaurant.

Au-dessus de nous, une nuée d'oiseaux lézardent le ciel en piaillant. Je tire mon ami par le bras. Une idée me vient… Avant sa fermeture, Ocean World avait entrepris un projet d'agrandissement, le temple de Poséidon, un chantier visant à la création d'une nouvelle zone couverte du parc. Un dôme de verre et d'acier qui devait permettre au complexe de rester ouvert durant les mois les plus froids de l'hiver. Mais les travaux, pharaoniques, avaient causé la banqueroute de ses investisseurs. On en avait parlé pendant des mois à Redwoods…

Alors que nous zigzaguons entre les différentes attractions, j'aperçois le dôme. Je force Paul à hâter le pas. Dans ce labyrinthe de béton, peut-être aurons-nous une chance. La partie gauche du temple de Poséidon est couverte de panneaux de verre, mais son versant droit, lui, n'a jamais été terminé. Un squelette de poutrelles d'acier rouillées, de câblages donne à la ruine un aspect terrifiant. Plus on s'en approche, plus on a l'impression de faire face à la mâchoire gigantesque d'un monstre marin aux dents acérées, sa gueule ouverte pour l'éternité, prête à nous avaler.

Nous franchissons des tas de gravats accumulés devant l'entrée du bâtiment. Face à nous, une porte battante défoncée. Avant de m'engouffrer dans la construction, je jette un regard en arrière. Je ne le vois pas. Mais il est là, il rôde, je le sais. Il nous chasse.

61

Lauren
12 mai 2011

J'ai frappé sans relâche contre cette maudite porte, vidé les étagères, cherché partout un moyen de m'échapper de cette geôle... Mais il n'y a pas de fenêtre ni aucune autre issue. Je suis bloquée ici. Pourtant, il faut que je sorte de là. Chaque minute qui passe, c'est une chance en moins de sauver Charlie et Paul.

Réfléchis, Lauren, réfléchis. Pas question de baisser les bras. Jamais. Quand je suis entrée dans la maison, mon pied s'est enfoncé à un moment dans une latte du parquet. Oui... quand je visitais le salon. Juste au-dessus de là où je me trouve. Je pousse la table en inox à l'endroit approximatif où je pense que se trouve la pièce et grimpe dessus, en équilibre. Le bras tendu en l'air, je commence à arracher les panneaux de laine de verre agrafés au plafond. En dessous, il y a de la mousse isolante. Elle s'est solidifiée. Je saute au sol, ma jambe m'élance sous le plâtre, mais je m'en fiche complètement.

Sans hésitation, j'arrache une des branches constituant le corps de la statue d'Askafroa. Tu pourras me maudire, saleté. Je vais sortir d'ici coûte que coûte. Je remonte sur la table et commence à donner des coups dans la mousse. Elle ne résiste pas longtemps. Des monceaux de poussière, de bois et de mousse me tombent sur le visage, jusqu'à ce que le parquet apparaisse enfin. Je tente de pousser une des lattes branlantes. Elle bouge un peu. Je retire mon manteau, mon gilet pare-balles, plaque ce dernier contre le bois. Je serre fort mon poing et me mets à frapper vers le haut. Malgré l'épaisseur du gilet, au bout de quelques coups, la douleur se répand. J'ai les mains en feu, mais la planche finit par céder. J'en attaque une deuxième. Elle résiste, mais pas assez face à ma hargne décuplée. Prenant confiance, me disant que je peux y arriver, que l'issue est juste là, au-dessus de moi, je redouble d'efforts. Frapper, encore et encore... Ma peau vire au rouge, mais qu'importe. Je ne vois que les lattes qui cèdent sous mes coups.

Pour Alex. Pour Owen. Pour Charlie et Paul. Pour toutes les victimes. Je ne vous laisserai pas tomber...

J'ai créé une ouverture qui devrait être assez large pour que je m'y glisse. Je me hisse, provoquant une douleur terrible à ma cheville blessée. Je serre les dents et continue. À bout de force, j'arrive à passer mon bras au-dessus du plancher. J'y suis. Je suis libre... Il faut faire vite. Il est encore temps.

Je vérifie mes poches. Mes clés sont bien là, c'est bon. Je cours, du mieux que je peux, jusqu'à ma voiture, sors mon fusil du coffre et m'installe au volant. En me voyant arriver, Flash se soulève de la banquette arrière, aboie et me lèche le visage. On va chercher ton maître, mon vieux… L'embouchure de la rivière Smith où ont été aperçus les fugitifs est à une dizaine de minutes d'ici. Je démarre en trombe.

Je garde les mains serrées sur le volant pendant tout le trajet. Mes phalanges sont meurtries. Malgré la douleur et la fatigue, je m'efforce de me concentrer sur la route.

Une dizaine de minutes plus tard, je découvre le véhicule de Gerry, parqué le long de la 101, en lisière de forêt. Je prends à peine le temps de me garer et me rue vers les bois. Flash court devant moi, la truffe en alerte. J'espère que tu as du flair, le chien…

J'arrive devant l'entrée délabrée d'Ocean World. Un énorme portail reproduit les colonnes d'un temple grec. Le blanc du décor a viré au gris. Toute la partie gauche du porche a été dévorée par le lierre, tandis que des moulages se sont décrochés, laissant apparaître la structure de métal.

Lorsque je pénètre dans l'enceinte du parc, j'entends un coup de feu… Comme répondant à un signal, Flash file devant moi et disparaît entre les bâtiments. Il est peut-être déjà trop tard…

62

Paul
12 mai 2011

Gerry est à nos trousses, l'Homme-rouge vient réclamer son dû. La môme m'a mené jusqu'à l'entrée d'un énorme dôme en construction. Je l'ai suivie du mieux que je pouvais, en essayant de la retarder le moins possible.

Nous pénétrons à l'intérieur du complexe. Le sol est couvert de détritus et d'éclats de verre. Impossible de se déplacer sans faire de bruit. Devant nous, un impressionnant bassin creusé dans le sol. Il devait certainement être destiné à accueillir une piscine olympique. Nous devons faire attention au moindre de nos pas. Du béton émergent à intervalles réguliers des tiges de treillis comme autant de lances aiguisées pointées vers nous. Des bruits proviennent de l'entrée. Puis, son cri, son signal. La chasse est ouverte.

Je regarde autour de moi, en quête d'une échappatoire. À une dizaine de mètres, un large escalier en ciment grimpe vers les hauteurs du dôme. Nous nous mettons à courir dans sa direction.

— Charlie, Green... Ça ne sert à rien. Vous ne m'échapperez pas...

Derrière nous, sa voix résonne dans le bâtiment mort, emplissant l'espace d'un écho terrifiant. Puis un coup de feu. La détonation se répand, se démultiplie, me vrillant les tympans. Par réflexe, nous nous jetons au sol, derrière un muret en béton. La môme et moi sommes des proies faciles. L'escalier n'est plus qu'à quelques mètres. Si seulement nous arrivions à le rejoindre, nous pourrions nous abriter derrière sa rambarde et monter sans que Gerry puisse nous atteindre. Mais ça voudrait dire courir sur plusieurs mètres à découvert...

Un nouveau tir. Cette fois, la balle vient s'encastrer dans le béton à moins d'un mètre de nous. Gerry s'amuse. Il sait pertinemment où nous sommes. J'entends le bruit de ses pas qui approchent.

Une balle, plus près encore. Je regarde autour de moi. Là, une longue tige en métal rouillé. Je m'en saisis et la plaque le long de mon corps. Je jette un coup d'œil à Charlie. Elle me dit non de la tête. C'est suicidaire, évidemment... Mais ça peut lui permettre de gagner un peu de temps. Je n'ai pas le choix.

Je me lève, place ma main libre en hauteur. Le shérif est là, à quelques mètres. Il porte son horrible cagoule. À sa ceinture, sa longue lame recourbée. Il braque instantanément son pistolet sur moi.

— Je me rends, Gerry. Mais laissez partir Charlie. Ce n'est qu'une enfant...

— Elle sait. Et c'est déjà trop.

Il est quasiment à ma portée. Encore quelques pas. Le faire parler, le laisser approcher.

— À quoi bon continuer, Gerry ? C'est fini... Askafroa n'a jamais exigé ça... Elle ne veut pas que vous vous en preniez ainsi aux habitants de Redwoods, à ses enfants.

— Vous ne savez rien, Green. Vous n'êtes personne. Je veux voir vos deux mains... Jetez ce que vous tenez caché derrière votre jambe... Vous ne m'aurez pas deux fois.

Il est trop loin pour tenter quoi que ce soit, je lâche la barre de métal. Dans un souffle lourd, Gerry arme son pistolet, pointe le canon sur moi. À travers les ouvertures de sa cagoule, je distingue ses yeux injectés de sang, dévorés par la folie. C'est fini... Je ferme les yeux.

Un aboiement. Flash, surgi de nulle part, lui saute dessus, le faisant chuter au sol. L'animal, comme enragé, déchire sa cagoule, le mord et le griffe au visage.

En se débattant, le shérif lâche son pistolet qui glisse et tombe dans la piscine vide, quelques mètres en contrebas. Je hurle pour encourager mon chien. Mais Gerry parvient à sortir sa lame et la brandit au-dessus de lui. Non... Je ne veux pas voir ça. J'attrape Charlie et la tire avec moi vers l'escalier. J'entends un jappement derrière nous, puis le silence.

Alors que nous gravissons les marches, je jette un coup d'œil rapide en bas. Flash gît sur le sol, hoquetant, une large blessure sur le flanc. Merci, mon chien, merci...

Gerry se redresse et se jette dans la piscine pour récupérer son arme. Il retire sa cagoule déchirée, il a le visage en charpie, déchiqueté par plusieurs morsures et barré d'une énorme entaille. Il crache au sol et avance vers nous. Les yeux troublés par le sang qui dégouline de son front, il tire à deux reprises, un peu au hasard. Il n'abandonnera pas.

Nous arrivons à l'étage du bâtiment, sur une large plate-forme qui devait permettre de desservir des toboggans, entre de grosses colonnes de béton. Je cherche désespérément une issue, un couloir, quelque chose. Là, une échelle. Elle monte vers l'extérieur, vers le dôme. Sur ses premiers barreaux, un large panneau en bois a été accroché :

DANGER DE MORT. ACCÈS INTERDIT

Pas d'autre choix. Je l'arrache d'un coup sec et commence à grimper.

Les barreaux sont abîmés, bouffés par la corrosion. À mi-parcours, un des boulons se désolidarise et l'échelle se tord sur plusieurs centimètres. Je m'accroche, mais la douleur de ma blessure est intolérable. Je continue, malgré tout, le plus vite possible. Charlie, en dessous, me suit péniblement. Nous arrivons enfin à l'extérieur sur une grille en acier, installée au-dessus du dôme. Devant nous, à perte de vue, la forêt s'étend à l'infini. Une légère brise fait danser les branchages des arbres. En contrebas, le long de la coupole, il reste un échafaudage. Il pourrait nous permettre de rejoindre le bas du bâtiment. C'est notre seule issue. Mais pour y accéder, il va nous falloir marcher sur le dôme de verre, puis nous laisser glisser jusqu'à l'armature de métal, qui ne fait pas plus de deux mètres de longueur. Le moindre faux pas et c'est la chute.

Je me tourne vers Charlie et lui prends la main :

— Il faut qu'on descende.

— Paul, c'est trop risqué. Le verre va céder sous notre poids.

— Nous n'avons pas le choix. Gerry sera là d'une seconde à l'autre.

Je commence à marcher sur le verre arrondi, légèrement glissant. J'entends des petits craquements, mais la structure semble, pour le moment, tenir. Tout en tirant Charlie derrière moi, j'avance, pas à pas, en m'efforçant de poser mes pieds sur les poutrelles en acier sous le verre. Surtout, j'évite de regarder le vide abyssal en dessous. À un moment, j'ai l'impression de voir passer une silhouette en contrebas, mais je n'y prête pas attention. Je dois rester concentré. C'est alors que nous entendons sa voix, derrière nous.

— Regardez-vous, tous les deux…

C'est Gerry. Essoufflé, il se hisse péniblement en haut de l'échelle et nous tient en joue avec son arme. Son visage, couvert de sang, est coupé en deux, déchiré par la griffure que Flash lui a faite. Un masque pour un autre.

Je continue à progresser, mais Charlie s'est figée. Gerry, quant à lui, ne s'avance pas sur le dôme, il reste sur la plate-forme en métal. Il observe les alentours, réfléchit. Puis, sans un mot, un rictus déforme son visage en sang, et le voilà qui pointe son arme sur l'adolescente.

Je ne sais pas quoi faire… Me ruer sur lui, fuir, me placer devant la môme ? Je n'ai pas le temps de réagir que le shérif abaisse son bras vers la dalle de verre sous les pieds de Charlie et tire. La déflagration se répand dans la forêt. Un léger craquement se laisse entendre. Une fissure commence à lézarder le verre et s'étend jusqu'aux pieds de Charlie. Je lui hurle de me rejoindre, mais elle reste immobile, les yeux fixés sur les craquelures.

— Vous m'offrez l'alibi rêvé, se réjouit Gerry. Je vous ai poursuivis jusqu'ici. Vous êtes montés sur le dôme, malgré les dangers courus. Le verre a cédé sous vos pieds avant que je n'aie le temps de vous interpeller… J'aurais souhaité que ça se passe différemment, mais Askafroa ne me laisse pas le choix. Elle vous appelle. Elle vous attend. Il n'y en a plus pour longtemps.

Charlie est toujours en suspens. Je l'appelle, désespéré, pour qu'elle marche jusqu'à moi. La fissure s'étend désormais sous son pied gauche. Le verre commence à se craqueler. La dalle va se briser d'une seconde à l'autre. Lentement, je tente d'assurer ma position et me tends vers la môme.

— Charlie, regarde-moi… Attrape ma main.

Elle s'exécute, mais son mouvement accélère la fêlure de la dalle. Ses doigts touchent quasiment les miens. Un peu plus… Un peu encore… Un craquement, puis une explosion du verre. Le temps s'arrête. Les yeux de Charlie s'écarquillent, comprenant que c'est fini. Je me jette vers elle, me plaque contre la dalle où je me tiens. Ma main saisit la sienne alors qu'elle commence à s'enfoncer dans le vide. Je serre de toutes mes forces. Tous mes muscles se tendent en une fraction de seconde. Je glisse de quelques centimètres, mais parviens à me retenir en plaquant mon bras libre sur le verre. Ma blessure m'envoie des décharges insoutenables de douleur, mais je ne lâche pas.

Mon bras tire… Je tente de la soulever mais n'y arrive pas. Charlie cherche une prise, quelque chose pour se hisser, mais ne trouve rien. Son corps fait un léger mouvement de balancier dans le vide qui me déchire l'épaule. Sous ses pieds, à plusieurs dizaines de mètres en dessous, j'aperçois la myriade d'éclats de verre qui s'écrase en un fracas assourdissant. Mon corps, irrémédiablement, commence à glisser, lui aussi, vers le trou béant. Mon bras n'est que douleur. Ça ne peut pas, ça ne doit pas se terminer comme ça… Il faut qu'elle s'en sorte. Pour que toute cette folie prenne fin. Je hurle. De colère et de peur. Car j'en veux à Gerry, aux Enfants de Redwoods, à Askafroa, à cette foutue ville et au monde entier. Vous n'avez pas le droit de la prendre, pas elle.

La main de Charlie commence à glisser entre mes doigts. Je la regarde. Elle sait, elle aussi, que c'est terminé.

— Lâche, Paul.
— Non, la môme… Ensemble, jusqu'au bout.

Je lui souris. Un coup de feu.

63

Lauren
12 mai 2011

Courir… Ne pas s'arrêter. Ne pas penser à la douleur qui me lacère la cheville ni aux autres coups de feu que j'ai entendus. Ne penser à rien, sinon à les retrouver avant qu'il ne soit trop tard.

Je fonce à travers les allées vides d'Ocean World. Devant moi, une piscine asséchée, des toboggans couverts de mousse. Je perds trop de temps à boiter avec mon foutu plâtre. Pas le choix. J'attrape la crosse de mon fusil et commence à le fracasser. En moins d'une minute, je parviens à libérer ma jambe.

Où aller maintenant ? Tant de bâtiments, de structures métalliques, d'escaliers se dressent devant moi… D'où venaient les détonations ? Je regarde à droite. Là-bas, quelque chose brille. C'est la coupole en verre de l'extension du parc, le temple de Poséidon… c'est là, évidemment, que j'essaierais de me cacher si j'étais poursuivie. C'est là qu'ils sont, j'en suis certaine.

Un aboiement, plus loin devant moi. C'est Flash. Je suis sur la bonne voie, je le sens. J'ai un point de côté, les mains crispées sur le manche de mon fusil, mais j'avance. J'arrive devant le bâtiment désaffecté. Je souffle un grand coup, franchis une butte de gravats, place mon fusil contre mon épaule et m'enfonce à l'intérieur. À travers le dôme de verre, je distingue deux silhouettes, tout en haut. Je me hâte. En avançant vers un imposant escalier, Flash est allongé sur le sol, couvert de sang, la respiration haletante. Il a dû vouloir leur venir en aide. À ses côtés, la cagoule de Gerry, elle-même ensanglantée. Est-ce que j'arrive trop tard ? Continuer. Les sauver. Sinon, je ne me le pardonnerai jamais. Je ne m'en relèverai pas...

J'arrive en haut de l'escalier. Il y a du bruit. Gerry est en train de se hisser en haut d'une échelle. Je tente de braquer mon arme sur lui mais n'ai pas le temps de faire feu. Merde... Il a déjà disparu dans l'ouverture menant sur le toit du dôme. J'entends des voix. Il est encore temps. J'arrive ! Allez !

Un coup de feu. Un frisson glacial me traverse. Non... Je gravis les derniers barreaux de l'échelle à la hâte. Gerry est de dos. Je n'hésite pas une seconde, j'appuie sur la détente et le touche à l'omoplate. Il bascule en avant, chute sur le dôme.

Paul est allongé au sol, le bras tendu. Il retient Charlie, à bout de bras, qui pend au-dessus du vide. Gerry se relève. Son visage est déformé par une plaie béante. Je me hisse complètement sur le dôme et braque, de mes bras tremblants, mon fusil sur le shérif.

— Gerry, lâche ton arme. C'est fini.

Il regarde son épaule, sa veste déchiquetée par l'impact de la chevrotine. Il ferme les yeux et remue la tête à plusieurs reprises.

— Lauren, je suis désolé. Je n'ai jamais eu le choix, c'est elle...

— Pose ton arme et nous en parlerons, Gerry.

— Ici, c'est bien, c'est ce qu'elle voudrait que je fasse.

Il regarde autour de lui. Puis, il pointe son arme vers la dalle sous ses pieds.

— Arrête, Gerry...

— Tant qu'il reste une branche, de nouveaux rameaux pousseront, et Askafroa continuera à être honorée. Redwoods sera protégée. Tant qu'il reste une branche...

Sur ces derniers mots, il tire. La dalle vole en éclats sous ses pieds et Gerry chute dans le vide.

Une voix sur le côté, Paul...

— Lauren, vite !

Sans hésiter, je le rejoins et j'attrape le bras de Charlie. Tous deux, nous parvenons à le hisser. Ça craque autour de nous. Nous ne pouvons rester là plus longtemps, nous redescendons.

Charlie et Paul, malgré leur fatigue, se ruent vers Flash. Green caresse son chien à l'agonie en lui répétant : « Ça va aller, mon vieux. On va te sortir de là. » Je remarque alors qu'il est lui-même blessé.

— Paul, il faut vous emmener à l'hôpital, vite.

— Pas sans lui. Pas sans mon chien.

Je hoche la tête. Avant de quitter les lieux, je vais inspecter le corps de Gerry. Il est allongé au sol, les bras en croix, entouré d'une constellation d'éclats de verre mêlés à son sang. Sur son visage, un étrange sourire, comme s'il était enfin apaisé. Je retrouve mon téléphone portable et prends également le sien, ainsi que ses clés de voiture. J'appelle les secours et leur demande de venir nous rejoindre, en urgence, à la sortie de la forêt. Je porte Flash dans mes bras et nous quittons ce lieu maudit. Charlie aide Paul, très affaibli, à marcher. Il y a quelque chose entre ces deux-là, une amitié, un lien unique…

Nous arrivons enfin au bord de la route. Après quelques minutes, une ambulance s'approche. Deux secouristes installent Paul dans le véhicule. Ils posent le chien à ses côtés, sur une couverture. Charlie embarque à son tour. Au loin, le soleil commence à apparaître entre la cime des arbres.

— Tu nous accompagnes ? me demande Charlie avant que l'ambulance ne démarre.

— Je vous rejoins.

J'appelle Slocomb, le shérif de Gold Beach, et lui explique ce qui vient de se passer. La culpabilité de Gerry, sa dépouille dans l'ancien parc aquatique, les preuves qu'ils trouveront dans le sous-sol de sa maison. Je suis exténuée. Je m'effondre derrière le volant de la voiture de Gerry. Sur le fauteuil passager, je retrouve mon pistolet et le place à ma ceinture. Je sors, par réflexe, le téléphone du shérif. Le verre s'est brisé sous le choc de sa chute. Plusieurs appels en absence apparaissent sur l'écran.

Un nom…

Cette phrase qui me percute alors : « *Tant qu'il reste une branche…* »

Je rentre chez moi. Je suis au-delà de la fatigue, au-delà de tout.

Je pousse la porte d'entrée, j'appelle John. Il n'est pas là. Je me rends dans son bureau.

Plusieurs tiroirs sont fermés à clé. Je vais dans notre remise chercher un pied-de-biche et, sans hésiter, fais sauter les verrous, les uns après les autres. Des éclats de bois m'explosent au visage, j'appuie comme une forcenée sur les serrures. Je ne trouve d'abord rien d'autre que des dossiers en rapport avec son poste de directeur à l'école de Redwoods, des archives, quelques relevés bancaires... Enfin, tout au fond d'un tiroir, je déniche une pochette noire. À l'intérieur, une lettre. L'encre a un peu bavé, mais les mots restent lisibles. Le papier est ondulé, taché de rouge. Je sais de quoi il s'agit. J'ai reconnu son écriture dès le premier coup d'œil. Ces quelques mots que j'ai tant espérés, tant attendus. Alex.

Maman. Les réponses t'attendent. Enterrées au pied du panneau, à l'endroit où tu as séché mes larmes.

Je sais de quel lieu il parle. La pointe St. John, là où je l'avais retrouvé un soir, en larmes, désespéré.

Je me rends sur place aussitôt. Sur le trajet, je croise quelques joggeurs qui me regardent l'air inquiet. Mes vêtements sont déchirés, couverts de terre ; mes mains sont en sang, et mon visage lacéré de griffures. Je n'ai pas lâché mon pistolet, que je tiens toujours fermement dans ma main. Je dois faire peur à voir, et je m'en contrefous.

Je progresse à travers le sentier qui serpente entre les dunes. J'entends les vagues se fracasser contre les rochers du rivage. Au loin, un soleil blanc joue à cache-cache avec les épais nuages, donnant au paysage des airs de fin du monde. Les bosquets d'oyats frémissent sous le vent. À mes pieds, en contrebas, le rivage de galets est parsemé de bois flotté, ossements digérés et recrachés par l'océan. J'arrive devant le panneau présentant la pointe et les différents îlets. Je me mets à creuser le sable glacé de mes mains nues. Après quelques minutes, mes ongles griffent du métal. Il y a quelque chose, un coffret peint en bleu.

Sa vieille boîte à souvenirs. Je l'ouvre. À l'intérieur, emballé dans un sachet en plastique, un carnet. Quelques pages manuscrites, datées du 8 novembre 2008. Le jour de sa mort.

Ses mots. Sa vérité. Enfin...

> *Si tu lis ces mots, maman, c'est que tu as trouvé ma note et que tu as compris où chercher... Je savais que tu y arriverais... Par où commencer ?*

Je parcours son journal lentement, pour que ses mots s'ancrent à jamais en moi. Et je relis les dernières lignes.

> *Il y a eu deux autres exécutions, maman. Trois personnes au total sont mortes par ma main en deux ans. Je n'avais pas le choix, car chaque fois il était là, dans les ombres. Il me passait le relais.*

Mais je n'ai pu oublier aucun visage, aucun corps. Après chaque exécution, je ne sais pas pourquoi, je me rendais à l'endroit où on les prenait. Je restais là-bas pendant de longues heures. Je demandais pardon. Je frappais contre les troncs. Je hurlais à la mort, comme un animal enragé.

J'y étais encore ce soir, il y a quelques heures. Dans le sous-bois près de la cascade de Hill Creek... Et tu y étais, toi aussi. Je ne savais pas quoi faire, je me suis caché. Te voir là. Savoir qu'un jour tu découvrirais qui j'étais vraiment, qui nous étions, tous. Ça a précipité ma décision. J'avais commencé à écrire tout ça, mais je ne pensais pas que ça me mènerait à ce soir. À ça.

Comment punir les coupables ? Il y a eu tant d'Enfants de Redwoods. Ça dure depuis si longtemps. Cinq générations de gamins à qui on a vrillé le cerveau, qu'on a transformés en bêtes, pour qu'à leur tour, plus tard, ils passent le flambeau. Tant d'innocents devenus des bourreaux... C'est une chaîne qui a commencé il y a presque cent cinquante ans. Et qui ne prendra jamais fin. À moins que tu ne fasses quelque chose, maman.

Moi-même, encore aujourd'hui, malgré les années, malgré ce que je m'apprête à faire, j'ai peur. Je repousse, de mot en mot, de phrase en phrase, le moment fatidique où je devrai tout te révéler. Mais le temps presse...

Nous avions quatre guides : Gerry Mackenzie, Howard Hale, William Sanders... et un dernier...

C'est lui qui m'a poussé à continuer malgré ma peur, mon dégoût... Lui qui aimait ça, plus que les autres. Lui qui me répétait que c'était dans l'ordre des choses, que je n'avais pas le choix. Que c'était la seule solution pour continuer à protéger la ville, et tous les habitants de Redwoods. Et lui, c'est mon père. Ton mari, John. C'est lui le bourreau qui supervise tous leurs putains de sacrifices. C'est lui qui est l'assassin, qui tient la lame... C'est lui la Sève. Et il voulait que je devienne son successeur.

Ton fils et ton mari sont les monstres que tu traques depuis tant d'années. Pardonne-moi de t'abandonner, mais c'est trop dur. Je rêve juste de silence et de calme. De fermer les yeux. Et de ne plus voir leurs visages. Je t'aime, maman.

Je suis à genoux. Le vent s'est levé. J'observe la baie. La ligne d'horizon est tranchée net par les arêtes ciselées des îlets du récif des Écorchés. Au large, un rayon de soleil traverse les nuages. Pendant quelques instants, son éclat vient déposer des poussières d'or sur l'océan. Le temps n'a plus d'importance. Je reste là, immobile. Mes larmes coulent comme si elles ne devaient jamais s'arrêter. Une heure passe, peut-être plus. Enfin, une voix derrière moi.

— Lauren...

Je me retourne. C'est lui. John.

— Je t'ai cherchée partout. Tu ne répondais pas à mes messages, je me suis inquiété. J'ai vu que tu étais passée à la maison. C'est toi qui as fouillé dans mon bureau ?

Je ne réponds pas. Pas la force d'articuler le moindre mot. Il m'aide à me redresser, me caresse le visage, essuie mes larmes et continue à parler.

— Tu avais laissé la porte ouverte derrière toi, je t'ai retrouvée en demandant à des voisins, à des passants, qui m'ont dit t'avoir croisée et m'ont guidé jusqu'ici. Bon sang, Lauren, qu'est-ce qu'il s'est passé cette nuit ? Tu es blessée ? Je ne réussis pas à joindre Gerry. Tu as des nouvelles ? Raconte-moi...

Il m'attire et me serre contre lui. Son odeur. Ses bras qui m'enveloppent. Son corps que je connais si bien, son corps qui est toute ma vie. Je ferme les yeux quelques instants.

— Parle-moi, Lauren.

Assez de mensonges, assez de souffrances, assez de masques.

Je repense à Alex. À sa détresse, à sa douleur qu'il a dû taire durant tant d'années. Parce qu'il ne pouvait en parler à personne.

Je repense à Owen, à son regard qui s'est éteint dans la forêt, sans que je puisse rien y faire. Je repense à toutes les victimes, mortes dans les ténèbres, la folie et la terreur. Je repense à ces mots à lui pour me convaincre que je devenais folle, que je faisais fausse route. Que j'étais trop faible... alors qu'il savait, qu'il a toujours su. Assez.

Lentement, je sors mon arme, la braque contre son ventre et tire. La détonation se répand entre les dunes. Le corps de mon mari se tend. Il recule de quelques pas, les mains serrées contre son ventre, puis il s'écroule au sol.

Il me regarde, stupéfait.

Assez de cette malédiction qui a dévoré notre ville, qui a volé la vie de tant de nos enfants. Assez de la peur. Il faut que ça prenne fin.
— Lauren…
— Assez.
Je pointe mon arme sur mon mari et tire de nouveau. C'est fini.

64

Nicholas Kellen
14 décembre 1897

Mes jours sont comptés... Je ne suis aujourd'hui qu'un vieillard, l'ombre de celui que je fus jadis.

L'avenir est assuré, je le sais. Henrik et ses pairs protègent désormais notre communauté. Et ils ont déjà entamé la formation de nouveaux enfants.

Je passe le plus clair de mon temps alité. Souvent, je reçois des visites de mes proches et des habitants de la ville. Voir leurs airs apitoyés, leurs mines défaites quand ils viennent à mon chevet m'est insupportable. Leur commisération me rappelle combien je suis devenu faible.

De plus en plus fréquemment, mon esprit me dépose sur le rivage de mon passé. Je revis, avec une étonnante vivacité, des souvenirs d'autrefois. Mais point de réminiscence de mon arrivée en Amérique ni de la conquête de ces terres sauvages... Non. Pour une raison que j'ignore, mes pensées vagabondes me ramènent uniquement là-bas, à Falün. Je revisite cette enfance dont je pensais qu'il ne restait rien, un temps honni où chaque jour n'était que peur et souffrance. Je retourne là-bas, où je l'ai rencontrée et qu'elle m'a sauvé, libéré de ses griffes.

C'était un pays gris, de pierre et de boue. Partout, à Falün, et sur plusieurs milles à la ronde, les rejets de la mine de cuivre, dont les hautes cheminées brûlaient, disait-on, depuis les premiers âges des hommes, déposaient une pellicule noire sur le moindre objet. Même en hiver, là-bas, le manteau neigeux ne restait jamais longtemps immaculé. En quelques heures, il s'assombrissait à son tour. Comme si tout, en ces terres, était destiné à être sali, souillé. Jusqu'aux âmes elles-mêmes.

Ma mère et moi vivions ainsi sous le couvert d'une ombre immense qui dévorait ses espoirs et mon enfance. Cette ombre, c'était celle de mon père. Chaque soir, je craignais l'instant où il rentrerait de la mine, qu'il pousserait la porte de notre maisonnette, harassé, et que ses yeux rougis se poseraient sur moi. Il trouvait toujours quelque chose à me reprocher, il avait toujours quelque chose à me faire payer, à moi, qu'il ne nommait jamais par mon prénom. Pour lui, je n'étais que le *utländsk*, l'étranger, le bâtard… Mon père s'était ainsi convaincu que mère avait fauté durant l'une de ses absences. Je ne pouvais être son fils, car j'étais un freluquet, bien trop chétif, bien trop froussard.

La nuit, quand je l'entendais saisi par une de ses quintes de toux, je priais pour qu'il s'étouffe. Notre logis était à son image, tel un organe malade, vicié par sa noirceur. Ogre de mes cauchemars, il laissait ses traces noires partout derrière lui. Sans parler de son odeur, un relent de métal et de charbon, qui semblait omniprésent. Ma mère, elle, ne disait mot, car on ne le lui avait jamais appris.

Dans notre maison misérable, au plancher délabré, au plafond bas, je n'avais aucun droit. Le cuir de ma peau s'était, avec les années, épaissi. Les coups me faisaient moins mal. Je n'allais plus à l'école. Pour lui, je ne méritais pas d'apprendre. Je n'étais bon qu'à m'occuper des quelques acres de notre terrain. Une terre sèche, rocailleuse, dure à bêcher et qui ne donnait guère.

Je m'exécutais, jour après jour, car c'était ce qu'il attendait de moi. Je lisais en cachette les rares ouvrages qui se trouvaient encore dans notre maisonnée. Je voulais, de tout mon cœur, qu'il ait tort. Devenir plus intelligent qu'il ne le croyait, et plus fort aussi.

Parfois, lorsque les coups pleuvaient trop et que la douleur devenait insupportable, je me réfugiais dans mon oasis, mon éden. Un petit sous-bois qui bordait notre terrain, éclat d'émeraude parmi les ténèbres. Je me cachais dans le tronc fendu d'un vieux frêne, tandis qu'il me cherchait en hurlant. Mais les branches contenaient les sons de ma respiration haletante, la forêt séchait mes larmes. C'est à cet instant, dans le murmure des feuilles, que j'eus l'impression d'entendre sa voix pour la première fois.

Je me souvins alors de ce vieux conte, qui parlait de celle qui gardait les arbres : Askafroa. Elle serait ma protectrice. Durant de longs mois, j'ai gravé son nom partout dans la forêt, sur chaque arbre. Je savais écrire les runes de nos ancêtres. Plus je croyais en elle, plus je l'entendais en moi. Elle me demandait une offrande. En échange, elle me protégerait, m'enlacerait à jamais. Alors, j'ai obéi à son appel. Un soir, j'ai attrapé un des outils qui servaient à moissonner, une longue faucille, et je l'ai attendu parmi les arbres. Cette nuit-là, il était allé à la taverne et je savais que le chemin le plus court pour rentrer chez nous passait par là. Après une longue attente, frigorifié dans la nuit, je l'ai entendu approcher en titubant. J'ai fondu sur lui au moment où il prenait appui contre le tronc d'un vieux chêne et je n'ai pas hésité. À mon tour de rendre les coups. La faucille fendait l'air et son sang noir se répandait sur le tronc. Je n'ai cessé de le frapper qu'une fois que mon bras n'eut plus la moindre énergie. J'ai traîné son corps jusqu'au vieux frêne et l'ai laissé là, dans le trou qui me servait autrefois de cachette. Le vent a fait frémir les branches, des feuilles rouges ont tapissé le sol.

Elle était apaisée, moi aussi.

Je suis rentré chez nous. Sans un mot pour ma mère, j'ai fait mon bagage dans un sac de toile et j'ai quitté la maison. J'avais 17 ans, ma décision était prise. On parlait d'un pays par-delà les mers, d'une terre d'espoir et d'opportunités. J'irais là-bas. Dans ce nouveau monde qu'on appelait l'Amérique. Et Askafroa m'accompagnerait.

Parfois, lorsque je m'endors, que les médicaments m'assoupissent, j'entends encore son murmure. Elle m'attend. Je serai bientôt à ses côtés, enfin.

Ma sœur, ma mère, mon aimée.

Askafroa.

Épilogue

Lauren
26 juin 2011

Je roule au pas dans Redwoods. Un groupe de gamins à vélo me doublent en se marrant. Ils bifurquent dans un dérapage et disparaissent entre deux rues. Sur le parking de la supérette Safeway, une mère pousse un Caddie rempli à ras bord tout en réprimandant ses enfants qui courent autour des voitures. Une centaine de mètres plus loin, Lou, le patron du Lou's Deli, est en train de passer un coup d'éponge sur les tables de la terrasse de son restaurant. Comme d'habitude, il porte son tablier à carreaux bleus et blancs. En reconnaissant mon véhicule, il se redresse et me fait un grand mouvement de la main, tout sourire. Je lui rends son salut…

L'affaire des disparus n'est pas encore terminée, tant s'en faut. Avec l'aide du shérif Slocomb de Gold Beach, je suis allée au bout de la piste découverte par Paul. Car Green avait raison : l'arbre gravé sur le séquoia géant près de la fosse était bien plus qu'un simple symbole. Il s'agissait en réalité d'une carte, chaque branche, chaque racine indiquant un nouveau charnier. Il nous a suffi de prendre comme épicentre le village effondré représentant le tronc même de l'arbre, et de transposer le symbole complet sur une carte de la forêt pour trouver les zones approximatives des autres tombeaux. Les recherches ont pris du temps, des jours entiers, mais nous avons découvert sept nouveaux charniers, et trente-cinq corps…

D'après Harry, les plus anciens cadavres y auraient été enterrés il y a une cinquantaine d'années. Sachant que les Enfants de Redwoods ont agi dans l'ombre depuis bien plus longtemps, il y a sans nul doute d'autres corps enterrés à travers la forêt. Ceux-là, nous ne les retrouverons jamais. Il faudra déjà des semaines pour que Harry et ses équipes parviennent à formellement identifier les dizaines de dépouilles. Mais au moins, à terme, des familles pourront enfin faire leur deuil. J'ai tenu ma promesse, et c'est là l'essentiel.

Nous avons également fouillé le sous-sol de la maison de Gerry. On y a retrouvé des preuves attestant de sa culpabilité, mais aussi de celle de Howard, de William et de John, ainsi que des jumeaux Derley. Ces deux derniers ont été interpellés et sont en attente d'un jugement. Ils ont avoué avoir participé à au moins trois exécutions et devraient être passibles d'une peine minimale de dix ans de prison. Les savoir incarcérés, c'est au moins avoir la certitude que personne ne formera de nouveaux Enfants de Redwoods, et que ce maudit cycle prendra fin.

Au cœur de cet étrange sanctuaire, nous avons aussi mis au jour de vieilles photos des Enfants. Cinq générations se sont succédé. Parmi eux, des visages connus et d'autres oubliés. D'un commun accord, nous avons décidé de ne pas chercher à poursuivre ces personnes. Au-delà du délai de prescription, la plupart d'entre elles sont aujourd'hui grabataires. À quoi bon ? Les habitants de la ville, lorsqu'ils ont appris la vérité, ont déjà été suffisamment choqués d'imaginer qu'un de leurs ancêtres aurait pu participer à ces atrocités. Au fil des semaines, la vie a repris son cours. Il est peut-être temps d'avancer.

Slocomb m'a été d'un grand soutien. Il a fait le nécessaire pour que le meurtre de John soit reconnu comme un acte de légitime défense, même si lui et moi savons bien que cela n'a pas été le cas. Je repense souvent à mon geste. Plus les jours passent, plus je me convaincs qu'il n'y avait rien d'autre à faire. Aucune parole, aucune excuse à entendre. Il fallait en finir, une bonne fois pour toutes. Pour John, autant que pour moi.

Slocomb a insisté pour que je reprenne le flambeau à Redwoods. Je suis désormais la nouvelle shérif de la ville. Tout n'est pas idyllique pour autant. Je me réveille souvent au milieu de la nuit, le souffle court, avec la sensation que l'Homme-rouge est là, juste à côté de moi. Parfois, je fonds en larmes, derrière le volant de ma voiture, sans pouvoir me contrôler. C'est peut-être normal…

Je m'autorise à repenser à Alex. À être triste, bien sûr, mais aussi en colère. Je crois qu'enfin, au terme de ces deux années de déni, je parviens à accepter sa disparition. Je sais pourquoi il a décidé de partir et ça m'aide un peu.

C'est certainement moi qui m'imagine des choses, mais j'ai l'impression que Redwoods a changé. C'est peut-être aussi l'arrivée des premiers jours de l'été qui renforce cette sensation de légèreté. Il y a les éclats de rire des enfants qui jouent dans l'océan, les notes de musique du marchand de glaces qui passe sur la promenade, les accords de guitare et les voix éraillées des jeunes qui chantent à l'unisson le soir, quand ils traînent tard sur la plage. On sent, dans l'air, une forme d'insouciance qui nous fait du bien.

Je n'ai plus peur de la forêt. En vérité, il n'y a rien de maléfique, de diabolique en elle. C'est simplement, nous, les humains, qui l'avons souillée. Nous qui avons projeté sur elle nos pires peurs. La nature n'y est pour rien dans cette affaire. Elle n'offrait qu'une cachette, un abri pour que mes semblables y dissimulent leurs démons. La forêt est un peu comme notre vie, elle n'est que ce qu'on veut bien y voir. Reflet de nos douleurs, refuge de nos mensonges. J'ai toujours cru qu'elle agissait comme une présence menaçante qui pesait sur nos existences, une ombre qui s'immisçait partout et nous salissait. Alors que c'est tout l'inverse. Elle n'est rien d'autre qu'elle-même. Indifférente, immense et majestueuse, elle suit son cours millénaire, en se foutant bien de ces petits microbes qui foulent son sol et la dévorent, année après année. Je l'ai compris aujourd'hui : les seules prisons qui nous retiennent sont celles que l'on se fabrique.

J'ai entamé une procédure pour obtenir la garde de Charlie... Elle semble contente de rester à mes côtés. Peut-être qu'à nous deux nous parviendrons à soigner nos fêlures. Charlie a accepté de voir une psychologue pour mettre des mots sur ce qu'elle vient de traverser.

Nous commençons à prendre nos marques. Sauvages l'une comme l'autre, il nous faudra du temps pour nous apprivoiser. Mais nous y arriverons. Je veux y croire. J'ai même l'impression qu'elle va mieux. Je l'espère.

J'arrive devant le collège de Redwoods. Je me gare un peu à l'écart, pour ne pas que Charlie ait « honte » de monter dans la voiture du shérif. Ma jambe gauche me démange. Le nouveau plâtre que m'a posé le Dr Caldwell me serre un peu la peau. Selon le médecin, je ne devrais pas garder de séquelles à la cheville. « Si vous vous décidez enfin à vous calmer », m'a-t-il rétorqué. Je compte bien me calmer, docteur. Rassurez-vous.

Dans le rétroviseur, j'aperçois la jeune fille. Elle porte son éternelle veste en jean élimée qu'elle se refuse à jeter, sa casquette vissée sur la tête, et marche vers moi, les mains dans les poches, l'air toujours aussi dur. Pourtant, quelque chose a changé en elle. C'est quasi imperceptible, mais c'est là. Il y a une confiance retrouvée, une assurance nouvelle. Je ferai tout pour l'accompagner dans cette voie. Elle entre dans la voiture, me sourit, s'approche un peu et dépose un timide baiser sur ma joue.

— Ça va, Lauren ?
— Oui, ça va.

Et pour la première fois depuis longtemps, je crois que c'est vrai. Ça va...

Charlie
26 juin 2011

J'attends Lauren devant le collège de Redwoods. Certains des élèves me toisent, mais ce n'est plus comme avant. Il n'y a plus de mépris ou d'indifférence à mon égard, mais plutôt une forme de curiosité. Ils se demandent tous ce que j'ai vécu. Ils aimeraient savoir, comprendre ce qu'il s'est passé, ce que je sais. J'en joue, je roule un peu des mécaniques, et ça me fait bien marrer...

Pour autant, je n'ai pas beaucoup plus de potes qu'avant. Il y a bien cette fille, Asha, avec qui on s'est rapprochées ces dernières semaines. On a fait un exposé ensemble et on a pas mal accroché. Moi, bien sûr, ça faisait des années que je l'avais remarquée. Ses yeux d'un noir qui renvoie tous les reflets du monde, ses cheveux si longs, la manière qu'elle a de faire danser ses mains quand elle parle... Elle a quelque chose, une grâce, une beauté qui n'appartiennent qu'à elle. Elle a du sang indien. Ça a peut-être un lien. Ou peut-être que ça n'a rien à voir.

Avant, j'avais l'impression qu'Asha ne s'intéressait pas à moi. Qu'elle ne me voyait pas. Peut-être que, comme pour tout le reste, je m'en étais persuadée, j'étais tellement renfermée sur moi-même. Le week-end dernier, Asha m'a invitée à passer l'après-midi chez elle. On a écouté de la musique, allongées sur une couverture au fond de son jardin, à boire des sodas tièdes avec des longues pailles. Ça nous sortait par les narines ! C'était marrant. À un moment, nos mains se sont frôlées. Elle n'a pas retiré la sienne. On est restées comme ça, à regarder danser les branches au-dessus de nous. Ce n'est pas grand-chose, mais c'est déjà ça. Asha m'a raconté que son prénom, ça voulait dire « espoir ». C'est bien, l'espoir, ça me va…

La voiture de Lauren passe devant l'école et se gare un peu plus loin. Je la rejoins, l'embrasse. Il fait bon dehors, j'ouvre la fenêtre, respire l'air iodé. Dans le ciel d'un bleu éclatant, sans un nuage, quelques goélands argentés planent en altitude, imperturbables. Je passe ma main par la vitre ouverte, la laisse glisser sous le vent.

Lauren m'a proposé cette alternative : soit vivre avec elle et rester à Redwoods, soit aller m'installer chez mes cousins à Portland. Bizarrement, j'ai choisi de rester. À quoi bon partir ? Si je n'arrive pas à être moi-même ici, je n'y arriverai nulle part. J'ai compris que ça ne sert à rien de fuir, il n'y a pas un ailleurs meilleur qu'un autre. Redwoods, c'est chez moi. Ici, j'ai le souvenir de ma mère, une vie qui m'attend, des rêves à rattraper.

Vivre la plus belle vie que je puisse vivre. Paul avait raison. Ce sera ma revanche.

Je devrais être triste, évidemment, car Paul part aujourd'hui. Il va me manquer, c'est sûr. Ce vieux râleur et son chien dégueulasse sont, avec Lauren, devenus ma famille. Une famille en vrac, un peu cabossée, mais une famille quand même.

Je ne suis plus seule. Et, au pire, il y aura toujours les étoiles devant.

Paul
26 juin 2011

Je termine de ranger mes affaires dans le coffre de la voiture. Pourquoi partir alors que la ville connaît enfin la paix ? Peut-être parce que je suis comme ça, un putain de paradoxe ambulant. Mais surtout, je crois que ma rencontre avec Charlie, ce qu'elle a entraîné dans son sillage, tout ça a réveillé quelque chose en moi. Une flamme restée trop longtemps éteinte. J'en ai pris conscience il y a deux semaines. Je venais de sortir de l'hôpital et j'ai rendu visite à Lauren. Elle était en train d'emménager dans le bureau de Gerry. Elle prenait officiellement ses fonctions. Durant ma convalescence, je lui avais sculpté une petite figurine et la lui ai offerte. Elle a eu l'air touchée. Je l'avais représentée en train de courir avec sa béquille et son plâtre. C'est ainsi que je la vois. À toujours aller de l'avant, contre toutes les tempêtes du monde.

Sur un panneau en ardoise, il y avait des tas d'avis de recherche punaisés. Je lui ai demandé de quoi il s'agissait. Elle m'a alors expliqué qu'il s'agissait des personnes disparues des États voisins. Elle a ajouté que chaque année, aux États-Unis, six cent mille personnes disparaissaient. La plupart sont retrouvées au bout de quelques jours, voire quelques semaines, mais quatre-vingt-dix mille restent à jamais perdues… Ça a été un déclic dans ma tête.

La voiture de Lauren vient de passer le portail. La shérif n'a même pas le temps de se garer que, déjà, Charlie surgit et se jette sur Flash qui vient à sa rencontre. Elle lui gratte le bas du cou, son endroit préféré. Je m'appuie sur la carrosserie. Ça me fait encore un peu mal aux côtes, à l'endroit où la balle m'a touché.

Au bout d'un moment, Charlie s'avance vers moi. Elle me tend un boîtier en carton. À l'intérieur, plusieurs CD.

— C'est quoi ?

— De la musique. *Ma* musique. Des groupes récents, tu verras. Tu vas râler, mais tu aimeras, j'en suis sûre.

Je lui souris. Puis je sors les clés que je gardais dans ma poche et les lui donne.

— J'ai un cadeau moi aussi. Voici les clés du cabanon. J'aimerais que tu viennes ici, de temps en temps, en mon absence, que tu prennes soin de mes vinyles. Il faudrait les écouter de temps en temps, fort, très fort, histoire que le monde entier entende et que ça l'apaise un peu.

— C'est d'accord, Paul.

— Tu es ici chez toi, tu viens quand tu veux, Charlie. Lauren est au courant.

— Tu reviendras quand ?

— Je ne sais pas… Ça va dépendre de beaucoup de choses.

On se regarde quelques instants, aussi mal à l'aise l'un que l'autre, et, d'un coup, Charlie se jette dans mes bras.

Je la serre contre moi. Je profite de cet instant. Je le fixe tout au fond de ma tête. Car je sais que dans les semaines, les mois qui viendront, j'aurai besoin d'y revenir. Ça sera comme une île protégée de tout. Mon refuge.

— On n'a jamais été trop forts, tous les deux, pour dire ce qu'on ressentait.

— Non, mais on sait, là, tout au fond...

Je me tapote le cœur. J'ajoute :

— Je t'ai promis que je ne te lâcherais pas, la môme. Mais j'ai besoin de partir. De rattraper le temps perdu. D'essayer de faire quelque chose.

— Je sais...

Je siffle mon chien. Pour une fois, il obéit, monte à l'arrière et s'installe sur sa couverture. Il boite encore un peu et garde une sacrée cicatrice, mais il s'en remettra. Il est comme moi. Un peu con, mais persévérant.

Lauren s'approche à son tour.

— Ça y est, c'est le grand départ ?

— Eh oui...

— Vous êtes sûr de votre décision, Paul ?

— Je crois.

— Charlie et moi, on aurait aimé que vous restiez dans les parages.

— Je ne serai pas bien loin, en cas de besoin. Et vous, Lauren ? Ça va aller ?

— Oui, je pense. Ça me fait du bien d'avoir Charlie avec moi.

— Cette môme, c'est quelque chose, hein ?

— En effet !

— Prenez soin d'elle.

— Promis.

Je m'approche de Lauren et l'embrasse sur la joue. Mes lèvres s'attardent un peu trop sur sa peau, je le sais, mais elle ne bouge pas.

J'ai une grosse boule au ventre, mais il est temps. Je m'installe dans la voiture, démarre. Je passe ma main par la vitre ouverte. Pas la peine de regarder dans le rétroviseur. Je sais qu'elles sont là. Dans ma vie et dans mon cœur. J'ai les larmes aux yeux. Paul, tu deviens sentimental. Flash approche son museau humide et me lèche la joue. Ça me fait sourire. Je lui caresse la truffe.

Voilà donc notre nouvelle maison, mon vieux. Cette vieille tire qui en a vu tellement. J'ai pris de quoi camper à l'arrière. Je l'ai déjà fait, il y a si longtemps.

Pendant que je récupérais de ma blessure à l'hôpital, j'ai beaucoup réfléchi à ce qu'il y avait à l'origine de ces terribles sacrifices, de tous ces morts, de cette croyance en Askafroa. Et j'en ai déduit que c'est la peur qui guidait ces hommes. Rien de plus, rien de moins. La peur est une maladie. La pire qui existe. Elle ne se soigne pas. Ne disparaît jamais vraiment. Elle reste là, tapie en nous, attendant de trouver un nouveau moyen de jaillir. C'est un regard en biais, un doigt qui montre ce type de dos, cet étranger qui s'éloigne. Parce que être différent, c'est déjà être un peu coupable. Parce qu'il faut bien que ce soit la faute de quelqu'un. Parce qu'il faut que tout cela ait un sens. Plutôt que d'accepter que la vie n'est qu'un vaste chaos, un dé qu'on lance et qui ne cessera jamais de tourner, la peur, elle, est toujours là pour murmurer à notre oreille : « C'est de sa faute à lui, de sa faute à elle. À eux tous. » La peur est le pire des venins ; un virus qui a dévoré cette ville pendant cent cinquante ans. Pourquoi à Redwoods plutôt qu'ailleurs ? Est-ce dû à son histoire tourmentée ? À son isolement ? Y a-t-il seulement une explication ? Parce qu'ils vivaient dans un monde de ténèbres où tout était danger, où la mort frappait sans crier gare, où la violence était omniprésente, Kellen et ses pairs ont tenté d'ériger des barrières, de trouver des causes à leurs malheurs. C'était la forêt qui exigeait des sacrifices. C'étaient les étrangers, toujours, qu'il fallait châtier. Plus ils frappaient, plus ils se refermaient sur eux-mêmes. Il leur fallait un exutoire. Ils l'ont trouvé.

Que dire ? Que raconter ? Quelle vérité, et pour qui ? Y a-t-il seulement des coupables dans toute cette horreur ? Au fond, je ne crois pas. Il n'y a pas de monstre. Il n'y a que des hommes, adultes comme enfants, à qui l'on a mis un couteau entre les mains et à qui l'on a demandé de tuer. Ils l'ont fait car on ne leur avait appris que ça.

Moi-même, j'ai vécu si longtemps dévoré par la peur. Vivant comme un ermite, isolé de tous. On ne peut pas toujours détourner le regard. Parfois, il faut avoir le courage de faire face. Si quelqu'un est au sol et qu'il nous tend la main, il faut prendre le risque de la saisir. Si une môme blessée vient frapper à votre porte, la laisser entrer...

J'ai trop longtemps porté mes œillères... Si je n'étais au courant de rien, c'est que tout allait bien. Mais je ne suis pas le seul à agir comme ça. C'est ce que nous faisons tous, en permanence, en baissant le volume de la télévision quand on parle d'un conflit dans un pays lointain, en changeant de trottoir lorsqu'un sans-abri approche pour demander quelques pièces, en fermant les volets quand le voisin hurle encore sur sa femme...

Puisque je suis un étranger ici, je le resterai partout ailleurs. La route sera ma maison... Il y a des gens qui disparaissent chaque jour, des familles qui attendent et qui espèrent. Avec les quelques années qu'il me reste, malgré mes blessures, ma fatigue, il faut bien que je tente de faire quelque chose. Répondre aux appels à l'aide que plus personne ne veut entendre. Six cent mille personnes disparaissent tous les ans dans mon beau pays. Je vais bien réussir à en retrouver quelques-unes.

J'allume mon vieil autoradio, attrape sur le fauteuil passager un des CD que m'a préparés Charlie pour m'accompagner. Je regarde ce qu'elle a écrit au marqueur noir sur le disque :

Pearl Jam (parce que la musique ne s'est pas arrêtée en 1970 !)

Je souris et j'enclenche le morceau.

Des guitares qui tabassent, une batterie qui pousse derrière, une voix qui monte et qui scande : « *I'm still alive.* »

Oui, je suis toujours vivant. Malgré tout.

Je roule vers le sud. La forêt de Redwoods est derrière moi. Le soleil m'aveugle, je mets mes lunettes de soleil.

Le jour finit toujours par se lever. La pire des nuits aura irrémédiablement un terme. Il y a toujours une lueur, si infime soit-elle. Et il faut s'y accrocher. La poursuivre, coûte que coûte, malgré la douleur, la peine, les regrets, les mensonges et toutes les ténèbres qui nous dansent autour.

Il y a toujours une chance. Quelque chose à faire. Il suffit de tendre la main, enfin. Faire face. Ne plus fermer les yeux.

Je démarre. Quelqu'un m'attend quelque part. Quelqu'un qui attend d'être retrouvé.

Remerciements

Chères lectrices, chers lecteurs, quelle étrange année nous venons de vivre ! Pour ma part, l'écriture de *La Forêt des disparus* a été une véritable bouffée d'oxygène. Le corps confiné ici en France, et l'esprit là-bas en Oregon. J'ai aimé explorer cette forêt de séquoias géants, percer les secrets de cette ville et, plus largement, aider Paul, Charlie et Lauren à panser leurs blessures, page après page. J'espère que ce voyage à Redwoods vous aura offert, à votre tour, un peu d'évasion en ces temps troublés. Un grand merci, au passage, à toutes et à tous, pour votre fidélité. Vos encouragements et votre enthousiasme me poussent à sans cesse me réinventer. Hâte de pouvoir enfin vous retrouver en salon !

Vous l'aurez compris en début de roman, *La Forêt des disparus* est dédié à « ma communauté », à tous mes amis, ceux qui m'ont toujours accompagné et sont là encore aujourd'hui. Je ne peux les nommer tous, au risque d'en oublier et de m'en vouloir ensuite, mais je suis certain qu'en lisant ces quelques lignes ils sauront se reconnaître.

Bref, merci à vous d'être là, à la fois pour me donner des ailes et pour m'aider à atterrir quand c'est nécessaire. Tout d'abord, les amis d'enfance, de L'Isle-Adam, du collège et du lycée, ceux des quatre cents coups, des Mobylette, des guitares mal accordées, des ponchos et des cheveux longs… Il y a aussi, bien sûr, les amis rencontrés au fil des années. Des rencontres qui sonnent souvent comme des évidences. Petite dédicace aux copains du Writers Cthulhu, qui m'ont permis, chaque semaine, de m'échapper un peu du quotidien, durant les différents confinements…

Un clin d'œil également à tous les potes du polar, tous ces auteurs croisés au gré des salons et avec qui j'ai noué de jolis liens. Comme nos fous rires me manquent !

Je n'en serais pas là sans ceux qui comptent le plus… Ce livre est, comme toujours, dédié à ma femme, Julia, et à mes deux enfants, Antoine et Elisa. Vous êtes mon cap et la voile qui me porte. J'embrasse ici tendrement aussi mes parents, Jacqueline et Christian, mes deux sœurs, Caroline et Sophie, leurs compagnons, William et Sam, mes beaux-parents, Michelle et Gérard, ma belle-sœur, Géraldine, ainsi que la joyeuse ribambelle de cousins qui rendent nos vies plus belles : Manon, Romane, Quentin et Tristan…

Je tenais à remercier également toute la formidable équipe de XO Éditions. D'abord, Bernard Fixot, Édith Leblond, Renaud Leblond. Ce sont eux, je dois l'avouer, qui ont su me convaincre de « ressusciter » Paul Green. Et ils avaient raison… Bon sang, comme j'ai pris du plaisir à retrouver ce vieux bougon ! Merci à tous trois pour votre bienveillance et votre soutien.

Un grand merci également à Stéphanie Le Foll, David Strepenne, Bruno Barbette, Catherine de Larouzière, Roxana Zaharia, Sarah Hirsch, Isabelle de Charon… Après le lancement rock'n'roll de *L'Affaire Clara Miller*, nous sommes prêts à affronter toutes les tempêtes ensemble ! Une pensée aussi pour Rebecca Benhamou, qui m'a accompagné dans le travail éditorial sur *La Forêt des disparus*. Et de deux, Rebecca ! On repart ensemble pour le troisième ?

Un petit coucou, aussi, à la communauté de blogueuses et blogueurs qui transmettent chaque jour leur passion du livre.

Un grand merci, enfin, aux libraires, qui ont plus que jamais besoin de notre soutien. J'ai la sensation, que, durant l'année qui vient de s'écouler, les Françaises et les Français se sont rendu compte que les livres, tout comme les libraires, sont « essentiels ». Ainsi, je salue quelques-uns de ces passeurs de rêves, qui ont tant défendu mes romans : Caroline Vallat, Jérôme Toledano, Pierre-Yves Dodat, Hélène Pinel, Damien Maillard, Pépita Sonatine…

Allez, je vous laisse. Paul m'attend dans sa vieille voiture déglinguée…

Composition et mise en pages
Nord Compo à Villeneuve-d'Ascq

Imprimé en France par

MAURY IMPRIMEUR
à Malesherbes (Loiret)
en juillet 2022

POCKET - 92 avenue de France, 75013 PARIS

N° d'impression : 264403
S32294/03